Contemporánea

Javier Cercas (Ibahernando, Cáceres, 1962) es autor de ocho novelas: *El móvil* (1987), *El inquilino* (1989), *El vientre de la ballena* (1997), *Soldados de Salamina* (2001), *La velocidad de la luz* (2005), *Anatomía de un instante* (2009), *Las leyes de la frontera* (2012) y *El impostor* (2014). Su obra consta también de un ensayo, *La obra literaria de Gonzalo Suárez* (1993), y tres volúmenes de carácter misceláneo: *Una buena temporada* (1998), *Relatos reales* (2000) y *La verdad de Agamenón* (2006). Sus libros han sido traducidos a más de treinta idiomas y han obtenido numerosos galardones nacionales e internacionales, entre los que destacan los siguientes: Premio Nacional de Literatura, Premio Ciudad de Barcelona, Premio Salambó, Premio de la Crítica de Chile, Premio Llibreter, Premio Qué Leer, Premio Grinzane Cavour, The Independent Foreign Fiction Prize, Premio Arzobispo Juan de San Clemente, Premio Cálamo, Prix Jean Moner, Premio Mondello, Premio Internacional Terenci Moix, Premio Fundación Fernando Lara a la mejor acogida crítica (ex-aequo), The European Athens Prize for Literature, Premio Madaranche, Premio Taofen a la mejor novela extranjera publicada en China y Premio Correntes d'Escritas a la mejor novela extranjera publicada en Portugal. Además ha recibido dos premios por el conjunto de su obra, el Premio Salone Internazionale del Libro di Torino en 2011 y el Prix Ulysse en 2012.

Javier Cercas

Las leyes de la frontera

DEBOLS!LLO

Tercera edición en Debolsillo
Segunda reimpresión: enero de 2017

© 2012, Javier Cercas
© 2012, de la presente edición para todo el mundo:
Penguin Random House Grupo Editorial, S. A. U.
Travessera de Gràcia, 47-49. 08021 Barcelona

Printed in Spain – Impreso en España

ISBN: 978-84-9032-639-8
Depósito legal: B-800-2014

Compuesto en La Nueva Edimac, S. L.

Impreso en Liberdúplex
Sant Llorenç d'Hortons (Barcelona)

P 3 2 6 3 9 8

Penguin
Random House
Grupo Editorial

ÍNDICE

Para Raül Cercas y Mercè Mas.
Para la basca, por cuarenta y tantos años de amistad.

Nous sommes si accoutumés à nous dégui-
ser aux autres qu'enfin nous nous déguisons
à nous-mêmes.

François de La Rochefoucauld

PRIMERA PARTE

MÁS ALLÁ

1

—¿Empezamos?

—Empezamos. Pero antes déjeme hacerle otra pregunta. Es la última.

—Adelante.

—¿Por qué ha aceptado escribir este libro?

—¿No se lo he dicho ya? Por dinero. Me gano la vida escribiendo.

—Sí, ya lo sé, pero ¿solo ha aceptado por eso?

—Bueno, también es verdad que no siempre se le presenta a uno la oportunidad de escribir sobre un personaje como el Zarco, si es a eso a lo que se refiere.

—¿Quiere decir que el Zarco le interesaba antes de que le ofrecieran escribir sobre él?

—Claro, igual que a todo el mundo.

—Ya. De todos modos la historia que voy a contarle no es la del Zarco sino la de mi relación con el Zarco; con el Zarco y con…

—Ya lo sé, también hemos hablado de eso. ¿Podemos empezar?

—Podemos empezar.

—Cuénteme cuándo conoció al Zarco.

—A principios de verano del 78. Aquella era una época extraña. O yo la recuerdo así. Hacía tres años que Franco había muerto, pero el país continuaba gobernándose por leyes franquistas y oliendo exactamente a lo mismo que olía el franquismo: a mierda. Por entonces yo tenía dieciséis años, y el Zarco también. Por entonces los dos vivíamos muy cerca y muy lejos.

—¿Qué quiere decir?

—¿Conoce usted la ciudad?

—Por encima.

—Casi es mejor: la de aquella época se parece poco a la de ahora. A su modo, la Gerona de entonces era todavía una ciudad de posguerra, un poblachón oscuro y clerical, acosado por el campo y cubierto de niebla en invierno; no digo que la Gerona de ahora sea mejor —en cierto sentido es peor—: solo digo que es distinta. En aquella época, por ejemplo, la ciudad estaba rodeada por un cinturón de barrios donde vivían los charnegos. La palabra ha caído en desuso, pero entonces servía para referirse a los emigrantes llegados del resto de España a Cataluña, gente que en general no tenía donde caerse muerta y que había venido aquí a buscarse la vida… Aunque todo esto ya lo sabe usted. Lo que quizá no sabe es que, como le decía, a finales de los setenta la ciudad estaba rodeada por barrios de charnegos: Salt, Pont Major, Germans Sàbat, Vilarroja. Allí se aglomeraba la escoria.

—¿Allí vivía el Zarco?

—No: el Zarco vivía con la escoria de la escoria, en los albergues provisionales, en la frontera noreste de la ciudad. Y yo vivía a apenas doscientos metros de él: la diferencia es que él vivía del lado de allá de la frontera, justo al cruzar el parteaguas del parque de La Devesa y el río Ter, y yo del lado de acá, justo antes de cruzarlo. Mi casa estaba en la calle Caterina Albert, en lo que hoy es el barrio de La Devesa y entonces no era nada o casi nada, un montón de huertos y descampados en los que moría la ciudad; allí, diez años antes, a finales de los años sesenta, habían levantado un par de bloques aislados donde mis padres habían alquilado un piso. A su modo aquello también era un barrio de charnegos, aunque los que vivíamos allí no éramos tan pobres como solían ser los charnegos: la mayoría de las familias eran familias de funcionarios de clase media, como la mía –mi padre tenía un puesto subalterno en la Diputación–, familias que no eran de la ciudad pero que no se consideraban familias de charnegos y que en todo caso no querían saber nada de los charnegos auténticos o por lo menos de los charnegos pobres, los de Salt, Pont Major, Germans Sàbat y Vilarroja. Ni por supuesto de la gente que vivía en los albergues. De hecho, estoy seguro de que la mayoría de la gente de Caterina Albert jamás pisó los albergues (no digamos la gente de la ciudad). Algunos quizá ni siquiera sabían que existían, o fingían no saberlo. Yo sí lo sabía. No sabía muy bien lo que eran, y nunca había estado allí, pero sabía que estaban allí o que se decía que estaban allí, como una leyenda que nadie había confirmado ni desmentido: en realidad, yo creo que para nosotros, los chavales del barrio, el mismo nombre de los albergues evocaba la imagen épica de un refugio en tiempos inhóspitos, y estoy seguro de que tenía un aliento prestigioso de novela de aventuras. Por todo esto le decía que en aquella época vivía muy cerca y muy lejos del Zarco: porque nos separaba una frontera.

–¿Y cómo la cruzó? Quiero decir: ¿cómo un chaval de clase media se hace amigo de un chaval como el Zarco?

–Porque a los dieciséis años todas las fronteras son porosas, o al menos lo eran entonces. Y también por casualidad. Pero antes de contarle esa historia debería contarle otra.

–Adelante.

–No se la he contado a nadie; bueno, a nadie salvo al psicoanalista. Pero a menos que se la cuente no entenderá cómo y por qué conocí al Zarco.

–No se preocupe: si no quiere que lo cuente en el libro, no lo contaré; si lo cuento y no le gusta cómo lo cuento, lo suprimiré. Ese era el trato, y no voy a romperlo.

–De acuerdo. ¿Sabe? Siempre he oído decir que la infancia es cruel, pero yo creo que la adolescencia es mucho más cruel que la infancia. En mi caso así fue. Yo tenía un grupo de amigos en Caterina Albert: el más íntimo era Matías Giral, pero también estaban Canales, Ruiz, Intxausti, los hermanos Boix, Herrero, algún otro. Todos teníamos más o menos la misma edad, todos nos conocíamos desde los ocho o nueve años, todos hacíamos vida en la calle y todos íbamos a los Maristas, que era el colegio que quedaba más cerca de casa; y por supuesto todos éramos charnegos, salvo los hermanos Boix, que eran de Sabadell y entre ellos hablaban catalán. En resumen: yo no tenía hermanos, solo una hermana, y no creo que exagere si digo que en la práctica aquellos amigos hicieron durante mi infancia el papel vacante de hermanos.

Pero en la adolescencia dejaron de hacerlo. El cambio empezó casi un año antes de que yo conociera al Zarco, cuando a principios del curso anterior llegó al colegio un nuevo compañero. Se llamaba Narciso Batista y repetía 2.° de BUP. Su padre era presidente de la Diputación y jefe de mi padre; nos conocíamos de habernos cruzado un par de veces. Por eso, y porque la casualidad de los apellidos nos sentó en el mismo pupitre (en la lista de clase Cañas iba a continuación de Batista), yo fui su primer amigo en el colegio; gracias a mí se hizo amigo de Matías, y gracias a Matías y a mí se hizo amigo del resto de mis amigos. También se convirtió en el líder del grupo, un grupo que hasta entonces nunca había tenido un líder (o yo no había sido consciente de que lo tuviera) y que quizá lo estaba reclamando, porque el sentimiento esencial de la adolescencia es el miedo y el miedo reclama líderes con que combatirlo. Batista contaba un par de años más que nosotros, era físicamente fuerte y sabía hacerse escuchar; además, tenía todo lo que podía desear un charnego: de entrada, una familia sólida, rica y catalana (aunque se consideraba muy española y despreciaba todo lo catalán, no digamos lo catalanista, sobre todo si venía de Barcelona); también, un gran piso en el ensanche, un carnet del Club de Tenis, una casa de verano en S'Agaró y otra de invierno en La Molina, una Lobito de 75 cc con que moverse por ahí y un local para él solo en la calle de La Rutlla, un antiguo garaje destartalado donde pasar las tardes escuchando rock and roll, fumando y bebiendo cerveza.

Hasta aquí, todo normal; a partir de aquí, nada. Quiero decir que en solo unos meses la actitud de Batista hacia mí cambió, su simpatía se convirtió en antipatía, su antipatía en odio y su odio en violencia. ¿Por qué? No lo sé. Muchas veces he pensado que simplemente fui el chivo expiatorio que inventó Batista para conjurar el miedo esencial del grupo. Pero repito que no lo sé; lo único que sé es que en muy poco tiempo pasé de ser su amigo a ser su víctima.

La palabra víctima es melodramática, pero prefiero el riesgo del melodrama que el de la mentira. Batista empezó a burlarse de mí: aunque su lengua materna era el catalán, se reía de que yo hablase catalán, no porque lo hablase mal, sino porque despreciaba a quienes hablábamos catalán sin ser catalanes; se reía de mi físico y me llamaba Dumbo, porque decía que tenía unas orejas tan grandes como las del elefante de Disney; también se reía de mi torpeza con las chicas, de mis gafas de empollón y de mis notas de empollón. Estas burlas se volvieron cada vez más feroces, yo no acerté a frenarlas y mis amigos, que de entrada solo las reían, terminaron sumándose a ellas. Pronto las palabras no bastaron. Batista se aficionó medio en serio y medio en broma a pegarme puñetazos en los hombros y las costillas, algún bofetón; perplejo, yo contestaba riendo, jugando a devolver los golpes, tratando de quitarle seriedad a la violencia y de convertirla en broma. Eso fue al principio. Luego, cuando resultó ya imposible disfrazar la brutalidad de diversión, cambié la risa por las lágrimas y el deseo de escapar. Batista, insisto, no estaba solo: él era el gran matón, el origen y el catalizador de la violencia, pero el resto de mis amigos (con la excepción ocasional de Matías, que a veces trataba de frenar a Batista) se convirtió por momentos en una jauría. Durante años quise olvidar aquella época, hasta que no hace mucho me obligué a recordarla y me di cuenta de que algunas escenas las llevaba todavía clavadas en la cabeza como un cuchillo en las tripas. Una vez Batista me tiró a un arroyo helado que corre o corría por La Devesa. Otra vez, una tarde en que estábamos en el local de La Rutlla, mis amigos me quitaron la ropa y me encerraron desnudo y a oscuras en un desván, y durante horas no hice más que contener las lágrimas y escuchar a través de la pared sus risas, sus gritos, sus conversaciones, la música que ponían. Otra vez —un sábado en que había dicho a mis padres que iba a dormir en casa de los padres de Batista, en S'Agaró— me abandonaron también en el local de La Rutlla, y tuve que pasar allí, solo y sin luz, sin comida ni bebida, casi veinticuatro horas: del sábado por la tarde al domingo al mediodía. Otra vez, hacia el final de curso, cuando yo ya no hacía más que huir de Batista, me asusté tanto que pensé que quería matarme, porque me organizó con Canales, con Herrero, con los hermanos Boix y con algún otro una encerrona en los lavabos del patio del colegio y, durante un rato que debió de durar solo unos segundos pero que a mí me pareció larguísimo, me metió la cara en un váter en el que acababan de orinar, mientras yo escuchaba a mis espaldas las risas de mis amigos. ¿Continúo?

—No si no quiere. Pero, si le alivia contarlo, continúe.

—No me alivia contarlo; ya no. Me extraña estar contándoselo a usted, que es distinto. Con lo de Batista me pasa como con tantas cosas de aquella época: no es como si las hubiera vivido sino como si las hubiera soñado. Aunque se estará usted preguntando qué tiene todo eso que ver con el Zarco.

—No: me estoy preguntando por qué no denunció la persecución.

—¿A quién quería que la denunciase? ¿A mis profesores? Yo tenía un buen cartel en el colegio, pero no tenía ninguna prueba de lo que estaba pasando, y denunciarlo me hubiese convertido en un mentiroso o en un chivato (o en las dos cosas a la vez), y eso era la mejor forma de empeorarlo todo. ¿A mis padres? Mi padre y mi madre eran buena gente, me querían y yo les quería a ellos, pero en los últimos tiempos nuestra relación se había estropeado lo suficiente para que yo no me atreviese a contárselo. ¿Cómo se lo contaba, además? ¿Y qué les contaba? Para colmo, como ya le he dicho mi padre era un subordinado del padre de Batista en la Diputación, así que, si hubiese contado en mi casa lo que estaba pasando, aparte de convertirme en un mentiroso o un chivato hubiese colocado a mi padre en una situación imposible. A pesar de eso, más de una vez sentí la tentación de decírselo, más de una vez estuve incluso a punto de decírselo, pero al final siempre me echaba para atrás. Y, si no se lo denuncié a ellos, ¿a quién se lo iba a denunciar?

El caso es que ir cada día al colegio se convirtió para mí en un calvario. Durante meses me acosté llorando y me levanté llorando. Tenía miedo. Sentía rabia y rencor y una gran humillación y sobre todo culpa, porque lo peor de las humillaciones es que hacen sentirse culpable al que las padece. Me sentía atrapado. Quería morirme. Y no piense lo que está pensando: toda aquella mierda no me enseñó absolutamente nada. Conocer antes que los demás el mal absoluto —eso es lo que era para mí Batista— no te hace mejor que los demás; te hace peor. Y no sirve absolutamente para nada.

—A usted le sirvió para conocer al Zarco.

—Es verdad, pero es lo único para lo que me sirvió. Eso ocurrió no mucho después de que terminara el curso, cuando yo ya llevaba un tiempo sin ver a mis amigos. Con las aulas del colegio cerradas había más posibilidades de esconderse de ellos, aunque la verdad es que en una ciudad tan pequeña tampoco eran demasiadas y no era tan fácil desaparecer de la circulación, que era lo que yo necesitaba para que mis amigos se olvidasen de mí. Había que evitar cruzarse con ellos en el barrio, había que evitar acercarse a los sitios que solíamos frecuentar, había que evitar las cercanías del local de Batista en La Rutlla, había incluso que evitar o despachar con evasivas las visitas y las llamadas de Matías, que seguía invitándome a salir con ellos, seguramente para aliviar su mala conciencia y esconder detrás de su generosidad aparente el acoso real al que me estaban sometiendo. En fin: mi proyecto de aquel verano consistía en salir lo menos posible a la calle hasta que en agosto me marchase de vacaciones, y en pasarme aquellas semanas de encierro leyendo y viendo la tele. Esa era la idea. Pero la realidad es que, por muy hundido o muy acobardado que esté, un chaval de dieciséis años no es capaz de pasarse el día entero en su casa, o por lo menos yo no fui capaz de hacerlo. De modo que pronto empecé a aventurarme a salir a la calle, y una tarde entré en los recreativos Vilaró.

Fue allí donde vi por primera vez al Zarco. Los recreativos Vilaró estaban en la calle Bonastruc de Porta, todavía en el barrio de La Devesa, frente al paso elevado del tren. Eran una de esas casas de juego para adolescentes que proliferaron en los setenta y ochenta. De aquella recuerdo una gran nave de paredes desnudas con un escalextric de seis pistas; también recuerdo varios futbolines, varias máquinas de marcianos y seis o siete máquinas del millón puestas en fila frente a una de las paredes laterales; al fondo estaban la máquina de las bebidas y los lavabos, y a la entrada se abría la garita acristalada del señor Tomàs, un anciano encogido, medio calvo y barrigudo que solo se distraía de su libreta de crucigramas para resolver algún problema práctico (una máquina que se estropeaba, un váter que se atascaba) o, en caso de altercado, para echar a los revoltosos o restablecer el orden con su voz chillona. Durante una época yo había frecuentado este local con mis amigos, pero más o menos desde la aparición de Batista había dejado de hacerlo; mis amigos también y, quizá por eso, aquel se me antojaba un lugar seguro, como durante un bombardeo el agujero donde acaba de caer un proyectil.

La tarde en que conocí al Zarco llegué a los recreativos poco después de que los abriera el señor Tomàs y me puse a jugar con mi máquina del millón favorita, que era la de Rocky Balboa. Una buena máquina: cinco bolas, bola extra al cabo de pocos puntos y al final bonus points que te ayudaban a hacer la partida fácilmente. Durante un rato estuve jugando en el local vacío, pero en seguida entró un grupo de chavales y fue hacia el escalextric. Poco después irrumpió una pareja en el local. Eran un chico y una chica, aparentaban más de dieciséis años y menos de diecinueve y mi primera impresión al verlos fue que un vago aire de familia los unía, pero sobre todo que eran dos charnegos duros, de extrarradio, quizá dos quinquis. El señor Tomàs olfateó la amenaza en cuanto cruzaron por delante de su cristalera. Eh, vosotros, los llamó, abriendo la puerta de la garita. Adónde vais. Los dos se pararon en seco. ¿Qué pasa, jefe?, preguntó el chico, levantando las manos como si se ofreciera a que le registrasen; no sonreía, pero daba la impresión de que la situación le resultaba divertida. Dijo: Solo queremos echar una partida. ¿Podemos? El señor Tomàs los recorrió de arriba abajo con una mirada suspicaz, y al terminar el examen dijo algo, que no entendí; luego entendí: No quiero problemas. El que me dé problemas se va a la calle. ¿Está claro? Clarísimo, dijo el chico, haciendo un gesto conciliador y bajando las manos. Por nosotros no se preocupe, jefe. El señor Tomàs pareció darse a medias por satisfecho con la respuesta, se volvió a meter en la garita y debió de hundirse otra vez en la libreta de crucigramas mientras la pareja se adentraba en los recreativos.

—Eran ellos.

—Sí: el chico era el Zarco; la chica era Tere.

—¿Tere era la chica del Zarco?

—Buena pregunta: si hubiese sabido la respuesta a tiempo me hubiese ahorrado muchos problemas; se la contesto luego. El caso es que, igual que el señor Tomàs, apenas vi entrar al Zarco y a Tere tuve una sensación inmediata de incertidumbre, de que a partir de aquel momento podía pasar cualquier cosa en los recreativos, y mi primer impulso fue soltar la máquina de Rocky Balboa y marcharme.

Me quedé. Intenté olvidar a la pareja, hacer como si no estuvieran en el local, seguir jugando. No lo conseguí, y al cabo de un momento noté en el hombro un manotazo que me hizo trastabillar. ¿Qué pasa, Gafitas?, preguntó el Zarco, ocupando mi sitio a los mandos de la máquina. Me miraba con unos ojos muy azules, hablaba con voz ronca, llevaba el pelo partido por una raya central y vestía una ajustada chupa vaquera sobre una ajustada camiseta beis. Repitió, desafiante: ¿Pasa algo? Me asusté. Mostrándole las palmas de las manos dije: Ya había acabado. Terminé de darme la vuelta para irme, pero en ese momento Tere me cerró el paso y mi cara quedó a un palmo de la suya. La primera impresión fue de sorpresa; la segunda, de deslumbramiento. Como el Zarco, Tere era muy delgada, muy morena, no muy alta, con ese aire elástico de intemperie que gastaban los quinquis de entonces. Tenía el pelo liso y oscuro y los ojos verdes y crueles, y lucía un lunar junto a la nariz. Todo su cuerpo irradiaba una calma de mujer muy segura de sí misma, salvo por un tic: su pierna izquierda se movía arriba y abajo igual que un pistón. Vestía camiseta blanca y vaqueros y llevaba un bolso cruzado en bandolera. ¿Ya te vas?, preguntó, sonriendo con unos labios rojos y carnosos como dos fresones. No pude contestar porque el Zarco me agarró del brazo y me obligó a dar media vuelta. Tú quieto ahí, Gafitas, me ordenó. Y se puso a jugar a la máquina de Rocky Balboa.

Jugaba bastante mal, así que la partida terminó pronto. Mierda, dijo entonces, pegando un puñetazo en la máquina. Me miró furioso, pero antes de que pudiera decir nada Tere soltó una carcajada, le apartó de la máquina y metió otra moneda. Rezongando, el Zarco se puso a ver jugar a Tere apoyado en la máquina, junto a mí. Los dos comentaban las vicisitudes del juego sin prestarme atención, aunque de vez en cuando, entre bola y bola, Tere me observaba por el rabillo del ojo. La gente no paraba de entrar en los recreativos; el señor Tomàs salía de su garita con más frecuencia que de costumbre. Poco a poco me fui tranquilizando, pero seguía sin tenerlas todas conmigo y sin atreverme a marcharme. Tere tampoco tardó en terminar su partida. Al hacerlo se apartó de la máquina y la señaló. Te toca, me dijo. No abrí la boca, no me moví. ¿Qué pasa, Gafitas?, preguntó el Zarco. ¿Ahora no quieres jugar? Continué callado. Añadió: ¿Se te ha comido la lengua el gato? No, contesté. ¿Entonces?, insistió. Se me ha acabado el dinero, dije. El Zarco me miró con curiosidad. ¿Te has quedado sin pasta?, preguntó. Asentí. ¿De verdad?, volvió a preguntar. Volví a asentir. ¿Cuánto tenías? Le dije la verdad. Joder, Tere, se rió el Zarco. Con eso tú y yo no tenemos ni para limpiarnos el culo. Tere no se rió; me observaba. El Zarco me apartó otra vez y dijo: Bueno, el que no tiene pasta se jode.

Metió más dinero en la máquina y se puso a jugar. Mientras lo hacía empezó a hablar conmigo; mejor dicho: empezó a interrogarme. Me preguntó cuántos años tenía y se lo dije. Me preguntó dónde vivía y se lo dije. Me preguntó si iba al instituto y le dije que sí y a qué instituto iba. Luego me preguntó si hablaba catalán; la pregunta me extrañó, pero también contesté que sí. A continuación me preguntó si iba muy a menudo por los recreativos y si conocía al señor Tomàs y a qué hora se abría y se cerraba el local y otras preguntas parecidas, que no recuerdo pero que sí recuerdo que contesté o que contesté hasta donde sabía. También recuerdo que su última pregunta fue si necesitaba dinero, y que entonces no supe qué contestar. El Zarco contestó por mí: Si te hace falta, dímelo. Vienes a La Font y me lo dices. Hablaremos de negocios. El Zarco maldijo una bola que se le acababa de colar y pegó otro puñetazo en la máquina; luego me preguntó: ¿Hace o no hace, Gafitas? No contesté; antes de que pudiese hacerlo nos abordó un tipo alto y rubio y vestido con un polo Fred Perry, que acababa de entrar en los recreativos. El tipo saludó al Zarco, cuchicheó un momento con él y después los dos salieron a la calle. Tere se quedó mirándome. Volví a fijarme en sus ojos, en su boca, en la peca junto a la nariz, y recuerdo haber pensado que era la chica más guapa que había visto en mi vida. ¿Vas a venir?, preguntó. ¿Adónde?, pregunté. A La Font, contestó. Pregunté qué era La Font y Tere me contestó que era un bar del chino y yo entendí que el chino era el barrio chino. Tere volvió a preguntar si iría a La Font; aunque estaba seguro de que no iba a ir, dije: No lo sé. Pero en seguida añadí: A lo mejor sí. Tere sonrió y se encogió de hombros y se acarició con un dedo el lunar junto a la nariz; luego señaló la máquina de Rocky Balboa y, antes de marcharse detrás del Zarco y del tipo del Fred Perry, dijo: Te quedan tres bolas.

Ese fue nuestro primer encuentro, y así fue. Al quedarme solo respiré aliviado y, no sé si por gusto o porque pensé que el Zarco y Tere podían andar aún por los alrededores de los recreativos y no quería correr el riesgo de toparme otra vez con ellos, me puse a jugar las bolas que quedaban en la máquina. Apenas había empezado a hacerlo cuando se me acercó el señor Tomàs. ¿Sabes quiénes eran esos, chaval?, preguntó, señalando la puerta. Evidentemente se refería al Zarco y a Tere; respondí que no. ¿De qué habéis hablado?, volvió a preguntar. Se lo expliqué. El señor Tomàs chasqueó la lengua y me hizo repetir la explicación, o parte de la explicación. Parecía inquieto, y al cabo de un momento se marchó mascullando algo. Al día siguiente llegué a los recreativos Vilaró a media tarde. Mientras pasaba frente a la garita de entrada, el señor Tomàs tocó con los nudillos en la cristalera y me pidió que esperara; cuando salió me puso una mano en el hombro. Oye, chaval, empezó. ¿Te interesa un trabajo? La pregunta me pilló por sorpresa. ¿Qué trabajo?, pregunté. Necesito un ayudante, dijo. Con un gesto englobó vagamente el local entero antes de hacer su oferta: Me ayudas a cerrar cada noche el negocio y a cambio te dejo jugar diez partidas gratis al día.

Ni siquiera tuve que pensarlo. Acepté, y a partir de entonces mis tardes empezaron a ajustarse a un mismo patrón. Llegaba a los recreativos Vilaró a primera hora, a veces un poco después, jugaba mis diez partidas gratis con la máquina que me apetecía (casi siempre la de Rocky Balboa) y, hacia las ocho y media o las nueve de la noche, ayudaba al señor Tomàs a cerrar el local: mientras él abría las máquinas, sacaba las monedas, contaba la recaudación del día y rellenaba una especie de estadillo, yo me aseguraba de que no quedaba nadie en la nave principal y en los lavabos, y luego bajábamos entre los dos la persiana de la puerta; al terminar la operación, el señor Tomàs se montaba con el dinero en su Mobilette y yo me marchaba andando a mi casa. Eso era todo. ¿Quiero decir con esto que en seguida me olvidé del Zarco y de Tere? Para nada. Al principio temía que aparecieran de nuevo por los recreativos, pero al cabo de un par de tardes me sorprendí deseando que lo hicieran, o al menos que lo hiciera Tere. Jamás se me pasó por la cabeza, en cambio, aceptar la invitación del Zarco, llegarme una tarde al chino y presentarme en La Font: a mis dieciséis años yo tenía una idea aproximada pero suficiente de lo que era el chino, y no me gustaba la idea de meterme allí, o sencillamente me asustaba. Sea como sea, pronto me convencí de que había conocido al Zarco y a Tere porque una casualidad inverosímil les había hecho extraviarse fuera de su territorio; también me convencí de que, además de inverosímil, esa casualidad era irrepetible, y de que no volvería a verlos.

El mismo día en que llegué a esa conclusión me llevé un susto de muerte. Volvía a casa después de haber ayudado al señor Tomàs a cerrar los recreativos cuando vi a un grupo de chavales caminando hacia mí por Joaquim Vayreda. Eran cuatro, venían de Caterina Albert, iban por mi acera y, a pesar de que todavía estaban lejos y anochecía, los reconocí en seguida: eran Batista, Matías y dos de los hermanos Boix, Joan y Dani. Quise seguir caminando como si no pasara nada, pero antes de dar dos o tres pasos más sentí que se me aflojaban las piernas y que rompía a sudar. Tratando de no dejarme vencer por el pánico, empecé a cruzar la calle; antes de llegar a la acera de enfrente noté que Batista me seguía. Entonces ya no pude evitarlo: instintivamente eché a correr, alcancé la acera y doblé a la derecha por un callejón que daba a La Devesa; justo al pisar el parque Batista cayó sobre mí: me derribó y, clavándome una rodilla en la espalda y retorciéndome un brazo, me inmovilizó en el suelo. ¿Adónde vas, cabrón?, preguntó. Jadeaba como un perro; yo también jadeaba, bocabajo en la tierra de La Devesa. Había perdido las gafas. Buscándolas con desesperación a mi alrededor, le pedí a Batista que me soltara, pero en vez de hacerlo repitió la pregunta. A mi casa, contesté. ¿Por aquí?, preguntó Batista, clavándome con más fuerza la rodilla y retorciéndome el brazo hasta que grité. Eres un jodido mentiroso.

En ese momento oí que llegaban junto a nosotros Matías y los hermanos Boix. Desde el suelo, a la luz de estaño que proyectaba una farola, veía una borrosa confusión de piernas enfundadas en vaqueros y de pies enfundados en zapatillas de deporte y sandalias. Muy cerca distinguí mis gafas: no parecían rotas. Rogué que las recogieran y alguien que no era Batista las recogió, pero no me las entregó. Entonces Matías y los hermanos Boix preguntaron qué pasaba. Nada, dijo Batista. Este catalanufo de mierda, que siempre está diciendo mentiras. No he dicho ninguna mentira, acerté a defenderme. Solo he dicho que iba a casa. ¿Lo veis?, dijo Batista, volviendo a retorcerme el brazo. ¡Otra mentira! Volví a gritar. Déjalo ya, le pidió Matías. No nos ha hecho nada. Sentí que Batista se volvía hacia él sin dejar de sujetarme. ¿No nos ha hecho nada?, preguntó. ¿Tú estás gilipollas o qué? Si no nos ha hecho nada por qué sale corriendo en cuanto nos ve, ¿eh? ¿Y por qué se esconde? ¿Y por qué no para de decir mentiras? Hizo una pausa y añadió: A ver, Dumbo, para variar, dime una verdad: ¿de dónde venías? No dije nada; además de la espalda y el brazo me dolía también la cara, aplastada contra el suelo de tierra. ¿Lo veis?, dijo Batista. Se calla. Y el que se calla es porque tiene algo que esconder. Igual que el que sale corriendo. ¿Sí o no? Suéltame, por favor, gemí. Batista se rió. Además de mentiroso eres gilipollas, dijo. ¿Te crees que no sabemos dónde te escondes? ¿Te crees que somos imbéciles? ¿Eh? ¿Qué te crees? Batista parecía esperar una respuesta; de repente me retorció con más fuerza el brazo y preguntó: ¿Qué has dicho? Yo no había dicho nada y dije que no había dicho nada. ¿Cómo que no?, preguntó Batista. Yo he oído que has dicho que soy un hijo de puta. Dije: No es verdad. Batista acercó su cara a mi cara mientras me retorcía el brazo hasta el límite; creí que me lo iba a partir. Sintiendo su aliento en la cara grité. Batista no hizo caso de mis gritos. ¿Me estás llamando mentiroso?, volvió a preguntar. Matías intervino otra vez, intentó pedirle a Batista que me dejara; Batista le atajó: le dijo que se callase y le llamó imbécil. A continuación me volvió a preguntar si le estaba llamando mentiroso. Yo dije que no. Inesperadamente, esa respuesta pareció calmarlo, y al cabo de unos segundos sentí que empezaba a aflojar la presión sobre mi brazo. Luego, sin decir una palabra más, Batista me soltó y se incorporó.

A toda prisa le imité, quitándome con la palma de la mano la tierra que se había quedado pegada a mi mejilla. Matías me alargó las gafas, pero antes de que yo pudiera cogerlas las cogió Batista. Me quedé mirándole. Sonreía; en la penumbra del parque, bajo los plátanos, sus facciones me parecieron vagamente felinas. ¿Las quieres?, dijo, ofreciéndome las gafas. Mientras yo alargaba la mano hacia ellas me las escondió. En seguida me las volvió a ofrecer. Si las quieres, lámeme los zapatos, dijo. Le sostuve la mirada unos segundos, y después miré a Matías y a los hermanos Boix, que me miraban expectantes. Una vez transcurrido ese tiempo me arrodillé delante de Batista, le lamí los zapatos —sabían a cuero y polvo—, volví a incorporarme y volví a quedarme mirándolo. Sus ojos parecieron destellar un momento antes de que él soltara un bufido que pareció una risa o una risa que pareció un bufido. Eres un cobarde, dijo por fin, tirándome las gafas al suelo. Me das asco.

Pasé la noche entera dando vueltas en la cama mientras trataba de no sentirme del todo avergonzado por el incidente con Batista y de encontrar algún alivio a mi humillación. No conseguí ni una cosa ni la otra, y después de aquello me propuse no volver a los recreativos Vilaró. Temía que Batista hubiera dicho la verdad y que supiera dónde me escondía y fuera a buscarme. ¿Qué podía pasar si me encontraba?, se preguntará usted. Nada, se responderá, y supongo que tiene razón; pero el miedo no es racional, y yo tenía miedo. Sea como sea, pronto la soledad y el aburrimiento pudieron más que el temor, y dos o tres días después volví a los recreativos. Al verme, el señor Tomàs me preguntó qué me había pasado y le dije que había estado enfermo; por mi parte le pregunté si seguía en pie nuestro trato. Claro, chaval, contestó.

Aquella tarde ocurrió algo que cambió mi vida. Llevaba yo ya un buen rato jugando con la máquina de Rocky Balboa cuando me sobresaltó la irrupción de un grupo de gente en el local. De entrada pensé, con pánico, que eran Batista y mis amigos; con alivio, casi con alegría, en seguida vi que eran el Zarco y Tere. Esta vez no iban solos: los acompañaban dos tipos; esta vez el señor Tomàs no los paró al entrar: se limitó a mirarlos desde la puerta de su garita, con los brazos en jarras y la libreta de crucigramas en una mano. Pasado el primer momento, pasaron el alivio y la alegría y volvió la inquietud, sobre todo cuando los cuatro recién llegados vinieron directamente hacia mí. ¿Qué hay, Gafitas?, preguntó el Zarco. ¿No piensas venir a La Font? Me aparté de la máquina y le cedí los mandos; él se paró en seco; señalándome sonriente se volvió hacia los dos tipos: ¿Veis? Este es mi Gafitas: no hace falta decirle las cosas para que las haga. Mientras el Zarco cogía los mandos de la máquina y se ponía a terminar la partida que yo había abandonado, Tere también me saludó. Me dijo que me habían estado esperando en La Font y me preguntó por qué no había ido. Los otros dos tipos me observaban con interés. Más tarde supe que los llamaban el Gordo y el Tío: el Gordo, porque era tan flaco que parecía vivir de perfil; el Tío, porque, de cada tres palabras que pronunciaba, una era «tío». El Gordo vestía pantalones estrechos y acampanados y lucía una media melena ondulante que parecía fijada con laca; el Tío era más bajo que él y, aunque también era el mayor de todos, tenía un aire un poco aniñado, la boca casi siempre entreabierta, la mandíbula un poco descolgada. Contesté con excusas la pregunta de Tere, pero nadie hizo caso de mi respuesta: el Zarco estaba ya concentrado en la máquina de Rocky Balboa y el Gordo y el Tío jugaban en la máquina de al lado; en cuanto a Tere, también pareció desinteresarse de mí en seguida. De todos modos me quedé junto a ella mientras sus amigos jugaban, sin atreverme a marcharme o sin querer marcharme, escuchando los comentarios de los cuatro, viendo entrar y salir al señor Tomàs de su garita y viendo a los habituales del local lanzándonos miradas de reojo.

Ya había terminado el Zarco su partida y le había cedido su sitio a Tere cuando volvió a aparecer en los recreativos el tipo del Fred Perry. El Zarco cambió unas palabras con él y el Gordo y el Tío dejaron de jugar y los cuatro salieron juntos a la calle. Tere se quedó jugando su partida. Ahora, en vez de mirar todo el tiempo al tablero, yo la miraba de vez en cuando a ella, furtivamente, y en determinado momento me sorprendió haciéndolo; para disimular le pregunté quién era el tipo del Fred Perry. Un camello, contestó. Después me preguntó si fumaba. Contesté que sí. Chocolate, aclaró Tere. Yo sabía lo que era el chocolate (igual que sabía lo que era un camello), pero no lo había probado nunca y no dije nada. Tere adivinó la verdad. ¿Quieres probarlo?, preguntó. Me encogí de hombros. Si quieres probarlo ven a La Font, dijo Tere. En una pausa entre bola y bola me miró y preguntó: ¿Vas a venir o no? No tenía ninguna intención de ir, pero no quería decírselo. Miré la imagen de Rocky Balboa que dominaba el tablero de la máquina del millón; la había visto mil veces: Rocky musculoso y triunfal, vestido solo con unos calzones estampados con la bandera norteamericana, levantando sus brazos hacia el estadio vociferante mientras un púgil derrotado yacía a sus pies en la lona del cuadrilátero. Miré esa imagen y me recordé lamiéndole los zapatos a Batista y volví a sentir toda la vergüenza de mi humillación. Como si temiese que el silencio pudiera delatar lo que sentía, a toda prisa contesté la pregunta de Tere con otra pregunta: ¿Vais cada día? Me refería a La Font; Tere lo entendió. Más o menos, contestó, y lanzó una nueva bola; al tragársela también la máquina volvió a preguntar: ¿Qué? ¿Vas a venir? No lo sé, dije; añadí: Creo que no. ¿Por qué no?, insistió Tere. Volví a encogerme de hombros, y ella siguió jugando.

Yo seguí mirándola. Fingía que miraba el tablero de la máquina, pero la miraba a ella. Tere lo notó. La prueba es que aún no había terminado de jugar su bola cuando dijo: ¿A que estoy buena, Gafitas? Me ruboricé; en seguida me arrepentí de haberme ruborizado. En los recreativos reinaba un ruido considerable, pero tuve la impresión de que en el centro del guirigay se hacía un silencio absoluto, que solo yo escuchaba. Fingí que no había oído bien la pregunta. Tere no me la repitió; acabó de jugar su bola sin prisa y, dejando la partida a medias, me cogió de una mano y dijo: Ven.

¿Le he dicho ya que algunas cosas que pasaron aquel verano son como si las hubiera soñado y no como si las hubiera vivido? Lo que pasó a continuación fue una de ellas. Tere me arrastró hasta el fondo de los recreativos esquivando a la gente que empezaba a llenarlos, y sin soltarme de la mano entramos en los lavabos de mujeres. Eran idénticos a los de hombres —había un largo pasillo con un gran espejo en la pared, frente al que se alineaban las cabinas de los retretes—, y en aquel momento estaban casi vacíos: solo una pareja de chicas con tacones y minifalda se arreglaba las pestañas frente al espejo. Cuando Tere y yo entramos, las chicas nos miraron, pero no dijeron nada. Tere abrió la puerta de la primera cabina y me invitó a pasar. ¿Adónde vamos?, pregunté. Entra, contestó. Desconcertado, miré a las dos chicas, que seguían mirándonos. ¿Qué pasa?, les espetó Tere. ¿Tengo monos en la cara?

Dando un respingo, las chicas se volvieron otra vez hacia el espejo. Tere me empujó a la cabina, entró y cerró la puerta y el pestillo. La cabina era un espacio minúsculo donde solo cabían un retrete y una cisterna; el suelo era de cemento y las paredes de madera y se cortaban antes de llegar al suelo. Me recosté contra una de ellas; Tere se puso el bolso a la espalda y me ordenó: Bájate los pantalones. ¿Qué?, pregunté. La respuesta de Tere consistió en besarme en la boca: un beso largo, denso y húmedo, con su lengua caracoleando contra la mía. Era la primera vez en mi vida que me besaba una mujer. Que te bajes los pantalones, repitió. Como un sonámbulo me desabroché el cinturón y me bajé los pantalones. Los calzoncillos también, dijo Tere. Obedecí. Cuando terminé de hacerlo, Tere me cogió el miembro con la mano. Y ahora fíjate, Gafitas, me pidió. A continuación se agachó, se metió mi miembro en la boca y empezó a chupármelo. Acabó pronto, porque, aunque hice lo posible por aguantar, me corrí en seguida. Tere se incorporó y me besó en los labios; ahora su boca sabía a semen. ¿Te ha gustado?, preguntó, sosteniendo todavía mi miembro agotado en su mano. Acerté a balbucear algo. Entonces Tere hizo una sonrisa fugaz pero perfecta, me soltó y, antes de marcharse de la cabina, dijo: Mañana te espero en La Font.

No sé cuánto tiempo estuve con los pantalones a la altura de los tobillos, tratando de recuperarme de la impresión, ni cuánto tardé en vestirme. Pero cuando salí de la cabina los lavabos ya estaban vacíos. Y, cuando salí de los lavabos, Tere ya no estaba en los recreativos; tampoco el Zarco, el Gordo y el Tío habían vuelto a entrar. Fui hasta la puerta, me asomé a la calle y miré a un lado y a otro, pero no vi a nadie. El señor Tomàs apareció a mi lado. ¿Dónde te habías metido?, preguntó. Le miré: llevaba las manos en los bolsillos, y no se había dado cuenta de que la presión de su barriga había hecho saltar dos botones de su camisa; por la abertura sobresalía una mata de pelos rizados y canosos. Antes de que yo pudiera contestar formuló otra pregunta: Oye, chaval, ¿te encuentras bien? Tienes mala cara. Le dije que estaba bien y, para salir del paso, añadí que, aunque ya me sentía mejor, había vomitado en el lavabo, y que quizá todavía no estaba del todo repuesto. Pues ándate con ojo, chaval, me aconsejó el señor Tomàs. Que las recaídas son muy malas. Luego me preguntó de qué había estado hablando con el Zarco, con Tere y con los otros y le dije que aquella vez no habíamos hablado de nada. El señor Tomàs chasqueó la lengua. No me fío un pelo de esos quinquis, dijo. Luego me pidió: Tú no les pierdas ojo si vuelven, ¿de acuerdo? Dije que de acuerdo y, mirando la doble hilera de coches aparcados bajo el paso elevado del tren, por un momento pensé que no vería nunca más a Tere y pregunté: ¿Cree usted que volverán? No lo sé, contestó el señor Tomàs; y mientras regresaba a su garita añadió: Con esa gente nunca se sabe.

Al día siguiente fui a La Font.

2

–Pues sí: soy policía. ¿Que por qué me hice policía? No lo sé. Hombre, seguro que influyó que mi padre fuera guardia civil. Y además me imagino que en aquella época yo era tan idealista y tan novelero como cualquier chaval de mi edad; ya me entiende: en las películas el policía era el bueno que salvaba a los buenos de los malos, y eso era lo que yo quería ser.

El caso es que a los diecisiete años preparé oposiciones a inspector del Cuerpo General de Policía, la policía secreta. Era un estudiante malísimo, pero durante nueve meses estudié como un loco y al cabo de ese tiempo saqué las oposiciones, y encima con buen número. ¿Qué le parece? Para hacer las prácticas tuve que mudarme de Cáceres a Madrid; allí me instalé en una pensión de Jacometrezo desde donde iba y venía a diario hasta la Escuela de Policía, en el número 5 de la calle Miguel Ángel. En esa época empecé a entender en qué consistía de verdad este oficio. ¿Y sabe una cosa? No me decepcionó; bueno, algunas cosas sí me decepcionaron –ya sabe: las rutinas obligatorias, los compañeros tarados, los mares de burocracia, cosas por el estilo–, pero a cambio hice un descubrimiento que debió sorprenderme muchísimo y no me sorprendió nada, y es que ser policía era lo que siempre había pensado que iba a ser. Ya le digo que era un idealista, y además un idealista tan tozudo que durante mucho tiempo creí que mi oficio era el mejor oficio del mundo; ahora que llevo casi cuarenta años haciéndolo ya sé que es el peor, dejando aparte todos los demás.

¿De qué estábamos hablando? Ah, sí. Mis prácticas. Para qué mentirle: Madrid me intimidaba un poco, en parte porque siempre había vivido en una ciudad pequeña y en parte porque aquella era una época difícil y yo y los compañeros veteranos con los que patrullaba por la ciudad nos topábamos a todas horas con altercados callejeros: un día era una manifestación ilegal, otro un atentado terrorista, otro un atraco a un banco. Qué sé yo. El caso es que me dije en seguida que aquel follón era demasiado para mí y que ni Madrid ni ninguna gran ciudad me convenía de momento.

Esa es una de las razones que explican la decisión que tomé al terminar las prácticas: pedir plaza aquí, en Gerona. Yo quería y no quería volver a Cáceres. La ciudad me gustaba, pero no me gustaba un pelo la idea de volver a vivir en ella, y menos todavía con mis padres. Y entonces pensé que Gerona era una buena solución para aquel querer y no querer, porque no era Cáceres pero se le parecía mucho —las dos eran capitales de provincia viejas y tranquilas, con un gran casco antiguo y tal—, y pensé que eso haría que no me sintiese extraño en Gerona; también debí de pensar que allí podría foguearme antes de volver a casa o de elegir un destino mejor, haciendo un trabajo menos duro y más fácil que el que me tocaría hacer en una gran ciudad. Además (esto puede parecerle una tontería pero fue importantísimo), no sé por qué sentía mucha curiosidad por los catalanes, sobre todo por la gente de Gerona. Miento, sí lo sé: sentía curiosidad porque durante las prácticas leí *Gerona*, la novela de Galdós. ¿La conoce usted? Es un retrato de la ciudad durante el sitio que le montaron las tropas de Napoleón. Cuando lo leí, hace cuarenta años, me entusiasmó; aquello era la hostia: la tragedia total de la guerra, la grandeza de una ciudad entera en armas y defendida por una gente de hierro, el heroísmo del general Álvarez de Castro, un personaje de tamaño mitológico que se niega a entregar a los franceses la ciudad arruinada y muerta de hambre, y que Galdós pinta como el mayor patriota de su siglo. ¿Qué le parece? En 1974 yo tenía solo diecinueve años y aquellas cosas me impresionaban, así que pensé que Gerona era el lugar ideal donde empezar.

Pedí Gerona y me la dieron.

Recuerdo igual que si fuera hoy el día que llegué. Había hecho el viaje en tren con otros cinco compañeros novatos, y al bajar en la estación fuimos al hotel Condal, donde habíamos reservado habitaciones. Debían de ser las siete o las siete y media de la tarde y, como corría el mes de febrero, ya era noche cerrada y todo estaba a oscuras. Esa es la primera sensación que conservo de Gerona: la sensación de oscuridad; la segunda es la sensación de humedad; la tercera es la sensación de suciedad; la cuarta (y la más intensa) es la sensación de soledad: una soledad total y absoluta, que ni siquiera había sentido en mis primeros días de Madrid, solo en mi cuarto de la pensión de Jacometrezo. Al llegar al hotel deshicimos las maletas, nos lavamos un poco y salimos a cenar. Uno de mis compañeros era de Barcelona y conocía la ciudad, de modo que le seguimos. En busca de un restaurante caminamos por Jaume I, cruzamos la plaza del Marquès de Camps y la de Sant Agustí, donde está la estatua de Álvarez de Castro y los defensores de la ciudad, que aquel día no vi o en la que no reparé; luego cruzamos el Onyar y adivinamos casi a oscuras sus aguas podridas y la tristeza de las fachadas que daban al río, llenas de ropa puesta a secar; luego anduvimos por el casco antiguo y recorrimos de abajo arriba la Rambla y cruzamos la plaza de Cataluña y, cuando ya estábamos a punto de darnos por vencidos y mandarlo todo a la mierda y meternos en la cama en ayunas después de aquel paseo deprimente y aquel viaje agotador, topamos con un sitio abierto muy cerca del hotel. Era el Rhin Bar. Allí, después de regatear con el dueño, que estaba cerrando y no nos quería servir, nos tomamos un vaso de leche. De ese modo conseguí meterme aquella noche en la cama sin el estómago vacío, y en cuanto lo hice pensé que me había equivocado y que tan pronto como pudiera pediría un cambio de destino y me marcharía de aquella ciudad dejada de la mano de Dios.

Nunca hice nada de eso: no pedí un cambio de destino ni volví a Cáceres ni me marché de esta ciudad. Ahora es mi ciudad. Mi mujer es de aquí, mis hijos son de aquí, mi padre y mi madre están enterrados aquí, y yo la quiero y la odio más o menos como uno odia y quiere lo que más le importa. Aunque bien pensado no es verdad: la verdad es que la quiero mucho más que la odio; si no fuera así no la hubiese aguantado tanto tiempo, ¿no le parece? A veces incluso me siento orgulloso de ella, porque yo he hecho tanto como el que más para que sea como es; y créame: ahora es mucho mejor de lo que era cuando llegué… En aquella época, ya se lo he dicho, era una ciudad horrible, pero lo cierto es que en seguida me acostumbré a ella. Vivía con mis cinco compañeros en un piso alquilado de la calle Montseny, en el barrio de Santa Eugènia, y trabajaba en la comisaría de Jaume I, cerca de la plaza de Sant Agustí. Gerona siempre ha sido una balsa de aceite, pero todavía lo era más en aquella época, cuando Franco aún no había muerto, de forma que, como había previsto, mi trabajo era mucho más sencillo y menos peligroso que el que había hecho durante mis prácticas. Estaba a las órdenes del subcomisario que mandaba la Brigada de Investigación Criminal (el subcomisario Martínez) y de un inspector veterano que mandaba uno de los dos grupos en que se dividía la Brigada (el inspector Vives). Martínez era una buena persona y un buen policía, pero pronto me di cuenta de que Vives, que podía llegar a ser divertido, en el fondo era un matón descerebrado. Para qué mentirle: entonces había bastantes policías así. Por suerte no lo era ninguno de los compañeros con los que tenía que compartir grupo y piso, porque con ellos convivía a todas horas: pasábamos las mañanas en comisaría, comíamos en Can Lloret, en Can Barnet o en El Ánfora, por las tardes salíamos a hacer la ronda, por las noches dormíamos debajo del mismo techo y los días libres intentábamos divertirnos juntos, cosa que en la Gerona de aquella época era casi más difícil que hacer bien nuestro trabajo. Es verdad que los medios con que contaba la Brigada eran pobrísimos (solo teníamos por ejemplo dos coches camuflados, que encima todo el mundo conocía porque siempre estaban aparcados delante de comisaría), pero tampoco necesitábamos muchos más, porque la delincuencia en la ciudad era poca y estaba concentrada en el barrio chino, y eso hacía que fuera bastante sencillo tenerla vigilada: todos los chorizos se juntaban en el chino, todos los golpes se cocían en el chino, y en el chino, tarde o temprano, todo el mundo lo sabía todo de todo el mundo. Así que bastaba pasar cada tarde y cada noche por el chino para controlar sin muchos problemas lo que pasaba en la ciudad.

—¿Y ahí es donde conoció usted al Zarco?

—Exacto: ahí es donde lo conocí.

3

—Ya se lo dije: a los dieciséis años yo había oído hablar del barrio chino, aunque lo único que sabía de él es que era un lugar poco recomendable y que quedaba al otro lado del río, en el casco antiguo. A pesar de mi ignorancia, la primera vez que fui a La Font no me perdí.

Aquella tarde crucé el Onyar por el puente de Sant Agustí, ya en el casco antiguo doblé a la izquierda por la calle Ballesteries, continué por Calderers y, al dejar a la derecha la iglesia de Sant Fèlix y entrar en la calle de La Barca, comprendí que había llegado al chino. Lo comprendí por la peste de basura y de orina que subía como una vaharada espesa de los adoquines recalentados bajo el sol de la siesta; también por la gente que había en el cruce del Portal de La Barca, apurando la sombra mezquina que arrojaban las fachadas de aquellos edificios decrépitos: un viejo de mejillas chupadas, una pareja de adultos patibularios y tres o cuatro quinquis veinteañeros, todos fumando y sosteniendo vasos de vino y quintos de cerveza. Pasé junto a ellos sin mirarlos, y más allá del cruce del Portal de La Barca vi el bar Sargento; a su lado estaba La Font. Me paré a la puerta y espié a través de los cristales. Era un bar pequeño, estrecho y alargado, con una barra a la izquierda y un pasillo que corría delante de ella, hundiéndose hacia el fondo hasta ensancharse en una salita. El local estaba casi vacío: en la salita había varias mesas, pero no vi a nadie sentado a ellas; un par de clientes conversaban frente a la barra; detrás de la barra una mujer enjuagaba vasos en el fregadero; encima de la mujer, clavado en la pared, un cartel rezaba: «Prohibido fumar porros». No me atreví a entrar y continué hasta la esquina de La Barca con Bellaire, en el límite del chino. Por allí merodeé un buen rato, entre el paso elevado del tren y la iglesia de Sant Pere, dudando si regresar a casa o intentarlo de nuevo, hasta que en determinado momento me armé de valor, volví a La Font y entré.

Ahora había bastante más gente en el bar, aunque no estaban ni Tere ni el Zarco. Un poco acobardado, me coloqué en un extremo de la barra, junto a la puerta, y en seguida se acercó la patrona —una mujer pelirroja y malcarada, con un mandil lleno de lamparones— y me preguntó qué quería; le pregunté por el Zarco y me dijo que no había llegado; luego le pregunté si sabía cuándo iba a llegar y me contestó que no lo sabía; luego se quedó mirándome. ¿Qué pasa?, dijo por fin. ¿No vas a tomar nada? Pedí una Coca-Cola, la pagué y me puse a esperar.

Tere y el Zarco no tardaron en aparecer. En cuanto cruzaron la puerta de La Font me vieron; en cuanto me vieron, la cara de Tere se iluminó. El Zarco me palmeó la espalda. ¡Joder, Gafitas!, dijo. Ya era hora, ¿no? Me llevaron hasta el fondo del local y nos sentamos a una mesa donde estaban sentados dos chavales: a uno, pecoso y de ojos rasgados, lo llamaban el Chino; el otro encadenaba un cigarrillo detrás de otro y era muy pequeño y muy nervioso, tenía la cara llena de granos y lo llamaban el Colilla. El Zarco hizo que me sentara entre Tere y él, y mientras pedía cervezas a la patrona apareció Lina, una rubia con minifalda y zapatillas de color fucsia que, según supe más tarde, era la chica del Gordo. Nadie me presentó a nadie y nadie me decía nada: Tere hablaba con Lina, y el Colilla y el Chino hablaban con el Zarco; ni siquiera el Gordo y el Tío dieron señales de reconocerme cuando llegaron al cabo de un rato. Me sentía totalmente fuera de lugar, pero ni por un momento se me ocurrió marcharme.

Poco después se nos unió un tipo que parecía algo mayor que los demás. Calzaba botas camperas, llevaba unos pantalones estrechísimos y acampanados y la camisa abierta; una cadena dorada le brillaba en el pecho. El tipo se sentó a horcajadas en una silla, junto al Zarco, apoyó los antebrazos en el respaldo y me señaló: ¿Y este niño pera? Todos se callaron; de golpe noté ocho pares de ojos fijos en mí. El Zarco rompió el silencio. ¡Joder, Guille!, le reprochó. Es el tío de can Vilaró: ya te dije que acabaría viniendo. El Guille puso cara de no saber de qué le estaban hablando. El Zarco se disponía a continuar cuando le frenó la patrona, que apareció con más cervezas y con un chaval al que llamaban el Drácula. Cuando se marchó la patrona (y se quedó el Drácula: le llamaban así porque un colmillo le asomaba de los labios), el Zarco continuó: Anda, Gafitas, cuéntale al Guille lo que me contaste la otra tarde. Aunque adiviné a qué se refería, le pregunté a qué se refería. A lo que me contaste de los recreativos, contestó. Lo conté; halagado por mi protagonismo, quizá tratando de hacer méritos delante del grupo (o solo delante de Tere), añadí que ahora ayudaba al señor Tomàs a cerrar el local. El Zarco me hizo algunas preguntas, entre ellas cuánto dinero recaudaba a diario el señor Tomàs. No lo sé, dije, sinceramente. Más o menos, insistió el Zarco. Di una cifra demasiado alta, y el Zarco miró al Guille y yo miré a Tere y en aquel momento intuí que no debía haber contado lo que acababa de contar.

En seguida olvidé la intuición, y el resto de la tarde lo pasé con ellos. Después de mi momento estelar a cuenta de los recreativos y el señor Tomàs, casi no volví a abrir la boca; me limité a tratar de pasar inadvertido y a escuchar mientras ellos bebían cerveza en La Font y salían a fumar porros sentados en el pretil del puente que cruza el Galligans, en la plaza de Sant Pere. Fue así como aquella misma tarde me enteré de tres cosas: la primera es que el Zarco y Tere vivían en los albergues provisionales (según supe más tarde, los demás vivían en Pont Major, Vilarroja y Germans Sàbat, pero todos o casi todos habían vivido en los albergues y la mayoría se había conocido allí); la segunda es que, salvo el Zarco, que era de Barcelona y apenas llevaba unos meses viviendo en Gerona, todos eran de Gerona o llevaban muchos años viviendo aquí; y la tercera es que el Zarco, el Guille, el Gordo y el Drácula habían pasado temporadas en reformatorios (según supe más tarde, entre el verano anterior y el invierno de aquel mismo año el Zarco había estado ingresado en la Modelo de Barcelona, aunque entonces aún no había cumplido dieciséis años y no alcanzaba la edad penal). Por lo demás, hasta aquel día yo no había probado el hachís, de manera que al atardecer, cuando ya habían pasado la sensación de bienestar y las risas incontrolables que al principio me provocaron un par de caladas de porro, empecé a encontrarme mal y, mientras volvíamos a La Font desde la plaza de Sant Pere, me escabullí del grupo alejándome del chino por la calle Bellaire.

Caminar por La Devesa me hizo bien. Cuando llegué a los recreativos todavía estaban abiertos, y al pasar frente a la garita del señor Tomàs le saludé con un gesto, pero no me paré a hablar con él. Fui directamente a los lavabos; me miré en el espejo: estaba pálido y tenía los ojos enrojecidos. Aún me sentía flotar en una niebla espesa; para despejarla oriné, me quité las gafas, me lavé la cara y las manos. Entonces, mientras volvía a mirarme en el espejo, me acordé de las preguntas del Zarco y el Guille sobre el señor Tomàs y los recreativos. Al salir de los lavabos casi me di de bruces con el viejo; como si me hubiera pillado en falta, me asusté. ¿Qué pasa?, preguntó el señor Tomàs. ¿Has vomitado otra vez? Contesté que no. Pues sigues teniendo cara de enfermo, chaval, dijo el señor Tomàs. Deberías ir al médico. Habíamos echado a andar hacia su garita. Los recreativos todavía estaban llenos de gente, pero el señor Tomàs me anunció: Dentro de diez minutos cerramos. En ese momento pensé que debía contarle lo que les había contado al Zarco y al Guille y a los demás en La Font, y lo que empezaba a sospechar de ellos; solo entonces comprendí que quizá él lo había sospechado mucho antes que yo, desde la misma tarde en que el Zarco y Tere aparecieron por los recreativos, y que precisamente por eso me había ofrecido convertirme en su ayudante. Con todo, no me atreví a confesarle mis sospechas —al fin y al cabo hacerlo era también confesar que había estado con el Zarco y con los otros y que en cierto modo me había convertido en su cómplice, o por lo menos que había hablado demasiado— y diez minutos más tarde le ayudé a cerrar el local.

Aquella misma noche tuve la primera bronca con mi padre. Me refiero a la primera bronca más o menos seria, claro, porque broncas sin importancia ya habíamos tenido unas cuantas; no muchas, la verdad: hasta entonces yo me había comportado como un buen chico, y quien se llevaba las broncas en mi casa era mi hermana, que para eso era la mayor (y que por eso, porque yo iba de buen chico y nunca me enfrentaba a mis padres, me acusaba de cobarde, de hipócrita, de pusilánime y de acomodaticio). Pero en los últimos tiempos aquello había empezado a cambiar y los roces entre mis padres y yo —sobre todo entre mi padre y yo— se habían vuelto habituales; supongo que era lógico: al fin y al cabo yo era un adolescente; también supongo que, como nada satisface tanto como poder echar a alguien las culpas de todos nuestros males, una parte de mí echaba a mis padres la culpa de todos mis males, o por lo menos de todo el mal que me estaba haciendo Batista, como si hubiese llegado a la conclusión de que el resultado inevitable de la educación de charnego dócil que me habían dado mis padres fuese el horror en que me había encerrado Batista, o como si ese horror formase parte de la lógica natural de las cosas y Batista se estuviese limitando a hacer conmigo lo que, sin que yo lo supiese ni nadie me lo hubiese advertido, su padre había hecho siempre con mi padre.

No lo sé. El caso es que durante meses me había ido creciendo en las entrañas un rencor sin palabras contra mis padres, una furia sorda que afloró entonces, el primer día que me bebí unas cervezas y me fumé unos porros con la basca del Zarco. Guardo un recuerdo un poco impreciso de lo que pasó aquella noche, quizá porque durante el verano hubo varios episodios parecidos y en mi memoria todos tienden a confundirse en uno solo: una de esas peleas inter- cambiables entre padres e hijos en las que todos se dicen cosas brutales y todos tienen razón. Lo que sí recuerdo es que cuando entré en mi casa eran más de las nueve y mis padres y mi hermana ya estaban cenando. Llegas tarde, dijo mi padre. Masculló una disculpa y me senté a la mesa; mi madre me sirvió la cena y se volvió a sentar. Cenaban vien- do las noticias de la tele, aunque el volumen del aparato estaba tan bajo que apenas interfería en la conversación. Yo empecé a comer sin levantar la vista de la comida, salvo para mirar de vez en cuando la pantalla. Mi hermana absor- bía la atención de mis padres: acababa de terminar COU en el instituto Vicens Vives y, mientras se preparaba para ir a la universidad el año siguiente, había conseguido un trabajo de verano en unos laboratorios farmacéuticos. Cuando mi hermana terminó de hablar (o quizá simplemente es que hizo una pausa), mi padre se volvió hacia mí y me pregun- tó cómo estaba; esquivando su mirada contesté que bien. Luego me preguntó de dónde venía y contesté que de por ahí. Uyuyuy, intervino entonces mi hermana, como si no soportase dejar de ser por un momento la protagonista de la cena. ¡Pero qué ojitos tienes! ¿Te has fumado un porro o qué? En el comedor se hizo un silencio solo turbado por el sonido de la tele, que estaba dando la noticia de un atenta- do de ETA. Tú cállate, imbécil, se me escapó. No hace falta insultar a nadie, intervino mi madre. Además, tu hermana lleva razón, añadió, poniéndome una mano en la frente. Tienes los ojos colorados. ¿Te encuentras bien? Apartando la frente dije que sí y continué cenando.

Por el rabillo del ojo vi que mi hermana me observaba con las cejas arqueadas, burlona; antes de que ella o mi madre pudieran añadir algo, mi padre preguntó: ¿Con quién has estado? No respondí. Insistió: ¿Has estado bebiendo? ¿Has estado fumando? Pensé: ¿Y a ti qué te importa? Pero no lo dije, y de golpe sentí un gran sosiego, una gran seguridad en mí mismo, igual que si en un segundo hubiera desaparecido la confusión de la cerveza y los porros y hubiera quedado solo una forma lúcida de embriaguez. ¿Qué es esto?, pregunté sin alterarme. ¿Un interrogatorio? Mi padre endureció el gesto. ¿Te pasa algo?, preguntó. Déjalo ya, Andrés, terció mi madre, tratando otra vez de poner paz. Cállate, por favor, la atajó mi padre. Ahora yo le sostenía la mirada; mi padre insistió: He dicho que qué te pasa. Nada, contesté. Entonces por qué no me contestas, preguntó. Porque no tengo nada que contestar, respondí. Mi padre se calló y se volvió hacia mi madre, que entornó los ojos y le imploró en silencio que lo dejase correr; mi hermana contemplaba la escena disimulando a duras penas su satisfacción. Mira, Ignacio, dijo mi padre. No sé lo que te pasa últimamente, pero no me gusta que te comportes como te estás comportando: si vas a seguir viviendo en esta casa… Y a mí no me gusta que me des lecciones, le interrumpí; luego continué, embalado: ¿Cuándo empezaste tú a beber? ¿Cuándo empezaste a fumar? ¿A los catorce años? ¿A los quince? Yo tengo dieciséis, así que déjame en paz. Mi padre no me interrumpió; pero, cuando terminé de hablar, abandonó los cubiertos en el plato y dijo sin levantar la voz: La próxima vez que me hables así te parto la cara. Noté como un golpe en el pecho y la garganta, miré mi plato casi vacío y luego miré la tele: en la pantalla, el ministro del

Interior –un hombre de gafas cuadradas y semblante adusto– estaba condenando en nombre del gobierno el atentado terrorista. Mientras me levantaba de la mesa murmuré: Vete a la puta mierda.

Los gritos de mi padre me persiguieron hasta mi cuarto. Mi hermana fue la primera en acudir a ofrecerme su comprensión y sus consejos; naturalmente, no le hice ni caso. Tampoco le hice caso a mi madre, aunque ella parecía preocupada de verdad. Tumbado en la cama, trataba en vano de leer: me sentía demasiado orgulloso de mí mismo, me preguntaba por qué no era capaz de enfrentarme a Batista con la serenidad con que me enfrentaba a mi padre; antes de quedarme dormido me prometí, lleno de resolución, que al día siguiente iría a La Font y hablaría con el Zarco para pedirle que no molestasen al señor Tomás, y que luego hablaría con Tere para preguntarle si salía con el Zarco: si la respuesta era no, me prometí, le pediría que saliera conmigo.

Al día siguiente fui a La Font sin pasar por los recreativos. En la mesa de la tarde anterior estaban el Gordo, Lina, el Drácula y el Chino, que no se extrañaron cuando me uní a ellos. El Zarco y Tere llegaron al cabo de un rato. Ayer te fuiste sin despedirte, dijo Tere sentándose a mi lado. Creí que no ibas a volver. Me excusé con la verdad –o con media verdad: le dije que había ido a cerrar los recreativos–, y me recordé la doble promesa que me había hecho la víspera. Sintiéndome incapaz de hablar con el Zarco, pero no con Tere, al cabo de un rato le dije a Tere que quería hablar con ella. ¿De qué?, preguntó. De dos cosas, contesté. Tere esperó a que empezara. Señalé al Zarco y a los demás y dije: Aquí no.

Salimos a la calle. Tere se apoyó en la pared junto a la puerta de La Font, se cruzó de brazos y me preguntó de qué quería hablar. De inmediato supe que no tenía el valor de preguntarle si era la chica del Zarco. Decidí hablarle de los recreativos y, después de arrimarme yo también contra la pared para dejar pasar un camión de bebidas que apenas cabía por la calle de La Barca, le pregunté: ¿Vais a hacerle algo al señor Tomàs? ¿Quién es el señor Tomàs?, preguntó Tere. El viejo de los recreativos Vilaró, contesté. ¿Vais a robarle? Tere puso cara de extrañeza, se rió y descruzó los brazos. ¿De dónde has sacado eso?, quiso saber. Ayer el Zarco me preguntó por los recreativos, contesté. Y el primer día que nos vimos también. Así que pensé que… Segunda cosa, me interrumpió Tere. ¿Qué?, pregunté. Segunda cosa, repitió. Me has dicho que querías hablar de dos cosas, ¿no? La primera es una gilipollez; cuál es la segunda. Se quedó mirándome con toda la crueldad que daban de sí sus ojos y con sus labios curvados en una mueca entre irónica y despectiva; me pregunté dónde quedaba la chica de los lavabos de los recreativos y para qué me habría hecho ir a La Font, me alegré de no haberle preguntado si salía con el Zarco, me sentí completamente ridículo. No hay segunda cosa, dije. Tere se encogió de hombros y volvió a entrar en el bar.

Pasamos el resto de la tarde como la tarde anterior, fumando y bebiendo entre La Font y el puente del Galligans. En una de esas idas y venidas el Zarco me agarró del brazo en el cruce de La Barca con Bellaire. Oye, Gafitas, dijo, obligándome a parar. Tere me ha contado que estás un poco mosca. Vi cómo Tere y los demás se alejaban por La Barca hacia La Font. Era viernes y, aunque aún no había anochecido, grupos de noctámbulos empezaban a llegar al chino. El Zarco continuó: ¿Es verdad que creías que íbamos a pegar un palo en can Vilaró? No tenía sentido negarlo, así que no lo negué. ¿Y de dónde has sacado tú eso?, preguntó. Se lo dije. Me escuchó con atención, pero aún no había terminado de hablar cuando me soltó el brazo y me puso la mano en el hombro. Bueno, ¿y qué pasa si es verdad?, preguntó. Me dijiste que no tenías pasta, ¿no? Pues así es como se hace la pasta: tú nos cuentas de qué va la cosa, nosotros damos el palo y luego te llevas tu parte. Hizo una pausa antes de concluir: No hay riesgo. Negocio redondo. ¿Qué más quieres?

Se quedó mirándome y aguardando mi respuesta. Nada, contesté. ¿Entonces por qué estás mosca?, insistió. No sabía cómo explicarlo. Expliqué: Es que yo no soy como vosotros. El Zarco sonrió: una sonrisa dura, de dientes blancuzcos. ¿Y eso qué quiere decir?, preguntó. Antes de contestar reflexioné. Quiere decir que no quiero mi parte, dije, y añadí de corrido: No quiero hacer ningún negocio. No quiero que por mi culpa le pase nada al viejo. No quiero que le robéis. Ahora la expresión del Zarco fue de desconcierto y sus ojos se estrecharon hasta reducirse a dos ranuras, por las que solo asomaba una pincelada azul. ¿Qué pasa?, preguntó por fin. ¿El viejo es colega tuyo? Más o menos, contesté. ¿En serio?, insistió, abriendo los ojos de par en par. Asentí. El Zarco tardó unos segundos en procesar mi respuesta; luego me quitó la mano del hombro y compuso un gesto entre resignado y comprensivo. Bueno, dijo en otro tono. Si es colega tuyo la cosa cambia. ¿Eso significa que no le vais a hacer nada al viejo?, pregunté. Claro, contestó el Zarco, metiéndose las manos en los bolsillos. La amistad es sagrada, Gafitas. ¿No te parece?

Dije que sí. Estábamos a la sombra, pero el aire todavía era caliente y más allá de la acera el sol seguía cayendo con fuerza sobre los adoquines. A espaldas del Zarco, el bar Gerona estaba abarrotado. La gente seguía llegando al chino. Entonces no hay palo, resolvió el Zarco. Los colegas son los colegas. Se lo diré al Guille y a los demás. Lo entenderán. Y si no lo entienden que se jodan: aquí el kíe soy yo. Gracias, dije. No me des las gracias, dijo el Zarco. Eso sí, me debes una. Sacó la mano derecha del bolsillo y me señaló con la uña larga y sucia de su índice mientras lo movía de arriba abajo y añadía: Hoy por ti y mañana por mí. Dicho esto volvimos a La Font. Un rato después, cuando me iba ya del chino sin que hubiéramos vuelto a mencionar el asunto, el Zarco me agarró de la muñeca y me señaló otra vez con el índice mientras Tere nos miraba. No te olvides de que me debes una, Gafitas, dijo. Y repitió: Hoy por ti y mañana por mí.

Aquella misma noche tomé la decisión de no volver a La Font. Ya tenía suficiente: mis dos incursiones en el chino habían supuesto un riesgo enorme y habían estado a punto de provocarle una catástrofe al señor Tomàs; pero sobre todo habían bastado para convencerme de que Tere no era para mí y de que nunca podría volver a pasar lo que había pasado entre ella y yo en los lavabos de los recreativos. Aunque de esto último no estoy tan seguro; quiero decir que no estoy tan seguro de que yo estuviese seguro de eso. Sea como sea, mi impresión era que no me quedaba nada de mi paseo por el lado salvaje, salvo la certeza de que, más allá del río, había un mundo que no guardaba ninguna relación con el que yo conocía.

Pasé el fin de semana entre mi casa y los recreativos Vilaró, leyendo y viendo la tele y jugando las partidas gratis que había acumulado a cuenta de la ayuda que le prestaba al señor Tomàs, una ayuda que yo sabía que el señor Tomàs ya no necesitaba, o que confiaba en que no necesitaba. El lunes seguí con mi nueva rutina. Por la tarde estuve en los recreativos y al atardecer ayudé al señor Tomàs a cerrarlos y me despedí de él. Entonces, de camino ya hacia mi casa, justo después de rebasar una de las columnas que sostenían el paso elevado del tren, alguien chistó a mi espalda. Un hilo de frío me recorrió el espinazo. Me volví; no era Batista: era Tere. Estaba apoyada en la columna del paso elevado, fumando un cigarrillo. Hola, Gafitas, dijo. De dos zancadas se plantó frente a mí; vestía las zapatillas de deporte y los vaqueros de siempre, pero me pareció que la cinta del bolso cruzado en bandolera le marcaba más que nunca los pechos sobre la camiseta blanca. ¿Cómo estás?, preguntó. Bien, contesté. Asintió y se acarició la peca junto a la nariz y volvió a preguntar: ¿No vas a volver a La Font? Claro que voy a volver, mentí. Tere me observó inquisitivamente. Expliqué:

Es que este fin de semana he estado liado. ¿En los recreativos?, preguntó. Dije que sí. Tere asintió otra vez y dio una calada al cigarrillo; mientras expulsaba el humo señaló a su espalda: ¿Cómo está el viejo? Entendí que se refería al señor Tomás y dije que bien. Me alegro, dijo Tere. No sabía que erais colegas. Me lo contó el Zarco. Hizo una pausa y añadió: ¿Ya sabe que te debe una? Volvía a referirse al señor Tomàs, pero esta vez no dije nada. Pues te la debe, dijo Tere. Ya lo creo que te la debe. No veas lo plasta que se puso el Guille. Quería dar el palo en los recreativos sí o sí. Menos mal que el Zarco lo paró. Si no llega a ser por él, el viejo lo hubiese pasado mal. Por él y por ti, claro. En ese momento un tren empezó a pasar por encima de nuestras cabezas; el ruido era ensordecedor, y durante unos segundos nos callamos. Cuando el sonido del tren se alejaba, Tere dio la última calada al cigarrillo; luego tiró la colilla al suelo, la pisó y preguntó: ¿De qué estábamos hablando? Me mentiste, dije entonces de improviso. ¿Qué?, preguntó Tere. Que me mentiste, insistí. Me dijiste que no pensabais dar un palo en los recreativos y sí pensabais darlo. Tere pareció reflexionar; luego hizo un gesto de indiferencia; luego su expresión se iluminó. Ah, sí, dijo. Ya me acuerdo de qué estábamos hablando: de que el viejo te debe una. Hizo una pausa. Y de que tú le debes una al Zarco, dijo. ¿Te acuerdas? Me señaló con el índice como el Zarco me había señalado al despedirnos el viernes en La Font y dijo: Hoy por ti y mañana por mí.

Nos quedamos mirándonos un momento. Tere se apoyó en el capó de un coche aparcado junto a nosotros y explicó que el Guille llevaba un tiempo hablando de una urbanización en Lloret, que era un sitio perfecto para robar porque estaba muy apartado y porque los propietarios eran gente adinerada, y que el momento también era perfecto porque aún no había acabado el mes de junio y quedaban muchas casas vacías, a la espera de que los propietarios las ocupasen en julio y agosto. Al final dijo que el Zarco iba a dar un palo allí al día siguiente y que necesitaba que yo le ayudase. Luego cambió el singular por el plural: Nos ayudarás, ¿verdad? Yo no tenía ninguna intención de ayudarles y, para ganar tiempo, por un momento pensé en preguntarle por qué no me pedía el Zarco aquello, por qué la enviaba a ella a pedírmelo; en vez de andarme con rodeos dije: Lo siento. No puedo. Tere abrió los brazos y me miró con un asombro que me pareció genuino. ¿Por qué?, preguntó. Solo se me ocurrió contestarle lo mismo que le había contestado al Zarco. Porque no soy como vosotros, dije. Nunca he hecho eso. ¿Nunca has hecho qué?, preguntó. Robar, contesté. Nadie te está pidiendo que robes, dijo. Los que vamos a robar somos nosotros. Lo que tú tienes que hacer es otra cosa. Y está chupado; tan chupado que casi no es nada. ¿Entonces por qué no lo hace otro?, pregunté. Porque necesitamos a alguien como tú, contestó. Alguien que hable catalán y que tenga pinta de buen chaval. Anda, Gafitas, no me jodas: ¿vas a dejarnos tirados después de lo que el Zarco ha hecho por ti? Páganos la que nos debes y estamos en paz. Se calló. Las farolas de Bonastruc de Porta llevaban ya un rato encendidas y teñían con una luz de oro viejo el pelo oscuro de Tere, sus ojos verdes, sus labios colorados y carnosos. ¿Qué me dices?, preguntó. Miré a su espalda la persiana cerrada de los recreativos Vilaró y pensé que, si decía que no, nunca volvería a ver a Tere; sentí que se me aflojaban las piernas cuando dije: ¿Qué hay que hacer?

No recuerdo cuál fue exactamente la respuesta de Tere; solo que me aseguró que al día siguiente el Zarco me explicaría lo que tenía que hacer y que se despidió con dos frases: Sé puntual. Mañana en La Font a las tres. Pasé una noche horrible, dudando si ir o no ir, tomando la decisión de no ir y al minuto siguiente tomando la decisión de ir. Al final fui, y antes de las tres de la tarde ya estaba en La Font. Poco después llegaron el Zarco y Tere, vestida con unos shorts que mostraban unas piernas largas y bronceadas; el Guille fue el último en aparecer. El Zarco no se sorprendió de mi presencia allí, no me explicó qué era lo que íbamos a hacer, y yo tampoco se lo pedí; estaba demasiado inquieto para hacerlo. Al salir del chino, el Zarco, Tere y el Guille empezaron a fijarse en los coches aparcados junto a las aceras y, cuando llegamos a la altura de un Seat 124 aparcado en un callejón solitario que daba a la avenida de Pedret, Tere sacó de su bolso una pequeña hoja de sierra con un extremo en forma de gancho y se la entregó al Zarco mientras el Guille salía corriendo hacia una bocacalle; luego Tere salió corriendo hacia la otra. Yo me quedé junto al Zarco y le vi meter la hoja de sierra en la ranura que se abría entre la puerta del 124 y la ventana y, después de que estuviera sondeando durante unos segundos ese hueco con la hoja, oí un clic y la puerta se abrió. El Zarco ocupó el asiento del piloto, le dio un giro seco al volante, metió la mano debajo, la sacó llena de cables, empalmó un cable con otro, unió ese empalme con otro cable y al instante el motor arrancó. La operación duró en total un minuto, quizá menos de un minuto. Al cabo de un rato salíamos por la otra punta de la ciudad montados en el 124.

Llegamos a Lloret sobre las cuatro. Entramos por una calle ancha que bajaba hacia el centro, flanqueada de tiendas de souvenirs, restaurantes baratos, discotecas cerradas y grupos de turistas en chanclas y bañador, y al desembocar frente al mar doblamos a la izquierda y seguimos un paseo salpicado de terrazas que corría paralelo a la playa. Al final torcimos otra vez a la izquierda, nos alejamos un momento del mar y luego volvimos a acercarnos a él subiendo por una carretera de curvas que se agarraba a las rocas, hasta que vimos un letrero que rezaba: La Montgoda. Aquí es, dijo el Guille, y el Zarco aparcó el coche en una pendiente, a la entrada de la urbanización; luego se volvió hacia el asiento trasero y empezó a explicarme lo que tenía que hacer mientras Tere sacaba de su bolso un cepillo para el pelo, un lápiz de cejas y una barra de labios. No sé si entendí del todo la explicación del Zarco, pero cuando me preguntó si lo había entendido contesté que sí; entonces dijo: Pues ahora olvídate de todo lo que te he dicho y haz solo lo que le veas hacer a Tere. Volví a decir que sí, y en ese momento el Guille encontró mis ojos en el espejo retrovisor. El Gafitas está jiñado, se burló. El cabrón solo sabe decir que sí. El Zarco le dijo que se callase mientras yo volvía hacia Tere una mirada desvalida y Tere me guiñaba un ojo sin dejar de cepillarse el pelo. El Zarco añadió: Y tú, Gafitas, no te agobies: haz lo que te he dicho y todo saldrá bien. ¿Estamos? A punto estuve de decir otra vez que sí, pero me limité a asentir con la cabeza.

Una vez que terminó de arreglarse, Tere metió su cepillo, su lápiz y su barra en el bolso y dijo: Vamos allá. Al salir del coche me cogió la mano y empezamos a subir por la pendiente mal asfaltada. La urbanización parecía desierta; el único ruido que oíamos era el rumor del mar. Cuando vimos aparecer la primera casa entre los pinos, Tere me aleccionó. Déjame hablar a mí, dijo. Nadie va a decirte nada, pero, si alguien habla en catalán, habla tú. Si no, estate callado. Haz lo que yo haga. Sobre todo, pase lo que pase, no te separes de mí. Y otra cosa: ¿es verdad lo que dice el Guille? El corazón me latía entre las costillas como un pájaro enjaulado; había empezado a sudar, y la mano de Tere se escurría en mi mano empapada; acerté a decir: Sí. Tere se rió; yo también me reí, y esa risa simultánea me infundió valor.

Llegamos a la primera casa, entramos en el jardín y Tere llamó al timbre. La puerta se abrió, y una mujer que parecía recién levantada de la cama nos interrogó en silencio, con los párpados entornados por la fuerza del sol; Tere contestó al interrogante con otro interrogante: preguntó si estaba en casa Pablo. A lo cual la mujer contestó, inesperadamente amable, que en aquella casa no había ningún Pablo, y Tere se disculpó. Salimos del jardín y echamos a andar calle adelante. ¿Qué tal?, preguntó Tere. ¿Qué tal qué?, pregunté. ¿Qué tal todo?, aclaró. No sé, dije, con sinceridad. ¿Eso quiere decir que ya no estás nervioso?, preguntó. Más o menos, contesté. Entonces deja de una vez de estrujarme la mano, dijo. Me la vas a hacer polvo. Le solté la mano y me sequé la mía en los pantalones, pero en seguida volvió a cogérmela. No llamamos a la puerta de la siguiente casa, ni a la de la siguiente, pero con la que venía después lo intentamos de nuevo. También nos abrieron, esta vez un viejo en camiseta con el que Tere intercambió una serie de preguntas y respuestas parecida a la que había intercambiado con la primera mujer, solo que más larga; de hecho, en algún momento me pareció que el viejo, que no paraba de mirar las piernas de Tere, la estaba desnudando con la vista y que, en vez de intentar abreviar el diálogo, estaba intentando alargarlo.

La tercera casa fue la vencida. Ahora nadie abrió al tocar nosotros el timbre y, en cuanto nos aseguramos de que el chalé estaba vacío, de que también lo estaba el chalé vecino y de que al otro lado del chalé vecino solo había un muro de ladrillo detrás del cual se extendía un solar lleno de matorrales, deshicimos el camino hasta la entrada de la urbanización, donde el Zarco y el Guille nos aguardaban en el 124. Sigue hasta el final de la calle, le dijo Tere al Zarco, que arrancó el coche en cuanto nos subimos a él. Es la última casa de la derecha. Mientras nos adentrábamos al ralentí en la urbanización, Tere contestaba las preguntas que le hacían el Zarco y el Guille y, después de cruzarnos con un Citroën ocupado por una mujer y dos niños, llegamos hasta el fondo, hasta la pared de ladrillo, y aparcamos frente a la puerta de la casa con el morro del coche mirando a la salida de la urbanización.

Allí empezó de verdad el peligro. Al mismo tiempo que el Zarco y el Guille entraban en el jardín y rodeaban la casa —una casa de dos plantas y techo plano, con un gran sauce sombreando la entrada—, Tere se puso el bolso a la espalda, se recostó en el capó del 124, me atrajo hacia ella, me rodeó el cuello con los brazos y metió una rodilla desnuda entre mis piernas. Ahora vamos a hacer como en las pelis, Gafitas, me anunció. Si no aparece nadie, nos quedamos aquí quietecitos hasta que el Zarco y el Guille nos avisen. Pero, si a alguien se le ocurre pasar por aquí, te pego un morreo que te mueres. Así que ya puedes empezar a rezar para que pase alguien. Esto último lo dijo con una media sonrisa; yo estaba tan asustado que solo asentí. Sea como sea, no pasó nadie, y no sé cuánto tiempo estuvimos los dos recostados en el coche y trabados en aquel falso abrazo, pero poco después de que viera al Zarco y al Guille perdiéndose bajo las ramas del sauce, hacia el fondo del jardín, me sobresalté al escuchar en la quietud absoluta de la siesta un chasquido borroso de maderas rotas procedente de la casa y a continuación un chasquido inconfundible de cristales rotos. Tere quiso calmarme presionando con su rodilla en mi entrepierna y poniéndose a hablar. No sé de qué habló; lo único que sé es que en determinado momento empecé a empalmarme como un verraco, que traté de disimular pero no pude y que, cuando ella notó mi erección, una risa feliz desnudó sus dientes. Joder, Gafitas, dijo. ¡Qué mal momento para ponerte cachondo!

Casi no había terminado Tere de pronunciar esa frase cuando se abrió la puerta de la casa y salieron el Zarco y el Guille cargados de bolsas. Las dejaron en el maletero del coche, me pidieron que me quedara allí, vigilando, y volvieron a entrar en la casa, esta vez acompañados por Tere. Al cabo de un rato salieron con un par de bolsas más, con un televisor Telefunken y con un radiocasete y un tocadiscos Philips. Cuando todo estuvo cargado en el maletero, montamos en el coche y salimos sin prisa de La Montgoda.

Ese fue mi bautismo de fuego. Del viaje de vuelta a Gerona solo recuerdo que no sentí el menor alivio porque el peligro hubiese pasado; al contrario: más bien cambié en seguida el susto por la euforia, con el subidón salvaje del robo haciendo que la adrenalina me saliera por las orejas. Y también recuerdo que al llegar a Gerona fuimos directamente a vender lo que habíamos robado. ¿O lo vendimos otro día? No, yo creo que fue el mismo. Pero no estoy seguro. En fin. Aquella semana todavía volví alguna vez a los recreativos, para ayudar al señor Tomàs (y a veces, de paso, para jugar unas partidas antes de irme a La Font); pero, cuando empecé a salir por las noches sin encomendarme a nadie, aplicando con mi familia una política de hechos consumados que agrió todavía más mi relación con mi padre y multiplicó nuestras peleas, dejé de ir del todo por los recreativos, y una tarde, de camino hacia La Font, entré y le dije al señor Tomàs que me iba de vacaciones y que seguramente no volvería por allí en mucho tiempo. No te preocupes, chaval, me dijo el señor Tomàs. Ya encontraré a alguien que me ayude a cerrar. Como quiera, le dije. Pero no va a hacerle falta. Nadie le va a molestar. El señor Tomàs me miró intrigado. ¿Y tú cómo sabes eso?, preguntó. Con íntimo orgullo dije: Porque lo sé. A partir de entonces empecé a ir cada tarde o casi cada tarde a La Font.

—Y eso que hubiera podido no hacerlo: en La Montgoda le había devuelto el favor al Zarco y había saldado su deuda con él.

—Sí, pero estaba Tere.

—¿Quiere decir que se unió a la basca del Zarco por Tere?

—Quiero decir que, si no hubiera sido por Tere, lo más probable es que no lo hubiese hecho: aunque hubiera llegado a la conclusión de que ella no era para mí, quería pensar que, mientras estuviésemos cerca, siempre podía volver a pasar lo que había pasado en los lavabos de los recreativos Vilaró; y yo creo que estaba dispuesto a correr cualquier riesgo con tal de mantener alguna posibilidad de que eso volviera a pasar. Dicho esto, usted es escritor y debe de saber que, aunque nos tranquiliza mucho encontrar una explicación para lo que hacemos, la verdad es que la mayor parte de lo que hacemos no tiene una sola explicación, suponiendo que tenga alguna.

—Antes me ha dicho que el robo de la casa fue un subidón. ¿Significa eso que le gustó?

—Significa lo que significa. ¿Qué quiere que le diga? ¿Que me gustó mucho? ¿Que el día que robé en La Montgoda descubrí que aquello ya no tenía vuelta atrás, que el juego del Zarco era un juego muy serio, en el que uno se lo jugaba todo, y que ya no podía conformarme con el juego de Rocky Balboa, en el que no me jugaba nada? ¿Quiere que le diga que jugando a aquel juego sentía que me vengaba de mis padres? ¿O quiere que le diga que me vengaba de todas las humillaciones y la culpa que había acumulado durante el último año y que, como Batista representaba para mí el mal absoluto, aquel juego que me libraba de Batista representaba el bien absoluto? Si quiere se lo digo; a lo mejor se lo he dicho ya. Y puede que sea cierto. Pero hágame un favor: no me pida explicaciones; pídame hechos.

—De acuerdo. Volvamos a los hechos. El robo de La Montgoda fue el primero de la serie de robos en los que usted participó con el Zarco. Antes me decía que al llegar a Gerona el día de La Montgoda fueron a vender lo que habían robado. ¿Dónde lo vendían? ¿A quién se lo vendían? Porque me imagino que no debía de ser fácil.

—Venderlo era fácil; lo que no era fácil era venderlo bien. En Gerona solo había un perista, o por lo menos un perista serio, de manera que, como casi no tenía competencia, hacía lo que le daba la gana. Era el General. Le llamaban así porque alardeaba de haber sido cabo en la Legión; también porque lucía unas patillas largas y frondosas de general de tebeo. Yo solo estuve con él tres o cuatro veces. Vivía en una casa de aire andaluz en medio de un descampado de Torre Alfonso XII y era un tipo peculiar, aunque quizá lo peculiar era la pareja que formaba con su mujer. Me acuerdo precisamente de la tarde en que fuimos a venderle el botín de La Montgoda, que fue la primera vez que le vi. Como le dije antes, pudo ser la misma tarde del robo, pero también pudo ser otra, porque a menudo escondíamos lo que robábamos y tardábamos unos días en venderlo. Por precaución. El caso es que aquella tarde íbamos los mismos de la tarde de La Montgoda —el Zarco, Tere, el Guille y yo—, aparcamos el coche frente a la casa del General y el Zarco fue hasta la puerta y en seguida volvió y anunció que el General estaba ocupado aunque su mujer decía que no iba a tardar en acabar y que entrásemos en seguida. Quieren joder a los tipos que están con el General, comentó el Zarco. El Guille y Tere se rieron; yo no pillé el chiste, y tampoco le di importancia. Entre todos metimos el botín en la casa bajo la vigilancia de la mujer del General, una anciana escuálida y reseca, de ojos extraviados, de pelo en desorden y bata gris. Al salir al corral vimos que en un extremo, delante de una gran caja de cartón de la que sobresalía un radiocasete, estaban de pie el General y un par de hombres. Los hombres pusieron muy mala cara al vernos, y en seguida nos dieron la espalda. El General pareció intentar tranquilizarlos; a nosotros nos saludó con un leve movimiento de cabeza. Dejamos nuestro cargamento en el centro del corral (en el otro extremo había una confusión de somieres, bicicletas, motos desguazadas, muebles y electrodomésticos), y esperamos a que el General terminara. Lo hizo en seguida, y los dos hombres se marcharon a toda prisa y sin mirarnos siquiera, acompañados por el General y por su mujer.

Nos quedamos a solas en el corral, y el Zarco se entretuvo hurgando en la gran caja de cartón de la que sobresalía el radiocasete mientras el Guille, Tere y yo fumábamos y hablábamos. Al rato el General volvió sin su mujer. Parecía alegre y relajado, pero antes de que pudiera pronunciar una palabra el Zarco señaló la puerta del corral. ¿Quiénes eran esos?, preguntó. ¿Los que acaban de irse?, preguntó el General. Sí, contestó el Zarco. ¿Para qué quieres saberlo?, preguntó el General. El Zarco se encogió de hombros. Para nada, dijo. Solo quería saber cómo se llaman ese par de gilipollas. La respuesta no pareció perturbar al General. Observó al Zarco con interés y luego se giró un instante hacia su mujer, que había vuelto al corral mientras ellos hablaban y se había quedado unos metros más allá, con la cabeza caída sobre un hombro y las manos en los bolsillos de la bata, en apariencia ajena a la conversación. El General preguntó: ¿Qué pasa, Zarquito? ¿Has venido a tocarme los cojones? El Zarco sonrió con modestia, casi como si el General intentara halagarle. Para nada, dijo. ¿Entonces se puede saber de qué me estás hablando?, dijo el General. El Zarco señaló la caja de cartón que acababa de examinar. ¿Cuánto has pagado por lo que hay ahí?, preguntó. ¿Y a ti qué te importa?, replicó el General. El Zarco no dijo nada. Después de un silencio dijo el General: Catorce mil pesetas. ¿Satisfecho? El Zarco continuó sonriendo con los ojos, pero sus labios se fruncieron en una mueca escéptica. Eso cuesta mucho más, dijo. ¿Y tú cómo lo sabes?, preguntó el General. Porque lo sé, contestó el Zarco. Lo sabe cualquiera menos esos dos gilipollas; vaya par: al vernos se han cagado y ya solo pensaban en salir echando hostias. Hizo una pausa y añadió: Hay que ver lo hijo de puta que llegas a ser. El Zarco dijo esto mirando al General, con tranquilidad, sin emplear un tono hiriente. Como ya le he dicho, era la primera vez que yo entraba en aquella casa y no sabía cuál era la relación del Zarco con su interlocutor ni cómo tomarme aquella esgrima verbal, pero me tranquilizó comprobar que ni Tere ni el Guille parecían inquietos o extrañados. Tampoco lo parecía el perista, que se rascó pensativamente una patilla y suspiró. Mira, chaval, dijo luego. Cada uno hace los negocios como quiere, o como puede. Además, ya te lo he dicho muchas veces: en este mundo las cosas cuestan lo que alguien paga por ellas, y en esta casa las cosas cuestan lo que yo digo que cuestan. Ni una peseta más. Y a quien no le guste que no venga. ¿Está claro? El Zarco se apresuró a contestar, todavía un poco burlón pero ya conciliador: Clarísimo. Luego, volviéndose hacia la mercancía que habíamos dejado en el centro del corral, preguntó: ¿Y según tú cuánto cuesta esto?

El General miró al Zarco con desconfianza, pero no tardó en seguirle, igual que hicimos Tere, el Guille y yo; después le siguió su mujer. Durante un buen rato el General estuvo examinando el lote, en cuclillas, con su mujer de pie a su lado: cogía una cosa, la describía, enumeraba sus defectos (según él muchos) y sus virtudes (según él pocas) y luego iba a por otra. Mientras observaba la escena comprendí que el General enumeraba y describía más para su mujer que para sí mismo, y por un momento pensé que su mujer tenía un defecto de visión, o sencillamente que era ciega. Cuando terminaron de inventariar y valorar, el General y su mujer se alejaron unos pasos, intercambiaron unas pocas palabras inaudibles y en seguida el hombre volvió, se puso otra vez en cuclillas junto al televisor Telefunken, pasó la mano por la pantalla como si quisiera quitarle el polvo, dio un par de veces al botón de encendido sin que el televisor se encendiese y preguntó: ¿Cuánto quieres? El doble, contestó el Zarco sin pensarlo. ¿El doble de qué?, preguntó el General. El doble de lo que les has pagado a esos pardillos, contestó el Zarco. Ahora fue el General quien sonrió. A continuación apoyó las manos en las rodillas, se incorporó con un gemido y buscó con la mirada a su mujer; su mujer no le miró: tenía la vista fija más allá de las bardas del corral, como si algo en el cielo atrajese su atención. El General miró el cielo vacío y miró otra vez al Zarco. Os doy diecisiete mil, dijo. El Zarco fingió reflexionar un momento antes de volverse hacia mí. Oye, Gafitas, dijo. Tú que has estudiado: ¿diecisiete mil es el doble de catorce mil? Negué levemente con la cabeza y el Zarco se volvió hacia el General y copió mi gesto. Estás loco, dijo el General sin dejar de sonreír. Te estoy haciendo una buena oferta. A mí no me parece tan buena, dijo el Zarco. Nadie te va a pagar lo que pides, insistió el General. Eso ya lo veremos, replicó el Zarco. Acto seguido hizo una señal y el Guille y él levantaron el televisor mientras yo cargaba con el tocadiscos y Tere con los altavoces, pero aún no habíamos echado a andar cuando vimos que la mujer del General nos esperaba a la puerta de la casa, como si quisiera despedirnos o más bien como si quisiera impedir que saliésemos. Veinte mil, dijo entonces el General. Cargado con el televisor, el Zarco le miró, miró a su mujer, me miró y preguntó: ¿Veinte mil es el doble de catorce mil? Antes de que yo pudiera responder, el General dijo: Veintitrés mil. Es mi última oferta. Entonces el Zarco le indicó al Guille que dejaran el televisor en el suelo y, una vez que lo hubieron hecho, fue hacia el General, le alargó la mano y dijo: Veinticinco mil y no se hable más.

No se habló más: el General aceptó a regañadientes el trato y nos pagó las veinticinco mil pesetas en billetes de mil.

—El Zarco le dobló la mano.

—Eso parecía, eso pensé yo aquella tarde, pero no lo crea: seguro que lo que habíamos robado valía mucho más; de lo contrario el General no hubiera pagado lo que pagó. Era muy listo, y su mujer todavía más. Siempre parecían ceder, pero en realidad no cedían nunca, o por lo menos nunca salían perdiendo; bien pensado, al Zarco le pasaba lo contrario, y no solo con el General y con su mujer: aunque a veces parecía ganar, siempre acababa perdiendo. Claro que yo aún tardé mucho tiempo en comprender eso. Las primeras veces que lo vi, en los recreativos Vilaró, el Zarco me pareció uno de esos tipos duros, imprevisibles y violentos que dan miedo porque no tienen miedo, exactamente lo contrario de lo que yo era o de como yo me sentía entonces: yo me sentía un perdedor nato, así que él solo podía ser un ganador nato, un tipo que iba a comerse el mundo; eso es lo que yo creo que el Zarco fue para mí, y quizá no solo durante aquel verano. Como le digo, tardé mucho tiempo en comprender que en realidad era un perdedor nato, y cuando lo comprendí ya era tarde y el mundo ya se lo había comido a él… En fin. Acabo de acordarme de una historia.

No tiene que ver directamente con el Zarco, pero indirectamente sí. O por lo menos yo siento que tiene que ver.

—Adelante.

—La contó Tere, no recuerdo cuándo ni dónde. En cualquier caso, fue una de las muchas historias que oí sobre los albergues, un asunto del que se hablaba mucho en la basca del Zarco, como si todos estuviesen muy orgullosos de haber vivido allí o como si los albergues fueran el único vínculo que de verdad los unía. Había ocurrido ocho años atrás, cuando el Zarco aún no vivía en los albergues pero los demás sí, y por eso, quien más quien menos, todos la recordaban o la habían oído contar. La historia había empezado el día en que un hombre sorprendió a su mujer en la cama con un vecino; de acuerdo con la versión de Tere, el hombre era un buen hombre, pero su vecino era una mala bestia que llevaba años haciéndole la vida imposible. Así que, cuando el buen hombre vio que su mujer estaba poniéndole los cuernos, y con quién se los estaba poniendo, perdió los papeles y acabó pegando fuego al albergue de su vecino. El problema es que esto había ocurrido en unos albergues de madera (unos albergues que, según aclaró Tere, ya no existían), y lo que pasó fue que las llamas se propagaron a toda velocidad y el incendio acabó devorando treinta y dos viviendas. Era una historia dramática, que al parecer había provocado el peor siniestro de los albergues en toda su existencia, pero Tere la contó como si fuera una historia cómica o todos nos habíamos metido tanto chocolate, tanta cerveza y tantas pastillas que la escuchamos como si fuera una historia cómica, riéndonos a lágrima viva, interrumpiéndola constantemente. De todos modos, lo que recuerdo con más claridad no es la historia en sí sino lo que ocurrió cuando Tere terminó de contarla. Yo pregunté qué había sido al final de los dos protagonistas. Eso es lo mejor del cuento, intervino entonces el Guille, que nunca dejaba escapar la oportunidad de un sarcasmo. Al final al hijo de puta lo dejaron suelto y el cornudo se comió el marrón. Lo menos se chupó un par de años en el trullo, el muy desgraciado. Todos volvimos a reírnos, todavía con más fuerza. Es lo que pasa siempre, tío, filosofó entonces el Gordo, bruscamente serio, acariciándose su media melena fijada con laca. Los buenos pierden y los malos ganan. No me seas capullo, Gordo, saltó el Zarco. Eso es lo que pasa cuando los buenos son gilipollas y los malos unos listillos. Tío, tío, tío, intervino entonces el Tío, con una inocencia que por un momento interpreté como una forma de ironía. No me jodas que ahora quieres ser bueno. El Zarco pareció dudar, pareció pensarse la réplica o darse cuenta de repente de que todos estábamos pendientes de su réplica y habíamos dejado de reír. Claro, ¿tú no?, dijo por fin. Pero prefiero ser malo que ser gilipollas. Una salva de risas acogió la respuesta del Zarco. Y ahí quedó la cosa.

—¿Me está diciendo que, además de como un ganador nato, durante aquel verano usted veía al Zarco como un buen tipo convertido por las circunstancias en un incendiario?

—No. Solo le he contado una historia pequeña que forma parte de una historia más grande; entiéndala como le parezca, pero no antes de que termine de contarle la historia completa. Recuerde: hechos, no explicaciones; pídame que cuente, no que interprete.

—Muy bien. Cuénteme entonces. Me ha dicho que el General les dio veinticinco mil pesetas por lo que habían robado en La Montgoda. Para la época eso era bastante dinero. ¿Qué hicieron con él?

—Gastárnoslo inmediatamente. Es lo que hacíamos siempre. El dinero nos quemaba en las manos: una tarde teníamos veinticinco, treinta, treinta mil pesetas, y a la mañana siguiente ya no teníamos nada. Eso era lo habitual. Claro que el dinero nos lo gastábamos todos y no solo los que intervenían en el golpe.

—¿Cuando dice todos se refiere a toda la basca?

—Claro.

—¿Eso era la norma? ¿Todo lo que robaban se repartía a partes iguales?

—Más o menos. A veces nos repartíamos lo que ganábamos y otras veces lo que ganábamos iba a parar a una especie de fondo común. Pero el dinero era de todos y nos lo gastábamos entre todos.

—¿En qué se lo gastaban?

—En beber, en comer, en fumar. Y naturalmente en drogas.

—¿Qué drogas tomaban?

—Chocolate. También pastillas: Bustaids, Artanes, cosas así. Alguna vez mescalina. Pero no cocaína.

—¿Tomaban heroína?

—No. La heroína llegó más tarde, igual que la coca. En aquella época no recuerdo que nadie tomase heroína en el chino.

—¿Ni siquiera el Zarco?

—Ni siquiera el Zarco.

—¿Está seguro?

—Completamente. Lo de que a los trece o catorce años ya estaba enganchado a la heroína es mentira. Una leyenda como tantas que circulan sobre él.

—Cuénteme cómo conseguían la droga.

—No era tan fácil como puede pensar. Durante la primavera el Zarco y los demás se habían abastecido con un par de camellos que frecuentaban La Font, pero poco antes de que yo me uniera a la basca la policía había hecho dos o tres redadas y había limpiado el chino de camellos, así que, cuando yo llegué, estaban en la cárcel o habían puesto pies en polvorosa. Esto explica que el Zarco y Tere aparecieran en los recreativos Vilaró cuando nos conocimos; como me había contado Tere, el tipo del Fred Perry era un camello: los había citado allí. Y esto explica que a lo largo de todo el verano tuviéramos que buscarnos la vida fuera del chino para conseguir droga. Por suerte el camello del Fred Perry no volvió a citar al Zarco en los recreativos (debió de comprender con razón que era un lugar muy poco adecuado para sus negocios); quedaban en bares del casco antiguo: en el Pub Groc, en L'Enderroc, en el Freaks. Luego, hacia mediados de julio o principios de agosto, el camello del Fred Perry desapareció y empezamos a frecuentar el Flor, un bar con grandes ventanales que daban a la calle mayor de Salt o a una esquina de la calle mayor de Salt; allí tuvimos varios camellos desde mediados de julio o principios de agosto hasta mediados de septiembre: un tal Dani, un tal Rodri, un tal Gómez, quizá alguno más.

–¿Nunca se plantearon hacer de camellos? Hubieran solucionado el problema del abastecimiento.

–Pero hubiesen creado problemas mucho peores. No. Nunca se lo plantearon. No que yo sepa.

–¿Todos tomaban de todo?

–Sí. Había unos más glotones y otros menos, pero en general sí: todos tomaban de todo. Quizá las chicas eran más prudentes, incluida Tere, pero los demás no.

–¿Usted también tomaba de todo?

–Por supuesto. No me hubiese integrado en la basca si no lo hubiese hecho. Suponiendo que llegara a integrarme en la basca, claro está.

–¿No lo hizo?

–Lo intenté. A veces pienso que lo conseguí, pero otras veces pienso que no; depende de lo que entienda por integrarse, supongo. Es verdad que, como ya le he dicho, a partir de un determinado momento fui casi cada tarde a La Font, me juntaba con ellos y hacía más o menos lo que ellos hacían. Pero también es verdad que nunca me sentí del todo un miembro más de la basca: lo era y no lo era, hacía y no hacía, estaba dentro y fuera, como un testigo o un mirón que participa en todo pero sobre todo observa a todos participar. Así es como yo creo que en el fondo me sentía, y así es como yo creo también que me sentían ellos; la prueba es que, salvo con el Zarco y con Tere (y eso en ocasiones excepcionales), apenas hablé a solas con nadie, ni tuve intimidad con nadie. Para todos yo solo era lo que evidentemente era: un meteorito, un tipo desubicado, un niño pera perdido entre ellos, el protegido del kíe, el capricho del kíe, alguien con el que no tenían mucho que ver, aunque lo aceptaban y podían confraternizar de vez en cuando con él.

Pero, para volver otra vez a los hechos, sí, yo tomaba de todo. Al principio me costó un poco seguir el ritmo de los demás, y algún día lo pasé mal, aunque en seguida me acostumbré.

—¿Qué más cosas tuvo que hacer para integrarse?

—Muchas. Pero, por favor, no me malinterprete: yo no tomaba drogas para que me aceptasen; las tomaba porque me gustaban. Digamos que empecé haciéndolo por una especie de obligación, o de curiosidad, y acabé haciéndolo por placer, o por vicio.

—Es lo que le pasó con los robos, ¿no?

—En cierto modo. Y con otras cosas.

—¿Por ejemplo?

—Por ejemplo con las putas.

—¿Iban de putas?

—Claro. En el chino había un burdel a cada paso y nosotros teníamos dieciséis, diecisiete años, vivíamos con una sobredosis permanente de testosterona, teníamos dinero: ¿cómo quiere que no fuéramos de putas? En realidad, yo creo que la mayor parte del dinero nos lo gastábamos en putas. Aunque, para serle del todo sincero, a mí me costó mucho más trabajo acostumbrarme a las putas que a las drogas, me vicié mucho más con las drogas que con las putas. Algunas putas me gustaban, pero la verdad es que, sobre todo al principio, la mayoría me daba grima. Puedo contarle la primera vez que entré en un burdel; me acuerdo muy bien de esa noche porque pasó una cosa curiosa.

—Le escucho.

—Fue en La Vedette, un burdel que estaba donde la mayoría de los burdeles del chino, en el Pou Rodó, una calle paralela a La Barca. Era el local más caro del barrio, y también el mejor, aunque no dejaba de ser una cueva sucia y oscura; imagínese cómo eran los demás. Lo regentaba una madame que se llamaba también la Vedette, una cincuentona que tenía fama de gobernar su negocio con una autoridad sin contemplaciones. Aquel día el local solo estaba medio lleno, no debía de haber más de diez o doce hombres acodados a la barra o recostados contra las paredes, bebiendo y respirando la atmósfera saturada de humo, de perfume barato y de olor a transpiración, a sexo y a alcohol. Las chicas pululaban a su alrededor, vestidas con ropa muy ceñida y con la cara empastada de maquillaje, y una rumba a todo volumen apagaba las conversaciones. Debió de ser inmediatamente después del robo de La Montgoda, en todo caso inmediatamente después de alguno de los primeros golpes en los que intervine, entre otras razones porque era entonces, después de los golpes, cuando podíamos permitirnos el lujo de ir a La Vedette. El caso es que a los pocos minutos de entrar allí todos mis amigos ya se habían emparejado y habían desaparecido, y yo me vi de pronto solo en la barra, después de que varias chicas se apartasen de mí en cuanto comprendieron que no tenía la menor intención de acostarme con ellas. En ese momento la Vedette se acercó, parsimoniosa, desde el otro extremo del local. Hola, guapo, me dijo. ¿No te gusta ninguna de mis chicas? La Vedette tenía el pelo oxigenado, los pechos grandes, los huesos grandes y las facciones duras, y su cercanía poderosa intimidaba más que la de sus pupilas, pero precisamente por eso no me costó mentir. Claro que me gustan, contesté. La Vedette volvió a preguntar, derramando sus pechos sobre la barra: ¿Entonces? Sonreí y me llevé a los labios el vaso de cerveza vacío y desvié la mirada buscando una respuesta. ¿No me digas que es la primera vez?, preguntó. Antes de que yo pudiera mentir de nuevo, la mujer soltó una carcajada aterradora; aterradora hasta que me di cuenta de que nadie en el local la había escuchado. Angelito, dijo, tirándome a la cara su aliento mentolado. Si no estuviera retirada te desvirgaba yo. Me soltó y añadió: Pero si quieres te presento a la chica que necesitas. Señaló un lugar en la penumbra. Es aquella de allá, continuó. ¿Quieres que la llame? Anda, no seas tonto, ya verás cómo te gusta. No vi a quién señalaba la Vedette, pero daba lo mismo: la mera idea de encerrarme en una habitación a oscuras con una de aquellas mujeronas pintarrajeadas me repugnaba tanto que mataba el menor atisbo de deseo. la Vedette debió de intuirlo (o quizá es que yo negué con un gesto), porque suspiró, derrotada, y preguntó señalando mi cerveza: ¿Quieres otra?

Aún no había terminado de beberme la segunda cerveza cuando el Zarco y los demás empezaron a bajar de las habitaciones. Todos me preguntaban lo mismo y a todos les contestaba lo mismo y todos insistían en que eligiera a una chica y subiera con ella; ninguno sospechaba lo que la Vedette había adivinado, o por lo menos ninguno formuló en voz alta la sospecha, y al final su insistencia y el temor a que el secreto saliese a la luz venció el asco y fui hasta donde estaba la Vedette y le dije que de acuerdo y le pedí que me presentase a su candidata. Se llamaba Trini y resultó ser una morenita de pelo corto y caderas cimbreantes que me obligó a cogerla de la cintura y, mientras el Zarco y los demás gesticulaban eufóricos desde el extremo opuesto de la barra, me condujo a uno de los cuartos de arriba. Allí se bajó de sus tacones, me desnudó y me ayudó a desnudarla. Luego me llevó al baño y se lavó y me lavó y me tumbó en la cama y empezó a chupármela. Era la segunda vez en mi vida que me hacían una cosa así, aunque la verdad es que me parecieron dos cosas distintas y no la misma cosa hecha por dos mujeres distintas. Al cabo de un rato Trini consiguió que se me levantara, pero en cuanto quiso que la penetrase se me volvió a encoger. Intentó tranquilizarme, me dijo que eso era normal la primera vez y luego siguió trabajándome con la boca. Yo estaba muy azorado, temía un fiasco total y me concentré hasta que di con la solución: imaginando que no estábamos en un cuarto de La Vedette sino en los lavabos de los recreativos Vilaró y que eran los dedos y los labios de Tere y no los de Trini los que me acariciaban, conseguí una erección y me corrí en seguida.

Fue entonces cuando ocurrió la cosa curiosa de la que antes le hablaba. Estaba empezando a vestirme cuando una luz roja se encendió junto a la puerta y Trini dijo: Mierda. ¿Qué pasa?, pregunté. Nada, contestó Trini. Pero no podemos salir. Señaló la luz encendida y añadió: La poli está abajo. Sentí que se me aflojaban las piernas y que me envolvía una oleada de calor. ¿En el bar?, pregunté. Sí, contestó Trini. Pero no te preocupes, no van a subir; aunque hasta que no se vayan no podemos bajar. Así que más vale que te lo tomes con calma. Intenté tomármelo con calma. Terminé de vestirme mientras Trini me contaba que, cada vez que una pareja de policías de ronda entraba en el bar, la Vedette o su marido apretaban un timbre que había detrás de la barra y en todas las habitaciones se encendía una luz roja; luego, cuando los policías se marchaban, volvían a apretar el timbre y la luz se apagaba. Trini insistió en que no debía preocuparme y en que solo había que tener paciencia, porque, aunque naturalmente los policías estaban al tanto de todo (sabían que había clientes y chicas en las habitaciones de arriba, sabían que la Vedette y su marido los alertaban en cuanto ellos llegaban), siempre se iban sin molestar a nadie después de hablar un rato con la Vedette.

Tenía razón: eso fue lo que pasó. Trini y yo estuvimos sentados un rato en la cama, vestidos, uno al lado del otro y sin rozarnos apenas, contándonos trolas mutuamente, hasta que pasado ese rato la luz roja se apagó y bajamos. Así fue mi primera visita a un burdel. Y así era como nos gastábamos el dinero.

—¿Las chicas de la basca lo sabían?

—¿El qué? ¿Que nos gastábamos el dinero en putas?

—Sí.

—No lo sé. Nunca me hice esa pregunta.

—Hágasela ahora.

—No sé si lo sabían. No lo creo. Desde luego, nosotros íbamos a los burdeles sin decírselo, y no recuerdo que ninguno comentase nada delante de ellas. A las chicas tampoco recuerdo haberles oído decir nada. Yo supongo que en teoría no lo sabían, aunque me cuesta creer que en la práctica no lo sospechasen. Le repito que gran parte del dinero se nos iba en eso.

—Bueno, me imagino que tampoco debía de ser tan difícil esconderse de las chicas; al fin y al cabo solo eran dos, y una era la chica del Zarco y otra la del Gordo.

—Lo de que solo eran dos es verdad: había muchas chicas que entraban y salían o daban vueltas alrededor de la basca, pero solo Tere y Lina pertenecían a ella. Lo otro, en cambio, no es verdad, o no del todo, o yo no tenía la impresión de que lo fuera, o solo la tuve un tiempo: Lina era la chica del Gordo, sí, pero que Tere fuera la chica del Zarco… En fin, ya le dije que si hubiese sabido la verdad a tiempo todo hubiese sido distinto; o si hubiese visto desde el principio que el Zarco y ella se comportaban como el Gordo y Lina, que era más o menos como se comportaban la mayoría de las parejas de entonces: en ese caso quizá no me hubiese hecho ilusiones ni hubiese ido a La Font ni hubiese hecho lo posible por integrarme en la basca. Es probable. Pero lo cierto es que el Zarco y Tere no se comportaban como una pareja, y que a diferencia de Lina, que daba la impresión de estar en la basca como chica del Gordo, Tere daba la impresión de estar en la basca como lo estaba cualquiera de nosotros. Así que ¿cómo no iba a hacerme ilusiones y a pensar que tenía alguna oportunidad? ¿Cómo iba a olvidar lo que había pasado con Tere en los lavabos de los recreativos? Es verdad que después de aquello Tere hizo como si no hubiese pasado nada, pero el hecho es que había pasado y que yo no recibí ninguna señal de que no podía repetirse (y si la recibí no supe interpretarla). Porque también es verdad que en los primeros días sí pensé que Tere era la chica del Zarco, pero en seguida me pareció que, aunque lo fuese, ella y el Zarco iban a su aire.

—¿Cuándo empezó a pensar eso?

—En seguida, ya se lo he dicho. Me acuerdo por ejemplo de una de las primeras noches que fui con ellos a Rufus, una discoteca que estaba en Pont Major, a la salida de la ciudad por la carretera de La Bisbal. Allí iban los charnegos y los quinquis de la ciudad y allí, según supe más tarde, acababa la basca cada noche, o casi cada noche. Fue la primera discoteca en la que entré, aunque si ahora me pidiera que se la describiese sería incapaz de hacerlo: siempre llegaba colocado, y lo único que recuerdo es un hall donde estaban la taquilla y los porteros, una gran pista de baile sobrevolada por globos de luz estroboscópica, una barra a la derecha y unos sofás en la zona más oscura, donde se escondían las parejas.

Allí, como le contaba, terminamos aquel verano casi cada noche. Llegábamos sobre las doce o doce y media y nos íbamos cuando cerraban, hacia las tres o las cuatro de la madrugada. Yo pasaba esas dos o tres horas diarias bebiendo cerveza, fumando porros en los lavabos y mirando bailar a Tere desde una esquina de la barra. Al principio no bailaba nunca: me hubiera gustado hacerlo, pero me daba vergüenza; además, en general los hombres de la basca no bailaban, no sé si por las mismas razones que yo o porque se consideraban tipos duros y pensaban que los tipos duros no bailan. Digo en general porque, cuando ponían canciones lentas —cosas de Umberto Tozzi o de José Luis Perales o de gente así–, el Gordo bajaba a toda prisa a la pista para bailarlas con Lina y, cuando ponían rumbas de Peret o de Los Amaya, o canciones de Las Grecas, las bailaban a veces el Tío, el Chino y el Drácula. Las chicas, en cambio, bailaban mucho más, sobre todo Tere, que no paraba de hacerlo desde que entraba hasta que salía de Rufus. Yo, ya le digo, me concentraba en ella durante horas, observándola como no podía hacerlo en ninguna otra parte, sin que nadie me molestase ni sospechase de mí (o eso pensaba). Me parecía imposible cansarse de mirarla: no solo porque era la chica más atractiva de la discoteca o porque más que bailar parecía flotar sobre la pista; también por otra cosa que descubrí con el tiempo: mucha gente –Lina, por ejemplo– bailaba sin parar, pero bailaba casi todas las canciones de la misma forma, mientras que Tere las bailaba todas de una forma distinta, como si se adaptara a la música igual que un guante a una mano o como si sus movimientos se desprendieran de cada canción con la misma naturalidad con que el calor se desprende del fuego.

Disculpe: me he desviado. Estaba hablándole de una de las primeras veces que fui a Rufus. La verdad es que no recuerdo muy bien lo que pasó aquella noche en la discoteca, pero sí que hacia las dos y media o las tres, cuando llevaba ya un buen rato dentro, noté una espuma caliente creciéndome en el estómago, salí a la calle y vomité en el aparcamiento junto al río. Después de hacerlo me sentí mejor y quise entrar otra vez en la discoteca, aunque al llegar a la puerta comprendí que era incapaz de abrirme paso entre aquella masa humana envuelta en humo, música y luces intermitentes, y me dije que la farra había terminado.

Había ido a Rufus con el Zarco y con Tere, pero decidí volver a casa por mi cuenta. Llevaba ya un buen rato caminando de regreso a la ciudad cuando, muy cerca del puente de Pedret, un Seat 124 Sport frenó a mi lado. Al volante iba un imitador de John Travolta en *Fiebre del sábado noche*, lo que no tenía nada de raro porque aquel verano las noches estaban llenas de imitadores de John Travolta en *Fiebre del sábado noche*; a su lado iba Tere, lo que tampoco tenía nada de raro porque aquella noche yo la había visto bailar con montones de tipos, entre ellos el imitador de John Travolta. ¿Dónde te habías metido, Gafitas?, preguntó Tere bajando la ventanilla. No supe improvisar una excusa, así que tuve que resignarme a la verdad. No me encontraba bien, dije, y me apoyé en el techo del 124 y me acerqué a la ventanilla abierta. He vomitado, pero ya estoy mejor. Era verdad: el aire de la noche había empezado a espantar el mareo. Hice un gesto hacia la carretera casi a oscuras. Voy a casa, anuncié. Tere abrió la puerta del coche mientras decía: Te llevamos. Gracias, respondí. Pero prefiero ir andando. Tere insistió: Sube. Fue entonces cuando intervino Travolta. Déjale que haga lo que quiera y larguémonos ya, dijo. Tú cállate, capullo, le atajó en seco Tere, saliendo del coche y levantando el asiento delantero para que yo ocupase el trasero. Repitió: Sube.

Subí. Tere volvió a sentarse en su asiento y, antes de que Travolta arrancase de nuevo, le agarró el lóbulo de una oreja, estiró con fuerza y dijo como si hablase al principio conmigo y al final con él: Es un capullo pero está para comérselo. Y esta noche me lo voy a tirar. ¿Verdad que sí, machote? Travolta la apartó de un manotazo, masculló algo y arrancó. Cinco minutos más tarde, después de cruzar el puente sobre el Onyar y de recorrer de arriba abajo el paseo de La Devesa, paramos en Caterina Albert. Tere salió del coche y me dejó salir. Gracias, dije, ya en la calle. De nada, dijo Tere. ¿Te encuentras bien? Sí, contesté. ¿Entonces por qué tienes esa cara de cabreo?, preguntó. No sé qué cara tengo, contesté. Estoy cansado, pero no estoy cabreado. ¿Seguro?, preguntó. Tere me puso las palmas de las manos en las mejillas. ¿No te habrás cabreado porque esta noche voy a follar con ese capullo?, insistió, señalando con la cabeza el interior del coche. No, dije. Sonrió y, sin mediar palabra, me besó suavemente en los labios, me escrutó un par de segundos, dijo: Otro día follamos tú y yo, ¿vale? No dije nada, y Tere volvió a meterse en el 124 y el 124 dio media vuelta y se fue.

Así acabó la noche. Y por eso le decía que a partir de aquel momento cambió mi manera de ver las cosas: porque entonces me di cuenta de que, fuera cual fuese la relación que unía a Tere y el Zarco, Tere hacía lo que le daba la gana y con quien le daba la gana.

—¿Y el Zarco también?

—También. Y además no parecía importarle que Tere hiciese lo mismo.

—¿Y a usted?

—¿A mí qué?

—¿Le importaba que Tere se acostase con otros?

—Claro. Tere me gustaba mucho, me había metido en la basca del Zarco por ella, me hubiera gustado que se acostase conmigo; no digo que se acostase solo conmigo: digo que al menos se acostase conmigo. Pero ¿qué podía hacer? Las cosas eran como eran, y a mí no me quedaba otro remedio que esperar mi oportunidad, suponiendo que se presentase. Además, no tenía nada mejor que hacer.

—Idealizó a Tere.

—Si enamorarse de alguien no consiste en idealizarlo, ya me contará en qué consiste.

—¿Y al Zarco? ¿También lo idealizó?

—No lo sé; puede ser. Ahora detesto a los que lo han hecho —en realidad, esa es una de las razones por las que acepté hablar con usted: para que termine con las patrañas y diga la verdad sobre él—, pero quizá el primero en idealizarlo fuera yo. Puede ser. En cierto modo sería lo lógico. Mire, aquel principio de verano yo solo era un chaval imberbe y asustado que casi de un día para otro había visto que sus mejores amigos se convertían en sus peores enemigos y que su familia ya no era capaz de defenderle y que todas las cosas que había aprendido hasta entonces no le servían para nada o estaban equivocadas, así que ¿cómo quiere que, pasada la inquietud o el miedo de los primeros días, no prefiriera quedarme con el Zarco y su basca? ¿Cómo quiere que no estuviera a gusto con alguien que en aquellas circunstancias me ofrecía respeto, aventura, dinero, diversión y placer? ¿Cómo quiere que no lo idealizara un poco? Y por cierto, ¿sabe cómo llamaba yo a la basca del Zarco?

—¿Cómo?

—Los del Liang Shan Po. ¿Ha oído alguna vez ese nombre?

—No.

—No, claro: es demasiado joven. Pero le apuesto lo que quiera a que la mayoría de la gente de mi edad lo recuerda. Se hizo célebre por la primera serie japonesa de televisión que se estrenó en España. *La frontera azul*, se titulaba. Tuvo un éxito tan espectacular que al cabo de dos o tres semanas de su estreno no había adolescente que no la siguiera. Debió de empezar a emitirse en el mes de abril o mayo de aquel año, porque, cuando yo conocí al Zarco y a Tere, ya estaba enganchado a ella.

Era una especie de versión oriental de Robin Hood. Me acuerdo muy bien de la carátula: con una melodía de fondo que aún podría tararear, las imágenes mostraban un ejército informal de hombres a pie y a caballo cargados con armas y estandartes, mientras la voz en off del narrador recitaba un par de frases siempre idénticas: «Los antiguos sabios decían que no hay que despreciar a la serpiente por no tener cuernos; quizás algún día se reencarne en dragón. Del mismo modo, un hombre solo puede convertirse en ejército». El argumento general era simple. Estaba ambientada en la Edad Media, cuando gobernaba China no sé qué dinastía y el imperio había caído en manos de Kao Chiu, el favorito del emperador, un hombre corrupto y cruel que había convertido una tierra próspera en un desierto sin futuro. Contra la opresión solo se levantaba un grupo de hombres rectos capitaneado por el antiguo guardia imperial Lin Chung; entre ellos había una mujer: Hu San-Niang, el lugarteniente más fiel de Lin Chung. Los integrantes de ese grupo estaban condenados por la justicia del opresor a una vida de forajidos en las riberas del Liang Shan Po, un río cercano a la capital que también era la frontera azul del título, una frontera real pero sobre todo una frontera simbólica: la frontera entre el bien y el mal, entre la justicia y la injusticia. Por lo demás, todos los episodios de la serie seguían un esquema parecido: a causa de las vejaciones infligidas por Kao Chiu, uno o varios ciudadanos honrados se veían obligados a cruzar al otro lado del Liang Shan Po para unirse a los bandoleros honrados de Lin Chung y Hu San-Niang. Esa era la historia que se repetía sin demasiadas variaciones en cada capítulo.

—Y usted de algún modo empezó a identificarse con ella.

—Quite el de algún modo: ¿para qué sirven las historias si no es para identificarse con ellas? Y sobre todo: ¿para qué le sirven a un adolescente? Por eso estoy seguro de que en cierto modo, en mi instinto, en mi fantasía, en mis sentimientos, en lo más profundo de mi corazón, durante aquel verano mi ciudad era China, Batista era Kao Chiu, el Zarco era Lin Chung, Tere era Hu San-Niang, el Ter y el Onyar eran el Liang Shan Po y todos los que vivían más allá del Ter y el Onyar eran los del Liang Shan Po, pero por encima de todos los que vivían en los albergues. En cuanto a mí, era un ciudadano recto que se había rebelado contra la tiranía y que estaba ansioso de dejar de ser solo una serpiente (o solo un hombre) y aspiraba a ser un dragón (o un ejército) y que, cada vez que cruzaba el Ter o el Onyar para reunirme con el Zarco y con Tere, era como si cruzase la frontera azul, la frontera entre el bien y el mal y entre la justicia y la injusticia. Cosa que si se para a pensarla tenía su parte de verdad, ¿no le parece?

4

—¿Ha oído usted hablar del Liang Shan Po?

—¿De qué?

—Del Liang Shan Po.

—No. ¿Qué es eso?

—No importa. Hábleme de la primera vez que vio al Zarco.

—Fue en la primavera de 1978. Lo recuerdo porque yo acababa de cumplir veintitrés años, llevaba cuatro viviendo sin interrupción en Gerona (sin interrupción o sin más interrupción que los meses que pasé en Madrid haciendo el servicio militar, entre la sede del Servicio de Inteligencia y la de la Dirección General de Seguridad), había dejado de compartir un piso en la calle Montseny con otros inspectores y acababa de casarme con mi mujer, Ángeles, una enfermera de la clínica Muñoz a la que conocí durante la convalecencia de una operación de apendicitis. Por entonces Gerona seguía siendo una ciudad húmeda, oscura, solitaria y cochambrosa, pero no había ningún sitio más húmedo, más oscuro, más solitario y más cochambroso que el barrio chino.

Que me lo cuenten a mí, que prácticamente hice vida en él durante años. Como ya le dije, toda o casi toda la delincuencia de la ciudad se juntaba en el chino, de modo que bastaba tener vigilado el chino para que nadie se desmadrase. Para qué mentirle: no costaba mucho trabajo. El chino era solo un puñado de manzanas de edificios viejísimos que formaban una telaraña de calles estrechas, malolientes y sin luz: Bellaire, Barca, Portal de la Barca, Pou Rodó, Mosques y Pujada del Rei Martí; esas cinco o seis calles apretujadas entre iglesias y conventos habían sido la antigua entrada a la ciudad, allí había florecido desde siempre la prostitución y allí seguía. De hecho, a finales de los setenta el chino vivía su última etapa de esplendor, antes de que en los ochenta y los noventa la droga y la desidia se hicieran los amos de aquello y el Ayuntamiento aprovechara su decadencia para limpiarlo, echar a la gente y convertirlo en lo que es ahora: la zona más elegante de la ciudad, un sitio donde ya solo hay restaurantes de moda, tiendas chic, áticos para ricos y tal. ¿Qué le parece?

Pero en mi época, ya le digo, no era así. Entonces era un barrio donde familias de toda la vida convivían con pobres de solemnidad, inmigrantes, gitanos y quinquis; además estaban las putas, que en mi época llegaron a ser más de doscientas. Nosotros las teníamos fichadas a todas. Sabíamos quiénes eran y dónde trabajaban, llevábamos un estadillo de altas y de bajas, vigilábamos que entre ellas no hubiera menores ni delincuentes, de vez en cuando nos asegurábamos de que a ninguna se la estuviera forzando a ejercer la prostitución. Lugares donde ejercerla no faltaban, créame: llegamos a contar quince solo en las calles del Portal de la Barca y del Pou Rodó, que eran el centro del chino y donde más puticlubs se acumulaban. Yo los conocía todos, en realidad durante años casi no hubo semana en que no entrara en alguno; todavía puedo recitarle de memoria los nombres: estaban La Cuadra, Las Vegas y el Capri en el Portal de la Barca; el resto estaba en el Pou Rodó: el Ester, el Nuri, el Mari, el Copacabana, La Vedette, el Trébol, el Málaga, el Río, el Chit, Los Faroles y el Lina. Casi todas las chicas que faenaban en esos locales eran mujeres del país, con hijos y sin ganas de problemas. La relación que teníamos con ellas y sus patronas era buena; habíamos firmado sin firmarlo un pacto ventajoso para los dos: nosotros no las molestábamos a ellas y ellas a cambio nos informaban a nosotros. Este pacto suponía además que todos debíamos respetar algunas formalidades; por ejemplo: aunque nosotros sabíamos que la mayoría de los bares del chino se dedicaba a la prostitución, fingíamos que eran bares normales, y todo el mundo debía seguir la pantomima, de manera que, cuando nosotros entrábamos en ellos, la actividad normal se paralizaba, las chicas y los clientes dejaban de subir a las habitaciones y la madame de turno avisaba a los que ya estaban arriba de que habíamos llegado y de que todo el mundo debía quedarse quieto allí hasta que nos marchásemos. Es verdad que el pacto no siempre se cumplía: a veces, porque las chicas o sus patronas se guardaban información, cosa que naturalmente hacían siempre que podían; otras veces, porque nosotros abusábamos de nuestro poder, que era enorme. Los primeros días que fui de ronda por el chino lo hice en compañía de Vives, mi jefe de grupo. Ya le dije que Vives era un descerebrado y un matón, y en seguida comprobé que en el chino se hacía invitar cada noche a todo lo que se bebía y a todo lo que se tiraba y que, cuando se le iba la olla, sembraba el pánico montando unos escándalos de órdago. Yo aún era un idealista que pensaba que los policías éramos los buenos que salvábamos a los buenos de los malos, así que lo que hacía Vives no me gustaba y alguna vez se lo reproché. ¿Qué le parece? No me hizo ni puñetero caso, claro: me mandó a la mierda y me dijo que me metiese en mis asuntos, y yo no tuve el valor de denunciarlo al subcomisario Martínez; lo único que me atreví a hacer fue pedirle que me cambiase de compañero, cosa que hizo sin pedirme explicaciones, seguramente porque el subcomisario conocía a Vives mejor que yo y, aunque no quería o no podía prescindir de un tipo así, su opinión de él era aún peor que la mía.

Pero insisto: en general las chicas y los policías solíamos respetar el pacto que habíamos firmado, y eso nos permitía mantener con relativa facilidad el control de la delincuencia en el chino y también en la ciudad, como ya le he dicho, porque tarde o temprano todos los delincuentes pasaban por el chino y porque todo lo que pasaba por el chino acababa llegando a oídos de las chicas. Ojo, le estoy hablando de la primavera del 78; luego todo esto cambió. Lo que yo creo que lo hizo cambiar fueron dos cosas: las drogas y la delincuencia juvenil. Dos cosas de las que entonces no sabíamos nada.

—Dos cosas que todo el mundo asocia con el Zarco.

—Claro. ¿Cómo no va a asociarlas con él si acabó convirtiéndose en el quinqui y el drogadicto oficial de este país? ¿Quién nos lo iba a decir entonces, verdad? Aunque, para qué mentirle, yo siempre he pensado que al menos nosotros pudimos decir algo más.

—No le entiendo.

—Le cuento la primera vez que lo vi. Usted dirá que no tuvo nada de especial, o casi nada, salvo que fue la primera; pero para mí sí lo tuvo. La cosa ocurrió a la salida de La Font, uno de los pocos bares normales del chino, como el Gerona o el Sargento; lo de normales es una forma de hablar: lo que quiero decir es que no eran puticlubs sino simples tugurios donde se reunían los quinquis, de manera que, para nosotros, todo el que entraba o salía de uno de ellos era sospechoso, como en realidad todo el que merodeaba por el chino. A la mayoría los conocíamos; al Zarco no: por eso aquella tarde, en cuanto lo vimos, le paramos, le pedimos la documentación, lo registramos y tal. Yo iba con Hidalgo, que entonces era mi compañero en las rondas. El Zarco tampoco iba solo; lo acompañaban dos o tres chavales, todos más o menos de su edad, todos igual de desconocidos para nosotros. A ellos también les pedimos la documentación y los cacheamos. Desde luego se veía a leguas que el Zarco era el cabecilla, pero quizá le hubiéramos dejado marcharse sin más si al registrarle no le hubiésemos encontrado una piedra de hachís. Hidalgo la examinó, se la mostró y le preguntó de dónde la había sacado. El Zarco contestó que se la había encontrado por la calle. Entonces Hidalgo se calentó: le cogió de un brazo, le acorraló contra la pared, le arrimó mucho la cara y le preguntó si le había visto pinta de imbécil. El Zarco pareció sorprendido pero no se alteró, no se resistió, no apartó la mirada; al final dijo que no. Sin soltarle, Hidalgo le preguntó qué hacían por allí, y el Zarco le contestó que nada, que solo dar una vuelta. Con una voz sin desafío añadió: ¿Está prohibido? Dijo eso y nos sonrió, primero a Hidalgo y luego a mí, y entonces me di cuenta de que tenía los ojos muy azules; aquella sonrisa me desarmó: al instante noté que la tensión se relajaba y que Hidalgo y el Zarco y los que iban con el Zarco lo notaban también. Luego Hidalgo soltó al Zarco, pero antes de que continuásemos la ronda lo amenazó. Ándate con cuidado, chaval, le dijo, aunque ya no sonó convincente. No vaya a ser que la próxima vez que te vea por aquí se me escape una hostia.

Eso fue todo. O sea que, como le decía, fue muy poco, prácticamente nada. Pero luego he pensado muchas veces que esa nada o ese poco debió de llamarnos la atención y alertarnos sobre el Zarco.

—¿Qué quiere decir?

—Pues que en aquel primer encuentro yo ya pude haber intuido que el Zarco no era un adolescente más del chino, uno de tantos chavales astutos y sin demasiado que perder que intentaban hacerse los duros con nosotros porque en el fondo eran blandos, uno de tantos gallitos de extrarradio corriendo a toda prisa hacia ninguna parte o uno de tantos quinquis adolescentes incapaces de escapar a su destino de quinquis… Qué sé yo. Él era eso, claro, pero no solo era eso; tenía además otra cosa que en seguida saltaba a la vista:

aquel punto de serenidad, aquel punto de frialdad. Y también aquella especie de alegría o de ligereza o de confianza en sí mismo, como si todo lo que hacía fuera un pasatiempo y nada pudiera acarrearle problemas.

—¿Está seguro de que eso fue lo que pensó entonces? Todos somos muy buenos profetizando el pasado: ¿está seguro de que eso no es un pensamiento retrospectivo, algo que dice a la luz de lo que más tarde fue el Zarco?

—Claro que es un pensamiento retrospectivo, claro que no lo pensé entonces, pero ese es precisamente el problema: que pude pensarlo, que debí pensarlo. O como mínimo intuirlo. Si lo hubiese hecho, todo hubiese sido más fácil. Para mí y para todos.

—Su compañero, Hidalgo, lo amenazó: podían haber cumplido la amenaza, podían haber impedido que volviese al chino y que formase allí su banda.

—¿Cómo íbamos a impedírselo? No había hecho nada malo, o por lo menos no podíamos probar que lo hubiese hecho: ¿íbamos a detenerle por beber cerveza en La Font, por fumar porros, por tomar pastillas, por hacer lo que hacían todos los quinquis del chino? No podíamos; y si hubiéramos podido no hubiéramos querido: en Gerona un tipo como el Zarco solo podía ir al chino, y eso nos convenía, porque en el chino podíamos controlarlo mejor que en cualquier otro sitio. En fin. El resultado es que el Zarco y su banda se convirtieron aquella primavera en una parte más del paisaje del chino. Es verdad que eran una parte especial, y que esto también debió ponernos sobre aviso. Porque en el chino había muchos quinquis como ellos, más o menos de su edad, pero todos se juntaban con mayores, que eran los que los dirigían, les señalaban los objetivos y se aprovechaban de ellos; en cambio, el Zarco y su banda lo hacían todo a su manera y no obedecían órdenes de nadie. Y esto, más tarde, cuando las cosas se pusieron serias, los volvió mucho más incontrolables.

—¿Cuándo ocurrió eso?

—Relativamente pronto: en cuanto acabó de cuajar la banda.

—¿Y cuándo acabó de cuajar la banda?

—Yo diría que hacia principios del verano.

—¿Más o menos cuando el Gafitas se incorporó a ella?

—¿Sabe usted quién era el Gafitas?

—Claro.

—¿Quién se lo ha dicho?

—¿Cómo que quién me lo ha dicho? Lo sabe todo el mundo: la ex mujer del Zarco lleva años contando a diestra y siniestra que Cañas formó parte de la banda de su ex marido. Lo de que le llamaban el Gafitas me lo ha dicho el mismo Cañas. Él también aceptó hablar conmigo; en realidad es mi fuente principal, si no hubiera sido por él no me hubiesen propuesto escribir este libro.

—No sabía que también estaba hablando con él.

—No me lo ha preguntado.

—¿Con quién más está hablando?

—De momento con nadie. ¿Continuamos?

—Continuamos.

—Me estaba diciendo que la banda acabó de cuajar más o menos cuando el Gafitas se incorporó a ella.

—Yo creo que sí. Más o menos. Pero eso mejor pregúnteselo a Cañas.

5

—El inspector Cuenca dice que la banda del Zarco acabó de cuajar cuando usted se unió a ella.

—¿Eso dice?

—Sí. Creo que lo que quiere decir es que usted fue como
la levadura que levantó el pan.

—Ya. Puede ser, pero no lo creo. En todo caso, si así fue,
yo no hice nada para levantarlo; y aunque lo hubiera hecho: recuerde que yo no era más que el último mono, que
acababa de llegar, que no pintaba nada y que vivía en una
especie de beatífico estado de shock permanente, por lla-
marlo de algún modo. En cambio, lo que es seguro es que
el Zarco se había buscado la vida a su manera desde siempre, y que desde que llegó a Gerona había ido reuniendo a
su alrededor un grupo formado sobre todo por viejos amigos de Tere, con los que ella había convivido desde niña en
los albergues y en la escuela de Germans Sàbat. De forma
que, cuando yo llegué, el grupo ya estaba hecho y hacía varios meses que se dedicaba a dar palos.

No, no creo que yo hiciera cuajar nada. Lo que sí es
verdad es que mi llegada coincidió con el primero de los
dos saltos cualitativos que dio la basca; pero no fui yo el
que lo provocó, sino el verano, que lo cambió todo porque
llenó la costa de turistas y la convirtió en un reclamo irresistible. Esto aumentó la actividad de la basca, quizá la convirtió de verdad en una banda de delincuentes y en todo

caso y por razones prácticas la obligó a dividirse en dos grupos que fuera del chino actuaban con relativa independencia: por un lado solíamos ir el Zarco, Tere, el Gordo y yo, y por otro el Guille, el Tío, el Colilla, el Chino y el Drácula. Esos dos grupos se organizaron de forma más o menos espontánea, sin que nadie lo pidiese y sin que estuviesen regulados por ninguna jerarquía expresa; no era necesario: todos dábamos por supuesto que el Guille mandaba en el segundo grupo y que el Zarco mandaba directamente en el primero e indirectamente en el segundo. Claro que ni la composición de la basca ni la de los dos grupos era fija: a veces gente del segundo grupo operaba con el primero y otras veces gente del primer grupo operaba con el segundo; y a veces gente que no pertenecía a la basca o que en teoría no pertenecía a la basca actuaba con la basca, como el Latas y el Jou y otros habituales de La Font o de Rufus, por no hablar de Lina, que pertenecía a la basca pero casi nunca operaba con ninguno de los dos grupos, no sé si porque no quería o porque el Gordo no la dejaba. Insisto en que Tere era un caso aparte: a todos los efectos era igual que los demás; bueno, a todos los efectos excepto a uno, porque de vez en cuando faltaba a las reuniones de La Font y no siempre intervenía en los palos con nosotros y entonces nos obligaba a encontrarle un sustituto. Una noche le pregunté a Tere por esas desapariciones, pero ella sonrió, me guiñó un ojo y no contestó. Otra noche se lo pregunté al Gordo mientras compartía con él un porro en el lavabo de Rufus, y el Gordo me contestó con una confusa explicación sobre la familia de Tere de la que solo saqué en claro que su padre estaba muerto o desaparecido, que su madre y su hermana mayor vivían con ella en los albergues, igual que sus dos sobrinos, y que tenía otra hermana que se había marchado de casa hacía más de un año pero acababa de volver, embarazada de su primer hijo.

Quien no faltaba nunca o casi nunca a las citas diarias en La Font era yo. Poco después de meterme en la basca del Zarco empecé a llevar una rutina invariable: me levantaba hacia el mediodía, desayunaba, leía o ganduleaba hasta la hora de comer y, cuando mis padres se iban a dormir la siesta y mi hermana a trabajar a los laboratorios farmacéuticos, yo me marchaba y no volvía hasta la madrugada. Sobre las tres o tres y media de la tarde llegaba a La Font y, mientras esperaba a mis amigos, me ponía a hablar con la patrona o con los parroquianos. Con algunos de ellos hice alguna amistad, sobre todo con el Córdoba, un hombrecito escuálido y tocado con un sombrero de fieltro, siempre vestido de negro y siempre con un mondadientes en los labios, que a menudo me invitaba a cervezas mientras conversábamos sobre cosas del chino; pero también hice amistad con una vieja prostituta comunista llamada Eulalia, que nunca levantaba sus copazos de anís sin brindar por la salud de la Pasionaria y por la muerte del traidor Carrillo; o con un vendedor de pipas, cacahuetes y caramelos llamado Herminio, que aparecía por La Font sobre todo los fines de semana y se ponía a hablar de toros y a recitar versos en un catalán imposible y a pronosticar el fin del mundo y la invasión del planeta por los extraterrestres, antes de pasar por los burdeles ofreciendo sus chucherías en un cesto de mimbre; o con un par de vendedores de baratijas y ropa interior femenina de los que nunca supe el nombre o lo he olvidado, dos hermanos gemelos que llegaban después de comer en los restaurantes del centro, gordos, congestionados y sudorosos, con dos caliqueños en la boca y dos maletas remendadas en las manos, y que se marchaban a la hora de cenar alardeando a voz en grito de haber vendido sus mejores piezas.

Mis amigos empezaban a aparecer a eso de las cuatro o cuatro y media, y a partir de aquel momento nos pasábamos la tarde hablando, saliendo a fumar porros en el puente del Galligans y bebiendo cerveza entre la frondosa colección de putas, gitanos, buhoneros, buscavidas, quinquis, desahuciados y chorizos que solía reunirse en La Font, hasta que alrededor de la medianoche, después de comer un bocado en cualquier parte, nos íbamos a Rufus a rematar la jornada. Esto ocurrió sobre todo al principio, durante las dos o tres primeras semanas, cuando había tardes enteras en que prácticamente no salíamos del chino. Luego empezamos a escapar por sistema hacia la costa o hacia el interior, y La Font se convirtió solo en un punto de encuentro. Pero para entonces ya éramos una banda de delincuentes hecha y derecha, o poco menos, y todo había cambiado.

—Antes de que me lo cuente permítame hacerle una pregunta que quiero hacerle desde hace rato.

—Usted dirá.

—¿No volvió a ver a sus amigos de Caterina Albert?

—¿Aquel verano? Alguna vez, muy pocas, y siempre de pasada. Ya le digo que yo salía de casa sobre las tres o tres y media de la tarde y no volvía hasta la madrugada, así que era difícil que me cruzase con ellos; además, no íbamos por los mismos sitios. De todos modos, con quien no volví a encontrarme fue con Batista. ¿Por qué lo dice?

—Me preguntaba si no quiso vengarse de ellos, si no se le ocurrió hacerlo por lo menos. Hubiera podido intentar que el Zarco y compañía le dieran una lección a Batista, por ejemplo.

—Quizá lo pensé en algún momento, pero lo dudo: nunca les tuve tanta confianza como para atreverme a pedirles eso. De entrada porque hubiera tenido que contar lo que me habían hecho Batista y los demás, y yo no quería hacerlo. ¿No lo entiende? Me sentía avergonzado y culpable de lo que había pasado, quería borrarlo. Supongo que también por eso me había ido con el Zarco y con Tere: para empezar una nueva vida, como suele decirse, porque quería ser otro, reinventarme, cambiar de piel, dejar de ser una serpiente para convertirme en dragón, como los héroes del Liang Shan Po. Eso era lo que quería y, aunque claro que me hubiera gustado vengarme, dadas las circunstancias era imposible, por lo menos de momento. Piense además que yo tenía la impresión de que mis viejos amigos y la basca del Zarco vivían en mundos distintos, igual que mis padres y yo, igual que mi viejo yo y mi nuevo yo; ya se lo dije: el Zarco y yo vivíamos muy cerca y muy lejos, separados por un abismo.

—La frontera azul.

—La frontera del Liang Shan Po, sí: llámela como quiera.

—Otra cosa. El inspector Cuenca me ha contado que en aquella época la policía tenía un control absoluto del chino.

—Es verdad. Absoluto o casi absoluto. Luego, en los años ochenta y noventa, todo cambió: abandonaron el barrio a su suerte, se desentendieron de él, y el barrio se degradó y acabó yéndose a la mierda. O no, según se mire. En todo caso el chino desapareció. Pero en mi época lo controlaban todo: siempre había una pareja de la secreta por allí, inspeccionaban los bares y los burdeles, no perdían de vista a las putas, a todas horas paraban a la gente por la calle, te pedían la documentación, te registraban, te preguntaban qué hacías, adónde ibas.

—¿Nunca le pararon a usted?

—Muchas veces.

—¿Y no le importaba? Quiero decir: ¿no le daba miedo? ¿No pensaba que la policía podía contárselo a sus padres? ¿No pensaba que podían detenerlo y encerrarlo?

—Por supuesto que lo pensaba, por supuesto que me daba miedo. Como a todo el mundo. Pero eso era solo las primeras veces. Luego ya no. Y a partir de determinado momento, que te pararan se convertía en una costumbre como otra. Tenga en cuenta también que lo que mis padres pensaran o dejaran de pensar me traía cada vez más sin cuidado. Y, en cuanto a que me pillaran, bueno, yo tenía dieciséis años y sabía que a mi edad ya no iría a parar ni al Tribunal Tutelar de Menores ni al reformatorio, sino directamente a la cárcel, pero a mí me parece que para cualquier chaval de esa edad la cárcel viene a ser, hasta que le encierran o hasta que le ve de verdad las orejas al lobo, más o menos como la muerte: una cosa que les pasa a los otros.

—Tiene razón, solo que usted no era cualquier chaval: usted no paró de cometer delitos desde que conoció al Zarco, o de ayudar a cometerlos, o sea que no paró de dar motivos para que le metieran en la cárcel.

—Claro, pero ahí está el secreto: cuantos más delitos cometes sin que te pase nada, menos miedo te da todo y más convencido estás de que nunca te van a pillar y de que la cárcel no es para ti. Es como si te anestesiasen, o como si te blindasen. Te sientes bien; mejor dicho, te sientes de puta madre: salvo el sexo y las drogas, a los dieciséis años yo no conocí nada mejor que eso.

—Háblemme de los delitos que cometían.

—Al principio, más o menos hasta el mes de agosto, nos dedicamos sobre todo a dar tirones y a robar casas y coches. Robar coches era tan fácil que los robábamos con cualquier excusa, a veces más de uno al día, no siempre porque los necesitábamos sino simplemente porque el coche nos gustaba y queríamos dar una vuelta con él, o para averiguar quién era el más rápido robándolos. Los más rápidos eran el Zarco y el Tío, que podían tardar menos de un minuto en abrir un coche y que por eso andaban siempre en grupos distintos. Yo aprendí en seguida a abrir coches, a arrancarlos y a conducirlos. Conducir un coche no tenía ningún secreto, y arrancarlo menos: primero se rompía el cláusor de un volantazo seco, luego se identificaban el cable de corriente, el cable de contacto y el cable del motor de arranque y al final se unían los tres. En cambio, abrir los coches era otra cosa; había varios sistemas: el más sencillo consistía en romper de una patada la ventanita que había junto a la ventana del conductor, en meter el brazo por el agujero y abrir la puerta con la mano; para el más sofisticado se necesitaba una hoja de sierra con un extremo en forma de gancho y maña suficiente para meter la hoja en la ranura que se abría entre la ventana y la puerta hasta localizar el pestillo de apertura y tirar de él. Este sistema era el que nosotros solíamos usar, porque era el más rápido y el más discreto (yo mismo vi cómo el Zarco recurría a él varias veces en sitios llenos de gente, a la vista de todo el mundo y sin que nadie notase lo que estaba haciendo); pero el sistema más usado consistía en abrir la puerta del coche hurgando en la cerradura con uno de esos llavines con que se abrían las latas de atún o de sardinas. En fin, en la basca estas cosas, quien más quien menos, sabíamos hacerlas todos, y el Zarco mejor que nadie, porque llevaba desde los seis o siete años robando coches. Pero que fuese muy fácil hacerlas y que las hiciésemos a diario no significa que de vez en cuando no nos llevásemos un buen susto y que a veces, yo como mínimo, pasase mucho miedo haciéndolas.

—¿A pesar de la anestesia y el blindaje?

—A pesar de la anestesia y el blindaje. La costumbre te enseña a manejar una parte del miedo; pero el miedo entero nunca aprendes a manejarlo: casi siempre es él quien te maneja a ti.

Recuerdo por ejemplo una vez en La Bisbal, una tarde de mediados de julio. Íbamos en un Renault 5 el Zarco, el Gordo, el Drácula y yo, y al pasar por el pueblo decidimos parar a tomar una cerveza. Aparcamos en una calle a espaldas de la carretera general, tomamos la cerveza mientras jugábamos unas partidas de futbolín en un bar que se llamaba El Teatret y cuando regresábamos al coche vimos que había junto a él un Citroën Tiburón. ¿Se acuerda de aquella preciosidad? Ahora es una antigualla, aunque entonces tampoco se veían muchos. Bueno. No había nadie a la vista, así que no tuvimos que intercambiar una sola palabra para decidir que nos lo llevábamos. El Drácula echó a correr hacia una esquina de la calle y yo hacia la otra mientras el Zarco y el Gordo se quedaban junto al Tiburón y ponían manos a la obra. Como la calle no era larga, llegué en seguida a mi esquina, y en cuanto asomé la cabeza vi venir hacia mí a dos policías en moto; digo mal: no los vi venir sino que los vi abalanzarse sobre mí. Dudo que los policías sospechasen lo que estábamos haciendo, pero di media vuelta y corrí hacia mis colegas gritándoles que venía la policía. Los tres huyeron a toda prisa: el Drácula desapareció en seguida y detrás de él desaparecieron el Zarco y el Gordo. Oyendo cada vez más cerca el ruido de las motos, dejé atrás el Tiburón, doblé la esquina que acababan de doblar mis colegas, comprobé que los había perdido y, al doblar la esquina siguiente, me vi corriendo solo bajo unos soportales, junto a la carretera general, entre un revuelo de peatones apartándose a mi paso y de gente sentada en las terrazas de los bares. Fue entonces cuando el pánico me venció y cuando tuve a la vez dos certezas complementarias: la primera es que los policías se habían bajado de sus motos y habían renunciado a perseguir a mis colegas y ya solo me perseguían a mí; la segunda es que iban a atraparme porque no me iba a dar tiempo de llegar a la siguiente esquina. Y fue entonces cuando tomé una decisión irracional, una decisión absurda dictada por el pánico que a toro pasado pareció dictada por alguien que ha aprendido a manejar el pánico: en medio de la multitud que salía de las tiendas y los bares, atraída por el alboroto, me paré en seco, me quité la chupa vaquera, la tiré al suelo, di media vuelta y, haciéndome el cojo y con el corazón palpitándome en la garganta, eché a andar en dirección a la pareja de policías, que pasó a mi lado como una exhalación y se perdió detrás de mí por una esquina mientras yo avivaba el paso y me perdía por la esquina contraria.

—Se salvó de milagro.

—Literalmente.

—Ahora entiendo que diga que aquello era un juego muy serio, en el que uno se lo jugaba todo.

—¿He dicho yo eso?

—Sí.

—Pues es verdad. Y además era un juego sin fin; o mejor dicho, el fin solo podía ser catastrófico: el riesgo te anestesiaba, te blindaba, pero para seguir jugando tenías que seguir arriesgándote, tenías que hacer algo de lo que no pudieran protegerte ni la anestesia ni el blindaje, de manera que cada vez había que correr más riesgos. No sé si esto era consciente, quizá no, o no del todo, pero así era. Lo cierto es que, además de a robar coches, y de vez en cuando alguna casa, al principio nos dedicábamos sobre todo a robar bolsos (tanques, los llamábamos nosotros), seguramente porque nos parecía tan sencillo y tan poco arriesgado como robar coches. La prueba es que a veces lo hacíamos sin necesidad, igual que robar coches, casi como un deporte o como un entretenimiento; la mejor prueba es que me atreví muy pronto a hacerlo.

—¿Cómo lo hacía?

—Como lo hacíamos todos: pegando un tirón. Después he leído por ahí que un famoso delincuente juvenil de la época decía que lo del tirón se lo inventó el Zarco y que él no hizo más que tomárselo prestado al Zarco o al personaje cinematográfico del Zarco; quizá también lo haya usted leído en algún recorte de mi archivo… Puede que sea verdad, no digo que no, aunque tiendo a creer que ese tipo de cosas habla más de la leyenda que de la realidad del Zarco: al fin y al cabo, casi no hay nada relacionado con la violencia juvenil de la época que no se lo hayan atribuido directa o indirectamente a él. Porque a fin de cuentas el tirón era algo tan elemental que casi no hacía falta que nadie lo inventase. Solo había que robar un coche y elegir una víctima y un lugar adecuados: la víctima ideal era una mujer a ser posible mayor y de aspecto adinerado y el lugar ideal era una calle apartada y a ser posible solitaria; una vez elegidos, el conductor se acercaba a la víctima por detrás y se colocaba a su altura y en ese momento yo, que iba sentado en el asiento del copiloto, tenía dos opciones: una —la más simple y la mejor— consistía en sacar el cuerpo por la ventanilla y arrancarle el bolso a la víctima de un tirón; la otra —la más compleja, la que solo usaba cuando no quedaba otro remedio— consistía en saltar del coche en marcha, correr hasta la víctima, dar el tirón y, ya con el bolso en las manos, volver corriendo a montarme en el coche. La única precaución que tomaba en los dos casos consistía en quitarme las gafas para evitar que la víctima pudiera identificarme por ellas. Ya le digo que era una cosa sencillísima, y comparativamente con poco riesgo; claro que también con poco beneficio, porque lo normal era que en los bolsos robados hubiera poco dinero. Sea como sea, al principio ese fue el tipo de robo en el que tuve con más frecuencia un papel de protagonista, aunque no fue el único: ahora me acuerdo por ejemplo de una tarde en que me llevé la recaudación del día de un chiringuito instalado en la playa de Tossa mientras Tere distraía al encargado coqueteando con él. Pero eso no era lo habitual. Lo habitual era que yo hiciese el papel de cebo o de fachada, o que me limitase a vigilar mientras los demás trabajaban, o las dos cosas sucesivamente. Eso es lo que había hecho la primera vez que robé con ellos, la tarde de La Montgoda, y eso es lo que continué haciendo durante el mes de julio, hasta que la muerte del Guille y la detención del Chino, el Tío y el Drácula cambiaron las cosas.

—Es curioso. Tal y como cuenta la historia, cualquiera podría deducir que no fue usted quien se alistó en la banda del Zarco sino el Zarco quien lo reclutó a usted.

—No me parece una deducción equivocada. Aunque lo más probable es que se juntaran las dos cosas; o sea: que yo necesitase lo que el Zarco tenía y que el Zarco necesitase lo que tenía yo.

—Entiendo lo que usted podía necesitar del Zarco, pero ¿qué es lo que el Zarco podía necesitar de usted? ¿Que le hiciera de cebo o de fachada, como usted dice?

—Claro. Eso era útil en una basca como aquella; además, recuerde que es lo que me dijo Tere para convencerme de que los acompañase a robar en La Montgoda: necesitaban a alguien como yo, alguien con aspecto de estudiante de los Maristas y con cara de no haber roto un plato, alguien que hablase catalán... Yo creo que eso fue lo que el Zarco pensó de mí, como mínimo al principio. ¿Se acuerda del Gafitas de la primera parte de *Muchachos salvajes*? Evidentemente, ese personaje soy yo, estaba inspirado en mí, y el Zarco de la película lo recluta para su basca ficticia por el mismo motivo que yo creo que el Zarco de la realidad me reclutó a mí para su basca real: para que hiciera de cebo o de fachada. En fin, no le estoy diciendo que el Zarco fuera a buscarme a propósito a los recreativos Vilaró o algo así; lo que creo que pasó fue que coincidimos por casualidad en los recreativos y que, cuando se dio cuenta de que yo podía serle útil, hizo todo lo que pudo para retenerme. Incluido probablemente inventarse un atraco a los recreativos.

—¿Qué quiere decir?

—Pues que a lo mejor el Zarco no tuvo nunca ninguna intención de atracar los recreativos Vilaró. Ni el Zarco ni el Guille ni nadie. Es posible. La verdad es que no era el tipo de palo que pegaban por entonces, sin armas y sin nada, así que es posible que el Zarco se lo inventara para que yo me asustase y le pidiese que no lo hiciera y él me hiciese un falso favor y yo me sintiese obligado a devolvérselo.

—¿Está usted seguro de eso?

—Seguro no, aunque una vez el Zarco me dijo que eso fue lo que pasó.

—¿Qué otras cosas cree que pudo hacer el Zarco para reclutarlo?

—¿Está usted pensando en algo?

—En lo mismo que usted.

—¿Y en qué estoy pensando yo?

—En Tere. ¿Cree usted que el Zarco pudo convencerla para que hiciera lo que hizo?

—¿Se refiere a lo que pasó en los lavabos de los recreativos Vilaró?

—Claro.

—No lo sé. Hubo épocas en que pensé que sí y otras en que pensé que no; ahora no sé qué pensar. Además, no creo que esto tenga ninguna relación con su libro, de modo que mejor cambiemos de asunto.

—Perdone. Lleva razón. Hablemos de otra cosa. Ha mencionado la muerte del Guille y la detención del Chino, el Tío y el Drácula. ¿Qué pasó? ¿Cómo murió el Guille? ¿Cómo detuvieron a los otros tres? ¿Cómo afectó eso a la banda?

—Perdóneme a mí. No quería ser grosero. Claro que lo que pasó en los recreativos tiene relación con su libro: por lo menos en mi caso, todo lo que tiene relación con Tere tiene relación con el Zarco, y viceversa; así que si no entiende mi relación con Tere no entenderá mi relación con el Zarco, que es de lo que se trata. ¿Le he dicho ya que entré en la basca del Zarco por Tere?

—Sí, aunque también me dijo que seguramente ese no fue el único motivo.

—No digo que fuera el único; digo que fue decisivo. ¿Cómo me hubiera atrevido a meterme en aquella basca de quinquis y a hacer lo que hice si no es porque era la única forma de estar cerca de Tere? Eso era lo que yo más necesitaba de lo que tenía la basca del Zarco. El amor me hizo valiente. Yo me había enamorado antes, pero no como me enamoré de Tere. Al principio se me pasó incluso por la cabeza que Tere podía ser mi chica, la primera chica con que salía; después de mis primeros días en la basca del Zarco lo descarté, claro, y no porque en teoría resultase imposible —al fin y al cabo, fuese o no fuese la chica del Zarco, Tere se acostaba con quien quería y hasta de vez en cuando coqueteaba conmigo o yo tenía la impresión de que coqueteaba conmigo—, sino porque me parecía demasiado para mí: demasiado independiente, demasiado guapa, demasiado burlona, demasiado adulta, demasiado peligrosa; en realidad, no sé a qué aspiraba con ella: lo más probable es que aspirase solamente a que se repitiese lo que había pasado en los lavabos de los recreativos Vilaró, a que se acostase alguna vez conmigo.

—Sí, eso también me lo ha contado.

—El caso es que Tere se convirtió en una obsesión. Yo me masturbaba desde los trece o los catorce años, pero aquel verano debí de batir el récord mundial de pajas; y así como hasta entonces me había masturbado con fotos del *Libro de la mujer*, con ilustraciones de cómics, con actrices de películas, con heroínas de novelas y con chicas de revista de destape o de calendario de taller de coches, a partir de entonces Tere fue la protagonista absoluta de mi harén imaginario. Tanto que a menudo sentía que Tere no era un personaje sino dos: el personaje real con quien me encontraba cada tarde en La Font y el personaje ficticio con quien me acostaba mañana, tarde y noche en mis ensoñaciones. Si le soy sincero, a veces tenía mis dudas de con cuál de las dos había compartido los lavabos de los recreativos Vilaró.

Hasta que una noche de finales de julio me pareció por fin que el personaje real y el personaje ficticio se fundían en uno solo, y que eso significaba que todo iba a cambiar entre nosotros. Es una de las noches de aquel verano que recuerdo mejor, quizá porque a lo largo de estos años le he dado muchas vueltas a lo que pasó. Si le parece se lo cuento.

—Por favor.

—Es un poco largo; tendremos que dejar para otro día el asunto de la muerte del Guille y la detención del Chino, el Tío y el Drácula.

—No se preocupe.

—De acuerdo. Como le contaba, fue una de las últimas noches de julio, poco después del susto del Tiburón en La Bisbal y poco antes de la muerte del Guille y la detención de los demás. Fue un viernes o un sábado por la noche, en Montgó, una playa de L'Escala. Hasta el atardecer habíamos estado en el chino, y a esa hora Tere, el Zarco, el Gordo, Lina y yo robamos un Volkswagen y salimos en dirección a la costa.

Que yo recuerde no teníamos ningún plan ni íbamos a ninguna parte en concreto, pero a la altura de Calella de Palafrugell nos entró hambre y sed y decidimos parar. Ya era noche cerrada. Aparcamos en un descampado a las afueras del pueblo, nos tomamos el segundo Bustaid del día, bajamos hasta la playa, buscamos sin suerte una mesa en las terrazas al aire libre y al final nos metimos en una taberna, quizá Ca la Raquel. Allí pedimos cerveza y bocadillos en la barra y el Zarco se puso a hablar de su familia, cosa que era la primera vez que le oía hacer. Habló de su tío Joaquín, un hermano de su madre con el que, según contó más tarde en sus memorias, había pasado dos años de su infancia viajando de acá para allá en una DKW, ayudándole a ganarse la vida a base de robos y trapicheos; también habló, con admiración, de sus tres hermanos mayores, por entonces tres veinteañeros que estaban en la cárcel. Puede que hablara de algo más, aunque ahora no lo recuerdo. El caso es que en algún momento fui al baño y que, cuando volví, dos chicas se habían sumado al grupo. Una, la que estaba junto al Zarco, se llamaba Elena y era pequeña, morena y bonita, igual que una muñeca; la segunda se llamaba Piti y era más alta y tenía el pelo rojizo y la piel pálida y pecosa. Cogí mi cerveza y me puse a escuchar al Zarco, que le estaba contando a Elena que vivíamos en Palamós y éramos estudiantes, aunque, añadió en el mismo tono despreocupado, en verano nos dedicábamos a dar palos; la mentira no me extrañó, porque era inofensiva, pero la verdad sí, porque era imprudente y, como el Zarco no solía cometer imprudencias, pensé que se había encaprichado tanto de aquella muñeca que estaba dispuesto a todo con tal de seducirla. ¿Palos?, preguntó Elena. Robamos coches, casas, de todo, explicó el Zarco. Elena me miró, volvió a mirar al Zarco y se rió; yo intenté reírme, pero no pude. Es mentira, dijo Elena. ¿Y tú qué sabes?, preguntó sin reírse el Zarco. Muy fácil, contestó Elena. Porque la gente que se dedica a dar palos nunca dice que se dedica a dar palos. Mierda, dijo el Zarco, fingiendo contrariedad, y añadió fingiendo candor: Dime otra cosa: ¿la gente que tiene pasta dice que tiene pasta? Elena pareció reflexionar, divertida. Si tiene poca, sí, pero si tiene mucha no, dijo por fin. Entonces no podemos decir que tenemos pasta, dijo el Zarco, mirándome con fastidio. ¿Para qué querías decir que tenéis pasta?, preguntó Elena, prolongando el coqueteo. ¿Para impresionarnos? Claro que no, dijo el Zarco. Solo para invitaros a otra ronda. Elena volvió a reírse. Aceptada, dijo. El Zarco pidió inmediatamente otra ronda de cerveza y, mientras nos la tomábamos, Elena contó que ella y su amiga vivían en Alicante, que llevaban casi dos semanas viajando por Cataluña, que estaban alojadas en un hostal de L'Escala y que habían ido aquella tarde en autoestop desde L'Escala hasta Calella. Cuando terminó de hablar, la chica se acercó al Zarco y le susurró algo al oído. El Zarco asintió. Claro, dijo. Pagó y salimos.

Callejeamos un poco en busca de un sitio tranquilo en que liar unos porros, hasta que llegamos a la plaza donde se levantaba la iglesia del pueblo. Allí estuvimos un buen rato fumando y hablando alrededor de un banco y, cuando ya empezábamos a pensar en movernos, Elena mencionó una discoteca a la que habían ido a bailar un par de noches; Piti dijo que la discoteca se llamaba Marocco y estaba cerca de L'Escala, y el Zarco propuso que fuésemos a echar un vistazo. ¿Tenéis coche?, preguntó Piti. Claro, contestó el Zarco. Genial, dijo Elena. Tenemos solo un coche, advirtió el Gordo. Y somos siete. No importa, dijo Elena. Cabemos todos. Ni puto caso al Gordo, intervino el Zarco. Es un bromista: no respeta a nadie. Y añadió: En realidad hemos venido en dos coches. Antes de que nadie pudiera desmentirle, el Zarco les preguntó a Elena y a Piti si las dos sabían cómo ir a Marocco; contestaron que sí y entonces el Zarco saltó del respaldo del banco en que estaba sentado, aterrizó en las baldosas de la plaza y dijo: De puta madre. Gordo, yo me llevo a Elena, a Tere y al Gafitas en el Volkswagen; tú te llevas a Lina y a Piti en el coche de tu padre. ¿Qué coche?, preguntó Lina. Pero el Zarco ya había echado a andar hacia la salida de la plaza y todos le seguimos y nadie hizo caso a Lina, ni siquiera el Gordo, que se limitó a arreglarse un poco el pelo lacado haciendo una mueca de resignación, a coger del hombro a su chica mientras le pedía que se callase y a cagarse en la madre del Zarco.

Así fue como aquella noche acabamos en Montgó, que era la cala donde se escondía Marocco. Desde Calella no pudimos tardar más de media hora en llegar, y eso a pesar de que Elena se perdió y, después de cruzar L'Escala, estuvimos todavía un rato dando vueltas por una urbanización. Pero al final vimos un letrero que anunciaba el local, nos metimos por un camino de tierra y conseguimos aparcar en un claro de un bosque de pinos atestado de coches y alumbrado por las luces de la discoteca, que brillaban a lo lejos, ya casi junto a la playa.

Marocco resultó ser una discoteca para turistas extranjeros y hippies rezagados, pero la música que sonaba dentro no era muy distinta de la que sonaba en Rufus, seguramente porque aquel verano todas las discotecas ponían más o menos la misma música o porque a mí me parecía más o menos la misma: éxitos de rock and roll alternados con música disco (y de vez en cuando alguna rumba, que en Rufus eran bastante frecuentes). Antes de entrar a la discoteca nos habíamos fumado un último porro, y el Zarco, Tere y yo nos tomamos el tercer Bustaid; en cuanto entramos perdí al Zarco y a Elena, no a Tere, que se lanzó en seguida a bailar. Me puse a mirarla desde la barra mientras me bebía mi cerveza, por momentos con la sensación vanidosa (que a veces también me asaltaba en Rufus) de que bailaba para mí o como mínimo de que sabía que yo la estaba observando, siempre con la sensación repetida de que los movimientos de su cuerpo se adaptaban a la música como un guante a una mano. Al rato aparecieron el Gordo, Lina y Piti, me saludaron y pidieron de beber. El Gordo y Lina fueron a sentarse en los sofás o se perdieron en la pista, y Piti me preguntó dónde estaba Elena; yo le dije que no lo sabía aunque creía que con el Zarco. Luego Piti me preguntó si hacía mucho rato que estábamos allí y le dije que sí y entonces ella me dijo, como si yo no lo supiese o como si se disculpase, que habían tardado más de la cuenta en llegar; la interrumpí para decirle que nosotros también nos habíamos perdido, pero Piti me contestó que ellos no habían tardado porque se hubiesen perdido sino porque al Gordo se le olvidó dónde había aparcado el coche, y Lina y ella habían tenido que esperarle hasta que lo encontró y volvió a buscarlas con él. Di un chasquido con la lengua y dije, moviendo la cabeza a derecha e izquierda: Otra vez. Siempre le pasa lo mismo. ¿Siempre se le olvida dónde aparca el coche?, preguntó. No, contesté. Solo cuando conduce el coche de su padre. ¿De verdad?, preguntó. De verdad, contesté; añadí: Debería ir a un psicoanalista. Nos quedamos mirándonos, y al instante nos echamos a reír. Luego continuamos conversando, hasta que Tere nos interrumpió. Piti le preguntó dónde estaba Elena. Tere le dijo que no lo sabía y en seguida las dos se pusieron a hablar. No oí de qué hablaban, pero poco después Piti se alejó a toda prisa de la barra. ¿Qué ha pasado?, pregunté. Nada, contestó Tere. ¿Se ha enfadado?, volví a preguntar. Qué va, volvió a contestar Tere. Me ha parecido que estaba llorando, insistí. Tú alucinas, Gafitas, se burló Tere. A continuación preguntó: Bueno, qué, ¿bailas o no?

Me quedé boquiabierto: Tere nunca me había preguntado si bailaba, y nunca me había planteado yo siquiera la posibilidad de bailar con ella, en parte (creo que ya se lo dije) por vergüenza, y en parte porque no sabía bailar. Pero aquella noche descubrí que para bailar, o al menos para bailar música de discoteca, no hace falta saber bailar sino solo querer moverse. Fue Tere la que me lo descubrió. Y fue al terminar de bailar cuando ocurrió lo que quería contarle. En el momento en que apagaron la música y encendieron las luces de la discoteca, Tere y yo nos dimos cuenta de que nuestros colegas habían desaparecido. Estuvimos buscándolos un rato, primero dentro del local y luego a la entrada, en un patio repleto de noctámbulos que merodeaban alrededor de un chiringuito cerrado, poco dispuestos a dar por terminada la noche. No encontramos a nadie, y le dije a Tere que seguro que todos se habían marchado y que lo mejor era que nosotros nos marchásemos también. Tere no me contestó. Caminamos hasta el aparcamiento, barrido a esas horas por las luces de los coches que partían. No sabíamos qué coche había robado el Gordo en Calella, pero nuestro Volkswagen todavía estaba aparcado entre dos pinos. Por lo menos el Zarco no se ha ido, dijo Tere al verlo. ¿Y tú qué sabes?, repliqué, pensando que lo más probable era que tuviese razón. A lo mejor ha robado otro coche. No tenía ningunas ganas de ver al Zarco, quería seguir la noche a solas con Tere, de modo que concluí: Son casi las cinco; vámonos ya. Tere se quedó quieta y tardó en contestar. ¿Qué prisa tienes, Gafitas?, dijo por fin. Luego me cogió de un brazo y me obligó a girar en redondo y a caminar de vuelta a Marocco mientras decía: Ven. Vamos a ver si los encontramos.

Pasamos por delante del patio de la discoteca, casi sin gente ya, seguimos hacia la oscuridad y echamos a andar por la playa. En el cielo brillaba una luna limpia y llena que, a medida que me acostumbraba a la oscuridad y avanzaba hacia el agua, reveló una cala limitada por dos colinas y sembrada de bultos que sobresalían de la arena como caparazones de sombra. Están aquí, en la playa, susurró Tere cuando llegamos a la orilla, sentándose en la arena; añadió: Vamos a fumarnos un peta. ¿Cómo lo sabes?, pregunté. Qué pregunta, dijo. Porque voy a hacerlo yo. ¿Cómo sabes que están aquí?, aclaré. Tere lamió el papel de un cigarrillo, lo despellejó, vació el tabaco en la hoja de papel de fumar que había extendido sobre su mano y contestó: Porque lo sé. Terminó de liar el porro, lo encendió, le dio cuatro o cinco caladas seguidas y me lo pasó.

Me senté junto a ella y fumé oyendo el sonido de las olas que rompían contra la orilla y viendo la luz de la luna que rebotaba contra la superficie del mar y difundía por toda la cala un resplandor plateado. Tere no decía nada y yo tampoco, como si los dos estuviéramos agotados o ensimismados o hipnotizados por el espectáculo de la playa de noche. Al cabo de un rato Tere mató el porro y lo enterró en la arena; se levantó y dijo: Voy a bañarme. Antes de que yo pudiera decir nada se desnudó y se metió en un mar que parecía una sábana negra, enorme y silenciosa. Se alejó de la orilla y, en determinado momento, dejó de bracear y empezó a llamarme con gritos sofocados que resonaban por toda la cala. Me quité la ropa y me metí en el agua.

Estaba casi tibia. Nadé un rato mar adentro, alejándome de Tere y, cuando paré, me giré y me di cuenta de que estaba en medio de una gran oscuridad y de que los escasos puntitos de luz de la playa quedaban muy lejos y Tere había desaparecido. Nadé de regreso hacia la orilla, braceando con fuerza, pero cuando puse pie a tierra tampoco vi a Tere. Con el agua hasta la cintura la busqué sin encontrarla, y durante un momento de pánico imaginé que se había marchado y se había llevado mi ropa, pero en seguida vi su silueta saliendo del agua a mi izquierda, unos veinte o treinta metros más allá. Yo también salí del agua, sintiendo que el baño había disipado la ebriedad del alcohol y el hachís y había apaciguado la taquicardia de los Bustaids, y, cuando llegué hasta Tere, ella se había cubierto ya con su camiseta y estaba descalza y sentada sobre sus pantalones. De pie, me puse a toda prisa los calzoncillos y los pantalones, y aún no había terminado de abrocharme la camisa cuando Tere preguntó: Oye, Gafitas, tú y yo todavía no hemos echado un polvo, ¿verdad? Me hice un lío tremendo con los botones. No, atiné a balbucear. Creo que no. Tere se puso de pie, me apartó las manos de la camisa y empezó a desabrocharme los botones con los que me había liado; creí que lo hacía para volver a abrochármelos bien, pero mientras todavía estaba desabrochándomelos me besó, y mientras me besaba adiviné que estaba desnuda de cintura para abajo. Volvió a preguntar: Pues ya va siendo hora de que lo echemos, ¿no te parece?

El resto puede imaginárselo. Y, como le decía antes, a raíz de lo que pasó esa noche yo creí que todo iba a cambiar entre Tere y yo y que a partir de entonces Tere dejaría de ser un personaje imaginario de mi harén imaginario para ser únicamente un personaje real, o que el personaje real y el imaginario se fundirían en uno solo; y también pensé que, aunque de ahí en adelante no se convirtiera en mi chica, al menos nos acostaríamos juntos de vez en cuando. No fue así. Quizá influyó para que no lo fuera el hecho de que aquel episodio casi coincidió en el tiempo con la muerte del Guille y la detención del Chino, el Tío y el Drácula, pero lo cierto es que no fue así. Y que todo se complicó. Pero eso, si le parece bien, se lo cuento el próximo día. Ahora se me ha hecho tarde: tengo que irme.

–Claro. Pero no me gustaría que lo dejáramos sin que me contara qué pasó con sus colegas aquella noche.

–Ah, nada importante. Al día siguiente lo supe en La Font. El Gordo y Lina se marcharon pronto de Marocco, llevaron a Piti a su hostal y volvieron a casa. El Zarco durmió con Elena en un hotel de L'Escala, y por la mañana volvió también a Gerona, igual que Tere y yo. De Piti y Elena no supimos nada más.

–O sea que no era cierto que aquella noche el Zarco y Elena estaban en la playa, como le había dicho Tere.

–No.

–¿Cree que Tere lo sabía o lo sospechaba y que le mintió a usted porque quería seducirlo?

–Es posible.

–Se lo preguntaré de otra forma: ¿nunca pensó que Tere se había acostado esa noche con usted por despecho, para vengarse del Zarco, porque él se había marchado con Elena?

–Sí. Pero no lo pensé entonces. Lo pensé más tarde. Y solo un tiempo.

–¿Y después? Quiero decir: ¿y ahora?

–¿Ahora qué?

–Ahora qué piensa de eso.

–Que no es verdad.

6

—Hábleme del Gafitas.

—¿Qué quiere que le cuente? La vida de un policía está llena de historias curiosas, pero la historia del Gafitas es de las más curiosas que me han pasado desde que empecé en este oficio. De entrada a lo mejor no lo parece: al fin y al cabo no es tan raro el caso de un chaval de clase media o de clase media alta o incluso de clase alta que en algún momento se líe con una banda de quinquis y tal. Por lo menos no era tan raro en aquella época; de hecho, tiempo después yo conocí algún caso parecido, aunque esos eran ya los años fuertes de las drogas y entonces los chavales se descarriaban por las drogas, mientras que en la época del Gafitas lo de las drogas todavía estaba empezando y es más difícil encontrar una explicación a lo que pasó. Yo como mínimo no la tengo, y este es un asunto que luego nunca he hablado con Cañas; he hablado con Cañas de otras cosas, pero nunca de esto: para nosotros es como si no hubiese ocurrido. ¿Qué le parece? Pero, bueno, si él le está contando la historia de su relación con el Zarco, me imagino que ya tendrá usted una explicación de por qué fue a parar a su banda.

—Cañas dice que fue por casualidad.

—Eso no es una explicación: todo pasa por casualidad.

—Lo que quiero decir es que Cañas dice que conoció al Zarco por casualidad; las razones por las que se unió a su banda son otra cosa. Según él, la principal es que se enamoró de la chica del Zarco.

—¿Se refiere a Tere?

—¿A quién si no?

—El Zarco tenía muchas chicas; y Tere muchos chicos.

—Se refiere a Tere. ¿Le extraña?

—No: me parece interesante. ¿Qué otras explicaciones le ha dado Cañas?

—Me ha dicho que el Zarco fue a buscarlo. O sea, que no es solo que él se uniera al Zarco, sino que el Zarco también lo reclutó: según Cañas, el Zarco necesitaba a alguien como él, alguien que hablase catalán y tuviese pinta de buen chico y pudiese servirle como pantalla en sus palos.

—Eso ya me suena un poco más raro. Hombre, no digo que una buena pantalla no hubiera podido venirle bien al Zarco, pero no creo que le importara tanto como para ponerse a buscarla, entre otras razones porque él solía hacer las cosas a cara descubierta, sin pantalla.

—Es que no se puso a buscarla: se la encontró.

—Bueno, entonces puede ser. De todos modos es verdad que el Gafitas no era como el resto de la banda; eso saltaba a la vista: aunque en seguida se puso a imitar la forma de vestir, de peinarse, de andar y de hablar de los demás, nunca tuvo su aspecto; siempre tuvo el aspecto de lo que era.

—Y ¿qué era?, ¿un adolescente de clase media dándose un paseo por el lado salvaje?

—Más o menos.

—¿Quiere usted decir que nunca se tomó en serio lo que hacía con el Zarco?

—No: claro que se lo tomó en serio; si no se lo hubiera tomado en serio nunca hubiese llegado hasta donde llegó. A lo que me refiero es a que siempre pensó que, por muy serio que fuese, aquello era temporal, que lo dejaría y que podría volver al redil y que entonces sería como si nunca hubiera pasado nada. Esa es mi impresión. A lo mejor estoy

equivocado, pero no lo creo. De todos modos pregúnteselo a Cañas. O no pierda el tiempo: seguro que Cañas le dirá
que el que se equivoca soy yo. Allá usted.

—Por lo que dice, ustedes no veían al Gafitas como a los
demás.

—Nosotros lo veíamos como lo que era, se lo repito, solo
que él no era como los demás. Y si se refiere a si lo tratamos de manera distinta que a los demás, la respuesta es no…
Aunque quizá esto debería matizarlo. La verdad es que al
principio, cuando apareció por el chino con el Zarco y con
los demás, pensamos que sería una cosa pasajera, una de esas
rarezas que a veces daba el chino; la sorpresa fue que duró y
que al poco tiempo ya era uno más entre ellos. En cuanto al
final, bueno, si hay que juzgar por lo que pasó al final a lo
mejor tiene usted razón: a lo mejor siempre le vimos de una
manera distinta. Pero del final hablaremos más adelante, ¿no?

—Sí. Volvamos al principio. El otro día me dijo que el
grupo acabó de cuajar con la llegada del Gafitas.

—Es lo que yo creo. Claro que antes de que llegara el Gafitas ya había una banda más o menos formada: robaban
coches y chalés, daban tirones y tal; pero cuando apareció
el Gafitas el asunto cambió. No porque el Gafitas lo bus-
case, claro, sino porque sí; estas cosas pasan constantemente:
algo se mete por casualidad en un mecanismo y cambia sin
querer su manera de funcionar. Eso es lo que pudo pasar
cuando el Gafitas se metió en la banda del Zarco. O cuando el Zarco lo reclutó, como dice Cañas.

—¿Fue en ese momento cuando detectaron ustedes que
había una banda de delincuentes operando en la ciudad?

—No, fue antes. Lo recuerdo muy bien porque para mí el
caso empezó entonces. Una mañana el subcomisario Martínez nos reunió en su despacho a los dieciséis inspectores de
la Brigada. Esto no era demasiado raro; lo raro era que asis-
tiese a la reunión el comisario provincial: aquello quería decir que el asunto iba en serio. Durante la reunión el comisa-

rio habló muy poco, pero Martínez nos explicó que desde hacía algún tiempo se venían recibiendo denuncias recurrentes de robos en la ciudad y en los pueblos y urbanizaciones de la provincia; en aquella época los sistemas de detección de sospechosos eran muy rudimentarios, no teníamos un registro informatizado de huellas dactilares como el de ahora y había que hacerlo todo a mano, imagínese lo que era eso. De todos modos la repetición de los procedimientos de robo, contó Martínez, hacía suponer que nos enfrentábamos a una banda más o menos organizada: los bolsos siempre se robaban dando el tirón, los coches haciendo el puente y las casas forzando las puertas y ventanas cuando estaban vacías; además, los testigos hablaban de la intervención de chavales en los robos. Aquí las cosas se complicaban porque, como creo que ya le dije, por entonces las bandas de delincuentes juveniles no existían o no existían como luego existieron y en todo caso nosotros no teníamos noticias de ellas, de forma que las conjeturas de Martínez no señalaban a una banda de delincuentes juveniles sino a una banda de adultos que se ayudaba con chavales. Esto significa que a nadie podía ocurrírsele de entrada que la banda del Zarco tuviera nada que ver con aquellos robos, primero porque ni siquiera la considerábamos exactamente una banda de delincuentes, y segundo porque, hasta donde sabíamos, no tenía ninguna relación con adultos. Sea como sea, Martínez pidió a toda la Brigada que estuviese atenta y encargó a Vives que se ocupara del caso; nuestro grupo tenía varias cosas entre manos, y Vives decidió dividirlo en dos y me pidió que me dedicase en exclusiva al asunto con la ayuda de Hidalgo y de Mejía.

Así fue como empecé a perseguir al Zarco sin saber todavía que lo estaba persiguiendo. Aparte de las tareas burocráticas, mi trabajo hasta entonces consistía sobre todo en interrogar a víctimas y sospechosos, en acumular indicios y en pasarme las tardes y las noches dando vueltas por los bares del chino, identificando, registrando y preguntando a todo quisque, siempre con los ojos y los oídos bien abiertos; a partir de aquel momento mi trabajo siguió siendo el mismo, salvo que ahora mi objetivo principal era detener a la banda contra la que nos habían puesto en guardia. Justo en esa época apareció el Gafitas por el chino, pero yo llevaba relativamente poco tiempo intentando cumplir con mi encargo y aún no había relacionado la banda que buscaba con la banda del Zarco.

—¿Cuándo las relacionó?

—Algo después. En realidad, durante las primeras semanas anduve tan desorientado que solo conseguí establecer que los robos eran obra de una banda y no de un conjunto de bandas o de individuos aislados, que es lo que más de una vez pensé al principio; también llegué a pensar que era una banda que no guardaba ninguna relación con la ciudad ni con el chino, que tenía su centro de operaciones fuera —en Barcelona, quizá, o mejor en algún pueblo o urbanización de la costa— y que solo venía a la ciudad a dar sus golpes y después se largaba. Era una idea descabellada, pero la ignorancia produce ideas descabelladas, ¿no le parece? Yo al menos tuve algunas, hasta que un día empecé a sospechar que el Zarco y los suyos podían estar relacionados con los robos.

—¿Cómo llegó a esa conclusión?

—Gracias a la Vedette.

—¿Se refiere a la madame?

—¿La conoce?

—He oído hablar de ella.

—Claro, mucha gente ha oído hablar de ella, en el chino era una leyenda. La verdad es que era una mujer notable, y que en aquel ambiente llamaba la atención. Cuando yo la conocí ya era mayor, pero todavía conservaba su falso porte de gran dama, todavía se comportaba con la arrogancia de las mujeres que han sido muy guapas y todavía llevaba a rajatabla su negocio. Era la propietaria de dos puticlubs, La Vedette y el Edén; el más conocido era La Vedette, que además tenía fama de ser el mejor puticlub del chino, como en otros tiempos lo habían sido El Salón Rosa o El Racó. Era un local pequeño, en forma de ele, sin una sola mesa pero con muchos taburetes alineados contra las paredes, frente a una barra que empezaba justo a la izquierda de la entrada y luego giraba a la izquierda otra vez y se alargaba hasta el fondo, donde se abrían dos puertas, una que daba a una cocina y la otra a una escalera que subía hasta las habitaciones; las paredes estaban forradas de madera y no tenían ventanas, varias columnas salían de la barra y subían hasta las molduras del techo, una luz rojiza volvía irreales los objetos y las caras, sonaba a todas horas música de Los Chunguitos, de Los Chichos, de gente así. En aquella época se llenaba a menudo, sobre todo los sábados y los domingos, justo cuando nosotros no solíamos ir por el chino para no arruinarles el negocio a los dueños de los bares espantándoles la clientela del fin de semana, que era la más abundante.

El día del que le hablo debía de ser un lunes o un martes, porque en el bar no había mucha gente y los lunes y los martes eran los días más flojos del chino. Al entrar, Hidalgo y yo seguimos como siempre hasta el fondo, desde donde dominábamos el local entero, y nos quedamos allí mientras la Vedette o su marido apretaban el botón que encendía la luz roja de las habitaciones y las chicas se apartaban de nosotros mirándonos desde el otro extremo del bar con la mezcla acostumbrada de recelo y de indiferencia. Hablamos un rato con la Vedette, y pasado ese rato la dejé con Hidalgo y me fui a hablar con un trío de chicas que estaban solas en la barra. Las dos primeras no me dijeron nada fuera de lo común, pero, después de unos minutos de conversación, la tercera me dijo o me dio a entender —o quizá se le escapó— que la noche del sábado anterior el Zarco y su banda se habían gastado una fortuna en el local. Hablé otra vez con las dos primeras chicas, que confirmaron un poco a regañadientes la historia, y una de ellas añadió, probablemente para compensar su silencio anterior, que uno de los chavales había mencionado que aquella tarde él o alguien de la banda o la banda en pleno había estado en Lloret. Volví a la barra y le conté a la patrona lo que me habían contado las chicas; la traicionó un mohín: por la cuenta que le traía, la Vedette se había portado siempre muy bien con nosotros, pero era una mujer astuta y sabía que la información es poder y le gustaba ser ella la que la manejaba y la dosificaba; en todo caso comprendió en seguida que ni podía ni debía desmentir a sus pupilas, así que no le quedó más remedio que confirmar lo que habían dicho, aunque intentó quitar importancia a la orgía del sábado, aseguró que el Zarco y los demás se habían gastado mucho menos dinero del que las chicas decían y negó haber oído nada relacionado con Lloret.

Lo primero que hice por la mañana al llegar a comisaría fue preguntar si el fin de semana había habido en la ciudad o en la provincia algún robo del que no hubiésemos tenido noticia. Nadie sabía nada, pero Hidalgo, Mejía y yo nos pusimos a hacer averiguaciones y no tardamos en enterarnos de que la guardia civil de Lloret había recibido el día anterior una denuncia de un robo ocurrido en un chalé de una urbanización que se llamaba La Montgoda. De esa forma unimos una cosa con la otra. Y de esa forma tuve la primera sospecha de que la banda que buscábamos era la banda del Zarco. ¿Qué le parece?

7

–Fue a principios de agosto, poco después de que me acostase con Tere en la playa de Montgó, al salir de Marocco, y fue un cambio de rasante entre otros motivos porque a partir de aquel momento la banda quedó reducida casi a la mitad. Me refiero a la muerte del Guille y a la detención del Chino, el Tío y el Drácula.

Ocurrió al mismo tiempo que mis padres se marcharan de vacaciones. Hasta entonces yo siempre los había acompañado, pero me pasé el mes de julio anunciándole a mi madre que me iba a quedar en Gerona con mi hermana y al final lo aceptaron, ella y mi padre. La desaparición de mis padres simplificó las cosas, porque me permitió dejar de llevar una doble vida –la de un quinqui con la basca del Zarco, la de un adolescente convencional con mi familia– y disfrutar de mucha más libertad de la que había disfrutado hasta entonces. No creo que mis padres se marcharan tranquilos sin mí, pero tampoco creo que tuvieran otra opción que hacerlo, porque a los dieciséis años ya era imposible obligarme a acompañarlos y encima debían de estar más que hartos de peleas, protestas, desplantes y silencios hostiles, y quizá pensaron que me sentaría bien separarme de ellos durante un mes. Lo que sí intentaron mis padres fue mantenerme controlado a través de mi hermana, aunque les sirvió de poco: en cuanto comprendí que le habían encargado que me vigilase y los mantuviese informados, la amenacé, le dije que sabía mucho de ella y que, si les contaba mis cosas a nuestros padres, yo haría lo mismo con las suyas; por supuesto, era un farol, yo no tenía ni idea de la vida que hacía mi hermana y tampoco tenía el menor interés por averiguarlo, pero eso ella no lo sabía y en cambio sí sabía que yo hablaba en serio, que aquel mes y medio escaso de verano me había cambiado y ya no era el adolescente frágil y el hermano menor pusilánime de antes, y en consecuencia había empezado a temer mis reacciones, si no a respetarme. Así que no le quedó más remedio que callarse y aceptar el chantaje.

Sobra aclarar que la partida de mis padres me afectó a mí, no a la basca; lo que afectó a la basca fue, como le decía, la muerte del Guille y la detención del Chino, el Tío y el Drácula. El episodio fue bastante confuso, y además yo no participé en él, así que lo que voy a contarle no es lo que ocurrió sino lo que reconstruí después de que ocurriera. Aquella tarde el grupo del Guille ni siquiera pasó por La Font; yo sabía que andaban en algo pero no sabía exactamente en qué, cosa por otra parte habitual, porque lo habitual era que solo el Zarco y el Guille supiesen en qué andábamos todos y que los demás no supiésemos nada o solo lo supiésemos cuando ya había ocurrido. Esta ignorancia no era premeditada, una estrategia de seguridad o algo así; era solo un síntoma de nuestra subordinación absoluta al Zarco y al Guille, una prueba de que, en la jerarquía del grupo, los que no éramos el Zarco y el Guille no éramos más que comparsas. El caso es que aquella tarde el Guille y su grupo tenían planeado un robo en un pueblo cercano a Figueras y que el robo fracasó porque, según empezamos a saber por la noche y contaron al día siguiente los periódicos, mientras el Guille y el Drácula estaban en el interior de la casa aparecieron el propietario y dos de sus hijos armados con escopetas de caza y los ahuyentaron a tiros. Todo hubiera terminado ahí si unos vecinos, alertados por el tiroteo, no hubiesen llamado a la policía y si no hubiese dado la casualidad de que por los alrededores circulaba una lechera, que era como llamábamos a los Seat 131 blancos de la policía armada; las dos cosas provocaron que, al salir los nuestros a la carretera general huyendo del robo fracasado, se dieran casi de bruces con la lechera y empezara una persecución a tumba abierta que terminó pocos kilómetros más allá, cuando el Tío tomó a demasiada velocidad la curva del puente de Bàscara y perdió el control del Seat 124 en el que viajaban, lo que hizo que el coche diera varias vueltas de campana antes de saltar el pretil del puente y caer al río. El Guille se clavó el cambio de marchas en el esternón y murió en el acto; el Tío, el Chino y el Drácula sobrevivieron, aunque el Tío se rompió por varias partes la columna vertebral y quedó parapléjico.

Los días que siguieron al accidente fueron muy raros. Ninguno de nosotros asistió al entierro del Guille ni visitó a los heridos en el hospital ni se interesó por ellos o por sus familias (solo algo después lo hizo Tere); en realidad, todo continuó como si aquella catástrofe no hubiese ocurrido, salvo por el hecho de que durante tres días nos quedamos como aletargados, dejamos incluso de robar coches y la gente del chino y de Rufus nos acosó a preguntas y los de la secreta nos interrogaron varias veces. Pero entre nosotros, que yo recuerde, apenas comentamos el accidente, o solo lo comentamos de forma tan neutra y desapasionada como si no fuesen cosa nuestra. Para esto tampoco tengo una explicación. Podría decir que todo era una pose, que el nuestro era un aletargamiento de boxeadores sonados, que la realidad es que el accidente y sus consecuencias nos abrumaban, y que por eso hablábamos tan poco de ellos. Podría decirlo, pero no estoy seguro de que sea verdad.

Lo que sí es verdad es que aquel episodio lo cambió todo. Recuerdo muy bien cómo empezó el cambio. Una tarde, al cabo de cuatro o cinco días de parálisis total, el Zarco, el Gordo y el Colilla entraron en un chalé de la playa de La

Fosca, entre Calella y Palamós, mientras yo montaba guardia a la puerta, y salieron de allí con una caja fuerte blindada que casi no podían sostener entre los tres; la metimos en el maletero y tratamos de abrirla en un descampado, pero en seguida comprendimos que seríamos incapaces de hacerlo sin ayuda y fuimos con ella a casa del General. Al General le cambió la cara cuando le contamos lo que llevábamos en el coche y nos dijo que dejáramos la caja en el corral y luego nos pidió que aguardáramos allí. Aguardamos allí, acompañados o vigilados por la mujer del General, que entraba y salía del corral en silencio, con su pelo gris y su bata gris y sus ojos extraviados. El General regresó en seguida. Venía con dos hombres cargados con dos cajas de herramientas. Después de examinar la caja fuerte, los hombres sacaron unas gafas de protección, unos guantes y un par de sopletes y se pusieron a trabajar. Una hora más tarde habían destrozado la cerradura y abierto la caja.

El General acompañó hasta la salida a los dos hombres. Mientras lo hacía registramos la caja: dentro había un montón de carpetas llenas de documentos y un anillo de oro con una piedra preciosa engastada en él. Cuando volvió de la casa, el General se encontró a su mujer examinando a contraluz la piedra preciosa. Al verle, la mujer frotó la joya contra su bata, como si la hubiese ensuciado y quisiese devolverle el brillo, y luego se la entregó al Gordo, que a su vez se la entregó al Zarco, que a su vez se la entregó al General. ¿Cuánto quieres por esto?, le preguntó el General al Zarco, después de estudiar con cuidado el anillo y la piedra. Nada, dijo el Zarco. El General le miró con desconfianza. No quiero pasta, aclaró el Zarco. Quiero hierros. La expresión del General pasó de la desconfianza a la incredulidad; miré al Gordo y al Colilla y comprendí que estaban tan perplejos como el General o, para el caso, como yo: a ellos el Zarco tampoco les había dicho una sola palabra de armas. El General puso cara de contrariedad, se rascó una de sus patillas y dijo: Lo del

Guille te ha trastornado, chaval. El Zarco sonrió y se encogió de hombros, aunque no dijo nada; su silencio fue su forma de insistir, o así lo entendió el General, que añadió: Yo no tengo armas: deberías saberlo. Ya lo sé, dijo el Zarco. Pero si quieres puedes conseguirlas. El General preguntó: ¿Para qué las necesitas? Eso no es cosa tuya, replicó suavemente el Zarco; con la misma suavidad preguntó: ¿Quieres o no? Si quieres, bien; si no quieres, también: ya encontraré quien quiera. Antes de que el General pudiera replicar ocurrió lo que nadie esperaba: su mujer medió en el regateo. Dáselas, dijo. Todos la miramos; de pie entre nosotros y el General, la mujer tenía las manos caídas a los lados y, con sus ojos de ciega, parecía no mirar a nadie o mirarnos a todos al mismo tiempo. Era la primera vez que la oía hablar y su voz me sonó fría y aguda, como la voz consentida de una niña tiránica. Después de un silencio repitió: Dáselas. ¿Tú también te has vuelto loca?, preguntó entonces el General. ¿Qué pasa si nos denuncian? ¿No ves que son unas criaturas y que…? No son unas criaturas, le cortó su mujer. Son hombres. Tan hombres como tú. O más. No nos denunciarán. Dales las armas. Indeciso o furioso, el General se guardó la piedra en un bolsillo de la camisa, fue hasta su mujer, la cogió del brazo y la arrastró hacia el fondo del corral; allí se quedaron un rato, cuchicheando (el General, además, gesticulaba), y luego los dos entraron en la casa y poco después el General salió solo. ¿Qué necesitáis?, preguntó, expeditivo. Poco, contestó el Zarco. Una pipa y un par de recortadas. Eso es mucho, dijo el General. Eso es mucho menos de lo que cuesta la piedra, replicó el Zarco. El General solo lo pensó un segundo. De acuerdo, dijo. Pasad mañana por la tarde y lo tendréis aquí. Antes de que pudiésemos dar el trato por cerrado nos miró uno por uno a los cuatro y dijo: Una última cosa. Es un recado de mi mujer. Me ha pedido que solo os lo diga una vez y solo os lo voy a decir una vez: el que se vaya de la lengua está muerto.

Al día siguiente el General nos entregó en su casa una pistola Star del nueve largo, dos escopetas recortadas de fabricación casera, un par de cargadores y un par de cajas de munición. Aquella misma tarde pasamos varias horas disparando contra latas de conserva vacías en un bosque de Aiguaviva, y dos días después atracamos a punta de escopeta una tienda de ultramarinos en Sant Feliu de Guíxols. El botín fue escaso, pero el golpe resultó cómodo y seguro, porque el tendero se asustó tanto que no presentó resistencia y ni siquiera denunció el robo a la policía. No sé si el éxito de nuestro primer atraco a mano armada nos hizo pensar que todo iba a ser muy fácil; si así fue, la ilusión duró poco tiempo.

Dos días después intentamos robar una gasolinera en la carretera de Barcelona, más o menos a la altura de Sils. El plan era sencillo. Consistía en que el Zarco y Tere entrasen en la gasolinera y encañonasen al encargado mientras el Gordo y yo los esperábamos fuera, con el coche en marcha, dispuestos a salir a toda prisa en cuanto ellos volviesen con el dinero; el coche, por cierto, era un Seat 124, que era el coche que empezamos a usar por sistema en los atracos porque era rápido y potente y fácil de manejar, y no llamaba la atención.

El plan era sencillo, pero salió mal. En cuanto paramos en la gasolinera, el Zarco y Tere bajaron y se pusieron a echar gasolina; mientras tanto, el Gordo y yo nos quedamos en el coche, observando cómo dos hombres hacían cola para pagar en la caja, dentro del local acristalado de la gasolinera, y, cuando el último hombre terminó de pagar y salió del local, el Gordo le hizo una indicación al Zarco y el Zarco le hizo una indicación a Tere y los dos se enfundaron a la vez dos medias en la cabeza, sacaron las armas —el Zarco la Star y Tere una recortada— y entraron en el local acristalado encañonando al propietario. Yo lo veía todo desde el coche, conteniendo la respiración junto al Gordo, aferrando la otra recortada y vigilando con un ojo la entrada de la gasolinera y con el otro el local acristalado: a través de los ventanales del local vi cómo el propietario de la gasolinera levantaba los brazos, cómo luego, lentamente, los bajaba y cómo, cuando ya los había bajado, hacía un movimiento rápido y raro. A continuación sonó el estruendo de un disparo seguido de un taco sofocado del Gordo, miré al Gordo y volví a mirar al local, pero ya no vi nada o solo vi una cristalera hecha trizas. Unos segundos después el Zarco y Tere montaron en tromba en el coche y el Gordo arrancó y salió de la gasolinera, derrapando en la entrada para tomar la dirección de Blanes, mientras en el asiento trasero el Zarco explicaba entre maldiciones que el dinero no estaba donde esperaban o donde debía estar y que el dueño de la gasolinera había intentado quitarle la pistola y que en el forcejeo, mientras Tere amenazaba a gritos al hombre, se le había escapado el disparo que destrozó la cristalera. Ahora circulábamos a toda velocidad por la general, el Zarco y Tere parecían tranquilos en el asiento trasero (o quizá es que yo estaba muy nervioso en el delantero) y, a medida que nos alejábamos de la gasolinera, el Gordo empezó a levantar el pie del acelerador, hasta que al cabo de un rato, cuando ya estaba a punto de recuperar la velocidad normal y los cuatro empezábamos a sentir que el susto había pasado, dijo mirando el espejo retrovisor: Nos siguen.

Era verdad. Todos nos giramos y lo primero que vimos fue uno de los Seat 1430 de la secreta circulando a unos ciento cincuenta metros de nosotros, y en ese momento el piloto o el copiloto se dio cuenta de que los habíamos reconocido y plantó en el techo del 1430 las luces de alarma y la sirena empezó a sonar. ¿Qué hacemos?, preguntó el Gordo. Acelera, dijo el Zarco. Aunque en aquel tramo la carretera se estrechaba y ondulaba, el Gordo aceleró a fondo y en un visto y no visto adelantó a una camioneta y a un par de coches, pero el de la secreta imitó con facilidad la maniobra del Gordo y volvió a colocarse a nuestra cola. Fue entonces cuando empezó de verdad la persecución. El Gordo puso el 124 a todo lo que daba el motor, los coches que circulaban delante de nosotros y los que circulaban de frente empezaron a apartarse, el coche de la secreta se acercó al nuestro hasta golpear el guardabarros trasero y por dos veces se colocó junto a nosotros y nos embistió de costado tratando de arrojarnos a la cuneta. Antes de que lo intentase por tercera vez, el Gordo tomó la primera salida de la carretera, que resultó ser un sendero de tierra salpicado de baches por el que empezamos a dar barquinazos conforme nos adentrábamos en un bosquecillo de pinos con la policía detrás, sin despegarse mucho de nosotros, y en algún momento sonó el primer disparo, y luego el segundo y el tercero, y cuando quise darme cuenta estábamos en medio de un tiroteo en toda regla, con las balas entrando por el parabrisas trasero y zumbando entre nosotros y saliendo por el parabrisas delantero mientras el Zarco y Tere sacaban el cuerpo por las ventanillas y empezaban a disparar contra nuestros perseguidores y el Gordo intentaba esquivar los disparos zigzagueando entre los pinos y apartando el coche del sendero y volviendo a meterlo en él y yo me encogía en el asiento del copiloto, petrificado de miedo, incapaz de usar mi recortada, suplicando mentalmente que saliéramos de aquella encerrona, cosa que ocurrió justo en el momento en que ya parecía que iban a atraparnos, cuando casi de golpe murió el camino y bajamos a duras penas por un terraplén hasta aterrizar en una especie de pista forestal semiasfaltada mientras el 1430 de la secreta intentaba a nuestra espalda alcanzar la pista más deprisa que nosotros y a mitad del terraplén volcaba con gran estrépito y gran euforia del Zarco y de Tere, y también del Gordo, que espiaba por el espejo retrovisor los tumbos que daban nuestros perseguidores por el asfalto y aprovechaba para acelerar a fondo por un entramado de calles desoladas y sacarnos de la urbanización fantasma o la urbanización a medio construir a la que habíamos ido a parar.

El robo frustrado de la gasolinera de Sils tuvo como mínimo dos consecuencias. La primera fue que, aunque nadie hizo ningún comentario sobre mi comportamiento aquella tarde (o yo no lo escuché), me sentí tan avergonzado de mi cobardía que me juré que no iba a repetirse; no por lo menos delante de Tere. La segunda fue que el Zarco decidió cambiar de objetivos, y la consecuencia de esa consecuencia fue que a partir de entonces dejamos de robar tiendas y gasolineras y empezamos a robar bancos, porque, según dijo el Zarco —y fue lo único que dijo para justificar su decisión—, robar un banco era menos peligroso que robar una gasolinera o una tienda, aparte de más rentable. El comentario no me pareció un disparate, y mucho después comprendí que en aquella época, cuando aún no había empezado la epidemia de atracos a bancos que años más tarde arrasó el país, quizá no lo era, o no del todo, pero la verdad es que todavía me asombra que en ningún momento se me pasase por la cabeza tratar de frenar de alguna manera aquella huida hacia delante. También es significativo que nadie le hiciera ninguna pregunta al Zarco ni pusiera ningún reparo a este cambio de estrategia; significativo porque revela otra vez nuestra absoluta confianza en él: simplemente un día nos dijo que íbamos a atracar un banco y otro día, después de planear el golpe y de vigilar durante varias mañanas seguidas una sucursal de Banca Catalana que había junto al puerto de Palamós, lo atracamos.

El día elegido nos citamos a media mañana, tomamos algo en La Font y al salir del chino robamos un Seat 124 familiar. De camino hacia Palamós el Zarco repasó por última vez el plan y repartió los papeles: Tere y él entrarían en la sucursal —Tere con una recortada y él con la otra—, yo les esperaría en la acera con la Star, vigilando la entrada, y el Gordo nos esperaría al volante del coche, listo para salir disparado. Escuchamos las instrucciones y el reparto de papeles sin rechistar, pero yo me pasé el viaje terminando de digerir una decisión que llevaba rumiando desde que el Zarco había propuesto el atraco al banco. Así que, poco después de llegar a Palamós y de aparcar en una especie de placita, con la sucursal de Banca Catalana a la izquierda y el mar a la derecha, rompí el silencio que se hizo en el coche mientras observábamos cómo la gente entraba y salía de la oficina. Lo que dije fue: Entro yo. Para mi sorpresa, la frase no sonó como un anuncio o una oferta sino casi como una orden, y quizá por eso nadie dijo nada, igual que si nadie terminase de dar crédito a lo que acababa de oír. Aparté la vista de la entrada de la sucursal y busqué en el retrovisor los ojos del Zarco; al encontrarlos expliqué, envalentonado por mis propias palabras: Entramos tú y yo. Tere se queda fuera. El Zarco me sostuvo la mirada. No digas tonterías, Gafitas, dijo Tere. No es ninguna tontería, dijo el Gordo. A las tías os reconocen más fácil que a los tíos. Y yo tengo que conducir. Que entre el Gafitas. El Zarco y yo seguimos mirándonos por el retrovisor mientras Tere y el Gordo se enzarzaban en un principio de discusión, hasta que el Zarco me preguntó: ¿Estás seguro? Tere y el Gordo se callaron. Sí, contesté, y dije otra vez, más para mí mismo que para él: Entramos tú y yo. Me di la vuelta y le miré directamente, como intentando dejarle claro que no tenía dudas, y el Zarco hizo con la cabeza un mínimo movimiento de asentimiento que pareció un mínimo movimiento de claudicación. Vale, dijo para todos. Entramos el Gafitas y yo. Luego añadió: Tú te quedas fuera, Tere. Dale la media y la recortada.

Tere me dio la media y la recortada, yo le di la Star, los dos nos miramos un segundo y durante ese segundo vi una mezcla de orgullo y estupor en los ojos de Tere y me sentí invulnerable. Luego el Zarco volvió a repasar el plan y, cuando faltaban solo unos minutos para las dos del mediodía, que era la hora del cierre de los bancos, el Gordo arrancó el 124, bordeó la placita y aparcó en la acera de enfrente, justo a la entrada de la sucursal. El Zarco, Tere y yo salimos a la vez del coche. Mientras Tere se apostaba a la puerta encajándose la pistola en la cintura, bajo la camiseta y el bolso cruzado, el Zarco y yo nos enfundamos en la cabeza las medias de nailon, entramos en el banco y encañonamos a los dos clientes y los tres empleados —tres hombres y dos mujeres— que en aquel momento estaban allí. Lo que vino después resultó más fácil de lo esperado. En cuanto nos oyeron ordenarles a gritos que se tirasen al suelo, los clientes y los empleados obedecieron, muertos de miedo. A continuación fue solo el Zarco el que habló, con voz inesperadamente pausada o por lo menos inesperadamente pausada para mí, que continuaba encañonando a los tres hombres y las dos mujeres con la recortada, sudando y esforzándome por no temblar mientras él intentaba tranquilizar a todo el mundo diciendo con su rara voz sin prisa que nadie quería hacerles daño y que no iba a ocurrirles nada si hacían lo que se les decía. Luego el Zarco preguntó quién era el director, y al identificarse le ordenó que le entregase el dinero que guardaba en la sucursal; el director —un sesentón casi calvo y con papada— obedeció en el acto, llenó una bolsa de plástico con varios fajos de billetes y se la entregó al Zarco sin mirarle, como si temiese reconocer su cara desfigurada por el nailon. El Zarco ni siquiera abrió la bolsa y, mientras nos retirábamos caminando de espaldas hacia la puerta, se limitó a agradecer la colaboración de todos y a aconsejarles que no se movieran hasta que hubiesen pasado diez minutos de nuestra salida.

En la calle nos quitamos las medias de la cabeza y nos montamos en el coche. El Gordo condujo con normalidad por la avenida principal de Palamós, sin saltarse un solo semáforo, y al salir del pueblo tomamos un desvío hacia un club de tenis, pero poco después el Gordo paró en un solar donde había varios coches aparcados, bajamos del 124, cogimos un Renault 12 y volvimos a la carretera. Mientras nos alejábamos de Palamós, seguros ya de que no nos seguían, el Zarco contó el dinero; la mayoría de los billetes era de cien y de quinientas pesetas: el total no llegaba a las cuarenta mil. El Zarco anunció la cifra, y el silencio que siguió al anuncio delató su decepción; también Tere y el Gordo parecían decepcionados. En cuanto a mí, me importaba mucho menos aquella miseria de botín que haberme resarcido de mi cobardía durante la persecución que siguió al atraco a la gasolinera de Sils, de modo que traté de levantarles el ánimo contagiándoles mi entusiasmo.

Fue inútil. El Zarco y los demás vivieron como un fracaso el éxito de nuestro primer atraco a un banco (y ese falso fracaso desdibujó mi valentía, aunque yo estaba tan orgulloso de mí mismo, y sobre todo del orgullo que justo antes del atraco había visto en los ojos de Tere, que casi me dio igual). Quizá esto explica que aquel dinero volara más deprisa todavía que de costumbre, como si lo despreciáramos más todavía que de costumbre. Sea como sea, la velocidad llama a la velocidad, y a partir de aquel momento nuestra vida acelerada y exasperada se aceleró y se exasperó todavía más. Mientras sobrevivíamos a base de golpes rutinarios (sobre todo tirones, a veces alguna casa), el espejismo del golpe perfecto nos obcecó, igual que si todos planeáramos dejar aquel frenesí de forajidos después de darlo, cosa que no era cierta. Preparamos varios atracos a bancos, por lo menos dos los suspendimos en el último momento y al final solo cuajaron otros dos: uno en una sucursal del Banco Atlántico en Anglès, del que sacamos un botín casi tan pobre como del atraco en Palamós, y otro en una sucursal del Banco Popular en Bordils.

Recuerdo muy bien el atraco de Bordils y uno de los dos atracos suspendidos. El atraco de Bordils lo recuerdo porque fue el último y porque durante mucho tiempo casi no pasó un día sin que me acordase de él; el atraco frustrado lo recuerdo porque, justo después de suspenderlo, el Zarco y yo mantuvimos la conversación más larga del verano. Quizá debería decir la única conversación. O por lo menos la única conversación que aquel verano mantuvimos a solas y la única de aquella época en que él y yo hablamos de Tere. En cualquier caso, es la única que recuerdo con detalle.

—El otro día me dijo que su relación con Tere no cambió después de acostarse con ella en la playa de Montgó.

—Y es verdad. Yo creí que cambiaría (mejor dicho: me hubiera gustado que cambiara), pero no cambió. Desde luego no volvimos a acostarnos juntos. Tampoco hablábamos más que antes ni nos volvimos más cómplices que antes ni nos unimos más. De hecho, casi le diría que, en vez de mejorar, nuestra relación empeoró: Tere dejó incluso de coquetear conmigo, como antes hacía de forma esporádica; y, si yo me armaba de valor, bajaba desde la barra a la pista de Rufus y me ponía a bailar junto a ella como lo había hecho en Marocco, la noche de la playa de Montgó, su respuesta siempre era fría, y yo en seguida me apartaba y me juraba no volver a intentarlo. No sabía a qué achacar su desinterés, y nunca me atreví a preguntárselo o a recordarle lo que había pasado en la playa de Montgó (igual que nunca me había atrevido a recordarle lo que pasó en los lavabos de los recreativos). Por supuesto, la muerte del Guille y la detención del Chino, el Tío y el Drácula pudieron influir; también pudo influir el hecho de que aparecieran las armas y de que con ellas todo se volviera más áspero y más serio y más violento, como si ese cambio nos hubiera aislado más y nos hubiera vuelto más introvertidos y más conscientes de nosotros mismos, o más adultos. En cualquier caso, así como nunca tuve la impresión de que Tere se arrepentía de lo que había pasado entre nosotros en los lavabos de los recreativos, ahora sí tenía la impresión de que se arrepentía de haberse acostado conmigo en la playa de Montgó.

—Y a pesar de eso no se le ocurrió pensar que Tere se había acostado con usted simplemente para vengarse del Zarco, porque aquella noche él se marchó con otra.

—No: ya se lo dije la última vez que hablamos. Entonces no se me ocurrió. Pero es que a aquellas alturas yo ya no pensaba que Tere era la chica del Zarco. O no lo pensaba exactamente. Yo pensaba que era su chica pero no era su chica, o que era su chica pero de un modo elástico y ocasional, o que había sido su chica y ya no lo era pero podía volver a serlo o él pensaba que podía volver a serlo. No lo sé. Ya le dije también que nunca los había visto comportarse como una pareja, nunca los había visto besándose, por ejemplo, aunque sí había visto al Zarco, sobre todo a altas horas de la noche, en Rufus, intentando besar o acariciar a Tere y a ella rechazándole con un gesto a veces irritado y otras veces divertido o incluso cariñoso. En fin. La verdad es que yo no entendía muy bien cuál era la relación que había entre ellos, y tampoco me interesaba entenderlo.

—¿Sabe usted si el Zarco se enteró aquel verano de lo que pasó en los lavabos de los recreativos entre Tere y usted?

—No.

—¿No se enteró o no sabe si se enteró?

—No sé si se enteró.

—¿Sabe si se enteró de que Tere y usted se habían acostado juntos en la playa de Montgó?

—Sí. De eso sí se enteró. Lo sé porque me lo contó él mismo, justo en la conversación de la que antes le hablaba, unas semanas después de la noche en la playa de Montgó. Aquel mediodía, como le he dicho, habíamos suspendido un atraco. Fue en Figueras o en un pueblo de los alrededores de Figueras. Lo suspendimos en el último momento, cuando ya íbamos a entrar en el banco y pasó por allí un coche de la guardia civil y tuvimos que salir zumbando. La huida duró un buen rato, porque durante un buen rato temimos que nos hubieran identificado y estuvieran siguiéndonos. En realidad yo creo que solo nos tranquilizamos cuando ya nuestro coche circulaba bajo el sol de media tarde por una carretera de montaña que serpenteaba entre laderas parceladas por muretes de piedra y sembradas de pinos, olivos, chumberas y matorrales. Al cabo de un rato llegamos a un pueblo de casitas blancas apiñadas frente al mar, que resultó ser Cadaqués. Allí estuvimos callejeando y bebiendo cerveza en los bares del paseo, y al salir de uno de ellos vi un Mehari recién estrenado y me lo hice con permiso del Zarco y el Gordo y luego, conduciéndolo con el Zarco al lado y el Gordo y Tere detrás, salí de Cadaqués sin otra intención que disfrutar del coche.

Bordeé la orilla del mar hacia el norte y dejé atrás un par de playas de guijarros y un puerto de pescadores. Cada vez más solitaria, la carretera se volvía cada vez más estrecha y el piso cada vez más irregular y más lleno de socavones. Un viento que amenazaba con desarbolar la capota del Mehari soplaba desde el mar, y en determinado momento (para entonces hacía ya rato que no nos cruzábamos con ningún coche) la carretera se desintegró, convertida casi de golpe en un camino de tierra o en un camino a medio asfaltar. ¿Adónde vamos?, preguntó el Zarco. No lo sé, dije. El Zarco estaba hundido en el asiento del copiloto, con los pies descalzos y apoyados en el salpicadero; creí que iba a decirme que diese media vuelta, pero no dijo nada. En el asiento de atrás, Tere y el Gordo ni siquiera habían oído la pregunta del Zarco, y no parecían impacientes sino más bien agotados o embrujados por el silencio y la desolación de aquel paisaje bruscamente lunar: un páramo de fragmentos de pizarra, peñascos grises y matojos secos en el que solo de vez en cuando asomaba, entre barrancos y roquedales pelados, algún trozo de mar. Seguí adelante esquivando baches hasta que al cabo de un rato vislumbré al final del camino un promontorio coronado por un faro y más allá una extensión de agua casi tan grande y tan azul como el cielo.

Habíamos ido a dar al cabo de Creus. Ninguno de nosotros lo sabía, claro, pero fue allí donde el Zarco y yo mantuvimos la conversación de la que le hablaba. Cruzamos frente a una garita abandonada, trepamos hasta el promontorio y aparqué el Mehari junto al faro, un edificio rectangular del que surgía una torre con una cúpula de hierro y cristal, rematada por una veleta. Al bajar del coche nos dimos cuenta de que Tere y el Gordo se habían quedado dormidos. No los despertamos, y el Zarco y yo bajamos del coche y echamos a andar por la explanada del faro hasta que la explanada se agotó y delante de nosotros no quedó otra cosa que un despeñadero que bajaba hacia un laberinto de calas y ensenadas y, más allá, un mar que se extendía hasta el horizonte, rizado y abierto y un poco ensombrecido ya por el principio del crepúsculo. Los dos nos quedamos allí, de pie, de cara al viento. El Zarco murmuró: Joder, parece el fin del mundo. No dije nada. Al rato el Zarco dio media vuelta, se apartó del acantilado, fue a sentarse contra la pared del faro y se puso a liar un porro al abrigo del viento. Yo también me aparté del acantilado, me senté junto al Zarco, encendí el porro cuando él terminó de liarlo.

Ahí arrancó la conversación. No recuerdo el tiempo que duró. Recuerdo que cuando empezamos a hablar el sol empezaba a caer, tiñendo de un rojo pálido la superficie del mar, y que a la derecha del horizonte apareció un barco que se desplazaba en paralelo a la costa, mientras que, cuando nos marchamos de allí, el barco estaba a punto de desaparecer por la izquierda del horizonte y el sol se había hundido en el agua ya casi nocturna; también recuerdo la forma en que arrancó la conversación. Llevábamos un rato sin hablar cuando le pregunté al Zarco qué pensaba hacer después del verano; había hecho sobre todo la pregunta para librarme de la incomodidad del silencio, y sonó un poco incongruente, un poco fuera de lugar, así que el Zarco se la quitó de encima diciendo que haría lo mismo de siempre, y devolviéndomela desganadamente. Además de desganada, mi respuesta fue inocua —dije que yo también iba a hacer lo mismo de siempre—, pero pareció despertar la curiosidad del Zarco. ¿Y eso qué quiere decir?, preguntó. ¿Que piensas volver a la escuela? Eso quiere decir que pienso hacer lo mismo que este verano, contesté. A la escuela no pienso volver. El Zarco asintió como si aprobara la respuesta y dio una calada pensativa al porro. Yo dejé de ir a la escuela cuando tenía siete años, dijo. Bueno, a lo mejor eran ocho. Da igual: era un coñazo. ¿A ti tampoco te gusta? No, dije. Me gustaba, pero dejó de gustarme. ¿Qué pasó?, preguntó el Zarco. En ese momento dudé. Ya le he dicho que delante del Zarco y los demás nunca había mencionado a Batista; ahora, por un momento, pensé en hacerlo; al momento siguiente lo descarté: sentí que el Zarco no podría entender, que contarle mi calvario del año anterior era revivirlo, revivir la humillación y perderme el respeto a mí mismo que me había ganado durante el verano y obligarle al Zarco a perdérmelo. Luego, con una mezcla de extrañeza y alegría, pensé que, aunque el calvario había ocurrido solo meses atrás, ya era como si hubiese ocurrido siglos atrás. Luego dije: Nada. Dejó de gustarme y ya está.

El Zarco siguió fumando. El viento batía con fuerza la base del faro y nos despeinaba y había que fumar con cuidado, para que una ráfaga no desmochase el porro; delante de nosotros el cielo y el mar eran de un azul idéntico, inmenso. ¿Y tus viejos?, preguntó el Zarco. ¿Qué pasa con mis viejos?, pregunté yo. ¿Qué van a decir tus viejos de que no vuelvas a la escuela?, preguntó el Zarco. Que digan lo que quieran, contesté. Digan lo que digan se acabó. No pienso volver. El Zarco dio otra calada, me alargó el porro y me pidió que le hablara de mi familia; sin apartar la vista del mar y el cielo y el barco que parecía suspendido entre los dos, le hablé de mi padre, de mi madre, de mi hermana. Después le devolví la pregunta (y no solo por corresponder a su curiosidad: ya le dije que apenas le había oído hablar de su familia). El Zarco se rió. Le miré: como yo, tenía la cabeza recostada contra la pared del faro y el pelo alborotado por el viento; un resto de saliva se le había secado en la comisura de los labios. ¿Qué familia?, preguntó. No conocí a mi padre, a mi padrastro lo mataron hace años, mis hermanos están en la cárcel, mi madre bastante tiene con buscarse la vida. ¿A eso lo llamas tú una familia? No contesté. Me volví otra vez hacia el mar, apurando el porro y, cuando aplasté la colilla contra el suelo, el Zarco empezó a liar otro.

Al acabar de liarlo me lo pasó, lo encendí. Lo que no entiendo es qué coño vas a hacer si no vas a la escuela, dijo el Zarco, retomando la conversación. Ya te lo he dicho, contesté. Lo mismo que vosotros. El Zarco curvó los labios que no supe cómo interpretar, me pasó el porro y volvió a mirar el mar y el cielo, todavía inmensos, cada vez menos azules, virando los dos hacia una oscuridad rojiza. Joder, dijo. Di una calada al porro y pregunté: ¿Qué pasa? Nada, dijo el Zarco. ¿Qué pasa?, repetí. ¿No puedo hacer lo mismo que vosotros? Claro, dijo el Zarco. No sé si satisfecho por la respuesta, yo también me volví hacia el mar y el cielo y di otra calada; pasados unos segundos, el Zarco rectificó: En realidad no puedes, dijo. ¿Por qué no?, pregunté. Porque no eres como nosotros, contestó. Nos quedamos mirándonos: ese era el argumento que yo había esgrimido frente a él, al principio del verano, para negarme a robar en los recreativos Vilaró (y luego también frente a Tere para negarme a robar en La Montgoda). Por un momento pensé que el Zarco lo recordaba y que me estaba devolviendo la pelota; luego pensé que no lo recordaba. Sonreí. ¿No me digas que vas a soltarme un sermón?, pregunté. Por toda respuesta, él también sonrió. Nos callamos. Fumé en silencio. Y dije: ¿Por qué no soy como vosotros? Y él dijo: Porque no lo eres. Y yo dije: Hago lo mismo que vosotros. Y él dijo: Casi lo mismo, sí. Pero no eres como nosotros. Y yo insistí: ¿Por qué no? Y él explicó: Porque tú vas a la escuela y nosotros no. Porque tú tienes familia y nosotros no. Porque tú tienes miedo y nosotros no. Y yo pregunté: ¿Vosotros no tenéis miedo? Y él contestó: Sí, pero tenemos un miedo que no es como el tuyo. Tú piensas en el miedo, y nosotros no. Tú tienes cosas que perder, y nosotros no. Esa es la diferencia. Compuse una mueca escéptica, aunque no insistí. Fumé. Le pasé el porro. Durante un rato seguimos mirando el mar y el cielo y escuchando el aullido del viento. Después de dos o tres caladas el Zarco aplastó el porro y continuó: ¿Sabes lo que le pasó al Colilla el día que entró en La Modelo? Hizo una pausa; luego dijo: Lo violaron. Tres hijos de puta le dieron por el culo. El Colilla se lo contó a su madre y su madre se lo contó a Tere. Cachondo, ¿no? Hizo otra pausa. Y por cierto, añadió, ¿te he contado alguna vez la historia de Quílez? Pasó el primer día que estuve en el trullo.

Estaba esperando que contara la historia de Quílez cuando le oí decir: Mírala. Me volví: era Tere, que acababa de doblar la esquina del faro y venía hacia nosotros. Me he quedado frita, dijo cuando llegó a nuestro lado, acuclillándose. ¿Y el Gordo?, pregunté. Frito, contestó. El Zarco lió y encendió un porro y se lo pasó a Tere, que fumó un rato antes de pasármelo. Luego Tere se incorporó y caminó hasta el acantilado y se quedó allí, de cara al mar, el pelo enloquecido por el viento y la silueta recortada contra un cielo sin nubes y cada vez más oscuro y un mar encrespado y cada vez más oscuro también. Fue en aquel momento cuando el Zarco empezó a hablarme de Tere. Primero me preguntó si Tere me gustaba; yo fingí que me preguntaba lo que no me preguntaba y rápidamente le dije que claro. Luego el Zarco dijo que no se refería a eso y yo, sabiendo a qué se refería, le pregunté a qué se refería y él contestó que se refería a si me gustaba para follar. Como había adivinado la pregunta, no tuve que improvisar la respuesta. No, mentí. ¿Entonces por qué te la follaste?, preguntó el Zarco.

Me quedé helado. Justo en ese instante, como si le hubiera llegado un retazo de nuestra conversación (cosa imposible, porque estaba demasiado lejos y el aullar del viento y el ruido del hierro y el cristal vibrando en la cúpula del faro ahogaban las palabras), Tere se dio la vuelta y abrió de par en par los brazos con un ademán de admiración o de incredulidad, abarcando el cielo y el mar a sus espaldas. Le pasé el porro al Zarco, que me sostuvo un segundo la mirada con una mirada neutra; de la comisura de sus labios había desaparecido la saliva seca. ¿Qué te creías?, preguntó. ¿Que no lo sabía? No contesté, y los dos miramos otra vez a Tere: haciéndose visera con la mano para proteger sus ojos del último sol de la tarde, en aquel momento Tere miraba hacia un edificio abandonado que quedaba a unos cien metros a nuestra derecha, en el mismo promontorio. ¿Quién te lo ha contado?, pregunté. Ella, contestó. Fue solo una vez, mentí de nuevo; aclaré: La noche de Marocco. ¿Estás seguro?, preguntó. Sí, contesté, pensando en los lavabos de los recreativos Vilaró. Ya, dijo el Zarco. Y me pasó el porro. Lo cogí, fumé y vi cómo Tere señalaba el edificio sin nadie y gritaba algo y echaba a andar, saltando de roca en roca y sujetándose el bolso contra el cuerpo, hacia donde había señalado. Así que fue solo una vez, dijo el Zarco. Sí, dije. ¿Qué pasa?, preguntó sin ironía. ¿No te gustó? Claro que me gustó, contesté, y en seguida me arrepentí de la respuesta. ¿Entonces?, preguntó. Reflexioné. Di varias caladas al porro. Dije: No lo sé. Pregúntaselo a ella. Le pasé el porro al Zarco y ahí quedó la cosa.

—¿No hablaron más?

—No. El Zarco no insistió y yo estaba impaciente por cambiar de tema.

—Y eso que usted pensaba que Tere no era la chica del Zarco.

—Pensaba que no lo era y que lo era, ya se lo he dicho. En todo caso, no sé… Creo que en algún momento intuí que aquella conversación tan amistosa podía tener trampa, que podía ser en realidad una argucia del Zarco, una forma de probarme o un intento de hacerme hablar; en definitiva: que podía ser su manera de decirme sin decírmelo que Tere era cosa suya y que era mejor que me mantuviese a distancia de ella. No lo sé, era solo una sensación, pero una sensación muy vívida, y no me sentí cómodo. Es posible incluso que más tarde empezase a pensar que el Zarco llevaba algún tiempo buscando una oportunidad como aquella para sacar a colación el asunto de Tere y de la noche en la playa de Montgó, y que pensase también que, en el fondo, lo que el Zarco quería era que me alejase de la banda para que me alejase de Tere.

—¿Le dijo que se alejase de la banda?

—Sí. Aquel mismo día, justo antes de marcharnos del faro. Yo, para dejar de hablar de Tere, me había puesto a hablar del atraco fallido de aquella tarde, y luego estuvimos un rato callados, fumando y oyendo estremecerse al viento el hierro y el cristal de la cúpula del faro, viendo cómo Tere se acercaba al edificio abandonado y merodeaba a su alrededor y se perdía detrás de él, y cómo el sol empezaba a hundirse en el mar y el barco a esconderse a la izquierda del horizonte, y en determinado momento el Zarco me preguntó de qué estábamos hablando y yo le dije que del atraco fallido de aquella tarde y él dijo: No, antes. Dije que no lo recordaba aunque lo recordaba muy bien y entonces, aliviado, le oí decir: Ah, sí, de la historia de Quílez.

Y a continuación me contó la historia de Quílez, una historia que luego no contó ni en sus memorias ni en ninguna de las entrevistas que concedió o de las que yo he leído, cosa que por lo menos a mí me resulta bastante chocante porque, como usted sabe, el Zarco a los periodistas se lo contaba todo. Lo que me contó es que la historia había ocurrido en su primer día en prisión, en la Modelo de Barcelona, por entonces hacía más o menos un año. Contó que aquella tarde, al salir al patio principal a la hora del paseo, se encontró a dos amigos de su hermano Juan

José que llevaban meses encerrados en la cárcel (aunque no en la misma galería que él) y que se puso a hablar con ellos. Contó que el patio estaba abarrotado de reclusos que conversaban y paseaban y jugaban al fútbol tranquilamente. Contó que la tranquilidad saltó por los aires cuando la multitud pareció detenerse de golpe mientras se formaba en el centro del patio un muro circular de hombres, y que en el centro de ese muro quedó un hombre rubio y corpulento, y que en un visto y no visto otro hombre, este pálido y muy delgado, se arrojó sobre él y, con un estilete casero fabricado con el muelle de un somier, de un solo tajo le abrió el pecho y luego le arrancó el corazón y lo exhibió en su mano, fresco y chorreando sangre al sol de la tarde. Y contó que mientras exhibía su trofeo el asesino lanzó un largo alarido de júbilo. También contó que todo pasó tan deprisa que, antes de caer muerta, la víctima ni siquiera tuvo tiempo de lanzar un grito de horror o de auxilio. Y contó que los funcionarios desalojaron en seguida el patio y dejaron el cadáver sin corazón despatarrado en el suelo, y que él no hizo ninguna pregunta a nadie pero supo en seguida que el nombre del asesino era Quílez y que el asesinado era un tipo con fama de chivato que había ingresado aquel mismo día en la Modelo, igual que él, solo que procedente de otra cárcel. Y al final contó —y cuando contaba esto me pareció que le temblaba la voz— que por la noche, después de que los funcionarios de la prisión metieran a Quílez en una celda de castigo, su nombre fue coreado por un murmullo justiciero que recorrió las galerías de la Modelo como una oración o una nana triunfal.

Cuando el Zarco terminó de contar la historia de Quílez nos quedamos en silencio. Al cabo de unos segundos él se puso en pie y se desperezó y se alejó del faro dando unos pasos hacia el acantilado, se metió las manos en los bolsillos del pantalón y se quedó un rato allí, delante del mar y el cielo oscurecidos. Luego, de repente, se volvió hacia mí y habló con cara de fastidio. Mira, Gafitas, yo te lo voy a decir, empezó. Tú haz lo que te salga de los huevos, pero por lo menos no digas que no te lo he dicho. Después de una pausa continuó: Por mí puedes seguir con nosotros. Al final resulta que eres más duro y más hijo de puta de lo que parecías, así que no hay problema. Allá tú. Ahora, añadió, si quieres mi consejo, déjalo. Sacó la mano derecha del bolsillo y cortó el aire con un ademán horizontal, más violento que el tono de sus palabras. Deja esto, repitió. No aparezcas más por La Font ni por el chino. Ábrete, tío. Olvídate de la basca. Vuelve con tu familia, vuelve a estudiar, vuelve a tu vida de antes. Esto no da más de sí, ¿no te das cuenta? Ya has visto todo lo que hay que ver. Más pronto que tarde nos pillarán, igual que han pillado al Guille y a los otros. Y entonces se jodió: si no tienes suerte acabarás muerto como el Guille o en una silla de ruedas como el Tío; y si tienes suerte acabarás en el trullo, como el Colilla o como el Drácula. Aunque para un tío como tú no sé qué es peor. Yo pasé por el trullo unos meses, pero el trullo pasará por ti, te pasará por encima. Ya puedes ser todo lo duro y lo hijo de puta que quieras. También por eso tú no eres como nosotros. Además, nosotros no tenemos donde elegir, solo tenemos esta vida, pero tú tienes otra. No seas gilipollas, Gafitas: déjalo.

Más o menos eso fue lo que me dijo. No le contesté, en parte porque no tenía nada que contestar y en parte porque, como ya le he dicho, la conversación sobre Tere me había desasosegado, pero sobre todo porque en aquel momento Tere se presentó en el faro con la noticia de que el edificio abandonado era un puesto de la guardia civil y con la sugerencia de que le echáramos un vistazo. Ya era casi de noche. El Zarco se levantó y me señaló con la uña larga y sucia de su índice y dijo como si no hubiera oído la propuesta de Tere: Piénsalo, Gafitas. Yo también me levanté. Tere me miró; luego miró al Zarco. ¿Qué es lo que tiene que pensar el Gafitas?, preguntó. El Zarco le dio una palmada en el culo y contestó: Nada. Volvimos al Mehari y nos marchamos de allí.

—Y esa fue la única vez que el Zarco y usted hablaron de Tere aquel verano.

—Sí.

—¿Se planteó usted dejar la banda después de que el Zarco se lo aconsejase?

—Sí, creo que sí. Pero no porque yo quisiese dejarla, sino porque, insisto, me entró la sospecha de que el Zarco me había aconsejado dejar la banda y volver a mi vida de antes para alejarme de Tere, y de que había escondido una amenaza detrás de un consejo. En cualquier caso, él no volvió a mencionar el asunto, y la verdad es que casi no hubo tiempo de que yo me lo plantease en serio: poco después de la conversación del cabo de Creus se acabó todo.

—¿Se refiere a la basca?

—Claro.

—¿Cuándo se acabó?

—A mediados de septiembre, un par de semanas después de que mis padres volvieran de vacaciones. Ese fue el peor momento del verano para mí. Por una parte me sentía cada vez más a disgusto en la basca o en lo que quedaba de la basca, porque la conversación con el Zarco me había metido en el cuerpo el veneno de la desconfianza. Por otra parte la relación con mis padres no mejoró a su vuelta; más bien al contrario: después de unos días de tregua volvieron multiplicados los gritos y las trifulcas, sobre todo con mi padre, que debía de verme como un monstruo irreconocible y furioso, lleno de desprecio. No sé: ahora pienso que es probable que yo me sintiera atrapado, y que en aquellos días todo pudo estallar en la basca o en casa; al final todo estalló en el asalto a la sucursal del Banco Popular en Bordils.

Fue nuestro último golpe y fue un fracaso. La razón del fracaso es evidente. De entrada hay que decir que lo preparamos todo sin tiempo y con tanta torpeza que ni siquiera inspeccionamos la sucursal y apenas los alrededores. Añada a eso que las personas que participamos en el atraco no éramos las más indicadas: no pudimos contar con Tere, que estaba en Barcelona porque una de sus hermanas acababa de tener un hijo, y, después de que el Zarco tanteara al Chino, al Latas y a alguno más, quien acabó sustituyéndola fue el Jou, que nunca había atracado un banco y no tenía experiencia con armas. Y para colmo no tuvimos suerte… Todo eso es verdad, pero no explica el desastre; la explicación es más simple: hubo un chivatazo. Nunca supimos quién lo dio, o por lo menos yo nunca lo he sabido. En realidad, pudo ser cualquiera: cualquiera de los tipos a los que el Zarco tanteó para que participara en el atraco, cualquiera de los tipos con los que esos tipos hablaron, cualquiera de los tipos con los que hablamos nosotros. Tenga en cuenta además que los bares del chino estaban llenos de confidentes de la policía, empezando por La Font; también había chivatos en Rufus. Nosotros lo sabíamos y, aunque el Zarco siempre estaba reclamando discreción, lo cierto es que hablábamos con demasiada gente y con demasiada alegría. Y el primero en hacerlo era yo.

–¿Quiere decir que pudo ser usted quien se fue de la lengua?

–Eso he pensado muchas veces.

–¿Por qué?

–Porque dos días antes del atraco, cuando la cosa ya estaba decidida y solo nos faltaba encontrar a alguien que sustituyese a Tere, me pasé un par de horas bebiendo cervezas con el Córdoba mientras esperaba a mis amigos en La Font. Ya le he hablado del Córdoba, ¿verdad? No recuerdo de qué hablamos aquel día, pero el Córdoba y yo éramos amigos y me fiaba de él, aunque luego he pensado a menudo que no era de fiar. No lo sé. Pudo ser él. Es decir: pude ser yo.

–¿No se lo ha preguntado al inspector Cuenca?

–No. Nunca he hablado con el inspector de aquella época: ni yo he querido hablar con él ni él ha querido hablar conmigo. ¿Para qué? Además, no creo que me contase nada que yo no sepa. El caso es que hubo un chivatazo y que, gracias a eso, la policía pudo tendernos una trampa.

Al principio no nos dimos cuenta de que nos estaban esperando, y todo pareció salir según lo previsto. Llegamos a Bordils sobre la una o la una y media del mediodía, el Gordo aparcó muy cerca de la puerta del banco, en una bocacalle que daba a la carretera y, pasados unos minutos, el Zarco, el Jou y yo salimos del coche y entramos en la sucursal poniéndonos las medias de nailon en la cabeza. Esa fue la primera cosa rara que noté: en la sucursal no debíamos haber entrado tres sino dos; el papel que el Zarco le había dado al Jou consistía en quedarse en la acera, vigilando la puerta: por eso era él quien iba armado con la pistola. No tardé en notar otras cosas raras. Al mismo tiempo que el Jou y yo apuntábamos a diestra y siniestra y el Zarco pronunciaba con su tono habitual unas palabras preparadas («Buenos días, señoras y señores. No se pongan nerviosos. No va a pasar nada. Por favor no se hagan los héroes. Quédense quietos y nadie les hará daño. Solo queremos el dinero del banco»), vi que había en la sucursal un número alarmante de clientes, entre ellos dos mujeres con niños; vi también que había dos puertas en vez de una sola: la puerta principal por la que acabábamos de entrar y una puerta trasera que parecía dar a un callejón; y noté que los empleados estaban aislados del resto de la sucursal por una cabina blindada o que parecía blindada, y que esa cabina no estaba abierta. El Zarco también debió de notar estas cosas, o por lo menos la primera y la última, porque mientras les pedía a las mujeres y a los niños que se tumbasen en el suelo y algunos niños empezaban a llorar, ordenó a los empleados que abrieran la puerta de la cabina. Los empleados eran tres, pero de momento ninguno de los tres se movió;

no había forma de saber si alguno barajaba la idea insensata de resistirse al atraco o si simplemente estaban paralizados por el pánico y, para salir de dudas, el Zarco agarró a un cliente por el cuello de la camisa, lo llevó casi a rastras hasta la puerta de la cabina, le puso debajo de la barbilla el cañón de la recortada y dijo: O me abrís ahora mismo o le pego un tiro a este tío.

Abrieron de inmediato. Lo hizo un hombre con aire de perro perdiguero y cara blanca como el yeso. Mientras el llanto de los niños saturaba la sucursal y empezaba a taladrarme el cerebro, el hombre se apartó de la puerta balbuceando que no podía abrir la caja. El Zarco soltó a su rehén, se acercó al hombre y preguntó: ¿Eres el director? No puedo abrir la caja, contestó el hombre. El Zarco le dio una bofetada. Te he preguntado si eres el director, repitió. Sí, dijo el hombre. Pero no puedo abrir la caja. Ábrela, dijo el Zarco. Ábrela y no le pasará nada a nadie. No puedo, gimió el director. Hay un dispositivo de apertura retardada. ¿Cuánto tarda en abrirse?, preguntó el Zarco. Quince minutos, contestó el director. Entonces el Zarco vaciló, o yo sentí que vacilaba; la vacilación era lógica: si no obligaba a desactivar el dispositivo de apertura retardada, el resultado del atraco sería un fracaso: otro; pero, si obligaba a desactivarlo, los quince minutos de espera mientras la caja se abría serían los quince minutos más largos y angustiosos de nuestras vidas, y nadie garantizaba que durante ese tiempo pudiéramos mantener el control de la situación. No debí de ser el único en intuir las dudas del Zarco, porque en ese momento un hombre que se había tumbado junto a la puerta trasera de la sucursal aprovechó para abrirla y huir (o quizá es que el hombre no se había tumbado junto a la puerta trasera sino que se había arrastrado hasta ella sin que nosotros lo viéramos). Todo sucedió en un segundo, el mismo segundo en que el Zarco vaciló o en que yo sentí que el Zarco vacilaba: al siguiente segundo el Jou hizo trizas de un disparo el cristal de la puerta por donde había huido el hombre; al siguiente se levantó un guirigay enloquecido en la oficina y al siguiente el Zarco intentó acallarlo disparando su recortada contra el techo y gritando que todo el mundo se quedara en el suelo hasta que nosotros hubiésemos salido. Luego el Zarco ordenó al director que se olvidase de la caja y nos diese todo el dinero que hubiese fuera de ella. El director obedeció, cogimos el dinero y salimos en tromba de la sucursal.

En la calle nos esperaba la policía. Mientras corríamos a toda prisa hacia el coche se oyó una voz de alto; instintivamente seguimos corriendo, en vez de entregarnos, y, antes de que pudiéramos montar en el coche casi en marcha, empezaron los tiros. Fue todo uno oírlos y notar una quemadura en el brazo. Y fue todo uno montar en el coche y salir el Gordo a la carretera en dirección a Gerona mientras el tiroteo arreciaba a nuestras espaldas y mi brazo ardía y empezaba a sangrar. Aunque debí de maldecir en voz alta, nadie se dio cuenta de que estaba herido, entre otras razones porque a la entrada de Bordils había un coche de la secreta cruzado en la carretera. El Gordo frenó o dejó de acelerar, hasta que el Zarco le gritó que acelerara; aceleró a fondo, y de una sola embestida con el morro mandó casi al arcén el coche de la secreta. El golpe abrió una brecha aparatosa en la ceja del Gordo, que se había dado contra el volante y empezó a sangrar en abundancia. A pesar de eso aceleró a fondo otra vez y seguimos adelante, al principio acosados por un par de coches de la secreta a los que fuimos alejando mientras cruzábamos Celrà y Campdorà saltándonos semáforos en rojo y señales de stop, adelantando y esquivando todo lo que se ponía por delante, de tal manera que cuando llegábamos a Pont Major tuvimos la impresión de que habíamos dejado atrás a nuestros perseguidores. En ese momento un helicóptero empezó a sobrevolarnos. Era evidente que iba a por nosotros, y el Jou pareció darse cuenta al mismo tiempo de eso y de la sangre que manaba de mi brazo y de la ceja del Gordo, y perdió los nervios y se puso a gritar que iban a cogernos, y entonces el Zarco le mandó callar y el Gordo dobló a la derecha y cruzó el puente sobre el Ter en dirección a Sarrià mientras los coches de la secreta volvían a aparecer a nuestra espalda y a lo lejos, por la bajada de Campdorà. Debían de estar a kilómetro o kilómetro y medio, y el Gordo intentó aprovechar esa ventaja para despistarlos definitivamente por las callejuelas de Sarrià. Durante un rato pareció conseguirlo, pero en todo aquel tiempo el helicóptero siguió colgado del cielo, sin perdernos un instante de vista, y al cabo de unos minutos los coches de la secreta volvieron a aparecer a lo lejos. El Gordo aceleró otra vez a fondo y nos sacó de Sarrià para meternos otra vez en la carretera general, solo que ahora no en la carretera de la costa sino en la de Francia y solo que en vez de llevarnos hacia la frontera y alejarnos de la ciudad nos devolvió a ella. El Gordo obedecía de nuevo indicaciones del Zarco y supongo que actuaba con sensatez, porque parece más fácil escapar de un helicóptero en una ciudad que en campo abierto, pero la verdad es que, en cuanto vi adónde íbamos, sentí que nos estábamos metiendo en una ratonera y que no íbamos a salir de ella.

Acerté. Al principio del puente de La Barca, justo a la entrada de la ciudad y ya con La Devesa a la vista, se nos vino encima un camión cargado de bombonas de butano, el Gordo intentó esquivarlo con un volantazo, perdió el control del coche y empezamos a dar vueltas de campana sobre el asfalto. Lo que pasó a continuación es difícil de contar. Aunque he intentado reconstruir muchas veces la secuencia de los hechos, no estoy seguro de haberlo conseguido del todo; sí he conseguido reconstruir algunos eslabones de esa secuencia: los suficientes, creo, para tener una idea aproximada de lo que pasó.

Son seis eslabones que son seis imágenes o seis grupos de imágenes. El primer eslabón lo forma la imagen de mí mismo tumbado bocabajo en el techo aplastado del coche, aturdido y buscando a tientas mis gafas y encontrándolas intactas, oyendo entretanto un runrún puntiagudo en la cabeza y oyendo gemir y renegar al Jou y oyendo gritar al Zarco que el Gordo está inconsciente y que hay que salir del coche echando hostias. El segundo eslabón lo forma la imagen de mí mismo intentando salir a gatas de los hierros retorcidos del coche por una de las ventanillas traseras mientras veo cómo a unos treinta o cuarenta metros frena un coche del que salen dos policías de paisano corriendo hacia nosotros. El tercer eslabón no lo forma una imagen sino dos: la imagen del Zarco sacándome por la ventanilla del coche de un tirón y la imagen de los dos corriendo por el puente de La Barca detrás del Jou, que nos lleva unos metros de ventaja y que, por instinto o porque se lo ha gritado el Zarco, al terminar el puente se desvía hacia Pedret y hacia el chino. El cuarto eslabón no lo forman dos imágenes sino una especie de cadena de imágenes: primero el Zarco y yo salimos del puente y corremos hacia La Devesa con la esperanza de despistar allí a los policías, luego el Zarco tropieza en el desnivel que da acceso al parque y cae al suelo, luego freno en seco y retrocedo y agarro al Zarco de un brazo y el Zarco se me agarra y durante unos segundos los dos tratamos de seguir así, a trompicones, el Zarco corriendo a la pata coja y yo arrastrándole, al final el Zarco vuelve a caerse o se tira al suelo mientras me aparta de un empujón y me dice con una voz baja, ronca y jadeante: ¡Corre, Gafitas! Y ahí está el quinto eslabón, la penúltima imagen de la secuencia: iluminado por el sol del mediodía que atraviesa las copas de los plátanos de La Devesa, el Zarco sigue arrodillado sobre la tierra y yo sigo de pie a su lado mientras los dos policías están a punto de salvar el desnivel de entrada al parque y caer sobre nosotros. La última imagen es previsible; también es una imagen doble: por una parte es una imagen diáfana, la imagen de mí mismo corriendo por La Devesa mientras me alejo del Zarco; por otra parte es una imagen borrosa, entrevista al volverme para ver si me siguen: la imagen del Zarco enredado en una maraña de brazos y piernas, debatiéndose con los dos policías.

Ahí acaban los seis eslabones, y ahí está todo lo que recuerdo.

—Entonces abandonó usted al Zarco.

—¿Qué iba a hacer? ¿Qué hubiese hecho usted? Él no podía salvarse; yo no podía salvarle a él: sacrificarme hubiese sido estúpido, no hubiera servido para nada. De modo que decidí salvarme. Es lo que hubiese hecho el Zarco; por eso me dijo que corriese, que me marchase. Y quizá por eso retuvo a los policías (o por eso he pensado siempre que los retuvo): para darme tiempo a huir, para que pudiese salvarme.

Fue lo que hice. Como una exhalación corrí por La Devesa desierta, pasé junto al campo de fútbol, al club de tiro y a la pista de aeromodelismo y terminé refugiándome en una alameda encajada entre Ter y el Güell, entre el pabellón de deportes y el basurero municipal. Aturdido, me quedé un rato en aquel escondite, tratando de que se me pasasen el miedo, el dolor de la herida en el brazo y el runrún de la cabeza. Aunque el runrún pasó muy pronto, la herida no dejaba de sangrar y el miedo volvió a embalarse cuando el helicóptero de la policía sobrevoló un par de veces la alameda a poca altura, pero alcancé a pensar con suficiente claridad para entender que debía salir de allí de inmediato y que solo tenía un sitio seguro adonde ir.

Procurando que nadie me viese, salí de la alameda, llegué a Caterina Albert y subí hasta mi casa.

Al llegar allí todo ocurrió muy deprisa. Cuando entré, mi familia al completo estaba comiendo. Mi madre y mi hermana pusieron el grito en el cielo al ver mi camiseta empapada de sangre; mi padre reaccionó de otra forma: sin decir una palabra me llevó al baño y, mientras yo les explicaba a todos que me había caído de una moto, me examinó la herida. Una vez examinada, mi padre les pidió a mi madre y a mi hermana que salieran del baño. Esto no es de una caída, dijo con frialdad cuando salieron, señalándome el brazo. Anda, cuéntame qué ha pasado. Traté de insistir en mi mentira, pero mi padre me interrumpió. Mira, Ignacio, dijo. No sé en qué lío te has metido, pero si quieres que te ayude tienes que contarme la verdad. Sin afecto añadió: Si no quieres que te ayude ya puedes marcharte. Comprendí que hablaba en serio, que tenía razón y que, por muy mal que él reaccionase a la verdad, mil veces peor era que la policía me detuviese; además, para entonces yo estaba en pleno bajón de adrenalina y tenía tanto miedo como si me hubiese inyectado de un solo chute la conciencia completa del peligro al que me había expuesto con mis correrías de los últimos meses.

Accedí. Lo mejor que supe le conté a mi padre la verdad. Su reacción me tranquilizó un poco, casi me desconcertó: no me gritó, no se enfureció, ni siquiera aparentó sorprenderse; se limitó a hacerme unas preguntas muy concretas. Cuando creí que había terminado le pregunté: ¿Qué vamos a hacer? Ni siquiera se dio unos segundos para pensar. Ir a comisaría, contestó. Un cosquilleo me aflojó las piernas. ¿Vas a entregarme?, pregunté. Sí, contestó. Has dicho que me ayudarías, dije. Eso es lo mejor que puedo hacer para ayudarte, dijo él. Papá, por favor, imploré. Mi padre señaló mi herida y dijo: Lávate eso, que nos vamos. Luego salió del baño y, mientras mi madre entraba de nuevo y me lavaba la herida con la ayuda de mi hermana, oí que hablaba por teléfono. Habló un buen rato, pero no supe de qué ni con quién, porque el teléfono estaba en la entrada de casa y mi madre y mi hermana me acosaban a preguntas; también intentaban consolarme, porque yo me había echado a llorar.

De regreso en el baño, mi padre le pidió a mi madre que preparara una maleta para él y para mí. Le miré con los ojos llenos de lágrimas; mi padre me miró como si acabara de reconocerme o como si él también estuviera a punto de echarse a llorar, y en aquel momento supe que había cambiado de opinión, y que no iba a entregarme. ¿Adónde vais?, preguntó mi madre. Haz la maleta, repitió mi padre. Después te lo explico. En silencio y sin volver a mirarme, mi padre terminó de limpiar la herida, me la curó y me puso un vendaje. Al terminar de ponérmelo salió del baño y durante un par de minutos le oí hablar con mi madre. Volvió al baño y dijo: Vámonos.

Le seguí sin preguntas. Primero fuimos a la calle Francesc Ciurana y aparcamos a la puerta de un edificio donde vivía un íntimo amigo de la familia, paisano y abogado, que se llamaba Higinio Redondo. Mi padre salió del coche y me pidió que le esperase y, mientras le esperaba, deduje que era con Redondo con quien había hablado por teléfono en casa, después de que yo le contase lo que había pasado. Al cabo de un rato mi padre volvió solo al coche y cruzamos la ciudad y la abandonamos por la carretera de Francia. Durante el viaje me contó que íbamos a una casa de verano que Redondo acababa de comprar en Colera, un pueblo remoto de la costa; aseguró que, si la policía iba a buscarme a Caterina Albert (cosa que era altamente probable), mi madre no le ocultaría dónde estábamos; me explicó con detalle qué es lo que tenía que contarle a la policía en el caso, también altamente probable, de que fuera a Colera a interrogarme (lo que tenía que contar era, en resumen, que llevábamos una semana los dos solos allí, apurando los últimos días del verano y las vacaciones). Una hora más tarde llegamos a Colera. Las calles del pueblo estaban desiertas; la casa de Redondo estaba muy cerca del mar. En cuanto entramos, mi padre se puso a ordenar nuestras cosas en los armarios, o más bien a desordenarlas y a desordenar el comedor, la cocina, el baño y las habitaciones, para que pareciera una casa donde habíamos vivido en los últimos días. Después se fue a comprar y yo me quedé en una habitación, tumbado en la cama y viendo la tele en un pequeño aparato portátil. No se me habían pasado ni el miedo ni el agotamiento. Me dormí. Cuando mi padre me despertó no sabía dónde estaba. Alguien había apagado la tele y la luz del cuarto estaba encendida. No me dolía el brazo; vagamente intuí que era de noche. Ahí afuera hay una persona que quiere hablar contigo, susurró mi padre. Se había puesto casi en cuclillas junto a mí; pasándome una mano por el brazo sano añadió: Es un policía. No dijo más. Se incorporó, salió del cuarto y entró el inspector Cuenca.

—¿Lo conocía usted?

—Claro. Y él a mí. Nos habíamos visto a menudo en el chino y él me había interrogado por lo menos un par de veces. Aquella noche también me interrogó. De pie junto a la cama, sin pedirme que me levantara —yo apenas me había incorporado un poco: estaba sentado en el colchón, con las piernas encogidas y la espalda apoyada contra la pared—, hizo las preguntas previsibles y le di las respuestas que mi padre me había dicho que diese. Mientras yo hablaba leí en los ojos del inspector que no me creía; no me creyó: al terminar el interrogatorio me dijo que me vistiera, que preparara una bolsa con ropa, que tenía que acompañarle. Te espero fuera, dijo, y salió de la habitación.

Comprendí que estaba perdido. No sé qué pasó exactamente durante los minutos que siguieron. Sé que el miedo me asfixiaba y que no obedecí al inspector y no me levanté de la cama; sé que combatí la inminencia de la catástrofe suplicando en silencio que todo lo que había pasado durante aquellos tres meses no hubiera pasado o fuera un sueño, y que supliqué como si llorara o como si rezara pidiendo un milagro. No ocurrió un milagro, aunque lo que ocurrió es lo más parecido a un milagro que me ha pasado en mi vida. ¿Y sabe lo que fue?

–¿Qué?

–Nada. En determinado momento se abrió la puerta de mi habitación y apareció el inspector Cuenca. Naturalmente, pensé que era el fin. Pero no lo fue; de hecho, fue el principio. Porque lo que pasó fue que el inspector Cuenca se limitó a quedarse allí, mudo, de pie e inmóvil, mirándome durante un par de segundos inacabables. Y luego se fue.

Esa noche no hubo más. El inspector Cuenca abandonó la casa con un portazo, y después de un momento mi padre volvió al cuarto y se sentó a mi lado en la cama. Su cara tenía una rigidez de cera. En cuanto a mí, en ese momento me di cuenta de que estaba sentado sobre unas sábanas empapadas de sudor. Le pregunté a mi padre qué había pasado y me dijo que nada. Le pregunté qué iba a pasar. Nada, repitió. Aunque acababa de despertarme, tenía la sensación de cargar con meses de sueño atrasado; mi aspecto debía de delatarlo, porque mi padre añadió: Duérmete. Obediente, igual que si acabara de sufrir una brusca regresión a la infancia, me deslicé hasta estirarme del todo, sin importarme la humedad de las sábanas, y lo último que noté antes de hundirme en el sueño fue que mi padre se levantaba de la cama.

8

—Hasta principios de julio no me puse a perseguir de verdad a la banda del Zarco. ¿Por qué tardé tanto? Pues porque, como ya le conté, hasta entonces no conseguí una pista —la pista que le arranqué a la Vedette— y no tuve la primera sospecha de que la banda que buscaba era la banda del Zarco.

Para qué mentirle: de entrada pequé de optimista, pensé que iba a ser un trabajo fácil. Al fin y al cabo mi idea era que me estaba enfrentando a un grupo de chavales, y no creía que fuese complicado atraparlos; la realidad es que tardé más de dos meses en desarticular la banda. Este retraso se explica, claro, porque el Zarco era más listo que el hambre y se las sabía todas; pero sobre todo se explica porque, al menos durante el mes de julio, el interés de mis jefes por atrapar al Zarco y su banda fue más teórico que real, y nunca pude contar con los medios y los hombres que necesitaba. El verano, además, era una mala época para hacer un trabajo así: piense que entre las vacaciones y la Operación Verano —un dispositivo de vigilancia que se activaba cada año por aquella época en la Costa Brava— la comisaría se quedaba muchas veces en cuadro. El primer resultado de esa coincidencia fue que, aunque intenté hacerles comprender al subcomisario Martínez y al inspector Vives que Mejía, Hidalgo y yo no dábamos abasto y que sin más ayuda tardaríamos mucho tiempo en rematar la misión que nos habían encargado, ellos siempre tuvieron buenos argumentos para rechazar mis peticiones de refuerzos; y el segundo resultado fue que, como ni Hidalgo ni Mejía renunciaron a sus permisos, y como, además, a los dos los reclamaron de vez en cuando para participar en la Operación Verano (sobre todo como escoltas de políticos en vacaciones), muchas veces me vi obligado a hacer por mi cuenta el trabajo, vagando solo por los callejones y puticlubs del chino en busca de una pista que me asegurase que la banda de delincuentes que estaba persiguiendo era la banda del Zarco y me diese la oportunidad de cazarlos.

A principios de agosto pensé que la oportunidad había llegado. Fue cuando detuvimos a varios miembros de la banda después de que intentaran robar en una masía de Pontós, cerca de Figueras, y de que se estrellaran contra el puente de Bàscara mientras huían de un coche de la policía armada; en el accidente murió uno de ellos y otro acabó parapléjico, pero a los dos que quedaban pude interrogarlos en comisaría. Durante el interrogatorio confirmé sin ninguna duda que la banda que buscaba era la banda del Zarco. Esa fue la buena noticia; la mala fue que comprendí que el Zarco no era un quinqui como los otros y que atraparlo iba a ser más complicado de lo que pensaba. Los dos miembros de la banda que interrogué se llamaban el Chino y el Drácula. Yo los conocía del chino, igual que a los demás, y sabía que solo eran subalternos del Zarco y que no eran tipos duros, así que, cuando me puse a interrogarlos, lo que buscaba no era que cargasen con el robo frustrado de la masía de Pontós y con unas cuantas cosas más —eso ya lo daba por supuesto—; lo que quería era que, además, delatasen al Zarco y al resto de la banda, pero sobre todo al Zarco, porque estaba seguro de que en cayendo el Zarco caía toda la banda. Aunque bien pensado eso hubiese sido también lo que hubiese buscado si el Chino y el Drácula hubieran sido tipos duros o no hubieran sido meros subalternos.

—No le entiendo.

—Lo que quiero decir es que entonces todo era posible en una comisaría, no como ahora, aquella todavía era para nosotros una época de, ¿cómo decirlo?, impunidad; no hay otra palabra: aunque Franco llevaba tres años muerto, en comisaría hacíamos lo que nos daba la gana, que era lo que siempre habíamos hecho. Esa es la realidad; luego, ya le digo, las cosas cambiaron, pero entonces era así. Y en esas circunstancias resultaba francamente difícil que, por duro que fuese, un chaval de dieciséis años aguantase, sin derrumbarse y cantar todo lo cantable, las setenta y dos horas que podíamos retenerlo en comisaría antes de presentarlo ante el juez, setenta y dos horas sin derecho a abogado que el chaval pasaba entre el calabozo a oscuras y unos interrogatorios de horas donde de vez en cuando se escapaba alguna hostia, y eso en el mejor de los casos para él. Francamente difícil era, ya le digo. De modo que imagínese la sorpresa que me llevé cuando el Chino y el Drácula aguantaron. ¿Qué le parece? El caso es que así fue: se comieron lo que no tuvieron más remedio que comerse, pero no delataron al Zarco.

—¿Tiene usted una explicación para ese alarde de valentía?

—Claro: que no fue un alarde de valentía; o sea: que el Chino y el Drácula tenían más miedo del Zarco que de mí. Por eso le decía que en ese momento me di cuenta de que el Zarco era un tipo duro de verdad y de que atraparlo iba a resultar más difícil de lo que pensaba.

—Me sorprende que diga que el Zarco era un tipo duro de verdad; por algún motivo me había hecho a la idea de que para usted solo era un pobre hombre.

—Y lo era. Pero es que los tipos duros de verdad casi siempre son pobres hombres.

—También me sorprende que diga que sus amigos le temían.

−¿Se refiere a los chavales de su banda? ¿Por qué le sorprende? Los blandos temen a los duros. Y, quizá con alguna excepción, los chavales de la banda del Zarco eran blandos; así que le temían. Empezando por el Chino y el Drácula.

−¿Cómo puede estar tan seguro?

−Ya se lo he dicho: porque, si no hubiesen temido mucho al Zarco, no se hubiesen pasado setenta y dos horas en comisaría sin delatarle. Créame. Yo estuve con ellos esos tres días y sé de lo que le hablo. Y en cuanto a si el Zarco era o no un tipo duro de verdad, bueno, basta con ver lo que hizo después de la muerte del Guille y de la detención de los demás.

−¿A qué se refiere?

−A conseguir armas y ponerse a atracar bancos.

−He oído que en aquella época era menos peligroso atracar un banco que robar una gasolinera o una tienda de ultramarinos.

−Eso decía el Zarco.

−¿Y no es verdad?

−No lo sé. Es verdad que el encargado o el dependiente de la gasolinera o de la tienda era a veces su propietario y podía sentir la tentación de resistirse al robo y tal, mientras que a los empleados de los bancos casi nunca se les ocurría ese disparate por la sencilla razón de que no perdían nada con el robo del banco, que para colmo tenía asegurados sus depósitos en todas las sucursales y daba órdenes a sus empleados de que en caso de atraco no corrieran riesgos inútiles y entregaran el dinero sin pensárselo; y también es verdad que por entonces no les habíamos impuesto a los bancos las medidas de seguridad que dos o tres años más tarde eran obligatorias y terminaron cortando la moda de los atracos: vigilantes armados, dobles puertas de entrada a la sucursal, cámaras de grabación, recintos de caja blindados, cajones escamoteables, billetes-cebo numerados correlativamente, pulsadores que sonaban en la central de alarmas o incluso en las comisarías… En fin: todo eso es verdad. Pero, hombre, también es verdad que hace falta tenerlos bien puestos para entrar armado con una escopeta en un banco, amenazar a los empleados y a los clientes y arramblar con el dinero que haya; sobre todo si se tienen dieciséis años, ¿no le parece?

–Sí.

–Pues eso es lo que empezó a hacer el Zarco a mitad de aquel verano. Y haciéndolo empezó a correr cada vez más riesgos. Y, al correr cada vez más riesgos él, más parecía acercarse a nosotros el momento de atraparlo.

Parecía acercarse, pero no llegaba. Durante el mes de agosto, mientras crecía la presión de mis jefes para que liquidase cuanto antes la banda, estuvimos a punto de atraparlos un par de veces (una tarde de principios de agosto, cerca de Sils, después de que atracaran una gasolinera que sabíamos que el día anterior habían estado merodeando porque el amo lo había denunciado, Hidalgo y Mejía los persiguieron en coche hasta que acabaron despeñándose por un terraplén mientras ellos escapaban; en Figueras, un par de semanas después, un coche de la guardia civil creyó reconocerlos en las cercanías de un banco y los siguió durante varios kilómetros, pero también acabó perdiéndolos). El caso es que a principios de septiembre yo estaba desesperado: llevaba dos meses trabajando en el asunto y las cosas no habían hecho más que empeorar; el subcomisario Martínez y el inspector Vives lo sabían, así que a la vuelta de las vacaciones me pusieron entre la espada y la pared: o solucionaba el problema ya o tendrían que encargarle la solución a otro. Que me quitasen el caso hubiera sido un fracaso tremendo, así que me puse las pilas y en la segunda semana de septiembre averigüé que la banda del Zarco iba a atracar la sucursal de un banco en Bordils.

–¿Cómo lo averiguó?

–Lo averigüé.

—¿Quién se lo dijo?

—No puedo decírselo. Hay cosas que un policía no puede decir.

—¿Aunque hayan pasado treinta años desde que ocurrieron?

—Aunque hayan pasado sesenta. Mire, una vez leí una novela donde un personaje le decía a otro: ¿Me guardarías un secreto? Y el otro le contestaba: Si no eres capaz de guardarlo tú, ¿por qué voy a guardártelo yo? Los policías somos como los curas: si no servimos para guardar un secreto, no servimos para policías. Y yo sirvo para policía. Aunque el secreto sea trivial.

—¿Este lo es?

—¿Conoce alguno que no lo sea?

—Cañas cree que el responsable fue él. Al parecer, dos días antes del atraco de Bordils estuvo tomándose unas cervezas con el Córdoba, un viejito del chino con quien había hecho alguna amistad.

—Me acuerdo del Córdoba.

—Cañas cree que se fue sin querer de la lengua y le habló al Córdoba del atraco y el Córdoba le fue con el cuento a usted.

—No es verdad. Pero si fuera verdad también le diría que no es verdad. Así que no insista.

—No insisto. Continúe con el atraco de Bordils.

—¿Qué quiere que le cuente? Supongo que, hechas las sumas y las restas, es una de las operaciones más complicadas que he montado en mi carrera. No puedo decir que no tuviera tiempo y medios para prepararla, pero la verdad es que fui tan temerario que el Zarco y compañía estuvieron a punto de escaparse. Mi única justificación es que entonces yo era un pipiolo ambicioso y que le había dedicado tanto esfuerzo a pillar al Zarco que no quería meterlo en la cárcel para que le soltaran al cabo de solo unos meses. Así se explica que el operativo que monté estuviera pensado para atrapar al Zarco una vez cometido el atraco y no antes, de manera que el delito por el que se le juzgara después no fuera apenas un delito en grado de tentativa y el juez pudiera enchironarle durante una buena temporada. Claro, dejarle hacer de ese modo al Zarco, no detenerlo antes de que entrara en la sucursal y atracara el banco significaba correr un riesgo enorme, un riesgo que no hubiera debido correr y que solo un par de años después ya no hubiese corrido. Tenga en cuenta además que no podíamos avisar con antelación al director y a los empleados de la sucursal, para no levantar la liebre ni alarmarlos por nada, porque no podíamos estar seguros de que el chivatazo fuera bueno, ni siquiera de que, suponiendo que fuera bueno, a última hora el Zarco no se echase para atrás. Sea como sea, la verdad es que aquella vez Martínez y Vives se portaron bien, confiaron en mí y me entregaron el mando de la operación y el de la mitad de la Brigada: ocho inspectores en cuatro coches de paisano comunicados por radio. Esos eran los efectivos con que contaba. Desde primera hora de la mañana puse un coche a la entrada del pueblo y, a medida que pasaba el tiempo, los demás nos fuimos colocando discretamente (uno a la salida del pueblo, otro en un aparcamiento a la izquierda de la sucursal y el mío a unos veinte metros frente a ella), de tal manera que, cuando vimos por fin entrar al Zarco y a dos de los suyos en la sucursal pasado el mediodía, la trampa ya estaba lista para cerrarse sobre ellos.

Pero, a pesar de tanta preparación, todo pareció estropearse en seguida. Habrían pasado tres o cuatro minutos cuando sonó un disparo dentro de la sucursal; casi inmediatamente sonó otro. Al oírlos, lo primero que hice fue alertar a los demás coches y decirles a los que estaban apostados a la entrada y la salida del pueblo que cortasen la carretera; luego llamé a comisaría y les dije que cambiaba de planes y que iba a intervenir. No terminé de hablar: en aquel momento el Zarco y los otros dos chavales que habían entrado con él salieron de la sucursal quitándose las medias de la cara. Les di el alto, pero no se pararon y, como temí que se me fueran a escapar, disparé; a mi lado, Mejía también disparó. No sirvió para nada, y cuando quisimos darnos cuenta los tres habían montado en el coche y huían hacia Gerona. Fuimos detrás de ellos, les vimos embestir el coche que bloqueaba la entrada del pueblo y seguir, y entonces tuve una buena idea. Yo sabía que, en una persecución en coche, ellos llevaban todas las de ganar, no porque el coche que conducían fuera mejor que los nuestros, sino porque conducían como si no conocieran el miedo, así que llamé a comisaría y hablé con el subcomisario Martínez y le dije que, si no nos mandaba uno de los helicópteros que se usaban en la Operación Costa Brava, los atracadores se escaparían otra vez. Martínez volvió a portarse bien, en seguida apareció el helicóptero y gracias a él no les perdimos la pista (o la perdimos pero la recuperamos). Finalmente su coche volcó al tomar la curva del puente de La Barca, a la entrada de la ciudad, y ahí se acabó el Zarco.

La cosa fue más o menos así. Llegamos al puente poco después de que ellos volcaran, justo cuando salían del coche, que había quedado bocabajo en el asfalto. Éramos cuatro, íbamos en dos coches, nos paramos uno junto al otro a unos veinte o treinta metros del accidente y, al ver que los atracadores echaban a correr por el puente, corrimos detrás de ellos. Aunque los que viajaban en el coche eran cuatro, los que corrían eran tres, y en seguida reconocí a lo lejos al Zarco, pero no a los otros dos, o no con seguridad. Uno de mis inspectores se quedó a examinar el coche volcado y, cuando llegamos al final del puente, le grité a otro que corriera detrás de uno de ellos, que huía solo en dirección a Pedret. En cuanto a Mejía y a mí, seguimos al Zarco y al otro. Tuvimos suerte: a la entrada de La Devesa el Zarco tropezó y cayó y se partió el tobillo, y de esa forma pudimos atraparlo.

—¿Y el otro?

—¿El que iba con el Zarco? Si ha hablado de esto con Cañas, ya sabe lo que pasó: escapó.

—¿No lo siguieron? ¿Lo dejaron escapar?

—Ni una cosa ni la otra. Lo que pasó fue que el Zarco nos entretuvo el tiempo suficiente para que el Gafitas escapara.

—¿Cree usted que lo hizo adrede?

—No lo sé.

—¿Estaba usted seguro de que el tipo que se les había escapado era el Gafitas?

—No, aunque esa era mi impresión, y la de Mejía también. De lo que sí estaba seguro (creo que ya se lo he dicho) es de que, en cuanto cayera el Zarco, la banda se habría acabado.

Y así fue. Aquella misma tarde empecé a interrogar al Zarco y a los otros dos miembros de la banda que habíamos cogido al mediodía, que resultaron ser dos chavales que se llamaban el Jou y el Gordo (al Gordo, que perdió el conocimiento en el accidente de La Barca, lo interrogué después de que estuviese unas horas ingresado en el hospital; el Zarco ni siquiera pasó por allí: un médico lo escayoló en comisaría). El interrogatorio duró los tres días preceptivos pero no hubo ninguna sorpresa, ni siquiera fue una sorpresa que desde el principio los tres detenidos echaran toda la mierda posible sobre el Guille y el Tío, que podían cargar sin problemas con toda la mierda del mundo porque uno estaba muerto y el otro parapléjico. No sé si era una estrategia que habían preparado de antemano, por si les pillábamos, o si se le ocurrió a cada uno por su cuenta, pero era lo más sensato. Desde luego tampoco me sorprendió que el Zarco tuviera astucia suficiente para no cargar más que con lo indispensable, y menos que no le cargara nada a nadie; yo sabía que eso es lo que iba a pasar: no solo porque el Zarco fuera el más duro de la banda y el que más experiencia tenía, sino porque era el jefe, y un jefe pierde toda su autoridad si se convierte en un delator. En cambio, conseguí que el Gordo y el Jou le cargaran más de una cosa a él (les engañé: les dije que ya se la había cargado él a sí mismo, y se lo tragaron), pero no conseguí que delataran al Gafitas, ni a las chicas ni a ninguno de los que habían participado alguna vez en las fechorías de la banda sin formar parte de ella. Esto no me importó demasiado —para qué mentirle—, porque, ya le digo, pensé que una vez empapelado el Zarco la banda quedaba desarticulada, y que más temprano que tarde los flecos acabarían desprendiéndose y cayendo por su propio peso. Así que apuré los interrogatorios, me esmeré al máximo en la redacción del atestado y puse al Zarco y a los demás a disposición del juez. Y eso fue todo: el juez los mandó a la Modelo a la espera de juicio y nunca más volví a ver al Zarco. En persona, digo; como todo el mundo, luego le vi muchas veces en la tele, las revistas, los periódicos y tal. Pero eso ya es otra historia, y usted la conoce mejor que yo. ¿Hemos acabado?

—Más o menos. ¿Puedo hacerle una última pregunta?

—Claro.

—¿Qué pasó con el Gafitas? ¿Acabó cayendo por su propio peso?

—¿Por qué no se lo pregunta a él?

—La versión de Cañas ya la tengo.

—Seguro que es la buena.

—No lo dudo. Pero también me gustaría conocer la suya. ¿Por qué no quiere contármela?

—Porque no se la he contado a nadie.

—Eso la hace todavía más interesante.

—No tiene nada que ver con su libro.

—Puede ser, pero no importa.

—¿Me da su palabra de que no va a usar lo que le cuente?

—Sí.

—De acuerdo. Verá. Al anochecer del día que detuve al Zarco me presenté solo en casa del Gafitas. No quería perder el tiempo: acababa de interrogar por primera vez en comisaría al Zarco y a sus dos compinches del atraco a la sucursal de Bordils y, mientras esperaba que los tres se ablandaran en el calabozo antes de despertarlos de madrugada para empezar otra vez el interrogatorio, decidí ir a por él, que era quien yo sospechaba que era el último. En cuanto me abrió la puerta su madre comprendí que había acertado. A la pobre mujer no la traicionó el terror sino sus esfuerzos descomunales por esconder el terror. Estaba tan descompuesta que ni siquiera me preguntó por qué buscaba a su hijo, y lo único que acertó a decirme fue que desde hacía una semana el Gafitas estaba con su padre en la casa de un amigo, en Colera, aprovechando los últimos días de vacaciones; luego, antes de que yo tuviera tiempo de pedírsela, me dio la dirección de la casa. Una hora más tarde llegaba a Colera, un pueblito solitario y con mar, cerca de la frontera de Portbou. Pregunté por la casa y la encontré no lejos de la playa; estaba a oscuras y parecía deshabitada, pero había un coche a la puerta. Aparqué junto a él. Dejé pasar unos segundos. Llamé.

Quien me abrió la puerta fue el padre, un hombre de cuarenta y tantos años, delgado, moreno y sin canas, que a primera vista se parecía bien poco a su hijo. Me presenté, le dije que quería hablar con el Gafitas; me contestó que en aquel momento estaba durmiendo y me preguntó para qué quería hablar con él. Se lo expliqué. Debe de haber un error, respondió. He estado toda la mañana con mi hijo en el mar. ¿Hay algún testigo de eso?, pregunté. Yo, contestó. ¿Nadie más?, pregunté. Nadie más, contestó. Lástima, dije, y añadí: De todos modos tendría que hablar con su hijo. Con un gesto entre resignado y sorprendido, el hombre me hizo pasar y, mientras cruzábamos el comedor, me contó que él y su hijo llevaban una semana en Colera y que iban cada día a pescar, aunque aquella mañana habían vuelto antes que de costumbre por culpa de un accidente. Mi hijo se ha hecho un rasguño al tirar el anzuelo, me contó. En el brazo. Ha sido un poco aparatoso, pero nada más; no ha hecho ni falta que vayamos al médico: yo mismo se lo he curado. Al llegar a la puerta de una habitación me pidió que esperara allí mientras despertaba al Gafitas. Esperé, segundos después me hizo pasar a la habitación y le pedí que me dejara a solas con su hijo.

Aceptó. El Gafitas y yo estuvimos un rato hablando, él sentado en la cama y recostado contra la pared, con su brazo vendado y sus piernas envueltas en un revoltijo de sábanas empapadas de sudor, yo de pie frente a la cama. Igual que me había pasado con su madre, solo necesité mirarle a los ojos —más aturdidos que asustados detrás de los cristales de las gafas— para saber lo que ya sabía: que era el cuarto hombre del atraco a la sucursal de Bordils. Le hice unas preguntas de trámite, que me contestó con un aplomo postizo; luego le pedí que se vistiese y que cogiese un poco de ropa, y al final le dije que le esperaba en el comedor. Ni siquiera quiso saber adónde íbamos.

Salí de la habitación y le anuncié al padre que me llevaba detenido a su hijo. El padre me escuchó de perfil, sentado en una mecedora frente a la chimenea sin leña, y no se volvió. En un susurro dijo: Se equivoca. Puede ser, acepté. Pero tendrá que decidirlo el juez. No me refiero a eso, aclaró, girándose hacia mí en la mecedora, y al mirarlo tuve la impresión de que acababa de quitarse una máscara que llevaba unas facciones muy parecidas a las suyas; cuando volvió a hablar no noté en su voz ni súplica ni angustia ni pesadumbre: solo una seriedad total. No sé si mi hijo ha hecho lo que usted dice que ha hecho, explicó. No digo que no. Pero hemos hablado y me ha dicho que está arrepentido. Yo le creo; solo pido que usted también le crea. Mi hijo es un buen chaval: puede estar seguro de eso. Además, él no es el culpable de todo lo que ha pasado. ¿Tiene usted hijos? Esperó hasta que negué con la cabeza. Claro, todavía es muy joven, continuó. Pero le diré una cosa por si algún día los tiene: querer a los hijos es fácil; lo difícil es ponerse en su piel. Yo no he sabido ponerme en la piel del mío, y por eso ha pasado lo que ha pasado. No volverá a pasar. Se lo garantizo. En cuanto a usted, ¿qué ganaría metiéndole en la cárcel? Piénselo bien. Nada. Me ha dicho que ha detenido al cabecilla, que ha desarticulado la banda; bueno, ya tiene lo que quería. Metiendo a mi hijo en la cárcel no ganaría nada, se lo repito, o solo ganaría un delincuente más, porque ahora mi hijo no es un delincuente pero saldría de la cárcel convertido en un delincuente. Lo sabe usted mejor que yo. ¿Qué es lo que me está pidiendo?, le atajé, incómodo. Sin dudarlo un instante contestó: Que le dé una oportunidad a mi hijo. Es muy joven, se enmendará y esto acabará siendo solo un mal recuerdo. Ha cometido errores, pero no volverá a cometerlos. Olvídese de todo esto, inspector. Vuelva a su casa y olvídese de mi hijo. Olvídese de que nos ha encontrado. Usted y yo no nos conocemos, esta noche no ha estado aquí, nunca ha entrado en esta casa, nunca ha hablado conmigo, esto es como si no hubiera pasado. Mi hijo y yo se lo agradeceremos eternamente. Y usted también se lo agradecerá a sí mismo.

El padre del Gafitas calló. Durante el silencio que siguió, mientras aguantaba su mirada, pensé en mi padre, un viejo guardia civil a punto de jubilarse allá en Cáceres, y me dije que él hubiese hecho por mí lo mismo que el padre del Gafitas estaba haciendo por su hijo, y que era posible que tuviese razón. Es posible que tenga usted razón, dije. Pero no puedo hacer lo que me pide. Su hijo ha cometido un error, y tiene que pagarlo. La ley es igual para todos; si no fuera así, viviríamos en la selva. Lo entiende, ¿verdad? Hice un silencio y continué: Yo por mi parte le entiendo a usted, y haré todo lo posible por suavizar el atestado; con un poco de suerte y un buen abogado su hijo no pasará más de año o año y medio en la cárcel. Lo siento. No puedo hacer más. Esperé a que el padre del Gafitas contestara, quizá con la tonta esperanza de que me diera la razón, o parte de la razón; no me la dio, por supuesto, pero movió la cabeza arriba y abajo como si me la diese, respiró hondo y, sin decir nada, se volvió otra vez hacia la chimenea y recuperó su postura perdida en la mecedora.

Esperé al Gafitas, pero, como no terminaba de salir, sin decirle nada a su padre fui a buscarle. Cuando abrí la puerta de su habitación lo encontré igual que lo dejé: sentado en la cama y con la espalda apoyada en la pared, las piernas desnudas sobresaliendo de un revoltijo de sábanas sudadas; igual o casi igual: la diferencia era que ya no quedaba ni rastro de su aplomo fingido y que sus ojos no eran los ojos aturdidos y asustados del Gafitas, sino los de un niño o los de un conejo deslumbrado por los faros del coche que está a punto de atropellarlo. Y entonces, en vez de exigirle al Gafitas que se vistiera de una vez y me acompañara, me quedé allí, de pie a la puerta de la habitación, quieto y mirándole, sin pensar nada, sin decir nada. No sé cuánto tiempo estuve así; lo único que sé es que, cuando pasó, di media vuelta y me marché. ¿Qué le parece?

—No lo sé.

—Yo tampoco.

—¿Ese es el final de la historia?

—Casi. El resto ya no tiene demasiado interés. Aunque esta es una ciudad pequeña y aquí todo el mundo se conoce y todo el mundo se cruza con todo el mundo, no volví a ver al Gafitas en mucho tiempo. A su padre sí le vi un par de veces, siempre por la calle, y las dos veces me reconoció, se me quedó mirando y me saludó con un cabeceo casi invisible, sin acercarse ni decirme nada. El Gafitas volvió a aparecer muchos años más tarde, diez o doce por lo menos, pero para ese momento ya no era el Gafitas sino Ignacio

Cañas, un veinteañero recién licenciado en Barcelona que empezaba a hacerse un nombre como profesional en la ciudad. Las primeras veces que nos encontramos en esa época hicimos como que no nos conocíamos, ni siquiera nos saludábamos, pero a principios de los noventa me nombraron consejero de seguridad del gobernador civil y, como el gobierno civil estaba casi enfrente del despacho de Cañas, empezamos a vernos con alguna frecuencia y más de una vez tuvimos que hablar por cosas de trabajo. Fue entonces cuando cambió nuestro trato; no diré que llegamos a ser amigos, pero sí que mantuvimos una buena relación. Sobra decirle que nunca hablábamos del pasado, de cuándo nos habíamos conocido y de cómo nos habíamos conocido y tal. De hecho, yo creo que llegó un momento en que casi olvidé que Ignacio Cañas había sido el Gafitas, igual que él debió de olvidar que yo era el mismo policía que los había perseguido, a él y a la banda del Zarco, por los tugurios del chino. Más tarde dejé mi trabajo en el gobierno civil y Cañas y yo casi dejamos de vernos. Y ese sí que es el final de la historia.

Y aquí sí que hemos acabado, ¿no?

9

–Después del atraco a la sucursal del Banco Popular en Bordils y la visita del inspector Cuenca a Colera, mi padre y yo nos quedamos aún varios días en el pueblo. No sé por qué lo hicimos, aunque me imagino que debió de influir el hecho de que, a la mañana siguiente de nuestra llegada, yo despertase con fiebre. Era jueves, y durante cuarenta y ocho horas la fiebre continuó alta y no me levanté de la cama, sudoroso y torturado por pesadillas de persecución y de cárcel, víctima de una simple gripe veraniega según el médico que me visitó, víctima de un ataque de pánico según pienso ahora. Mi padre no se separó de mí. Me llevaba a la cama fruta, agua y sopas de sobre y se pasaba las horas sentado a mi lado, leyendo periódicos y novelas baratas que compraba en el quiosco de la plaza, sin apenas hablar ni hacer preguntas, cuchicheando de vez en cuando por el teléfono del comedor con mi madre, a quien convenció para que no se moviera de casa.

El sábado me sentí mejor y me levanté, pero no salí a la calle. Fue entonces cuando llegaron las preguntas de mi padre. Eran tantas, o yo tenía tanto que contar, que nos pasamos la mañana hablando. Justo después del atraco a la sucursal de Bordils, en el lavabo de mi casa y durante el viaje a Colera, yo le había contado a mi padre lo fundamental; ahora se lo conté todo, punto por punto: desde el día en que Batista entró en el colegio hasta el día del atraco a la sucursal de Bordils. Mi padre me escuchó sin interrumpir, y cuando terminé me obligó a prometerle que no volvería a pisar el barrio chino y que volvería al colegio en cuanto empezasen las clases; él a cambio me prometió que Batista no volvería a molestarme. Le pregunté cómo iba a conseguirlo; me contestó que cuando empezase el curso hablaría con su padre, y me pidió que me olvidase del asunto.

Al mediodía comimos un pollo a l'ast con patatas que mi padre compró en el restaurante del pueblo y por la tarde vimos una película en la tele. Cuando terminó, mi padre quiso apagar el aparato, pero en ese momento me di cuenta de que empezaba un episodio de *La frontera azul* y le pedí que lo dejara encendido. No era un episodio más: era el último. Yo casi había dejado de seguir la serie cuando me había unido a la basca del Zarco y, apenas empezó el episodio, me llamó la atención que parecía pertenecer a la misma serie y a la vez a una serie distinta. La cabecera, por ejemplo. Era la misma de siempre, pero a la vez era otra, porque las imágenes, que eran las mismas de siempre, significaban ahora otras cosas: ahora el ejército informal de hombres a pie y a caballo cargado con armas y estandartes era ya un ejército conocido, un ejército formado por hombres honorables que en los episodios anteriores habían sido arrojados fuera de la ley por el malvado Kao Chiu y que, episodio a episodio, se habían ido sumando a Lin Chung y al resto de los bandoleros honorables del Liang Shan Po. También la frase que la voz en off recitaba al principio de cada capítulo («Los antiguos sabios decían que no hay que despreciar a la serpiente por no tener cuernos; quizá algún día se reencarne en dragón. Del mismo modo, un hombre solo puede convertirse en ejército») tenía ahora otro significado: había dejado de ser una conjetura para ser un hecho, porque Lin Chung ya se había convertido en ejército y la serpiente sin cuernos ya se había convertido en dragón. Así al menos he recordado yo siempre la cabecera del episodio y el episodio entero: iguales a sí mismos y distintos. Y hace un par de noches, como sabía que hoy iba a hablar con usted de los días de Colera, me picó la curiosidad y me bajé de Internet el episodio y comprobé que era tal y como lo recordaba. Déjeme que se lo cuente.

–Adelante.

–Al empezar el episodio, Lin Chung y los hombres del Liang Shan Po amenazan la capital de China, donde Kao Chiu, el favorito del emperador, tiene a su señor casi secuestrado y a la población sometida por la ley marcial, la miseria y el miedo. Kao Chiu ha concebido un plan para hacerse con el poder: se trata de aprovechar el temor a la guerra provocado por la llegada a la capital del ejército del Liang Shan Po con el fin de acusar al emperador de debilidad, asesinarlo y fundar su propia dinastía. Para desbaratar esta estratagema, Lin Chung opta por dar un golpe de mano; consiste en infiltrarse con sus lugartenientes en la ciudad, llegar hasta el emperador, revelarle el engaño de Kao Chiu y luego eliminarlo. El golpe de mano es un éxito y, gracias al coraje y la astucia de Lin Chung y de sus lugartenientes, la capital se levanta contra la tiranía y a Kao Chiu no le queda otro remedio que huir derrotado de la ciudad.

Aquí empieza una especie de epílogo que abandona el realismo de la serie para adentrarse en la alucinación. Kao Chiu huye por un desierto de arena negra en compañía de varios soldados que poco a poco van desplomándose, desfallecidos, sin agua y sin alimentos, hasta que el antiguo favorito del emperador se queda solo y, mientras cae de su caballo y lo pierde y se arrastra penosamente por la arena, a su alrededor la realidad se disuelve en un delirio poblado de antiguas víctimas suyas, de rostros amenazantes, de lanzas, caballos, jinetes, estandartes y fuegos ilusorios que lo enloquecen y amenazan con devorarle, hasta que los hombres del Liang Shan Po lo encuentran por fin y Lin Chung lo mata en un duelo singular. Este es el final de la aventura, pero no del episodio ni de la serie, que terminan con dos discursos didácticos: el primero lo pronuncia Lin Chung y es una arenga a sus lugartenientes en la que les anuncia que, aunque ahora han derrotado al mal bajo la forma de Kao Chiu, el mal puede volver bajo otras formas y ellos deben permanecer siempre alerta, listos para combatirlo y derrotarlo, porque el Liang Shan Po no es en realidad el nombre de un río sino un símbolo eterno, el símbolo de la lucha contra la injusticia; el segundo discurso lo pronuncia una voz en off y es una profecía: mientras Lin Chung y sus lugartenientes se alejan montados a caballo hacia el crepúsculo, la voz en off anuncia que los héroes del Liang Shan Po reaparecerán siempre que sea necesario para evitar el triunfo de la injusticia en la tierra.

Esa última imagen no es más que un cliché flatulento, una postal edulcorada del sentimentalismo épico, pero al verla aquella tarde, en la casa de verano de Higinio Redondo, me eché a llorar; miento: en realidad llevaba ya mucho rato llorando. Lloré mucho rato allí, en silencio, sentado casi a oscuras junto a mi padre en aquel comedor semivacío de una casa perdida en un pueblo perdido, con un desconsuelo que no conocía o no recordaba, con la sensación de haber desentrañado de golpe el significado completo de la palabra fracaso y de haber descubierto un sabor desconocido, que era el sabor de la vida adulta.

Eso ocurrió un sábado. El domingo por la mañana volvimos a Gerona, y aquel día y los siguientes los pasé muy inquieto. Estábamos en vísperas del principio de curso y, como ya le he dicho, yo le había prometido a mi padre que volvería al colegio y que no volvería al barrio chino. Cumplí, al menos en lo que se refiere al chino (y lo del colegio pensaba cumplirlo en cuanto pudiese). No, la inquietud no venía de ese lado; tampoco del lado de mi familia:

bruscamente, en apenas unos días, mi relación con ella pasó de ser muy mala a ser muy buena y, como si todos hubiésemos decidido respetar un acuerdo de silencio, nadie en mi casa volvió a mencionar la huida a Colera y las circunstancias que la rodearon. Insisto: la inquietud no venía de ahí; venía de la incertidumbre. No entendía por qué el inspector Cuenca no me había detenido en Colera, y temía que en cualquier momento volviese a mi casa para detenerme. Además, durante las jornadas febriles de Colera había empezado a alimentar la sospecha de que podía haber sido yo quien se había ido de la lengua antes del atraco a la sucursal de Bordils, provocando sin quererlo la encerrona de la policía, y me daba miedo que el Zarco, el Gordo y el Jou hubiesen llegado a la conclusión de que la había provocado queriendo y hubiesen decidido delatarme para vengarse. Así que durante aquellos días me mortificó un dilema. No quería romper la promesa de no ir al chino que le había hecho a mi padre y no quería correr el riesgo que suponía ir al chino (sobre todo el riesgo de encontrarme con el inspector Cuenca), pero a la vez estaba deseando ir al chino. Quería saber si el Zarco, el Gordo y el Jou iban a delatarme o ya me habían delatado y si alguno de los demás estaba detenido y pensaba delatarme, pero por encima de todo quería ver a Tere: quería aclararle que yo no había delatado a nadie y que no había provocado la encerrona de la sucursal de Bordils, no al menos a propósito; también quería aclararme sobre ella, porque, aunque una parte de mí empezaba a sentir que había quedado atrás y que había sido solo un raro y fugaz amor de verano, otra parte sentía que aún estaba enamorado de Tere y quería decirle que, ahora que el Zarco había desaparecido, nada se interponía entre ella y yo.

El martes al mediodía zanjé el dilema: fui al chino sin ir al chino; o sea: fui en busca de Tere a los albergues provisionales. Ya le dije hace días que yo nunca había estado allí y no sabía exactamente dónde quedaban; lo único que sabía desde chico era que estaban justo al otro lado de La Devesa y del Ter. Así que recorrí de punta a punta La Devesa (deshaciendo el trayecto que había hecho la semana anterior, mientras escapaba de la policía después del atraco a la sucursal de Bordils), abandoné el parque y crucé el puente de La Barca. Allí torcí a mano izquierda, bajé unas escaleras que llegaban hasta el lecho del río, volví a subir y, caminando por un sendero de tierra, pasé junto a un trigal, una masía con tres palmeras a la puerta y un barranco donde crecían en desorden un cañaveral, álamos, sauces, fresnos y algún plátano. Los albergues se levantaban al final del sendero. Como también le dije hace días, yo tenía desde siempre una idea vaga y legendaria de los albergues, adornada con románticas sugerencias de novelas de aventuras, y ninguna de las anécdotas y comentarios que aquel verano había oído sobre ellos en la basca del Zarco había hecho nada para desmentirla; al contrario: esas historias habían sido un carburante perfecto para que mi imaginación añadiera a los albergues tintes épicos de bandoleros honrados de serie de televisión japonesa.

Hasta ahí la fantasía: conforme me acercaba a los albergues empecé a entender que la realidad no tenía nada que ver con ella.

A primera vista los albergues me parecieron una especie de colonia fabril compuesta por seis filas de barracones adosados, con las paredes de hormigón ligero, el techo de uralita y el piso levantado unos centímetros por encima del suelo, pero a medida que avanzaba por una de las calles que separaban los barracones —una calle que no era una calle sino un barrizal sobrevolado por enjambres de moscas donde convivían, en medio de un olor de cloaca, bebés desnudos, animales domésticos y montones de chatarra, desde jaulas vacías de conejos hasta somieres rotos o coches viejos o inservibles—, empecé a sentir que, más que una colonia fabril, aquel basural era la apoteosis de la miseria. Fascinado y asqueado a la vez, seguí adelante sorteando arroyos de aguas pestilentes, dejando atrás barracones de paredes que alguna vez fueron blancas, fogatas en pleno día, niños de cara sucia y niños en bicicleta que me miraban con indiferencia y desconfianza. Caminaba sonámbulo, con el ánimo encogido, y al llegar al final de una calle reaccioné y a punto estuve de darme la vuelta y huir, pero en aquel momento reparé en que una mujer me miraba desde la puerta del último barracón, a solo unos pasos de mí. Era una mujer obesa, de carnes blanquísimas sentada en una silla de oficina; tenía un bebé en los brazos, el pelo envuelto en un pañuelo oscuro, los ojos grandes y fijos en mí. La mujer me preguntó qué estaba buscando y le pregunté por Tere. Como no sabía su apellido, empecé a describirla, pero, antes de que terminase, la mujer me indicó dónde vivía: En el tercer barracón de la última calle, dijo. Y añadió: La que está más cerca del río.

El barracón donde Tere vivía era idéntico a los otros, salvo por el hecho de que una doble hilera de ropa tendida recorría la fachada y una antena de televisión sobresalía del tejado, más alta que las demás. Tenía dos ventanas cerradas con persianas, pero la puerta estaba entreabierta; mientras la empujaba oí unas risas de dibujos animados, se me saturaron las fosas nasales de un olor dulzón y, al pisar el umbral, abarqué de una sola ojeada la vivienda casi entera. Eran apenas cuarenta metros cuadrados iluminados por un par de bombillas desnudas y divididos en tres espacios separados por cortinas: en el espacio principal había una mujer cocinando en un hornillo, con un perro ovillado a sus pies, tres niños clavados delante de la tele en un sofá construido con una hoja de madera y un colchón, y, a su lado, sentada en una silla de tijera junto una mesa camilla, una madre muy joven dando de mamar a un bebé; en los espacios secundarios solo vi unos colchones tirados en el suelo sobre un lecho de paja. Tere estaba de pie en uno de ellos, frente a una cómoda abierta, con una pila de ropa doblada en las manos.

Apenas entré en el barracón todo el mundo se volvió hacia mí, incluido el perro, que se puso a cuatro patas y gruñó. Notando que Tere se ruborizaba, me ruboricé y, antes de que nadie pudiera pronunciar una palabra, mi amiga dejó la ropa sobre la cómoda, me cogió del brazo, anunció que volvía en seguida y me sacó a la calle. A unos pasos de la puerta del barracón me preguntó: ¿Qué haces aquí? Te estaba buscando, contesté. Solo quería saber que estabas bien. ¿Tienes noticias del Zarco y los demás? Mis palabras parecieron tranquilizar a Tere, que en seguida cambió la extrañeza defensiva por la curiosidad: como si no me hubiera oído, señaló la venda que cubría mi brazo y preguntó qué me había pasado. Empecé a contarle el atraco a la sucursal de Bordils. No me interrumpió hasta que expliqué que la policía nos estaba esperando a la salida. Tuvo que ser un chivatazo, dijo. Sí, dije yo. Luego dijo que no le extrañaba, y la miré sin entender. Aclaró: La culpa es del Zarco. En cuanto le dije que no podía ir con vosotros se puso a hablar con todo Dios; y no falla: cuando hablas con todo Dios acabas hablando con quien no tenías que hablar. Él era el primero en decirlo y el primero en no cumplirlo.

No se puede imaginar el alivio que sentí cuando le escuché decir aquello a Tere. Libre de la necesidad de demostrar que yo no había tenido ninguna relación con el chivatazo, continué mi relato, aunque no dije nada sobre lo que había pasado después de que nuestro coche volcase en el puente de La Barca: ni sobre la detención del Zarco, ni sobre la huida con mi padre a Colera, ni sobre la visita del inspector Cuenca a la casa de Higinio Redondo. Cuando terminé, Tere me contó lo que sabía del Zarco, del Gordo y del Jou. Me dijo que los tres estaban bien, aunque el Zarco llevaba una pierna escayolada, y que, después de que los hubieran interrogado durante tres días con sus noches en comisaría, habían sido entregados al juez, que los había mandado a Barcelona y los había hecho encerrar en la Modelo. Ahora están esperando juicio, concluyó Tere. Pero vete a saber cuánto tardará; ya ves cuánto hace que pillaron al Chino y al Drácula y todavía están esperando. Lo que es seguro es que cuatro o cinco años no se los quita nadie: han tenido que comerse a la fuerza las armas, el robo del coche, el del banco y por lo menos tres o cuatro marrones más. Poco para lo que hubiera podido caerles, pero de todos modos no está mal. De nosotros no han dicho nada, ni de ti ni de mí ni de nadie, y ya no van a decirlo. Si estabas preocupado por eso, ya puedes despreocuparte.

Me humilló un poco que Tere me adivinase el pensamiento; pero solo un poco: a aquellas alturas la opinión que Tere pudiera tener de mí había empezado a dejar de importarme. Mientras ella seguía hablando atisbé por encima de su hombro, al otro lado del río y entre los árboles, a no más de trescientos metros, los bloques de Caterina Albert, y en ese momento pensé —fue la primera vez que lo pensé— que mi casa y los albergues estaban a la vez muy cerca y muy lejos, y solo entonces sentí que era verdad que yo no era como ellos. De repente me pareció irreal todo lo que había pasado en los últimos meses, y me reconfortó saber que yo pertenecía al otro lado del río y que las aguas de la frontera azul ya habían vuelto a su cauce; de repente comprendí que me había aclarado sobre Tere y que Tere había sido solo un raro y fugaz amor de verano.

Tere continuaba hablando mientras yo había empezado a buscar la forma de largarme de allí. Hablaba del Zarco; decía que, le cayera la condena que le cayera, iba a pasar poco tiempo en la cárcel. Se escapará en cuanto pueda, dijo. Y podrá pronto. Asentí, pero no hice ningún comentario. Dos niños montados en bicicleta y seguidos por un perro pasaron corriendo a unos metros de nosotros, salpicándome de barro las zapatillas. Justo entonces se abrió la puerta del barracón y, al mismo tiempo que llegaba de su interior un tiroteo de mentira y un llanto infantil de verdad, asomó la cabeza la chica a la que había visto dando de mamar al bebé y le dijo a Tere que dentro la necesitaban. Ya voy, contestó Tere, y la puerta del barracón se volvió a cerrar. Tere se tocó el lunar junto a la nariz; en vez de marcharse preguntó: ¿Has vuelto a La Font? No, contesté. ¿Y tú? Yo tampoco, contestó. Pero si quieres mañana por la tarde nos vemos allí. He quedado con Lina. Reflexioné un momento y dije: Vale. Tere sonrió por vez primera aquella tarde. Luego se despidió y entró en su casa.

Al día siguiente no fui a La Font y no volví a ver a Tere hasta mediados de diciembre. Durante esos tres meses de otoño cambié por completo de vida; mejor dicho: en cierto sentido volví a mi vida anterior. Anterior a Tere, anterior al Zarco, anterior a Batista y anterior a todo. Aunque, como digo, solo volví a ella en cierto sentido, porque la persona que volvía ya no era la misma. Se lo dije cuando empezamos a hablar del Zarco: a los dieciséis años todas las fronteras son porosas, o al menos lo eran entonces; y lo cierto es que la frontera del Ter y el Onyar resultó tan porosa como la del Liang Shan Po, o al menos lo resultó para mí: tres meses atrás yo había dejado de un día para otro de ser un charnego de clase media para ser un quinqui, y tres meses más tarde dejé de un día para otro de ser un quinqui para volver a ser un charnego de clase media. Así de sencillas fueron las cosas. Y así de rápidas. El desmantelamiento de la basca del Zarco lo facilitó mucho todo, desde luego: la mayoría de los que la formaban estaba en la cárcel o ya no estaba, los que quedaban fuera no vinieron a buscarme y yo tampoco fui a buscarlos a ellos. Igualmente facilitó aquel cambio radical mi familia. Ya le he dicho también que después de los días de Colera mi relación con ella se volvió muy buena y que, aunque mi padre sabía todo lo que había pasado durante el verano, nunca volvió a hacerme preguntas; mi madre y mi hermana tampoco, de manera que en mi familia era casi como si lo que había pasado aquel verano no hubiera pasado de verdad.

Pero lo que volvió irreversible mi regreso al lado de acá de la frontera azul fue mi regreso al colegio, o más bien la forma en que regresé al colegio. Dos días después de mi visita a los albergues empezó el curso. La mañana en que empezó fue clara y soleada, con el cielo de un azul perfecto y el césped recién segado del campo de fútbol brillando como si acabaran de regarlo. En el patio octogonal por donde se entraba al pabellón de BUP, mientras esperábamos que abrieran las puertas y empezaran las clases, saludé de lejos a algunos viejos amigos de Caterina Albert, pero no a Batista, que no apareció a primera hora de la mañana. A pesar de eso, ni siquiera alcancé a plantearme la posibilidad de que hubiera cambiado de colegio porque, al pasar lista, el tutor citó su nombre.

Batista llegó a media mañana, aunque no cruzamos palabra hasta que a la hora de comer terminaron las clases. Yo iba a salir del colegio por la puerta de atrás, donde estaba el aparcamiento, cuando al doblar la esquina del bar lo vi a unos metros de mí, recostado en el depósito de su Lobito, que a su vez estaba recostada en la pared; frente a él, hablando con él, estaban todos: Matías, los hermanos Boix, Intxausti, Ruiz, Canales, quizá algún otro. En cuanto aparecí se callaron y supe que el encuentro era casual; también, que me dejaba sin alternativa: a menos que quisiera esquivarlos aparatosamente o dar media vuelta para salir del colegio por la puerta principal, no tenía otro remedio que pasar entre Batista y los demás. Haciendo de tripas corazón seguí andando y, antes de cruzar frente a Batista, él se incorporó de la Lobito y me cerró el paso alargando un brazo. Me paré. Cuánto tiempo sin verte, catalanufo, dijo Batista. ¿Dónde te habías metido? No respondí. En vista del silencio, Batista señaló con la cabeza mi brazo vendado. ¿Y eso?, preguntó. ¿Te ha picado un mosquito o qué? Oí unas risitas nerviosas o reprimidas; no supe quién se reía, y tampoco me molesté en averiguarlo. Entonces, sin haberlo premeditado, contesté en catalán. No, dije. Es de una bala. Batista soltó una carcajada. ¡Qué gracioso eres, Dumbo!, dijo. Después de un silencio añadió: Oye, ¿no me digas que ahora solo vas a hablar en catalán? En ese momento me volví hacia él, y al mirarle a los ojos me llevé una sorpresa. Con una inesperada sensación de victoria −sintiéndome casi como Rocky Balboa en mi máquina del millón, musculoso y triunfal, vestido con unos calzones estampados con la bandera norteamericana y levantando los brazos hacia el estadio vociferante mientras un púgil derrotado yace en la lona del cuadrilátero−, comprendí que me traía sin cuidado que Batista me llamase Dumbo o que me llamase catalanufo. Comprendí que Batista era solo un matoncito de medio pelo, un bravucón inofensivo, un pijo sin media hostia, y me asombró haberle tenido alguna vez miedo. Más asombrado aún, comprendí que ya no sentía ninguna necesidad de vengarme de él, porque ya ni siquiera le odiaba, y que esa era la mejor forma de venganza.

Batista me sostuvo la mirada un segundo, durante el cual tuve la certeza de que sabía lo que yo había comprendido, lo que estaba sintiendo. El caso es que la carcajada se le congeló en la boca y que, como si buscara una explicación, miró a Matías y a los demás; no sé lo que encontró, pero se volvió otra vez hacia mí y lentamente, sin apartar los ojos −unos ojos en los que ya no había rastro de sarcasmo o desprecio, solo perplejidad−, bajó el brazo. Mientras seguía mi camino hacia la salida dije en catalán, lo bastante alto para que todos me oyeran: Contigo sí, Batista. Aquel mediodía comí con mi padre, mi madre y mi hermana. Al terminar, mi padre me preguntó, a solas, cómo había ido el primer día de curso; ya me lo había preguntado durante la comida, y le repetí la respuesta: le dije que todo había ido bien; luego le pregunté si había hablado ya con el padre de Batista. Todavía no, dijo mi padre. Pensaba hacerlo mañana. Pues no lo hagas, dije. Ya no hace falta. Mi padre se quedó mirándome. El asunto está arreglado, expliqué. ¿Estás seguro?, preguntó mi padre. Completamente, contesté.

Yo no estaba tan seguro, claro, pero lo cierto es que no me equivoqué y que nuestro encuentro en el aparcamiento del colegio debió de convencer a Batista de lo esencial, y es que durante aquel verano yo había dejado de ser una serpiente para convertirme en dragón. Así que la primera derrota de Batista fue la última, y a partir del segundo día de curso él pareció otra persona. No volvió a molestarme, me rehuía por sistema, apenas volvió a dirigirme la palabra y, cuando se veía obligado a hacerlo, siempre lo hacía en catalán. También parecieron personas distintas mis amigos de Caterina Albert: en seguida Matías, poco a poco los demás, empezaron a alejarse de Batista (o quizá fue él quien se alejó de ellos) y a tratar de buscar de nuevo mi amistad, y yo aprendí que el poder se pierde con la misma facilidad con que se gana y que una a una las personas somos casi siempre inofensivas, pero en grupo no.

La reconciliación con mis amigos de Caterina Albert fue un hecho, pero hacia mediados de aquel otoño, sin estridencias ni malos rollos, también sin explicaciones —como si resultara evidente que nuestra amistad había dado ya de sí todo lo que podía dar de sí— empecé a separarme de ellos y a juntarme con un grupo de estudiantes de COU, el último curso del colegio, el anterior a la universidad. De esa forma conocí a la primera chica con la que salí en mi vida. Se llamaba Montse Roura y, a pesar de que no estudiaba COU en los Maristas (en realidad solo estudiaba segundo, y además en las Carmelitas), formaba parte del grupo porque su hermano Paco sí lo hacía. Montse y Paco eran de Barcelona, habían ido a vivir a Gerona dos años atrás, al quedarse huérfanos, y compartían con varios de sus tíos un edificio de la familia en el casco antiguo de la ciudad, un edificio donde tenían un piso para ellos solos. Esto los convertía en el centro del grupo, porque las puertas de su casa estaban siempre abiertas y raro era el viernes o el sábado por la noche en que el grupo no se reunía en ella para escuchar música, hablar, beber y fumar. También para tomar drogas, aunque esto solo ocurrió desde que yo me sumé a ellos, sencillamente porque era el único que las conocía y que sabía cómo conseguirlas, cosa que me convirtió en el camello del grupo. En resumen: aquella fue para mí una época magnífica, de muchos cambios. Durante la semana estudiaba duro y durante los fines de semana me desmadraba con Montse y con mis amigos. Recuperé multiplicada la autoestima. Firmé definitivamente la paz con mis padres. Casi olvidé al Zarco y a Tere.

Fue haciendo mi papel de camello de fin de semana como volví a ver a Tere. Ya le he dicho que el episodio ocurrió a mediados de diciembre; en cambio, no le he dicho que aquel día me acompañaban mis dos escoltas casi fijos en esas incursiones semanales por el lumpen: uno era precisamente Paco Roura, y el otro Dani Omedes, otro habitual del grupo. Paco se había sacado en verano el carnet de conducir y disponía de un Seat 600 de uno de sus tíos, así que cada viernes por la tarde me llevaba hasta el Flor, en Salt, donde seguían rondando dos de los camellos a los que el Zarco, Tere y los demás les comprábamos la droga en verano: el Rodri y el Gómez. Aquella tarde ninguno de los dos estaba en el bar, y nadie supo decirme dónde localizarlos. Los esperamos sin éxito durante más de una hora, y al final no quedó otro remedio que empezar a dar vueltas por la ciudad, primero buscándolos a los dos y luego buscando camellos de ocasión. Indagamos aquí y allá, un poco al azar, en bares de Sant Narcís y del casco antiguo —en el Avenida, en el Acapulco, en L'Enderroc, en La Trumfa, en el Pub

Groc—, aunque no encontramos nada. En algún momento tuve la tentación de volver a La Font, pero la resistí. Ya eran casi las diez de la noche cuando alguien nos habló de un bar de Vilarroja. Sin muchas esperanzas subimos hasta Vilarroja, dimos con el bar, dejé a Paco y a Dani en el coche y entré.

En cuanto traspasé la puerta la vi. Estaba sentada al fondo del bar, un local minúsculo y abarrotado de gente y de humo, con platos de porcelana adornando las paredes; junto a ella, alrededor de una mesa llena de botellas de cerveza y ceniceros rebosantes de colillas, había tres tipos y una chica. Antes de que yo pudiese acercarme a su mesa, una sonrisa de reconocimiento animó su cara. Se levantó, se abrió paso entre la gente, se llegó hasta mí y me hizo la misma pregunta que me había hecho tres meses atrás, cuando fui a buscarla a los albergues, solo que en un tono alegre y no suspicaz: ¿Qué haces aquí, Gafitas? Como ya le he dicho, durante aquellos tres meses sin verla yo casi había olvidado a Tere y, cuando la recordaba, solo recordaba a la quinqui doméstica, miserable y derrotada de la que había salido huyendo aquella tarde en el estercolero de los albergues; ahora la vi de nuevo como la había visto por primera vez en los recreativos Vilaró y como la vi durante todo el verano: burlona, segura y radiante, la chica más guapa que había conocido en mi vida.

Esquivé su pregunta preguntándole si quería tomarse una cerveza. Sonrió, aceptó, fuimos a la barra, pidió dos cervezas y volvió a preguntarme qué hacía allí, solo. Contesté que no estaba solo, que dos amigos me esperaban fuera, en el coche, y le pregunté cómo estaba. Bien, contestó. Mientras nos servían las cervezas se me ocurrió que Tere podría conseguirme la droga, pero también que estaba obligado a hacerle otra pregunta. Le hice la otra pregunta: ¿Y el Zarco? Tere respondió que seguía en la cárcel, que, igual que el Gordo y el Jou, continuaba a la espera de juicio en la Modelo, que ella había ido dos o tres veces a Barcelona para verlo y lo había encontrado bien. Luego continuó: me contó que −a diferencia del Zarco, el Gordo y el Jou− el Chino y el Drácula habían sido juzgados y condenados a cinco años de cárcel que estaban cumpliendo en la misma Modelo; me contó que llevaba ya varios meses sin ir ni por La Font ni por el chino porque después de la detención del Zarco y los demás las cosas se habían puesto feas y había habido redadas, detenciones y palizas; me contó que las redadas, detenciones y palizas no se habían limitado al chino sino que habían llegado a los albergues y a bares de Salt y de Germans Sàbat, que el acoso policial había terminado de dispersar los restos de la basca y que, aunque ninguno más de sus miembros había sido detenido, muchas personas habían terminado en la cárcel. ¿Te acuerdas del General y de su mujer?, preguntó Tere. Claro, contesté. Él está en el trullo, dijo Tere. Le acusaron de venderle armas al Zarco. Pero a su mujer la mataron. Bueno, tuvieron que matarla: cuando la pasma fue a cogerlos a su casa, se lió a tiros con ellos; al final se llevó a un madero por delante. Tere me miró con cara de alegría o de admiración, o quizá de orgullo. Ya ves, dijo. Y nosotros creyendo que la vieja era ciega.

Terminó de ponerme al día con una buena noticia o con lo que ella consideraba una buena noticia: ya no vivía en los albergues; en realidad, los albergues ya no existían: los habían derribado y, desde hacía poco más de una semana, las personas que aún quedaban en ellos habían sido trasladadas a La Font de la Pòlvora, cerca de allí, donde habían dejado de vivir en barracones para vivir en unos pisos recién construidos de unos bloques recién construidos de un barrio recién construido. Mientras Tere hablaba de su nueva vida en La Font de la Pòlvora, se me ocurrió que el final de los albergues era el final del Liang Shan Po, el final definitivo de la frontera azul y, cuando terminó de hablar temí que me preguntara qué había sido de mi vida durante aquel tiempo en que no nos habíamos visto. Antes de que ella pudiera cambiar de conversación lo hice yo. Necesito chocolate, dije. He ido al Flor, pero no estaban ni el Rodri ni el Gómez, y llevo toda la tarde buscando. ¿Lo necesitas ya?, preguntó. Sí, contesté. ¿Cuánto?, preguntó. Con tres talegos me arreglo, contesté. Tere asintió. Espérame fuera, dijo.

Pagué las cervezas, salí a la calle y caminé hasta el descampado donde mis amigos me esperaban en el Seat 600. Dani bajó la ventanilla y preguntó: ¿Qué pasa? Ha habido suerte, dije, de pie junto al coche. Paco parecía no haber soltado las manos del volante, como si estuviese preparado para arrancar y salir huyendo de allí. A ver si es verdad, dijo. Este sitio me da grima. Al cabo de unos minutos Tere salió del bar y fui a su encuentro. De un bolsillo de su anorak sacó tres barritas de hachís finas y envueltas en papel de plata; me las entregó: las cogí con una mano mientras con la otra le alcanzaba tres billetes de mil pesetas. Hecho el intercambio, nos miramos en la penumbra, de pie entre la luz alargada que difundía la puerta del bar y la luz redonda que difundía una farola próxima. La noche era húmeda y fría. No estábamos muy cerca el uno del otro, pero la doble voluta de vaho que brotaba de nuestras bocas parecía envolvernos en una niebla común. Señalé vagamente el Seat 600 y dije: Me están esperando. Tres hombres salieron del bar y pasaron junto a nosotros; mientras se alejaban conversando calle arriba, Tere se volvió hacia ellos y, sin dejar de mirarla en las tinieblas de la calle mal iluminada, de repente pensé en los lavabos de los recreativos y en la playa de Montgó y por un momento sentí ganas de besarla y casi tuve que recordarme que ya no estaba enamorado de ella y que había sido solo el raro y fugaz amor de un verano. Tere se volvió hacia mí. Hoy he quedado con unos amigos, dije a toda prisa, con la sensación de que me habían pillado en falta y de que esa frase ya la había dicho aquella noche; pregunté: ¿Tienes algo que hacer mañana? No, respondió Tere. Si quieres podemos vernos, propuse. ¿No me vas a dar plantón esta vez?, preguntó Tere. Supe de inmediato que se refería a la última vez que nos vimos, a la puerta de su barracón en los albergues, cuando al despedirnos quedamos al día siguiente en La Font y luego no fui. No quise fingir que lo había olvidado. Esta vez no, prometí. Ella sonrió. ¿Dónde quedamos?, dijo. Donde quieras, dije yo, y me acordé del momento en que Tere me enseñó, en Marocco, que para bailar no hace falta saber bailar sino solo querer moverse, y añadí: ¿Vas todavía a Rufus? Ya no, dijo Tere. Pero si quieres quedamos allí. Vale, dije. Vale, repitió. Me besó en la mejilla, dijo hasta mañana y volvió al bar.

Yo volví al coche. ¿Tienes el chocolate?, preguntó Dani en cuanto abrí la puerta. Dije que sí y, mientras metía la primera y aceleraba, Paco lo celebró. De puta madre, dijo. Luego preguntó: ¿Y la tía? ¿Qué tía?, pregunté. La tía que te ha vendido el chocolate, aclaró Paco. ¿Qué pasa con ella?, volví a preguntar. Menuda quinqui, dijo Paco. ¿Se puede saber de dónde la has sacado? Dani intervino: Sí, quinqui sí, pero ¿está muy buena o es que de noche y de lejos todas las tías están buenas? Está buena, dije. Pero no te hagas ilusiones: solo la conozco de vista. No me hago ilusiones, dijo Dani. Aunque si llegas a conocerla mejor te baja la bragueta y te come la polla. Parado en un cruce, Paco abandonó un momento el volante y simuló una felación. ¿Ilusiones?, repitió, volviendo a agarrar el volante. Joder, yo a esa tía no le dejo que me coma la polla ni muerto: es capaz de arrancármela de un mordisco. Dani soltó una risotada. Di lo que te dé la gana, capullo, dije. Pero ni se te ocurra contárselo a Montse. No vaya a ser que la que me arranque la polla sea ella; y encima por nada. Menuda es tu hermana, tío. Ahora fue Paco el que se rió, halagado. Habíamos salido de Vilarroja, circulábamos por delante del cementerio y de golpe me sentí mal, como si me hubiera mareado o como si hubiera empezado a incubar una enfermedad. En los asientos delanteros, Paco y Dani siguieron hablando mientras volvíamos al centro.

Pasé aquella noche y el día siguiente pensando en Tere. Dudaba. Quería verla y no quería verla. Quería ir a Rufus y no quería ir a Rufus. Quería abandonar por una noche a Montse y a mis amigos y no quería abandonarlos. Al final no vi a Tere ni fui a Rufus ni abandoné a mis amigos, pero la noche del sábado fue una noche rara: aunque estuve hasta muy tarde en casa de Montse y de Paco, no conseguía quitarme de la cabeza que había vuelto a darle plantón a Tere ni dejaba de imaginármela en Rufus, acribillada por las luces cambiantes que sobrevolaban la pista, bailando las mismas canciones o casi las mismas canciones que el verano anterior yo le había visto bailar tantas veces desde la barra mientras su cuerpo se acoplaba a la música con la misma naturalidad de siempre —la naturalidad con que el guante se adapta a la mano y el calor se desprende del fuego—, bailando sola mientras me esperaba inútilmente.

El domingo por la mañana desperté angustiado, con la certeza culpable de que la víspera había cometido un grave error, y para remediarlo decidí que aquella misma tarde iría en busca de Tere al bar de Vilarroja donde había tropezado con ella. Pero a medida que pasaba la mañana la realidad debilitó mi decisión —no tenía quien me llevase a Vilarroja, no podía pedírselo a Paco, no tenía ninguna seguridad de encontrar a Tere y, encima, después de comer había quedado con Montse y los demás—, así que, sintiendo que aquello era de verdad el final de la frontera azul, por la tarde no fui a Vilarroja. Y resultó que de verdad era el final, porque ahí se acabó todo.

—¿Quiere decir que esa fue la última vez que vio a Tere en aquella época?

—Sí.

—¿Del Zarco tampoco supo nada más?

—Tampoco.

—¿Qué le parece si por hoy lo dejamos aquí?

—Me parece perfecto.

SEGUNDA PARTE

MÁS ACÁ

1

—¿Recuerda cuándo volvió a ver al Zarco?

—A finales de 1999, aquí en Gerona.

—Entonces él ya no era el mismo.

—Claro que no.

—Quiero decir que había tenido tiempo de crear y destruir su propio mito.

—Es una forma de decirlo. En cualquier caso es verdad que, para el Zarco, todo fue muy rápido. De hecho, mi impresión es que cuando lo frecuenté, a finales de los setenta, el Zarco era una especie de precursor, y cuando volví a verlo, a finales de los noventa, era casi un anacronismo, por no decir un personaje póstumo.

—De precursor a anacronismo en solo veinte años.

—Eso es. Cuando yo lo conocí era un tipo que a su modo anunciaba los montones de delincuentes juveniles que en los años ochenta llenaron las cárceles, las noticias de prensa, de radio y televisión y las pantallas de cine.

—Yo diría que no solo los anunció: los representó mejor que nadie.

—Puede ser.

—Dígame el nombre de un delincuente de la época más conocido que el Zarco.

—De acuerdo, tiene razón. Pero, sea como sea, a finales de los noventa la cosa ya se había acabado; por eso digo que para entonces el Zarco era un personaje póstumo, una especie de náufrago de otra época: en aquel momento ya no había el menor interés por los delincuentes juveniles en los medios, ya no había películas sobre delincuentes juveniles, ni casi delincuentes juveniles. Todo eso era cosa de antes: ahora el país había cambiado por completo, los años duros de la delincuencia juvenil se consideraban el último culatazo de la miseria económica, la represión y la falta de libertades del franquismo y, después de veinte años de democracia, la dictadura parecía quedar muy lejos y todos vivíamos en una borrachera aparentemente interminable de optimismo y de dinero.

También había cambiado por completo la ciudad. En aquella época Gerona había dejado de ser la ciudad de posguerra que era todavía a finales de los setenta para convertirse en una ciudad posmoderna, un lugar de postal, alegre, intercambiable, turístico y ridículamente satisfecho de sí mismo. En realidad, de la Gerona de mi adolescencia quedaba poco. Los charnegos habían desaparecido, aniquilados por la marginalidad y la heroína o disueltos en el bienestar económico del país, con empleos sólidos y con hijos y nietos que asistían a escuelas privadas y hablaban catalán, porque con la democracia el catalán había pasado a ser una lengua oficial, o cooficial. También había desaparecido, claro, el cinturón de barrios de charnegos que antes amenazaba el centro de la ciudad; o más bien se había transformado en otra cosa: algunos barrios, como Germans Sàbat, Vilarroja o Pont Major, eran ahora barrios prósperos; otros, como Salt, se habían independizado de la ciudad y saturado de inmigrantes africanos; solo la Font de la Pòlvora, el reducto adonde habían sido confinados los últimos habitantes de los albergues provisionales, había degenerado en un gueto de delincuencia y de droga. No sé si ya le conté que los propios albergues fueron demolidos: ahora la explanada en que se habían levantado era un parque en medio de Fontajau, un barrio reciente de casitas apareadas con garaje, jardín y barbacoa.

Del lado de acá del Ter, La Devesa seguía más o menos como siempre, pero el barrio de La Devesa ya no era un barrio suburbial; la ciudad lo había asimilado: había crecido a los dos lados del río y había urbanizado las huertas que en mi infancia rodeaban los bloques de Caterina Albert. Los Maristas también seguían en su sitio, aunque no los recreativos Vilaró, que se cerraron no mucho después de que yo dejé de frecuentarlos y el señor Tomàs se jubiló. En cuanto al barrio chino, no había sobrevivido a los cambios de la ciudad; pero, a diferencia del barrio de La Devesa, que se había convertido en un barrio burgués, el chino se había convertido en un barrio privilegiado: donde veinte años atrás pululaba la chusma de la ciudad por callejones apestosos, bares mugrientos, burdeles decadentes y tabucos sin luz se abrían ahora placitas coquetas, bares con terraza, restaurantes chic y áticos reformados por arquitectos de moda donde vivían artistas de paso por la ciudad, millonarios extranjeros y profesionales de éxito.

—Como usted.

—Más o menos.

—¿Se considera un profesional de éxito?

—No me lo considero: lo soy. En mi bufete trabajan catorce personas, entre ellas seis abogados; de media nos ocupamos de más de cien casos importantes al año. Yo a eso lo llamo éxito. ¿Y usted?

—Yo también. Aunque, si me permite decírselo, no habla usted como un profesional de éxito.

—¿Y cómo hablan los profesionales de éxito?

—No lo sé. Digamos que no me parece que tenga usted instinto asesino.

—Porque ya lo metí en un cajón, como dice la canción de Calamaro. Pero lo tuve, no le quepa duda de que lo tuve. En fin, a lo mejor es que me estoy haciendo viejo.

—No sea coqueto. Todavía no ha cumplido cincuenta años.

—¿Y eso qué tiene que ver? A mi edad, no hace mucho, la gente ya era vieja, o casi. Mi padre murió con cincuenta y siete años; mi madre con poco más. Ahora todo el mundo quiere ser siempre joven; lo entiendo, pero es un poco idiota. A mí me parece que la gracia de todo esto consiste en que uno es joven cuando es joven y en que es viejo cuando es viejo; o sea: en que uno es joven cuando no tiene recuerdos y en que es viejo cuando detrás de cada recuerdo encuentra un mal recuerdo. Yo hace tiempo que los encuentro.

—Ya. Bueno. Sigamos entonces. Cuénteme qué fue de su vida desde que perdió de vista al Zarco hasta que lo recuperó.

—No hay mucho que contar. Cuando terminé la secundaria en los Maristas me fui a Barcelona. Allí pasé cinco años estudiando derecho en la Autónoma y viviendo en pisos de estudiantes. Viví en tres pisos; el último estaba en la calle Jovellanos, junto a la Rambla, y lo compartí con dos compañeros de carrera: Albert Cortés y Juanjo Gubau. Cortés era de Gerona, como yo, pero había estudiado en el instituto Vicens Vives, como mi hermana; Gubau era de Figueras, y su padre ejercía de procurador de los tribunales. Estudiábamos bastante, no tomábamos drogas y los fines de semana volvíamos a casa, salvo en época de exámenes. Al principio de estar en Barcelona seguí saliendo con Montse Roura, pero al cabo de un año lo dejamos y eso acabó de separarme de mi grupo de amigos de los Maristas, que por lo demás a esas alturas ya casi se había deshecho. Luego salí con varias chicas, hasta que en tercero de carrera conocí a Irene, que también estudiaba derecho pero en la Central. Tres años después me casé con ella, nos vinimos a vivir a Gerona y tuvimos a Helena, mi única hija. Para entonces yo ya había empezado a trabajar en el bufete de Higinio Redondo. Ya le hablé de Redondo, no sé si se acuerda de él.

—Claro: el hombre que le prestó a su padre la casa de Colera para esconderlo, ¿no?

–Exacto. Y también el que aquella tarde convenció a mi padre de que no me llevara a comisaría; o al menos eso he creído siempre… Fue una persona importante en mi vida. Me refiero a Redondo; tan importante que, si no hubiera sido por él, lo más probable es que no hubiese sido abogado: al fin y al cabo yo no tenía ninguna vocación de abogado. Redondo era un paisano de mis padres que había montado un bufete de penalista, y en alguna época de mi adolescencia le admiré mucho, quizá porque era lo contrario de mi padre, o porque me lo parecía: mi padre no tenía dinero y él sí; mi padre no había estudiado una carrera y él sí; mi padre no hacía vida nocturna y él salía casi cada noche; mi padre era un hombre políticamente moderado y un votante de centro y él era un radical: de hecho, durante años creí que era comunista o anarquista, hasta que descubrí que era falangista. De todos modos era un buen abogado y una buena persona y, aunque también era frívolo, putero, iracundo, jugador y bebedor, quería a mi familia y me quería a mí. Él me animó a estudiar derecho y, como le decía, cuando terminé la carrera me acogió como pasante en su bufete, me enseñó lo que sabía y al cabo de unos años me convirtió en su único socio. Poco después ocurrió una cosa que alteró por completo la vida de los dos. Lo que ocurrió fue que Redondo se enamoró de la mujer de un cliente arruinado; se enamoró de verdad, como un adolescente, dejó a su esposa y a sus cuatro hijos y se marchó a vivir con ella. El problema fue que, en cuanto el cliente salió de la cárcel gracias al empeño de Redondo, la mujer le abandonó y volvió con su marido. Entonces Redondo se volvió loco, intentó suicidarse, al final desapareció y dejamos de tener noticias suyas hasta que cuatro años después nos enteramos de que había muerto mientras cruzaba una calle en el centro de Asunción, Paraguay, atropellado por una camioneta de reparto.

Así es como me convertí en el titular del bufete de Redondo. Por aquella época Irene y yo nos divorciamos y ella volvió a vivir a Barcelona y yo empecé a ver a mi hija solo en fines de semana alternos y en vacaciones. Pero profesionalmente fue mi mejor época. Redondo, ya se lo he dicho, me había enseñado muchas cosas —entre ellas que un abogado no puede ser bueno si no es capaz de aparcar de vez en cuando los escrúpulos morales—, aunque yo aprendí por mi cuenta alguna más —entre ellas cómo manejar a la prensa—. También aprendí que, si quería crecer, tenía que delegar, y supe hacer buenos fichajes: contraté a Cortés y a Gubau, que por entonces trabajaban en un bufete de Barcelona, y luego los convertí en mis socios, aunque yo seguí siendo el socio mayoritario. En fin, tenía el instinto asesino intacto, me obsesioné con ser el mejor y lo conseguí, de tal manera que, como empezó a decir Cortés, en Gerona no se daba una hostia sin que el dador o el dado pasasen por nuestro despacho.

Hasta que de repente todo cambió. No me pregunte por qué; no lo sé. El caso es que precisamente en ese momento, cuando había conseguido el dinero y la posición por los que llevaba años peleando, me invadió un sentimiento de inutilidad, la sensación de que ya había hecho todo lo que tenía que hacer, de que lo que me quedaba por vivir no era exactamente la vida sino las sobras de la vida, una especie de prórroga insípida, o quizá la sensación era que, más que insípida o mala o prorrogada, la vida que llevaba era un error, una vida prestada, como si en algún momento hubiera tomado un desvío equivocado o como si todo aquello fuera un pequeño pero espantoso malentendido... Así de mal y de embrolladas veía las cosas justo antes de que volviera a aparecer el Zarco, y quizá eso explica en parte —en una pequeña parte— lo que pasó con él.

—Además de un abogado de éxito es usted un abogado curioso.

—¿Qué quiere decir?

—Que antes de ser abogado fue delincuente, lo que significa que conoce de primera mano los dos lados de la ley. Eso no es tan común, ¿no le parece?

—No lo sé. Lo que sí sé es que un abogado y un delincuente no están en los dos lados de la ley, porque un abogado no es un representante de la ley sino un intermediario entre la ley y el delincuente. Esto nos convierte en tipos equívocos, de moral dudosa: nos pasamos la vida tratando con ladrones, asesinos y psicópatas y, como los seres humanos funcionamos por ósmosis, lo normal es que acabemos contaminados por la moral de ladrones, asesinos y psicópatas.

—¿Cómo es que se hizo abogado si tiene esa opinión de los abogados?

—Porque antes de ser abogado no tenía ni idea de lo que era ser abogado. Bueno, le he contado mi vida.

—Sí. Me gustaría que me contara ahora cómo fue su relación con el Zarco durante los años en los que no le vio; es decir: ¿cómo siguió usted la creación y la destrucción del mito del Zarco?

—Antes acláreme qué es exactamente lo que entiende usted por un mito.

—Una historia popular que en parte es verdad y en parte es mentira y que dice una verdad que no se puede decir solo con la verdad.

—Lo tiene usted meditado, desde luego. Pero dígame: una verdad de quién.

—Una verdad de todos, que nos atañe a todos. Mire, esta clase de historias ha existido siempre, la gente las inventa, no puede vivir sin ellas. Lo que hace un poco distinta la del Zarco (una de las cosas que la hace un poco distinta) es que no la inventó la gente, o no solo, sino sobre todo los medios de comunicación: la radio, los periódicos, la tele; también las canciones y las películas.

—Pues así seguí yo la creación y la destrucción del mito del Zarco: a través de la prensa, los libros, las canciones y las películas. Como todo el mundo. Bueno, como todo el mundo no: al fin y al cabo yo había conocido de chaval al Zarco; mejor dicho: no lo había conocido sino que había sido uno de los suyos. Claro que eso era un secreto. Salvo mi padre y el inspector Cuenca, nadie que no hubiera frecuentado el chino en mi época sabía que a los dieciséis años yo había pertenecido a la basca del Zarco. Pero mi padre no hizo nunca el menor comentario sobre el asunto y, que yo sepa, el inspector Cuenca tampoco, al menos hasta que le aconsejé a usted que hablara con él. El caso es que durante aquellos años yo seguí puntualmente todo lo que aparecía sobre el Zarco, recortaba y guardaba las noticias que publicaban los periódicos y las revistas, veía las películas basadas en su vida, grababa los reportajes y entrevistas que ponían en televisión, leía sus libros de memorias o los libros que escribían sobre él. Así se fue formando el archivo que le he prestado.

—Es magnífico. Me está facilitando mucho el trabajo.

—No es magnífico. Faltan cosas, pero no falta nada importante. Además, muchas cosas no las conseguí cuando aparecieron, sino años después, en hemerotecas y mercadillos de viejo. Claro que a mi mujer y a mis amigos aquella pasión por el Zarco y por todo lo que tenía que ver con los quinquis les parecía curiosa y a veces irritante, pero no mucho más que una fijación infantil de coleccionista por la filatelia o por los trenes eléctricos.

Recuerdo por ejemplo el día en que fui a ver con Irene *Muchachos salvajes*, la primera de las cuatro películas sobre el Zarco que filmó Fernando Bermúdez. Yo sabía más o menos de qué iba el asunto porque lo había leído en la prensa, pero, a medida que avanzaba la historia y me daba cuenta de que aquello era en parte una recreación de algunas de las cosas que nos habían pasado en el verano del 78, me entraron tal taquicardia y tales sudores que al cabo de un cuarto de hora tuvimos que salir a toda prisa del cine. Al día siguiente volví yo solo a ver la película. En realidad, la vi tres o cuatro veces, buscando obsesivamente la realidad que se escondía detrás de la ficción, igual que si la película contuviese un mensaje en clave que solo yo podía descifrar. Como puede imaginarse, me interesaba sobre todo el personaje del Gafitas: me preguntaba si era así como el Zarco me veía o me había visto en el verano del 78, como un adolescente pusilánime y de clase media que se endurece al entrar en su basca y parece dispuesto a traicionarle para disputarle el liderazgo y a su chica, y al terminar la historia lo hace, le traiciona y encima es el único que escapa de la policía en ese final sin explicaciones que desconcertó a tanta gente y que a mí me parece lo mejor de la película.

También me acuerdo de la forma en que vi en televisión la rueda de prensa que el Zarco dio en la Modelo de Barcelona, hacia la primavera o el verano de 1983, cuando consiguió convertir una fuga frustrada en el motín carcelario más famoso de la historia de España. La noche del día en que aquello pasó fue la primera que estuve en casa de la familia de Irene, así que recuerdo muy bien que ya me había presentado a sus padres y llevábamos un rato tomando el aperitivo con ellos cuando de repente vi al otro lado del comedor, en la televisión encendida y sin sonido, la imagen del Zarco. Era una imagen confusa: el Zarco llevaba el pelo largo y vestía una camiseta estrecha y de manga corta que le marcaba mucho los pectorales, y estaba iluminado por los focos de las televisiones y los fotógrafos y rodeado de periodistas y de reclusos y parecía reclamar silencio, con el bíceps de un brazo oprimido por una goma que se sujetaba con la boca y con una jeringuilla en la mano, a punto de meterse un chute de heroína con el que por lo visto intentaba denunciar la presencia masiva de droga en las cárceles.

En aquel momento yo estaba hablando con el padre de Irene y, según me contó ella más tarde, sin dar la menor explicación me levanté, dejé al buen hombre con la palabra en la boca, fui hasta la tele, subí el volumen y me puse a oír lo que decían y ver lo que pasaba en la pantalla mientras a mis espaldas Irene trataba de salvarme la cara improvisando una broma. Yo no dije que fuera perfecto, dijo, o dice que dijo, porque yo no la oí. Tiene debilidad por los quinquis; pero, si el quinqui es el Zarco, pierde los papeles. Peor sería que le hubiese dado por el vino, ¿no? (Más tarde, cuando nos separamos, Irene fue menos generosa y menos jovial, y a menudo me echó en cara mi pasión por los quinquis como un síntoma de mi incurable falta de madurez.) También me acuerdo de haber visto en la televisión del Xaica, un self-service de la calle Jovellanos donde solíamos comer Cortés, Gubau y yo, las imágenes finales de la fuga de la cárcel de alta seguridad Lérida II, las imágenes del Zarco tumbado en el asfalto de una esquina del ensanche de Barcelona, junto con dos de sus compinches de huida, los tres con las manos esposadas a la espalda, los tres rodeados por policías de paisano que caminan entre ellos blandiendo sus pistolas, quizá a la espera de tomar del todo el control de una situación que en realidad parece controlada del todo, quizá a la espera de que alguien les ordene evacuar a los fugitivos, quizá paladeando simplemente el minuto de gloria que les corresponde por haber atrapado, después de una persecución de veinticuatro horas por tierra, mar y aire, al delincuente más célebre y buscado de España, que a pesar de estar en el suelo y bocabajo no para un instante de hablar o gritar o protestar entre el chillido furioso de las sirenas, según él quejándose a los policías de que tiene una bala metida en la espalda y necesita un médico, según los policías amenazándolos y maldiciendo a sus vivos y a sus muertos, según algunos testigos haciendo las dos cosas alternativamente. Y por supuesto recuerdo muy bien que por culpa del Zarco perdí una vez una posible clienta de Redondo —que además era conocida suya o de su mujer—, poco después de empezar a trabajar en su bufete. Lo que pasó fue que, mientras aquella señora me contaba casi entre lágrimas un asunto de una herencia, en el televisor del bar de Banyoles donde nos habíamos reunido aparecieron las imágenes increíbles y caóticas de la fuga del Zarco del penal de Ocaña durante el cóctel de presentación a la prensa de *La verdadera vida del Zarco*, la última película de Bermúdez, cuando, en presencia de un grupo de periodistas, el Zarco y tres reclusos más conchabados con él tomaron como rehenes a Bermúdez, al director de la cárcel y a otros dos funcionarios y salieron del penal sin que nadie pudiera hacer nada para evitar la fuga. Yo olvidé las lágrimas y la herencia de la conocida de Redondo y me levanté para ver la grabación y escuchar la noticia de pie frente al televisor, entre un corro de gente sentada, boquiabierto y en silencio, totalmente ajeno al drama y a la incredulidad de mi clienta, que ya se había marchado cuando volví a mi mesa, lo que hizo que aquella misma tarde Redondo me pegara la peor bronca que me han pegado en mi vida.

En fin, podría contarle muchas anécdotas por el estilo, pero no merece la pena. El caso es que una parte de mí se avergonzaba de haber pertenecido a la basca del Zarco, y por eso lo mantenía en secreto y casi se asustaba de que pudiera llegar a saberse; pero otra parte de mí se enorgullecía de aquello, y casi estaba deseando airearlo. No sé: supongo que era como tener enterrado en mi propio jardín un arcón que no se sabe si contiene un tesoro o una bomba. Por lo demás, es posible que otra de las razones que explican mi interés de tantos años por el Zarco y los quinquis fuera una especie de gratitud o de alivio, la certeza de haber tenido una suerte inverosímil al haber pertenecido a la basca del Zarco y haber sobrevivido a ella: al fin y al cabo, desde finales de los setenta hasta finales de los ochenta habían pululado por España centenares de bascas de chavales suburbiales y desarraigados como la del Zarco, y la inmensa mayoría de esos chavales, miles, decenas de miles de ellos, había muerto a manos de la heroína, del sida o de la violencia, o simplemente estaba en la cárcel. Yo no. A mí hubiera podido pasarme lo mismo, pero no me pasó. A mí me había ido bien. No me habían encerrado en la cárcel. No había probado la heroína. No había contraído el sida. No me habían detenido, ni siquiera me habían detenido después del atraco a la sucursal del Banco Popular en Bordils. El inspector Cuenca me había dejado en libertad en vez de arrestarme. Había hecho, en resumen, una vida más o menos normal, cosa que para alguien que había pertenecido a la basca del Zarco quizá era la vida más anormal posible.

Hasta que desenterré el arcón del jardín y me di cuenta de que contenía a la vez un tesoro y una bomba. Fue a finales de 1999. Un mediodía de noviembre Cortés irrumpió en mi despacho anunciando a voz en grito: ¡Última hora! Tu ídolo acaba de aterrizar en la ciudad. Mi ídolo, naturalmente, era el Zarco. Cortés volvía en aquel momento de la cárcel, y me contó que, según le habían dicho los presos a los que había visitado, el Zarco estaba allí desde la víspera; como era de esperar, su llegada había causado un cierto revuelo, porque aquella era una cárcel muy pequeña y él un personaje todavía muy notorio. Cortés había sabido también que la dirección de la cárcel le había asignado al Zarco una celda donde disponía de ordenador y televisión personales, y que de momento casi no se relacionaba con los demás presos. Escuché a mi socio con un asombro un poco melancólico: diez años atrás, incluso cinco años atrás, cada movimiento del Zarco era tan complicado como los de los cracks futbolísticos o las estrellas del rock and roll, de manera que, cuando lo trasladaban a cárceles de provincias o cuando pasaba por ellas de camino a los juzgados o a otras cárceles, los directores de los centros se veían abrumados por peticiones de entrevistas, y sus comparecencias judiciales se celebraban entre severas medidas de seguridad para evitar el acoso de los fotógrafos, las cámaras de televisión, los periodistas y los admiradores y curiosos que se aplastaban contra los cordones policiales y le daban ánimo a gritos, le mandaban besos volados, le pedían un hijo o palmeaban rumbas que contaban su historia inventada; ahora, en cambio, ni siquiera los dos periódicos locales habían dedicado a su llegada un miserable suelto en la sección de sociedad. Era una de las diferencias que separaban un mito pletórico de un mito amortizado.

Cuando Cortés terminó de darme novedades del Zarco preguntó: Bueno, ¿qué piensas hacer? No tuve que pensar la respuesta. Mañana voy a verle, contesté. Cortés hizo un ademán versallesco y preguntó impostando la voz: ¿Debo entender que piensas ofrecerle nuestros servicios? ¿A ti qué te parece?, contesté. Cortés se rió. Nos vas a meter en un lío que te cagas, dijo, recuperando su voz habitual. Pero como no sea verdad te mato.

Aunque mi socio no sabía nada de la relación que yo había mantenido con el Zarco, lo que dijo no era contradictorio: todos los abogados del Zarco habían acabado mal con él (y algunos muy mal); a pesar de eso, el Zarco seguía siendo el Zarco y, si el asunto se sabía manejar con habilidad, defenderlo podía seguir siendo muy rentable para un bufete de abogados. Además, yo había sentido muchas veces la tentación de ofrecerme a defender al Zarco, pero, por unas razones o por otras, siempre la había resistido; ahora, cuando el Zarco acababa de volver a Gerona casi como un resto arqueológico o como un maldito olvidado, cuando para todo el mundo era poco menos que un caso irrecuperable o cerrado después de haberse pasado la vida en la cárcel y de haber malogrado varias oportunidades de reinsertarse, pensé que era el momento de ceder a la tentación.

No fui el único en pensarlo. Aquella misma tarde, mientras preparaba mi comparecencia del día siguiente en una vista, mi secretaria me anunció que dos mujeres me esperaban en la antesala del despacho. Un poco molesto, le pregunté si las dos mujeres tenían cita para esa hora y me dijo que no, pero añadió que habían insistido en verme para hablar de un tal Antonio Gamallo; más molesto aún, le pedí que concertase una cita con las dos mujeres para otro día, y luego la despedí rogándole que no volviera a interrumpirme. Pero aún no me había vuelto a concentrar en mis papeles cuando levanté la vista del escritorio y me oí repetir en voz alta el nombre que acababa de pronunciar mi secretaria; precipitadamente me levanté y salí a la antesala. Allí estaban las dos mujeres, todavía sentadas. Se volvieron hacia mí y las reconocí en el acto: a una la había visto últimamente en alguna foto, sola o acompañada del Zarco; la otra era Tere.

—¿Nuestra Tere?

—¿Quién si no? Durante aquellos veinte años había pensado a veces en ella, pero ni siquiera se me había ocurrido buscarla o preguntar por su paradero; tampoco hubiera sabido dónde buscarla o a quién preguntar. Y ahora, de repente, estaba allí. Un silencio compacto se hizo en la antesala mientras Tere y yo nos quedamos mirándonos, quietos; o casi quietos: en seguida noté que su pierna izquierda se movía arriba y abajo como un pistón, igual que cuando tenía dieciséis años. Después de un par de segundos larguísimos, Tere se levantó de su silla y dijo: Hola, Gafitas. De entrada me pareció que apenas había cambiado, quizá porque el cuerpo sin grasa y los vaqueros y el chaquetón de cuero raído y el bolso cruzado en bandolera le prestaban un aire juvenil; pero en seguida reconocí los estragos de la edad: la piel gastada, las patas de gallo y las bolsas de cansancio bajo los párpados, las comisuras caídas de los labios, el pelo entreverado de canas; solo los ojos seguían igual de verdes e intensos que hacía veinte años, como si la Tere que yo había conocido se hubiera refugiado allí, indiferente al paso del tiempo. Le alargué la mano balbuceando exclamaciones de sorpresa y preguntas protocolarias; Tere contestó alegremente, se olvidó de mi mano y me besó en la mejilla. Luego me presentó a su acompañante. Dijo que se llamaba María Vela y que era la chica del Zarco, aunque en realidad no dijo la chica sino la compañera sentimental y no dijo el Zarco sino Antonio. A María sí le estreché la mano. Y solo en aquel momento me fijé en ella, por entonces una mujer algo más joven que Tere, delgada y sin gracia, de pelo corto y castaño, de piel muy blanca, vestida con un abrigo negro, grueso y de mala calidad debajo del cual asomaba un chándal rosa con la cremallera cerrada hasta el cuello.

Hechas las presentaciones, las dos mujeres pasaron a mi despacho. Les ofrecí asiento, café y agua (solo aceptaron el asiento y el agua) y Tere y yo nos pusimos a hablar. Me contó que vivía en Vilarroja, que trabajaba en una fábrica de tapones de corcho en Cassà de la Selva y que estaba estudiando enfermería a distancia. ¿De verdad?, pregunté. ¿Te extraña?, contestó. Me extrañaba muchísimo, pero fingí que no me extrañaba. Tere parecía realmente contenta de verme. María nos escuchaba sin intervenir, pero sin perder palabra de lo que decíamos; yo no sabía si Tere le había hablado de mi antigua relación con el Zarco y con ella, y en algún momento hice como si por la mañana Cortés no me hubiese anunciado la llegada del Zarco y pregunté por él. Está aquí, contestó Tere. Por eso hemos venido a verte.

Entonces Tere fue al grano. Me dijo que querían que defendiera al Zarco en un juicio que iba a celebrarse en Barcelona unos meses más tarde, un juicio en el que el Zarco sería acusado de agredir a dos funcionarios de la cárcel de Brians. Desde luego, Tere daba por descontado que, como todo el mundo, yo sabía en quién se había convertido el Zarco en aquellos años, así que pasó a ponerme en antecedentes y a apoyar su propuesta dibujando un panorama exultante de la situación del Zarco: contó que tres años atrás habían conseguido que regresase a una cárcel catalana, concretamente a la de Quatre Camins, y que, después de tres años de buen comportamiento y de que el nuevo director general de prisiones del gobierno autónomo catalán, el señor Pere Prada, se interesase por su caso, acababa de ingresar en la cárcel de Gerona, una cárcel perfecta porque tanto María como ella vivían en la ciudad y porque era una cárcel pequeña, segura y con un alto índice de rehabilitaciones; explicó también que el Zarco era inocente del delito que se le imputaba, me entregó una copia del sumario y la hoja de situación penitenciaria metidas en una carpeta de cartulina, me aseguró que su estado físico y su moral eran inmejorables, que había dejado la heroína, que tenía unas ganas enormes de salir de la cárcel y que María y ella estaban haciendo todo lo posible para que pudiera salir cuanto antes. Hasta ese momento Tere habló sin mirarme, exponiendo el caso como si ya lo hubiese expuesto otras veces, o como si lo estuviera recitando; yo por mi parte la escuché aparentando que leía los papeles que me había entregado y mirándola alternativamente a ella y a María. En fin, concluyó Tere, y por fin nos miramos. Sabemos que tienes mucho trabajo, pero si pudieras echarnos una mano te lo agradeceríamos.

Se calló. Suspiré. Tere se había adelantado a la propuesta que yo pensaba hacerle al Zarco al día siguiente; así que, en teoría, todo era muy fácil: las dos partes queríamos lo mismo. Pero mi instinto me dijo que no me interesaba que mis visitantes lo supiesen, que lo que me interesaba era ofrecer un poco de resistencia antes de aceptar, para ganarme su gratitud dejándoles pensar que me sacrificaba aceptando la defensa del Zarco, que solo la aceptaba a regañadientes y que en todo caso debían considerar como un privilegio el hecho de que yo quisiera ser su abogado. Puse en la mesita del tresillo la cartulina con el expediente y empecé preguntando: ¿Sabe esto el Zarco? Iba a aclarar lo que quería decir cuando intervino María. Preferiríamos que no le llamase el Zarco, me recriminó con voz tímida y expresión doliente. Su nombre es Antonio. A él no le gusta que le llamen así; y a nosotras tampoco. El Zarco era otra persona: ninguno de nosotros quiere saber nada de él. Sorprendido por la reprimenda de María, asentí, me disculpé y busqué los ojos de Tere, pero no los encontré: estaba concentrada encendiendo un cigarrillo. Carraspeé y seguí, dirigiéndome a María: Lo que preguntaba es si sabe Antonio que han venido ustedes a pedirme que le defienda. Claro que lo sabe, dijo María escandalizada. Yo nunca hago nada a espaldas de Antonio. Además, la idea de que sea usted su abogado ha sido suya. ¿De Antonio?, pregunté. Sí, dijo María. ¿Y desde cuándo sabe Antonio que yo soy abogado?, volví a preguntar. María me miró como si no entendiera la pregunta; luego miró a Tere, que se acarició la peca junto a la nariz con la misma mano con que sostenía su cigarrillo antes de contestar: Se lo dije yo. Sonrió y dijo: Eres famoso, Gafitas. En los periódicos no hacen más que hablar de ti. Y en la tele.

Era todo lo que quería saber: que, igual que yo era consciente de en quién se había convertido el Zarco, Tere era consciente de en quién me había convertido yo. No sé si ella me adivinó el pensamiento, pero añadió como para quitar hierro a sus palabras: Además, en Gerona solo hay tres penalistas; no teníamos mucho donde elegir. Los otros dos son buenos, dije, sintiéndome ya tan seguro como para permitirme jugar con ella. Ya, concedió Tere. Pero tú eres el mejor. El piropo hizo que esta vez fuese yo el que sonriera. Además, siguió Tere, a ellos no los conocemos, y a ti sí. Sin contar con que seguro que son más caros que tú. No interesan. Que nos conozcamos no es una ventaja, mentí. Y no te preocupes: ningún abogado os cobrará, y menos en Gerona. Aclaré: De momento defender al Zarco sigue siendo un buen negocio. Tere insistió: Precisamente por eso no nos interesan tus colegas. Nos interesas tú. Y haz el favor de no volver a llamarle Zarco: ya te lo ha dicho María. Las palabras de Tere fueron desabridas, pero no el tono en que las pronunció; aun así, no pude evitar preguntarme si, supiera o no María que yo había pertenecido de joven a la basca del Zarco, Tere y el Zarco pensaban que podían chantajearme con la amenaza de desvelar aquel pasado secreto. Tere apagó su cigarrillo, dio un sorbo a su vaso de agua y, abriendo un poco los brazos en un gesto interrogativo, me miró, miró a María y volvió a mirarme a mí. Bueno, Gafitas, ¿aceptas o no?

No sé si pensé que ya había conseguido lo que buscaba (o que no podía aspirar a más), pero el caso es que dejé de fingir y acepté.

—Dígame una cosa: ¿le asustaba que el Zarco y Tere contasen que usted había sido miembro de su basca?

—Claro que no. Que lo contasen quizá no me gustaba, porque no sabía qué consecuencias podía tener, pero nada más. Era uno de los riesgos que corría defendiendo al Zarco; el resto eran ventajas. Ya lo eran antes de que hubiera aparecido Tere, por la propaganda que podía representar para mi despacho y porque tenía una enorme curiosidad por ver otra vez al Zarco, más de veinte años después (y quizá también porque, en un momento en que casi todo me aburría y vivía con la sensación de malentendido y de vida prestada de la que le hablé, intuí que aquella novedad imprevista podía ser un estímulo, el cambio que estaba esperando); en cualquier caso, la aparición de Tere, y además tan feliz de que volviéramos a encontrarnos, lo volvió todo mucho mejor. Y claro que defender al Zarco era arriesgarse a desenterrar un pasado peligroso, pero ¿no era mejor desenterrarlo de una vez, ahora que tenía la oportunidad de hacerlo? ¿No era menos peligroso desenterrarlo que dejarlo enterrado? ¿No estaba hasta cierto punto obligado a desenterrarlo?

—¿Qué quiere decir?

—Pues que de algún modo me sentía en deuda con el Zarco. Siempre sospeché que antes del atraco a la sucursal del Banco Popular en Bordils me había ido de la lengua con el Córdoba, y que esa fue la causa del desastre, la causa de que pillaran al Zarco, al Gordo y al Jou. Ya se lo he contado. Siempre sospeché eso y siempre sospeché que el Zarco lo sospechaba.

—¿No estará usted pensando en el Gafitas de la primera parte de *Muchachos salvajes*? Aunque ese personaje refleje en parte cómo le veía a usted el Zarco, es un personaje de ficción. Y él no se va de la lengua, por cierto: delata al Zarco, los traiciona a todos. Ese Gafitas no tiene casi nada que ver con usted.

—Casi: usted lo ha dicho. De todas maneras, el Gafitas de las memorias sí tiene que ver, él no es un personaje de ficción y él sí se va de la lengua. De eso también se acordará.

—Perfectamente. Solo que en las memorias tampoco está claro que el Gafitas se vaya de la lengua.

—Es verdad, no está claro. Pero lo más probable es que sí, que el Gafitas del libro se haya ido de la lengua, y que sea el responsable de que el atraco salga mal. Eso es al menos lo que piensa el Zarco, o lo que parece que piensa. Y aunque no lo hubiese pensado. Aunque no fuese verdad que yo me hubiese ido de la lengua con el Córdoba. Quizá no lo había hecho. Aun así, yo sentía que el Zarco me había echado una mano cuando más lo necesitaba: ¿qué menos podía hacer que echarle una mano ahora que el que lo necesitaba era él? Sobre todo si echándole una mano también me la echaba a mí.

—¿El Zarco le echó a usted una mano? Yo más bien diría que lo usó y lo convirtió en un delincuente. ¿A eso le llama echar una mano? Usted mismo reconoce que estuvo a punto de obligarle a compartir el destino de todos los miembros de su banda.

—Si eso fue lo que entendió, me expliqué mal: el Zarco no me obligó a nada; todo lo elegí yo. La verdad es la verdad. Y no olvide que me salvé, en el último momento pero me salvé, ni que haber estado tan cerca de la catástrofe me hizo bien: antes de conocer al Zarco yo era débil, y conocer al Zarco me hizo fuerte; antes de conocer al Zarco yo era un niño, y conocer al Zarco me convirtió en un adulto. Eso quería decir cuando le decía que me echó una mano.

—Entiendo. Pero volvamos a la historia, si le parece. ¿Después de despedirse de Tere y de María se fue a ver al Zarco?

—No. Lo vi al día siguiente, por la tarde. Durante esas veinticuatro horas estudié a fondo su hoja de situación penitenciaria y comprobé sin sorpresa que su currículum oficial estaba a la altura de su leyenda. El Zarco había pasado más de veinticinco años en la cárcel o en busca y captura y había sido juzgado catorce veces y acusado de haber cometido casi seiscientos delitos, entre ellos no menos de cuarenta atracos a bancos y no menos de doscientos atracos a gasolineras, garajes, joyerías, bares, restaurantes, estancos y comercios en general, además de multitud de atracos a transeúntes y robos de coches y casas particulares. Había sido herido seis veces en enfrentamientos con la policía y la guardia civil y otras diez en peleas callejeras o carcelarias. Solo en dos ocasiones se le había juzgado por homicidio, y en las dos fue absuelto: la primera vez lo acusaron de matar a tiros en la puerta de su casa a un funcionario de prisiones del penal de Santa María con quien había mantenido un largo enfrentamiento y a quien había denunciado por persecución y torturas; la segunda vez lo acusaron del asesinato a navajazos de un compañero de reclusión durante un motín en la cárcel de Carabanchel, en Madrid. Aparte de eso, había conocido siete reformatorios distintos, entre ellos todos los de élite, y dieciséis cárceles distintas, entre ellas todas las de máxima seguridad; además, se había escapado de todos los reformatorios y de muchas de las cárceles donde lo encerraron y, a pesar de la cantidad de rifirrafes que mantuvo con los funcionarios de prisiones y de la cantidad de multas, castigos y sanciones disciplinarias que le habían impuesto, había vivido en permanente rebeldía contra su reclusión y contra las condiciones de su reclusión, en una especie de denuncia permanente del sistema penitenciario español: había participado en multitud de motines, había organizado varios, había iniciado dos huelgas de hambre, había presentado infinidad de denuncias contra sus carceleros y se había infligido lesiones en señal de protesta (varias veces se había cortado las venas, varias veces se había cosido los labios con hilo de bramante). Todo esto era cosa más o menos sabida, o como mínimo más o menos sabida para mí. Lo que yo no sabía y descubrí en aquel momento es que, desde el punto de vista de su defensa, el historial del Zarco no era tan malo como había temido: para empezar, el Zarco no debía responder por delitos de sangre, y los ciento cincuenta años de cárcel que aún le quedaban en teoría por cumplir no eran el resultado de una larga condena sino de un encadenamiento de pequeñas condenas, cosa que debía facilitar su acumulación y la concesión de permisos y otros beneficios penitenciarios; además, era fácil argumentar que el Zarco ya había pagado con creces a la sociedad lo que le debía, entre otras razones porque apenas había vivido en libertad desde que a los dieciséis años, justo después del atraco a la sucursal del Banco Popular de Bordils, había ingresado en la cárcel para cumplir una condena de seis, de manera que la mayor parte de los delitos de los que se le acusaba los había cometido en la cárcel. Durante aquellas veinticuatro horas revisé también mi archivo sobre el Zarco, volví a ver a trozos las cuatro películas de

Fernando Bermúdez inspiradas en él, releí pasajes de sus dos libros de memorias y rebobiné mis recuerdos de adolescencia; lo que no hice fue volver a hablar con Tere (ni, por cierto, con María): no quería hacerlo hasta haber hablado con el Zarco.

Recuerdo muy bien la primera conversación que mantuve con él. Fue en el locutorio de la cárcel, un cuartucho minúsculo donde los abogados nos entrevistábamos con nuestros clientes, cosa que yo hacía con frecuencia («A los clientes me los visitas como mínimo una vez a la semana», repetía Higinio Redondo cuando empecé a trabajar con él. «Acuérdate de que esos sinvergüenzas no tienen más esperanza que tú»). El locutorio estaba a la izquierda de la entrada; dos rejas divididas por un cristal lo partían por en medio: del lado de acá, pegado a la pared, había un pupitre y una silla; del lado de allá había un espacio idéntico, con la única diferencia de que el preso no tenía pupitre y de que, en vez de sentarse frente a la pared, se sentaba frente al abogado, mirando hacia la doble reja y el cristal. No tuve que esperar mucho rato hasta que apareció el Zarco. Como me había ocurrido la víspera con Tere, lo reconocí de inmediato, pero a quien reconocí no fue al quinqui que había visto por última vez a la entrada de La Devesa, revolcándose en el suelo con un par de policías, sino al que desde entonces no había dejado de ilustrar las peripecias del Zarco en las fotos de prensa y en las pantallas de cine y televisión.

Al verme, el Zarco insinuó una sonrisa fatigada y, mientras se sentaba, con un gesto me animó a imitarle. Le imité. ¿Qué pasa, Gafitas?, me saludó. Cuánto tiempo sin vernos. Su voz era ronca, casi irreconocible; su respiración era pedregosa. Contesté: Veinte años. El Zarco sonrió del todo y dejó entrever una dentadura ennegrecida. Joder, dijo. ¿Veinte años? Veintiuno, puntualicé. Cabeceó con aire entre divertido y abrumado. Luego preguntó: ¿Cómo estás? Bien, contesté. Ya lo veo, dijo, y, como en los viejos tiempos, sus ojos se estrecharon hasta convertirse en un par de ranuras inquisitivas. Había engordado. Parecía haber encogido. La carne de la papada y las mejillas se veía blanda y vieja, aunque sus brazos y su torso daban la impresión de conservar, detrás del jersey y la camisa que los cubría, parte del vigor de antaño; tenía mucho menos pelo, un pelo casi gris y un poco trasquilado, que aún se peinaba con la raya en medio; lucía una piel rugosa, insalubre, de color rata; sus ojos seguían siendo muy azules, pero estaban apagados y enrojecidos, igual que si padeciera conjuntivitis. Pregunté: ¿Cómo estás tú? De puta madre, contestó. Sobre todo ahora que sé que vas a sacarme de aquí. ¿Tan mal está la cárcel?, pregunté por seguir el diálogo. El Zarco hizo una mueca de aburrimiento o de indiferencia, remangándose hasta los bíceps la camisa y el jersey y mostrándome sin querer —mi primera impresión había sido falsa— sus brazos y antebrazos de carnes también viejas y blandas, cubiertas de cicatrices; en realidad, todo su cuerpo a la vista estaba cubierto de cicatrices: las manos, las muñecas, el contorno de los labios. La cárcel no está mal, contestó. Pero es una cárcel: cuanto antes me saques de aquí, mucho mejor. No sé si va a ser tan fácil, le previne; continué: De momento Tere me habló de un juicio por algo que pasó en la cárcel de Brians. Sí, dijo. Pero eso es solo de momento; luego viene todo lo demás. Ten paciencia, Gafitas: vas a acabar hasta los huevos de mí.

De esa forma empezó el reencuentro. En seguida el Zarco se lanzó a hablar de sí mismo, como si le urgiera ponerme en antecedentes. Me contó que hacía más de un año que se había peleado con su anterior abogado y con su familia o con lo que quedaba de su familia, y que desde entonces no tenía abogado ni había vuelto a hablar con su familia, a pesar de que en Gerona vivía una parte de ella, incluida su madre y dos de sus hermanos. También habló de Tere y de María. Lo que dijo de Tere no debió de ser relevante, porque no lo recuerdo; en cambio recuerdo muy bien una cosa que dijo de María. No le hagas mucho caso, me aconsejó, entre irónico y displicente. A María lo único que le interesa es salir en las revistas. Eso dijo, y me extrañó —y no solo porque al fin y al cabo yo estaba allí precisamente por haberle hecho caso a María—, pero no dije nada. Como para compensarle por sus confidencias le conté un par de cosas de mí, por las que ni siquiera fingió interesarse, y luego le pregunté por los amigos comunes. Me sorprendió que tuviese noticias de todos, pero no que de acuerdo con ellas todos estuviesen muertos, con la excepción de Lina —a quien Tere al parecer aún veía de vez en cuando— y del Tío —que seguía viviendo con su madre en Germans Sàbat y no se había levantado de su silla de parapléjico—. Al Jou y al Gordo, contó, los habían matado dos sobredosis de heroína, al Jou justo al salir de la cárcel, donde había pasado un par de años por el atraco a la sucursal del Banco Popular en Bordils, y al Gordo tres o cuatro años más tarde, cuando parecía haber salido de la droga y estaba a punto de casarse con Lina. El Chino también había muerto de sobredosis, en el baño del Baby Doll, un burdel del Ampurdán, hacía relativamente poco tiempo, igual que el Drácula, que había muerto de sida. La muerte del Colilla, en cambio, nunca se había aclarado del todo: según unos se había caído una noche por las escaleras de la casa donde vivía, en Badalona; según otros había intentado saldar con trampas una deuda de drogas y sus acreedores le habían pegado una paliza y luego habían fingido una caída accidental por la escalera.

Hasta aquí, más o menos, llegó lo personal; a partir de aquí el Zarco cambió de tono y de asunto. Empezó resumiendo a su modo su situación penitenciaria: aunque todavía pesaban sobre él más de dos décadas de condena, el Zarco consideraba que al cabo de un año podría conseguir el régimen abierto, lo que le permitiría pasar el día fuera de la cárcel, y que al cabo de dos o tres como máximo podría salir en libertad. Yo era optimista sobre su futuro (más optimista al menos que antes de estudiar su hoja de situación penitenciaria), pero no tanto; aun así, ni objeté nada a sus previsiones ni hice el menor comentario. Es verdad que el Zarco tampoco preguntó mi opinión: se limitó a continuar hablando del primer juicio que tenía pendiente, el juicio para el que Tere y María habían pedido mi ayuda. De entrada negó en redondo haber agredido a los funcionarios de la cárcel de Brians que le habían denunciado. No les pegué yo, dijo. Me pegaron ellos a mí. ¿Hay algún testigo de eso?, pregunté. ¿Testigo?, preguntó. ¿Qué testigo? Algún compañero tuyo, contesté. El Zarco se rió. ¿Estás loco, Gafitas?, dijo. ¿Cómo quieres que me peguen delante de un colega? Me pegaron en mi celda, a escondidas; yo solo intenté defenderme. Eso es lo que pasó. ¿Cuántos eran?, pregunté. Cuatro, contestó, y dijo sus nombres de memoria; señalando los papeles que yo tenía sobre el pupitre, añadió: Son los mismos que presentaron la denuncia. Asentí. ¿Y los demás?, pregunté. Quiero decir los demás funcionarios. ¿Vieron ellos cómo sus compañeros te pegaban? ¿Estarían dispuestos a declarar a tu favor? Ahora el Zarco me miró con interés, chasqueó la lengua, apartó la mirada y pareció reflexionar un momento, acariciándose las mejillas chupadas y mal afeitadas; luego volvió a mirarme, esta vez con aire de superioridad. ¿Cuándo coño has visto a un carcelero declarar contra otro?, preguntó. Mira, Gafitas, si vas a ser mi abogado tienes que saber un par de cosas. Y la primera es que a mí, en la cárcel, todo el mundo quiere joderme, pero los que más quieren joderme son los carceleros. Todos los putos carceleros de todas las putas cárceles. Los de aquí también. ¿Estamos? Me callé; continuó: ¿Y sabes lo que te digo? Que tienen razón: si yo fuera ellos también querría joderme. Le interrumpí, haciéndome el ingenuo le pregunté por qué iban a querer joderle. Porque yo les he jodido a ellos, contestó. Y porque saben que pienso seguir jodiéndoles, para que no me jodan a mí. Por eso. Y por eso montan historias como la de Brians, solo que esta vez no les va a servir de nada porque se la vamos a desmontar. ¿Sí o no, Gafitas?

Seguí callado, pero yo sabía que, en parte, lo que decía era verdad. La reputación del Zarco en las cárceles era pésima, y no solo por el rencor que provocaban su fama y los privilegios que acarreaba su fama: durante años se había dedicado a denunciar o insultar a los funcionarios de prisiones en libros, documentales y declaraciones a la prensa, tachándolos de fascistas y torturadores y, en muchos de los incidentes carcelarios en los que había intervenido, había atacado y tomado como rehenes a muchos de ellos; además, estuviese donde estuviese, el Zarco suponía para los funcionarios un quebradero de cabeza: había que estar pendiente de él, vigilándolo a todas horas y tratándolo con la máxima consideración, cosa que no evitaba que él reclamase constantemente sus derechos y constantemente presentase denuncias contra ellos. El resultado de todo esto era que, en cuanto el Zarco ingresaba en una cárcel, todos los funcionarios que trabajaban allí se conjuraban para hacerle la vida imposible. ¿Sí o no, Gafitas?, repitió el Zarco. Contesté con un ademán que significaba: Haré lo que pueda. Esto pareció bastarle; como si me diera la venia añadió: Bueno, ahora explícame cómo piensas hacerlo.

Dedicamos el resto de la entrevista a hablar del asunto. Yo expuse la estrategia de defensa que había esbozado en aquellas veinticuatro horas. Al Zarco no le gustó; la discutimos. No entraré en detalles: no merece la pena. Pero hay un detalle que sí la merece, un detalle que intuí de manera confusa cuando empezamos a discutir y que cuando acabamos de hacerlo me pareció evidente. El detalle es que había algo muy contradictorio en la actitud del Zarco. Por una parte, igual que había hecho Tere en mi despacho, él había buscado desde el principio mi complicidad y me había tratado como a un amigo: igual que Tere, me llamaba Gafitas, reclamando de esa forma nuestra vieja camaradería; igual que Tere, me corregía cada vez que yo le llamaba Zarco y pedía que le llamase Antonio, como proclamando que era un hombre de carne y hueso y no una leyenda, una persona y no un personaje.

Eso, ya digo, por una parte. Pero por la otra había en el Zarco una voluntad de poner distancia, de levantar una barrera vanidosa entre los dos. Quiero decir que, a partir de determinado momento —cuando empezamos a hablar de su próximo juicio y a interpretar los papeles de abogado y cliente—, las cosas cambiaron, noté que no estaba dispuesto a que yo olvidase que él no era un preso como los demás, sentí que quería hacerme saber sutilmente que yo no había tenido ni volvería a tener un cliente como él, que, aunque era un hombre de carne y hueso, seguía siendo una leyenda, y que, aunque era una persona, todavía era un personaje. No es solo que intentara examinarme de mis conocimientos de leyes y discutiese conmigo pormenores jurídicos, citando incluso un par de veces el código penal (las dos, por cierto, equivocadamente); esto me divirtió y, para ser sincero, no me sorprendió del todo: el Zarco era famoso por hacer ese tipo de cosas con sus abogados. Lo que de verdad me chocó fue su soberbia, su altivez, la impaciencia despectiva con que me escuchaba, el engreimiento crispado de algunos de sus comentarios; yo no recordaba al Zarco como un engreído o un petulante y, como siempre me ha parecido que la arrogancia esconde un sentimiento de inferioridad, en seguida interpreté este cambio como el signo más claro del desvalimiento del Zarco. También interpreté así, como un indicio de su íntima debilidad, o de su fragilidad, el hecho de que exhibiese de una forma casi prepotente su conciencia de ser un preso especial, de gozar en la cárcel de un estatus especial y de estar respaldado por las autoridades penitenciarias, porque al fin y al cabo quien se sabe fuerte no necesita exhibir su fortaleza, ¿no le parece? ¿Has hablado ya con mi amigo Pere Prada?, me preguntó el Zarco en cuanto empezamos a discutir su defensa. ¿Con quién?, pregunté. ¡Con mi amigo Pere Prada!, repitió, como si no pudiera creer que yo no sabía quién era. En seguida recordé: Prada era el director de Institucions Penitenciàries del gobierno autónomo catalán, el mismo que, según me había contado Tere el día anterior, se había interesado por el Zarco y había facilitado su traslado a Gerona. No, confesé, un poco perplejo. ¡Y a qué esperas, coño!, me apremió el Zarco. Pere no se entera de nada, pero es el que manda, me lo camelé y ahora come de mi mano. Llámale y él te dirá lo que tienes que hacer… En fin. Esa era la contradicción esencial que me saltó a la vista aquella primera tarde: el Zarco quería y no quería seguir siendo el Zarco, quería y no quería cargar con su leyenda, con su mito y con su apodo, quería ser una persona y no un personaje y al mismo tiempo quería seguir siendo, además de una persona, un personaje. Nada de lo que le oí decir o le vi hacer al Zarco a partir de aquel día desmintió esa contradicción o me hizo pensar que la hubiese resuelto. A veces pienso que fue ella la que lo mató.

Al terminar de hablar aquella tarde, el Zarco y yo nos levantamos para marcharnos —él de vuelta a su celda, yo de vuelta a mi despacho, o a mi casa—, pero aún no había salido del locutorio cuando oí: Oye, Gafitas. Me giré. El Zarco me estaba mirando desde el otro extremo del locutorio, con una mano en el pomo de la puerta entornada. ¿Te he dado ya las gracias?, preguntó. Sonreí. No, contesté. Pero no hace falta. Y añadí: Hoy por ti y mañana por mí. El Zarco se quedó mirándome durante un par de segundos; luego él también sonrió.

2

—Déjeme aclararle las cosas desde el principio. No me gusta hablar con periodistas, no me gusta hablar de Antonio Gamallo, y lo que menos me gusta de todo es hablar con periodistas de Antonio Gamallo; de hecho, es la primera vez que hablo de este asunto con un periodista.

—Yo no soy periodista.

—¿No está escribiendo un libro sobre el Zarco?

—Sí, pero...

—Entonces es como si fuera periodista. Le digo la verdad: no hubiera aceptado hablar con usted si no hubiera sido porque quien me lo pidió es la hija de un buen amigo, y porque ella me prometió que mi nombre no aparecería en el libro. Entiendo que usted respetará la promesa.

—Por supuesto.

—No se ofenda: no tengo nada personal contra usted; contra los periodistas, en cambio, tengo mucho. Son un hatajo de embaucadores. Inventan. Mienten. Y, como cuentan sus mentiras disfrazadas de verdades, la gente vive en una confusión tremenda. Ahí tiene usted lo que hicieron con Gamallo, con la mujer de Gamallo, con Ignacio Cañas; el periodismo es una máquina de picar carne: los trituraron a todos, y triturarán a todo el que se ponga por delante. Conmigo que no cuenten. Bueno. Aclarado esto, estoy a su disposición, aunque le advierto que yo con Gamallo hablé muy poco. Hay mucha gente que lo conoció mucho mejor que yo. Por cierto, ¿ha hablado ya con su mujer?

—¿Con María Vela? Solo concede entrevistas cobrando. Además, todo el mundo conoce ya su versión, la ha contado mil veces.

—Es verdad. ¿Y con la otra mujer? ¿Ha hablado con ella?

—¿Se refiere a Tere?

—Sí. Ella podría contarle muchas cosas: según dicen, conocía a Gamallo de toda la vida.

—Ya lo sé. Pero está muerta. Murió hace un par de semanas, aquí cerca, en la Font de la Pòlvora.

—Ah.

—¿La conocía?

—De vista.

—Mire, entiendo sus reservas. Entiendo que no quiera hacer declaraciones a la prensa. Y que no le apetezca hablar sobre el Zarco. Pero, como le decía, yo no soy periodista, no trabajo para una radio o para una televisión ni escribo en un periódico, y ni siquiera estoy seguro de que vaya a escribir sobre el Zarco.

—¿No?

—No. Al principio la idea era esa, sí: escribir un libro sobre el Zarco donde se denunciasen todas las mentiras que se han contado sobre él y se contase la verdad o un trozo de la verdad. Pero uno no escribe los libros que quiere, sino los que puede o los que encuentra, y el libro que yo he encontrado es ese y no es ese.

—¿Qué quiere decir?

—Aún no lo sé. Lo sabré cuando termine de escribirlo. De momento lo único que sé es que el libro tratará del Zarco, claro, pero también o sobre todo de la relación del Zarco con Ignacio Cañas, o de la relación del Zarco con Ignacio Cañas y con Tere, o de la relación de Ignacio Cañas con Tere y con el Zarco. En fin: ya le digo que todavía tengo que averiguarlo.

—A la chica no la traté, pero a Cañas lo traté más que a Gamallo.

—Ya lo sé. Por eso he querido hablar con usted. En realidad fue Cañas quien me sugirió que lo hiciese. Me pareció una buena idea: al fin y al cabo, aparte de Tere y de María fue usted la única persona que se relacionó con los dos en aquella época. Cañas dice además que tiene la impresión de que usted entendió cosas que nadie más entendió, ni siquiera él.

—¿Eso dice?

—Sí.

—Puede que sea verdad: yo a veces he tenido la misma impresión. Verá, a mí me parece que, en el fondo, Cañas siempre creyó que Gamallo era una víctima. Ya sabe: de joven el buen ladrón, el rebelde perpetuo, el Billy el Niño o el Robin Hood de su época, y luego —venía a ser lo mismo solo que al revés— el maleante que comprende el mal que ha hecho y se convierte en delincuente arrepentido; en fin, esa historia que se inventaron los periodistas, para vender periódicos, y que luego compró tanta gente, empezando por el propio Gamallo. ¿Cómo no iba a comprarla, con lo bonita que era y con lo bien que quedaba en los artículos, en las canciones, en los libros y en las películas sobre él? Y no digo que la historia no tuviese una parte de verdad, aunque fuese pequeña; lo que digo es que Cañas fue una víctima de ese mito, de esa leyenda, de ese gran invento. Cañas creía que Gamallo era una víctima de la sociedad, pero resultó que la víctima fue él: una víctima de la leyenda del Zarco. Esa es la realidad. Que hubiera conocido a Gamallo de joven, según supimos más tarde, no debió de ayudarle nada, pero tampoco creo que fuera lo esencial: para mí lo esencial es que Cañas había crecido con el mito del Zarco, que era el mito de su generación, y que, como tanta gente de su edad, se lo había creído. Así que, cuando Gamallo apareció por aquí, él pensó que podría redimirlo.

Por supuesto, también pensó que redimiéndolo haría dinero y se haría famoso; una cosa no quita la otra: Cañas tampoco era una hermanita de la caridad. Pero es verdad que en aquel momento creyó que podría ayudar a Gamallo, o más bien que podría salvarlo y de paso apuntarse ese tanto. Y creer eso le hizo daño. Y quizá eso es lo que Cañas tiene la impresión de que yo y nadie más entiende, ni siquiera él, que en realidad yo creo que no es que no lo entienda sino que no quiere entenderlo.

Pero, bueno, si tengo que contarle la historia lo mejor será que empiece por el principio. Cañas y yo no nos conocimos cuando Gamallo llegó a Gerona: nos conocíamos de antes; poco, pero nos conocíamos. Él siempre tenía clientes ingresados en la cárcel y los visitaba regularmente, de modo que más de una vez nos habíamos cruzado en la entrada y habíamos charlado un momento. A eso se limitaba mi relación con él: a la relación normal que mantienen el director de una cárcel y un abogado con varios clientes ingresados siempre en ella. De todos modos, aunque apenas lo conocía mi concepto de él no era muy bueno; no sé por qué: nunca habíamos tenido el menor roce, y todo el mundo sabía que él era el penalista más competente de la provincia; o quizá sí sé por qué: porque Cañas tenía la fatuidad inconfundible de los tipos que triunfan demasiado pronto; y porque no había mañana que por ce o por be su cara no apareciera en los periódicos: era evidente que los periodistas lo adoraban y que él adoraba a los periodistas y, como usted ya habrá comprendido, yo desconfío de la gente a la que adoran los periodistas. A pesar de eso, en el momento en que Gamallo ingresó en la cárcel y supe que Cañas iba a defenderlo, quise hablar con él.

—¿Para qué?

—Se lo explico. A finales de 1999, cuando llegó a Gerona, Gamallo ya no era el preso más famoso de España, pero todavía era el Zarco, una leyenda de la delincuencia juvenil; y aunque físicamente estaba mal, aún podía dar mucha guerra. Por otra parte yo tenía la seguridad de que Cañas había aceptado defender al Zarco para beneficiarse de su renombre, entre otras razones porque el Zarco era un preso que no podía pagarle y que tenía un historial tremendo de conflictos con sus abogados. Así que quise hablar con él antes de que Gamallo empezase a dar los problemas que había dado en todas las cárceles donde lo encerraron: quería que convenciese a Gamallo de que no los diera, quería llegar a un acuerdo con él y convertirlo en mi aliado y no en mi rival ni en mi enemigo y, como creía que eso solo podía beneficiarnos a los dos (o más bien a los tres), estaba seguro de que me resultaría fácil conseguirlo.

Me equivoqué, y esa fue la primera sorpresa que me llevé con Cañas.

3

–Al terminar mi primera entrevista con el Zarco en la cárcel había contraído dos compromisos: ser su abogado en el juicio por el incidente de la cárcel de Brians y montar una estrategia procesal para devolverle la libertad. Unido a la alegría que me produjo la reaparición de Tere y del Zarco, este hecho obró sobre mí como un revulsivo. De repente todo cambió. De repente metí, en el malentendido de la vida anodina que llevaba, el sabor de un propósito y la pasión de un desafío: defender al Zarco para sacarle a la calle cuanto antes.

Es lo que me puse a hacer de inmediato. A la mañana siguiente de la entrevista con el Zarco entregué a mis dos socios dos copias de su hoja de situación penitenciaria y del sumario de Brians, les pedí que estudiasen esos papeles y volví a enfrascarme en ellos. En cuanto lo hice empecé a pensar que las previsiones del Zarco sobre su futuro eran menos fantasiosas de lo que yo había pensado de entrada; dos días más tarde, al volver a reunirme con Cortés y Gubau, me di cuenta de que los dos compartían mi opinión: ninguno de nosotros era tan optimista como el Zarco, pero los tres pensábamos que, si se daban los pasos correctos, el Zarco podría salir de la cárcel en un plazo de tres o cuatro años, y eso a pesar de estar condenado en firme a más de veinte. Por supuesto, ninguno de los tres se preguntó si el Zarco estaba preparado para salir tan pronto de la cárcel y, cuando me separé de Cortés y de Gubau, aún no habíamos decidido cuáles eran los pasos que había que dar para que saliera, y cómo darlos (en realidad, no era urgente decidirlo: hasta pasado el juicio por el sumario de Brians no podía abordarse el asunto). Sea como sea, durante los días que siguieron barrunté que, en nuestro caso, dar los pasos adecuados incluiría probablemente tratar de resucitar la figura mediática del Zarco, porque esa era la única forma de conseguir, mediante el favor popular, el favor político y, mediante el favor político, ventajas y beneficios penitenciarios, hasta llegar al indulto. El problema, me dije a continuación, era cómo conseguir la resurrección mediática del Zarco; es decir: ¿cómo atraer la atención de los medios sobre una figura manoseada y quemada por los propios medios?; ¿cómo convencer a los medios de que un personaje del pasado podía tener algún interés en el presente?; y sobre todo, y a la vista de los intentos más o menos serios pero fracasados de reinsertarlo, ¿cómo convencer de nuevo a los medios y conseguir que los medios convenciesen al público de que el Zarco merecía una última oportunidad, de que había aprendido de los errores del pasado, de que ya no tenía nada que ver con la leyenda o el mito del Zarco sino solo con la realidad de Antonio Gamallo, un casi cuarentón con un pasado turbulento de miseria, cárcel y violencia que buscaba construirse un honesto futuro en libertad y para ello necesitaba el apoyo de la opinión pública y el poder político?

Esas fueron algunas de las preguntas que me hice a menudo durante los días que siguieron a mi reencuentro con el Zarco. Aquella semana de sorpresas terminó con otra sorpresa. El viernes por la tarde, como hacíamos a menudo, Cortés, Gubau y yo nos tomamos unas cervezas en el Royal, un café de la plaza de Sant Agustí. Cuando salimos del Royal ya era de noche. Llovía. Yo no llevaba paraguas, pero Cortés y Gubau sí, de modo que Gubau me dejó el suyo y él se fue con Cortés hacia el ensanche. En un restaurante árabe de la calle Ballesteries paré a comprar un plato de falafel con salsa de yogur y pan de pita y un par de latas de cerveza; luego seguí hacia mi casa. Las calles del casco antiguo estaban desiertas y los adoquines relucientes de lluvia bajo el alumbrado público, y al llegar al portal de mi casa tuve que ponerme a hacer equilibrios: con una mano sostenía el paraguas, el maletín y la bolsa de la cena y con la otra trataba de abrir la puerta. Aún no había conseguido abrir cuando oí: Joder, Gafitas, casi te vas a vivir a La Font. Era Tere. Estaba a unos metros de mí, recién salida del portal de enfrente, con el pelo mojado y las solapas del chaquetón subidas y las manos en los bolsillos; lo de La Font, por cierto, era verdad: mi casa está en un ático de la misma manzana donde treinta años atrás estaba La Font. ¿Qué haces ahí?, le pregunté. Te estaba esperando, contestó. Señaló mi paraguas, mi maletín y mi bolsa de la cena y dijo: ¿Te ayudo? Me ayudó, abrí el portal, me devolvió lo que le había dado. ¿Quieres subir?, pregunté.

Subimos. Al entrar en casa dejé mis cosas en el recibidor y luego fui al lavabo en busca de una toalla limpia, para que se secase; entregándole la toalla le pregunté si había cenado. No, dijo. Pero no tengo hambre. No le hice caso. Mientras yo preparaba una ensalada y abría una botella de vino y ella ponía la mesa en el comedor, estuvimos hablando de mi casa, un ático que había comprado hacía un par de años a una pareja de brasileños, él arquitecto y ella directora de cine, o más exactamente de documentales y cosas por el estilo. No fue hasta que le serví un poco de ensalada y un par de falafel cuando le comenté a Tere que ya había visto al Zarco. ¿Qué tal le has encontrado?, preguntó. Bien, mentí. Más viejo y más gordo, pero bien. Me ha dicho que está harto de la cárcel. Me ha pedido que le saque como sea. Tere sonrió. Como si fuera tan fácil, ¿verdad?, dijo. Él cree que es fácil, dije; añadí: A lo mejor no es tan difícil. ¿Tú crees?, preguntó. Hice una mueca dubitativa y contesté: Ya veremos.

Tere no insistió en el asunto, y a mí me pareció prematuro discutir con ella mis impresiones y conjeturas. Mientras cenábamos, Tere me preguntó por mi vida; vagamente le hablé de mi hija, de mi ex mujer, de mis socios, de mi bufete. Luego fui yo el que le preguntó a ella; para mi sorpresa, Tere contestó con una relación de hechos tan ordenada que casi parecía preparada de antemano. Supe así que había vivido en Gerona hasta los diecisiete años, cuando la policía la detuvo después de participar en el atraco a un banco en Blanes, el verano siguiente al que nos conocimos. Que después de su arresto fue juzgada y condenada a cinco años de prisión, de los que solo cumplió dos, en la cárcel de mujeres de Wad-Ras. Que en la cárcel se enganchó a la heroína y que al salir de la cárcel se quedó en Barcelona más de una década, viviendo casi siempre en La Verneda, ganándose la vida con trabajos ocasionales y con robos ocasionales que ocasionalmente la llevaron de vuelta a la cárcel. Que en la segunda mitad de los noventa pasó varios días en el hospital de la Vall d'Hebron entre la vida y la muerte por culpa de una sobredosis de heroína, y que al salir del hospital aceptó ingresar en un centro de rehabilitación para toxicómanos del Proyecto Hombre. Que pasó una buena temporada allí. Que salió limpia. Que al salir intentó empezar una vida nueva o eso que suele llamarse una vida nueva, y que para hacerlo abandonó Barcelona y volvió a Gerona. Que desde entonces no había vuelto a probar la heroína ni la cocaína ni las pastillas (salvo en alguna recaída). Que había tenido muchos trabajos y muchos hombres pero ningún hijo. Que llevaba dos años empleada en la fábrica de Cassà. Que aquel mismo año había empezado a estudiar enfermería. Que no le gustaba el trabajo pero sí le gustaba estudiar. Que estaba contenta con la vida que llevaba.

—¿No le preguntó usted por el Zarco?

—En cuanto dejó de hablar de ella. De entrada se hizo la remolona, pero saqué una segunda botella de vino y en seguida se puso a hablar de la relación que había mantenido con él en aquellos veinte años.

–¿Había seguido viéndolo?

–Claro.

–Es curioso. Que yo recuerde, el Zarco ni siquiera la menciona en sus memorias.

–Recuerda bien, pero que no la mencione es más revelador que si la mencionase, porque significa que la daba por supuesta. Claro que eso lo digo ahora, cuando ya sé cosas que entonces no sabía… En cualquier caso, sí: aunque con intermitencias, habían seguido viéndose. Lo que Tere me contó aquella noche fue que, en los primeros años del Zarco en la cárcel, ella lo visitaba de vez en cuando y él recurría a ella cuando salía de permiso, cuando se escapaba o cuando no tenía a quién recurrir. Luego, durante una larga temporada, los dos dejaron de verse. La razón es que a mediados de 1987, después de que el Zarco se fugase del penal de Ocaña aprovechando el cóctel de presentación a la prensa de *La verdadera vida del Zarco*, la última película de Bermúdez basada en su vida, Tere se enfadó con él y, aunque a fin de cuentas fue ella la que le consiguió refugio en casa de un amigo durante sus días de fugado, se negó a visitarlo cuando volvieron a apresarlo. Pero lo que los separó del todo, siempre según la versión de Tere, fue que, una vez de regreso en la cárcel, el Zarco empezó su gran cambio, siguió siendo un delincuente célebre pero intentó dejar de ser un irreductible delincuente juvenil para convertirse en un maduro delincuente arrepentido, un cambio para el que no tenía ninguna necesidad de Tere o en el que Tere simplemente sobraba, porque era una rémora del pasado que él quería superar. Con todo, años más tarde el Zarco volvió a llamarla. Fue después de atracar una joyería en pleno centro de Barcelona y de violar así el tercer grado penitenciario, un privilegio anterior al de su puesta en libertad provisional que entonces había conseguido por vez primera en su vida y que le permitía pasar el día fuera de la cárcel y volver a ella solo a dormir; la estupidez absurda del robo obligó a arrebatarle al Zarco ese privilegio y a regresarlo de grado, a juzgarlo de nuevo y a añadir muchos años de condena a los muchos que ya acumulaba, sin contar con la decepción que provocó entre la opinión pública en general, que había creído en su rehabilitación, y entre los políticos, periodistas, escritores, cineastas, cantantes, deportistas y demás que habían apoyado la causa de su libertad: todos lo dieron por perdido como un quinqui irredento, como un personaje sin futuro de la España más negra. De nuevo estaba derrotado y desahuciado y sin el apoyo de nadie, y de nuevo recurrió a Tere, que al principio le mandó a la mierda y al final terminó rindiéndose, aceptó verlo y ayudarlo y ayudar a que lo ayudase María, que para entonces ya había aparecido en escena. Con ella había estado trabajando a favor del Zarco en los últimos tiempos, hasta que fueron a verme.

Eso fue más o menos lo que Tere me contó aquella noche, mientras cenábamos, o quizá lo que me contó aquella noche sumado a lo que me contó otras. Sea como sea, cuando terminamos de cenar y Tere terminó de hablarme del Zarco, o se cansó de hacerlo, estábamos un poco borrachos. En ese momento se hizo un silencio demasiado largo, que yo estuve a punto de rellenar elogiando la lealtad y la paciencia de Tere con el Zarco o preguntándole por Lina —a quien el Zarco me había dicho que Tere veía alguna vez—, pero, antes de que pudiera hacerlo, ella se levantó de la mesa, fue hasta el equipo de música, se agachó y se puso a curiosear entre mis escasos cedés. Sigue sin gustarte la música, Gafitas, dijo entonces. Algo parecido dice mi hija, respondí. Pero no es verdad. Lo que pasa es que la escucho poco. ¿Y eso?, preguntó Tere. Iba a decir que no tenía tiempo de escucharla pero me callé. Mirando las carátulas de los cedés, Tere añadió, entre divertida y decepcionada: Y encima no conozco a nadie. Me levanté de la mesa, me agaché junto a Tere, cogí un cedé de Chet Baker y puse una canción que se titula «I fall in love too easily». Cuando la música empezó a sonar, Tere se incorporó y dijo: Suena vieja, pero bonita. Luego se puso a bailar sola, con la copa de vino en la mano y los ojos cerrados, como buscando el ritmo oculto de la canción; cuando pareció que lo encontraba dejó la copa sobre el equipo de música, se acercó a mí, me echó los brazos al cuello y dijo: No se puede vivir sin música, Gafitas. La cogí de la cintura e intenté seguirla. Sentía sus caderas en mis caderas, su pecho en mi pecho y sus ojos en mis ojos. Te he echado de menos, Gafitas, susurró Tere. Pensando que era increíble que no la hubiese echado de menos yo, dije: Mientes como el culo. Tere se rió. Seguimos bailando en silencio, mirándonos a los ojos, concentrados en la trompeta de Chet Baker. Segundos o minutos después preguntó: ¿Quieres que echemos un polvo? Tardé en contestar. ¿Y tú?, pregunté. La primera respuesta de Tere consistió en besarme; la segunda pareció redundante —Yo sí, dijo—, aunque en seguida añadió: Pero con una condición. ¿Qué condición?, pregunté. Tere también tardó en contestar. Nada de líos, dijo por fin. En seguida se dio cuenta de que yo no acababa de entender. Nada de líos, repitió. Nada de compromisos. Nada de exigencias. Cada uno a su bola. Me hubiera gustado preguntarle a Tere por qué decía aquello, pero me pareció una forma de buscar complicaciones inútiles y distraerse de lo esencial, así que no lo hice. Fue Tere la que preguntó: ¿Sí o no, Gafitas?

Esas son las últimas palabras que recuerdo de aquella noche, la segunda en mi vida que me acosté con Tere. Los meses siguientes fueron inolvidables. Tere y yo empezamos a vernos como mínimo una vez por semana. Nos veíamos al atardecer o ya de noche, en mi casa. No había días fijos para esos encuentros. Tere me llamaba por la mañana a mi despacho, quedábamos en vernos por la tarde, sobre las siete o siete y media o las ocho, aquel día dejaba de trabajar antes de tiempo, compraba algo de cena en alguna tienda del casco antiguo o Santa Clara o el Mercadal y me ponía a esperarla en mi casa hasta que llegaba, cosa que nunca se sabía cuándo iba a pasar —a menudo se retrasaba y más de una vez tardó dos y hasta tres horas en llegar, y más de una vez pensé que ya no llegaba—, aunque siempre acababa pasando. Llegaba y, sobre todo las primeras noches, en cuanto entraba en casa follábamos, a veces en el mismo vestíbulo y sin apenas quitarnos la ropa, con una furia de gente que no está haciendo el amor sino la guerra. Luego, ya apaciguados, tomábamos una copa, escuchábamos música, bailábamos, cenábamos algo y volvíamos a beber y a escuchar música y a bailar hasta que nos íbamos a la cama a follar hasta tarde.

Eran citas clandestinas. Al principio entendí esta confidencialidad como parte de las condiciones que Tere había impuesto —parte del nada de líos y el nada de compromisos ni de exigencias y del cada uno a su bola de la primera noche—, así que la acepté sin protestas, aunque yo me preguntaba a menudo a quién podía molestar que se supiese que ella y yo salíamos juntos. A mí, contestó Tere cuando por fin se lo pregunté. Y a ti también te molestaría. Fue una réplica tajante, que no admitía contrarréplica, y no la tuvo. Por lo demás, que yo recuerde esa fue una de las pocas veces que, en aquellos primeros tiempos, Tere y yo hablamos de nuestra relación; nunca lo hacíamos, como si los dos sintiésemos que la felicidad se vive, no se habla de ella, o que basta mencionarla para que desaparezca. Esto es raro, bien pensado: al fin y al cabo no hay ningún asunto que interese tanto a dos amantes recientes como su propio amor.

¿De qué hablábamos entonces, Tere y yo? De vez en cuando hablábamos del Zarco, de la situación del Zarco en la cárcel y de lo que yo estaba haciendo para sacarlo de allí, aunque a partir de determinado momento intenté hablar de este asunto solo en presencia de María, que era en teoría la principal interesada en él. Alguna vez hablamos de María, de su relación con el Zarco, de cómo había llegado a ser la chica del Zarco. A Tere le gustaba hablar de sus estudios y preguntarme por las cosas del bufete, por mis socios, por mi hermana —a quien no veía más que una o dos veces al año, porque llevaba muchos años trabajando en Madrid, casada y con hijos—, por mi ex mujer y sobre todo por mi hija, aunque, en cuanto le propuse a Tere la idea de conocerla, la rechazó sin contemplaciones. ¿Estás loco?, preguntó. ¿Qué va a pensar de que su padre se haya liado con una quinqui? ¿Quinqui, qué quinqui?, contesté. ¡Pero si ya no quedan quinquis! El último es el Zarco, y estoy a punto de convertirlo en una persona normal. Tere se rió. ¡Con que lo saques de la cárcel basta!, dijo.

A menudo hablábamos del verano del 78. Yo recordaba bastante bien lo que había pasado entonces, pero en algunos puntos el recuerdo de Tere era más preciso que el mío. Ella por ejemplo recordaba mejor que yo los dos plantones que le había dado después de nuestros dos últimos encuentros: el primero, cuando no me presenté en La Font, y el segundo tres meses más tarde, cuando tampoco me presenté en Rufus. Tere evocaba aquellos episodios sin resentimiento, burlándose de sí misma y del poco caso que al parecer yo le había hecho veinte años atrás; y cuando intentaba desmentirla con la evidencia de que en realidad era ella la que no me había hecho ningún caso a mí, o la que me había hecho un caso intermitente y muy parcial, me preguntaba: ¿Ah, sí? ¿Y entonces por qué me dejaste plantada? Yo no podía contestarle la verdad, así que me reía y no contestaba; pero, al menos en ese punto, mi recuerdo de aquel verano era clarísimo: yo me había unido a la basca del Zarco en gran parte por Tere y mi impresión era que, dejando de lado el episodio de los lavabos en los recreativos Vilaró y el de la playa de Montgó, durante aquellos tres meses Tere no había hecho otra cosa que esquivarme y acostarse con el Zarco y con otros. Todo esto demuestra, ahora que lo pienso, que no es verdad que Tere y yo no hablásemos de nuestro amor –al menos hablábamos de nuestro amor frustrado de hacía dos décadas–, pero yo lo contaba por otra cosa, y es que, después de que Tere sacara a colación un par de veces esos dos episodios, más de una vez me pregunté si su insistencia se debía a alguna razón escondida, si no estaría provocándome para sorprenderme en un renuncio, si en algún momento el desaire repetido de los dos plantones no la habría puesto sobre una pista falsa y no la habría llevado a la conclusión equivocada de que, después del fracaso del atraco a la sucursal del Banco Popular en Bordils, yo había desaparecido y no había vuelto al chino no porque ella ya no me gustase o porque quisiese separarme de ella y la considerase solo un pasajero amor de verano, sino porque era el chivato que había puesto a la policía sobre aviso. Y me preguntaba si el Zarco había llegado por su cuenta a la misma conclusión o si Tere se la había contado y le había convencido de que era correcta y eso explicaba en parte el papel de traidor que hacía el Gafitas en *Muchachos salvajes*, o por lo menos el papel de infidente o de posible infidente que hacía en *La música de la libertad*, el segundo volumen de sus memorias. Y, si la respuesta a esa pregunta era afirmativa, quizá había otra razón para que el Zarco hubiera querido que yo fuese su abogado: no solo porque me conocía y porque vivía en Gerona y tenía fama de ser un abogado competente ni solo porque nuestra antigua relación podía volverme más dócil o más tolerante con él y podía ahorrarle peleas como las que le habían enfrentado a sus abogados anteriores; también para que pagase mi traición o chivatazo o infidencia, para que fuese yo, que veinte años atrás le había metido en la cárcel, quien ahora lo sacase de ella.

Pero no quisiera darle una impresión equivocada: la verdad es que aquella vieja historia me preocupaba poco; y también es verdad que lo que hablábamos Tere y yo en mi casa no era ni de lejos lo más importante que pasaba en aquellas noches de amor subrepticio. Lo más importante es que, como le decía, eran noches felices, aunque de una felicidad extraña y frágil, como separada de lo real, como si cada vez que Tere y yo nos juntábamos en mi casa segregásemos una burbuja hermética que nos aislaba del mundo exterior. A esa sensación contribuía el secretismo de nuestras citas y el hecho de que Tere y yo no nos viésemos al principio más que en la penumbra perpetua y entre las cuatro paredes de mi casa. También contribuía a eso la música.

—¿La música?

—No se puede vivir sin música, me había dicho Tere la primera vez que subió a mi casa. ¿Se acuerda? Bueno, pues yo decidí que Tere tenía razón y que hasta entonces había vivido sin música o casi sin música y que ahora iba a corregir ese error. Y lo primero que se me ocurrió fue hacerme con la música que sonaba en Rufus cuando Tere y yo íbamos allí y ella se pasaba las noches bailando en la pista y yo mirándola bailar desde la barra.

Al día siguiente de la primera visita de Tere a mi casa era sábado, y por la tarde me fui a una tienda de discos de la Plaça del Vi, Moby Disc se llamaba, y me compré cinco cedés de gente de la segunda mitad de los setenta con temas que recordaba haber escuchado en Rufus o que asociaba a la época en que iba a Rufus —un cedé de Peret, uno de Police, uno de Bob Marley, uno de Bee Gees, uno de Boney M.— y el martes por la noche, cuando Tere volvió a mi casa, la recibí con «Roxanne», la canción de Police, sonando a todo volumen. ¡Joder, Gafitas!, dijo Tere al entrar en el comedor, empezando a bailar mientras se quitaba el bolso. ¡Esto también es viejo, pero es otra cosa! A partir de entonces dediqué muchas horas de mis fines de semana a conseguir discos de la segunda mitad de los setenta y primera mitad de los ochenta. Al principio los compraba siempre en Moby Disc, hasta que un conocido me recomendó dos tiendas de Barcelona —Revólver y Discos Castelló, las dos en la calle Tallers– y empecé a ir a ellas casi cada sábado. Yo preparaba con esmero la música que iba a poner en mis encuentros de entre semana con Tere y procuraba atenerme a sus gustos, aunque la verdad es que a ella le gustaba todo o casi todo: lo mismo rock and roll que música disco o rumba, Rod Stewart o Dire Straits o Status Quo igual que Tom Jones o Cliff Richard o Donna Summer, igual que Los Chichos o Las Grecas o Los Amaya. A los dos nos encantaba escuchar de vez en cuando las horteradas italianas o españolas de la época, las canciones de Franco Battiato y Gianni Bella y José Luis Perales y Pablo Abraira que habíamos oído por primera vez en Rufus. Nunca se me olvidará la noche que echamos un polvo de pie en el comedor, escuchando «Te amo», de Umberto Tozzi.

Este idilio duró varios meses, más o menos hasta el verano. Los primeros días yo debía de llevar la satisfacción pintada en la cara, porque todo el mundo notó algo raro, empezando por mi hija, que llegó a casa al día siguiente de la primera visita de Tere y se pasó el fin de semana bromeando con una puntería letal (No te reconozco, papá, me espetó varias veces, riéndose. Cualquiera diría que esta semana has mojado), y terminando por Cortés, Gubau y el resto de la gente del bufete, que se beneficiaron de mi buen rollo aunque también padecieron mi absentismo, o mi inhibición. Quiero decir que pasé a ocuparme casi en exclusiva del asunto del Zarco y a delegar en Cortés y en Gubau el resto del trabajo, lo que provocó desconcierto en el despacho y quejas de algunos clientes, acostumbrados a que fuera el titular del bufete quien les atendiese. Pero yo estaba demasiado absorbido por mi felicidad y no hice caso ni de las quejas ni del desconcierto. Eso no significa que no trabajase. Leía, estudiaba, recogía información, discutía pormenores del asunto del Zarco con Cortés, con Gubau, a veces con otros abogados. A menudo iba a ver al Zarco. En esas visitas hablábamos sobre todo de asuntos jurídicos y penitenciarios, de su situación en la cárcel y de la forma de mejorarla; pero ni el Zarco ni yo eludíamos hablar del pasado, ni siquiera del verano del 78, sobre todo si considerábamos que algún detalle o episodio concreto de entonces podía servir para aclarar algún detalle o episodio concreto de su vida posterior y de esa forma podía entregarme instrumentos con que defenderle. De todos modos, nuestra relación era estrictamente profesional, o casi. Yo diría que nos tanteábamos. No sé cuál fue en su caso el saldo inicial de ese tanteo; en el mío fue que, a pesar de su visible deterioro físico y de su secreto desamparo moral, el Zarco estaba muy entero: pensaba con claridad, su comportamiento era razonable, tenía auténticas ganas de salir de la cárcel y empezar una vida distinta, parecía capaz de hacerlo.

Por aquella época vi también con alguna frecuencia a María Vela. Nos veíamos siempre o casi siempre en su piso de la calle Marfà, en Santa Eugènia, donde vivía con su hija, una adolescente precoz y sin gracia que era el vivo retrato de su madre. Viéndola –viendo a María, quiero decir–, muchos debieron de preguntarse por entonces cómo era posible que aquella mujer se hubiera convertido en la mujer del Zarco. Cuando Tere y ella se presentaron en mi despacho yo ya conocía la historia por la prensa; lo que no sabía es que esa historia no era toda la historia.

–Yo solo conozco lo que he leído en su archivo.

–La historia completa es más interesante; la reconstruí en esas primeras semanas, gracias a la propia María, y también gracias al Zarco y a Tere. Tal y como ahora la entiendo, la historia es más o menos la siguiente. María había empezado siendo para el Zarco una de las muchas admiradoras con que se carteaba desde la cárcel en sus años de apogeo mediático; entre esas mujeres había de todo: mitómanas, aprovechadas, samaritanas, ingenuas, taradas, aventureras, qué sé yo. En general, al mismo tiempo que se dejaba querer por ellas, el Zarco había sabido manejarlas y ponerlas a trabajar para él, porque muy pronto comprendió que gran parte de su bienestar en la cárcel dependía de la ayuda que le prestaran desde el exterior, moviendo su caso ante abogados, procuradores, funcionarios, jueces y políticos. Mi impresión es que María debía de reunir de entrada ingredientes de todos o casi todos los tipos de admiradoras, pero lo cierto es que la prensa eligió presentarla como una samaritana enamorada.

No digo que en parte no lo fuera, por lo menos al principio. Había entrado en contacto con el Zarco hacia finales de los ochenta, cuando él estaba encerrado en la cárcel de Huesca y anunció en unas declaraciones publicadas por *El Periódico de Aragón* su propósito de fundar una revista y pidió la ayuda de voluntarios. María fue una de las personas que se ofreció a colaborar en la elaboración y difusión de la revista, y, aunque no llegaron a publicar un solo número, a partir de aquel momento ella empezó a escribirle con regularidad. Así supo el Zarco que María era cuatro años más joven que él, que estaba casada y separada, que tenía una hija de dos años y que había vivido siempre en Barcelona pero acababa de trasladarse a Gerona, donde trabajaba en el bar de un colegio; y así supo más tarde, a medida que María se sinceraba y sus cartas se inflamaban, que ella leía desde hacía mucho tiempo todo lo que se escribía sobre él, que se había enamorado de él sin conocerlo, que estaba dispuesta a hacer cualquier cosa por él, que estaba segura de que –como había hecho años atrás por su ex marido, para quien había conseguido un indulto particular– podía sacarlo de la cárcel y empezar una nueva vida con él. El Zarco no hizo mucho caso de esta oferta, quizá porque las fotos de María no la hacían muy seductora, quizá porque por entonces recibía ofertas parecidas del harén epistolar de mujeres que coqueteaba con él a distancia; recuerde que, aunque estuviese en la cárcel, el Zarco era entonces uno de los tipos más solicitados de este país, una especie de icono de la reciente democracia: se filmaban películas y se escribían libros y canciones sobre él, se publicaban sus memorias, los periódicos y las radios le entrevistaban con cualquier pretexto, las revistas intelectuales le dedicaban dossieres, aparecía fotografiado por todas partes junto a políticos, futbolistas, toreros, actores, cantantes, escritores, cineastas y famosos, y las revistas del corazón le atribuían romances con políticas socialistas, con aristócratas andaluzas, con reinas de la belleza, con profesoras de instituto, con funcionarias de prisiones y con presentadoras de televisión. Así que, aunque María continuó escribiéndole, en medio de ese torbellino el Zarco se cansó muy pronto de contestar sus cartas, y no volvió a hacerle caso hasta que, a mediados de los años noventa, él mismo destrozó su imagen pública con un par de intentos de reinserción fracasados, llegó en picado su decadencia mediática y su gineceo de admiradoras desapareció. María no desaprovechó el momento. Ya sin competencia, volvió a reclamar la atención del Zarco, se lo ganó y empezó a visitarlo y a mantener encuentros a solas con él en la cárcel (encuentros vis a vis los llaman: un eufemismo para no llamarlos encuentros sexuales); el Zarco por su parte se dejó querer. Fue a partir de entonces cuando María se convirtió en lo que era cuando la conocí en mi despacho: la chica oficial del Zarco y la persona que fuera de la cárcel velaba por sus asuntos.

—Y como tal le visitó a usted aquel día.

—Eso es.

—¿Y Tere? ¿Como qué fue Tere a su despacho?

—Como ayudante o guardaespaldas de María y como persona de confianza del Zarco. Ese era el papel que hacía desde años atrás y el que más o menos siguió haciendo durante un tiempo. María era ideal para el Zarco por un montón de razones: porque era una mujer normal, sin antecedentes penales, porque era madre y además una madre separada y respetable, porque estaba enamorada de él, porque siempre estaba disponible, por su aire desvalido, por todo; pero, aunque fuera ideal, el Zarco no la consideraba lista y no se fiaba de ella, o consideraba que Tere era más lista y más de fiar, y por eso empezó a pedirle que acompañase a María, o la propia Tere se ofreció a hacerlo. Y así se formó aquella pareja singular.

Pero estaba hablándole de mis conversaciones con María. A ella también la veía por lo menos una vez a la semana, en su casa de la calle Marfà. Fue allí donde empecé a darme cuenta de que el personaje tenía sus dobleces y que, más que vulgar o insignificante −que era lo que de entrada parecía−, era una de esas personas de una ingenuidad tan evidente y de una transparencia tan total que acaban resultando enigmáticas. Una de las cosas que me asombraba era que María conservara intacta la visión idealizada del Zarco que durante años habían propagado los medios, una visión según la cual el Zarco era un muchacho noble, valiente y generoso condenado por el azar de su nacimiento a una vida de delincuencia; más asombroso aún me resultaba que María también conservara intacta una visión idealizada de su relación con el Zarco: de acuerdo con ella, su historia era la historia del amor de una mujer buena, sencilla y desdichada por un hombre bueno, sencillo y desdichado, la historia de un amor que lo vence todo, un amor romántico que, una vez que el Zarco consiguiera la libertad, iba a darles a ella y a su hija el esposo y el padre que habían perdido y al Zarco la familia que nunca tuvo. En aquellas primeras entrevistas María me contó varias veces la misma historia (o historias distintas que en el fondo eran variantes de la misma), y una tarde, de improviso, mientras caminaba hacia mi coche después de haberme pasado horas escuchándola, me pareció comprender que aquella historia era la respuesta que andaba buscando, la llave que podía abrir de nuevo la espita del interés de los medios por el Zarco y, por lo tanto, la llave de la libertad del Zarco: éste le había contado muchas veces a la prensa la historia de su vida como delincuente arrepentido y reformado, injustamente mantenido en prisión; pero, después de que él mismo la hubiese refutado otras tantas veces volviendo a delinquir, era difícil que alguien la creyese, sobre todo si era él quien la contaba; pero, si esa misma historia, corregida, mejorada y aumentada, la contaba la empleada del bar de un colegio, una mujer relativamente joven, sola, decente, pobre y separada, envuelta en un aire de sumisión y desgracia y cargada además con una hija (una hija que además podía permitirle al Zarco presentarse como un futuro padre de familia), entonces cabía la posibilidad de que los medios se la creyesen o al menos creyesen que era creíble, la difundiesen, resucitasen el interés por el Zarco y me ayudasen a sacarlo de la cárcel. En cualquier caso llegué a la conclusión de que, sin esa ayuda, tardaría mucho más tiempo en conseguir la libertad del Zarco, si es que la conseguía; también llegué a la conclusión de que al menos merecía la pena intentarlo.

—Así que fue usted quien tuvo la idea de convertir a María en una estrella mediática.

—En absoluto. Mi idea era solo que María contase a los periodistas su historia y la del Zarco; nadie podía predecir lo que pasó después: yo por lo menos no tengo nada que ver con eso.

—Claro que tiene que ver. Usted dio cuerda a María creyendo que podría usarla y mantenerla bajo control; pero esa mujer se desbocó y se volvió contra usted. Alguien podría decirle que le está bien empleado: no se puede empezar una cosa sin saber cómo va a acabar.

—Tonterías. Nadie empezaría nada, si fuese así, porque nadie sabe cómo acaba nada, empiece como empiece. De todos modos, si le interesa podemos hablar de este asunto el próximo día. Ahora tengo que marcharme.

—No quería molestarle.

—No me ha molestado.

—De acuerdo; no le entretengo más. Pero antes de que lo dejemos por hoy permítame hacerle una última pregunta.

—Usted dirá.

—Si le he entendido bien, en aquel primer momento todo el mundo a su alrededor era optimista sobre el futuro del Zarco. ¿Es así?

—Sí… Bueno, no. Una persona no lo era.

—¿Quién?

—Eduardo Requena, el director de la cárcel. Un tipo curioso. Conoció bien al Zarco en esa época, porque lo veía a diario, y tenía una visión peculiar del personaje. Yo lo traté poco, pero acabamos haciendo alguna amistad. A veces tengo la impresión de que entendió cosas que nadie más entendió, o que yo tardé demasiado tiempo en entender. Debería hablar con él.

4

—Me acuerdo muy bien de la primera vez que Cañas y yo nos reunimos en mi despacho, a petición mía, unas semanas después de que Gamallo ingresara en la cárcel. Para entonces solo había hablado con Gamallo un par de veces y siempre de pasada (nunca hablé mucho más con él, no solía hacerlo con ningún preso), pero el grupo de especialistas que trabajaba a mis órdenes en la cárcel ya le había examinado y había hecho un diagnóstico, de manera que yo ya tenía una idea bastante exacta de cuál era su estado real.

Eso fue lo primero que le dije a Cañas aquella tarde, después de estrechar su mano y de ofrecerle asiento en el tresillo de mi despacho. Lo segundo que le dije fue que le había pedido que viniese porque quería compartir con él la información de la que disponía, para simplificar nuestro trabajo y actuar de común acuerdo. Cañas me escuchó muy atento, los ojos intrigados detrás de los cristales de las gafas, la espalda recostada en el sofá, las rodillas muy separadas y los dedos de las manos entrelazados en el regazo; como siempre, vestía impecablemente: camisa blanca, terno azul y zapatos lustrosos. Cuando dejé de hablar, alzó las cejas y desentrelazó y volvió a entrelazar los dedos, invitándome a seguir. Seguí. Le expliqué que Gamallo era heroinómano y seropositivo, cosa que ya debía de saber porque no pareció sorprenderse al escucharlo; le expliqué que tenía un problema añadido, y es que no era consciente del daño que estaba haciéndole la heroína, que creía dominarla a ella cuando en realidad era ella la que lo dominaba a él, que era incapaz de asumir su toxicomanía como una enfermedad o que solo era capaz de fingir que la asumía para sacar provecho de ella, y que sin asumirla de verdad no podría combatirla. Añadí que, a pesar de todo esto, en la cárcel de Quatre Camins habían conseguido que se sometiese por primera vez a un tratamiento sustitutorio de la heroína a base de metadona. Luego le dije que Gamallo era quizá el recluso más prisionalizado que había conocido en mi vida.

—¿Prisionalizado?

—Verá. Todas las prisiones son distintas, pero todas se parecen; Gamallo llevaba más de la mitad de su vida encerrado en prisión, conocía todas o casi todas las cárceles españolas, conocía mejor que nadie los trucos de la vida en la cárcel y sabía manejarlos a su favor mejor que nadie, así que era el rey de la picaresca carcelaria, el campeón del trapicheo. A eso se le llama estar prisionalizado. Naturalmente, Gamallo consideraba que su fortaleza consistía en estarlo, y tenía razón; lo que no sabía es que en eso consistía también su debilidad. En cualquier caso, el diagnóstico de los especialistas era muy claro; se lo resumí al abogado: el informe hablaba del carácter manipulador de Gamallo, de su temperamento refractario al trabajo y de su manía persecutoria (recuerdo que uno de los psicólogos escribió, más o menos: No digo que algunos funcionarios de prisiones no le hayan perseguido alguna vez; pero ese es el problema: lo peor que le puede pasar a alguien que se cree perseguido es que lo persigan de verdad); también aludía el informe al vicio del victimismo y al vicio paralelo de responsabilizar siempre a los demás de las propias desgracias, y sobre todo aludía a su incapacidad para llegar a un acuerdo con su leyenda de delincuente juvenil, para digerirla y convivir con ella.

Esto era lo esencial del informe. El resto consistía en un repertorio de noticias sin sorpresas sobre la familia, la infancia y la juventud de Gamallo, en un resumen de su currículum delictivo y carcelario y en un inventario de sus tentativas de rehabilitación. Le entregué el informe a Cañas y dejé que le echara un vistazo; mientras lo hacía expliqué: Mire, abogado, llevo treinta y cinco años trabajando con presos, conozco las cárceles más complicadas de España y hace casi treinta que dirijo esta. Excuso decirle que mi caso es bastante infrecuente, sobre todo porque el empleo de director es tan duro que pocos aguantan tres décadas en él y porque además es un cargo político y eso significa que he sobrevivido al cambio de una dictadura por una democracia, al de un partido por otro y al del gobierno central por el gobierno autónomo. No le cuento todo esto por alardear; solo intento decirle que sé de lo que hablo. Hice una pausa y dije: ¿Y qué es lo que he aprendido en todo el tiempo que he pasado entre presos?, se preguntará usted. Lo más importante es algo muy sencillo: que hay presos que pueden vivir en libertad y presos que no pueden, presos que pueden rehabilitarse y presos que no pueden; y que los que pueden son una minoría ínfima. Bueno, pues le aseguro una cosa, concluí. Gamallo no forma parte de ella.

Esperé la reacción de Cañas, pero no hubo reacción. Me pareció una buena señal: Cañas era un abogado inteligente y con experiencia (aunque todavía fuera joven), así que pensé que, si algo podía extrañarle de aquel encuentro, no sería lo que yo le estaba diciendo, sino que le hubiera convocado solo para decirle algo tan evidente como lo que le estaba diciendo. El caso es que durante un segundo siguió en silencio, observándome con el informe de los especialistas en las manos, como si intuyera que yo no había terminado. Suspiré y confirmé su intuición. Pero las autoridades quieren rehabilitarlo, dije. Luego continué. Dije que rehabilitar a Gamallo se había convertido en una cuestión política. Dije que el gobierno autónomo había decidido que Gamallo le brindaba una oportunidad de poner en evidencia al gobierno de Madrid, haciendo bien lo que este había hecho mal o no había sabido hacer. Dije que, además de una cuestión política, rehabilitar a Gamallo era una cuestión personal, o por lo menos lo era para el nuevo director general de Institucions Penitenciàries, el señor Pere Prada… El señor Pere Prada. Yo acababa de conocerlo, y al principio me había parecido una buena persona; por desgracia no era solo eso: también era un católico de misa diaria, un hombre lleno de buenas intenciones y un creyente en la bondad natural del ser humano. En definitiva, un sujeto peligroso. Le conté a Cañas que Prada se había interesado por Gamallo y que, después de hablar un par de veces con él en Quatre Camins, había decidido tomarlo a su cargo, comprometerse personalmente con su rehabilitación y comprometer a toda la Conselleria de Justícia, empezando por el propio conseller. Dije que por eso, entre otras razones, habían trasladado a Gamallo a Gerona: porque el director general pensaba que en una prisión pequeña como la de Gerona el Zarco podía recibir una atención más individualizada y mejor. Por último pasé a describirle a Cañas el régimen de vida que a partir de aquel momento iba a gobernar la vida de Gamallo en la cárcel, un régimen donde todos sus pasos estarían reglamentados y donde, por expresa indicación de Prada, gozaría de todas las comodidades.

—O sea que trabajaba usted para rehabilitar a Gamallo sin creer que Gamallo pudiera rehabilitarse.

—Exacto. Pero no engañé a nadie. Se lo dije desde el primer momento a Prada y a la gente de Institucions Penitenciàries. Y se lo repetí a Cañas aquella tarde, en mi despacho: yo no creía que Gamallo pudiera rehabilitarse. Y menos aún creía que pudiera rehabilitarse de aquella manera. Para empezar, trasladarlo a Gerona había sido un error: por entonces el Zarco todavía era un personaje en Cataluña, no digamos en una ciudad como Gerona, donde aún conservaba familia y amistades, aunque ya casi ninguna le hiciera caso; en cambio, en cualquier cárcel perdida de Castilla o de Galicia o de Extremadura, en medio de ninguna parte, el Zarco ya no era nadie, su mito ya casi no existía o se estaba desvaneciendo y eso era bueno para Gamallo, porque hasta que el Zarco no fuera nadie Gamallo no podría ser alguien, o porque Gamallo solo podría sobrevivir si el Zarco moría. No sé si me explico.

—Perfectamente.

—Por otra parte, en la propia cárcel no hacíamos más que alimentar ese mito a base de no tratar a Gamallo como a un preso cualquiera y de concederle privilegios. Esos privilegios eran contraproducentes, porque la cárcel de Gerona, igual que todas, se regía por dos leyes: una era la que imponía el director y otra la que imponían los presos; y el director, o sea yo, podía tolerar los privilegios, aunque me parecieran mal, pero los presos no. Le diré más: los privilegios eran malos para vivir en la cárcel, porque provocaban la inquina de los que no los disfrutaban, pero todavía eran peores para salir de ella, porque le dejaban creer a Gamallo que era un preso especial y no un preso igual que los otros, y seguían alimentando así la leyenda del Zarco. En fin: más o menos eso fue lo que le dije a Cañas.

—¿Y qué le dijo Cañas a usted?

—Ahí fue cuando me sorprendió. ¿Sabe? Yo creo que para ser un buen abogado hay que ser un poco cínico, porque el abogado tiene la obligación de defender a ladrones y asesinos, y encima, como es natural, se alegra si los ladrones y asesinos que defiende no son condenados. En esa injusticia se basa la justicia: hasta el peor de los hombres tiene derecho a que alguien lo defienda; de lo contrario, no hay justicia. Esto puede parecerle desagradable, y lo es, pero la verdad casi nunca es agradable. De cualquier forma, yo tenía a Cañas por un buen abogado, ya se lo he dicho, así que estaba seguro de que, en público, sacaría a pasear la leyenda de Gamallo como víctima de la sociedad, el mito lacrimógeno del buen ladrón arrepentido y todo eso: al fin y al cabo era la mejor manera de defenderlo delante de un tribunal; pero también estaba seguro —por eso le había convocado en mi despacho— de que en el fondo Cañas sabía que Gamallo no era ni una víctima de la sociedad ni un rebelde de película sino un completo cabestro, un cafre sin remedio, y de que, en privado, hablando de tú a tú con alguien como yo (que sabía lo que él sabía), reconocería la verdad o al menos actuaría como si la reconociera, y podríamos entendernos y ahorrarnos problemas.

Era una seguridad equivocada. Lo primero que dijo Cañas cuando dejó de escuchar mis explicaciones fue: Me gustaría saber por qué me ha contado todo esto. Había dejado los folios grapados del informe junto a él, se había sentado en el borde del sofá y había apoyado los codos en las rodillas, pero seguía con los dedos entrelazados. Ya se lo he dicho, contesté. Me parece que es mi obligación. También me parece que, si vamos a trabajar juntos en esto, es mejor que le enseñe mis cartas y que nos pongamos de acuerdo. El abogado murmuró: Entiendo. Pero no me preguntó en qué quería que nos pusiésemos de acuerdo, y lo que dijo después de una pausa me hizo pensar que no entendía. Dígame, director, empezó. ¿Cuántas veces hemos estado usted y yo en este despacho, hablando de alguno de mis clientes? Aunque supe en seguida adónde apuntaba la pregunta, no la esquivé. Ninguna, que yo recuerde, dije; pero en seguida añadí: No me pareció necesario. En cambio, ahora sí me lo ha parecido, igual que antes me lo pareció con alguno de sus colegas. Esto último era verdad, pero Cañas asintió con una sonrisa de magnánimo escepticismo. Conmigo es la primera vez, dijo. Y eso que llevo casi quince años viniendo a esta cárcel cada semana. Lo cual solo puede significar una cosa, ¿no le parece? Él mismo contestó su pregunta: Lo que significa es que, diga usted lo que diga, Gamallo no es un preso normal. Hizo una pausa, desentrelazó los dedos, levantó los codos de las rodillas y se irguió para mirarme cara a cara. Mire, director, continuó, en un tono distinto. Le agradezco que me haya hecho venir aquí, y sobre todo le agradezco su franqueza; déjeme que yo también le sea franco. Le guste o no, Gamallo es un preso especial, y es lógico que se le trate como a un preso especial. Pero que sea un preso especial no significa que no pueda rehabilitarse; al contrario: es un preso especial precisamente porque pertenece a la ínfima minoría de la que hablaba usted, porque ya está rehabilitado y hace tiempo que no debería ser un preso ni estar en la cárcel. Esa es la realidad. Claro que, al parecer, será difícil que usted y yo nos pongamos de acuerdo en esto. No importa. Lo que importa es que sus jefes sí piensan como yo y que tendrá usted que hacer lo que ellos le digan. Me alegro: le repito que yo creo que Gamallo ya ha liquidado su deuda con la sociedad y que está preparado para ser un hombre libre. Por mi parte solo puedo decir que voy a ayudarle con todas mis fuerzas a salir de aquí cuanto antes.

Ese fue en resumen el discurso de Cañas. Insisto en que me sorprendió. No me pareció el discurso del abogado razonable o razonablemente cínico que yo creía que era, sino el de un iluso: un completo iluso, que se había dejado embaucar por el mito del Zarco y creía en lo que decía porque había vivido toda su vida bajo la sombra de ese mito, o un iluso y además un desaprensivo, o mejor dicho un embaucador sinvergüenza, que necesitaba que yo creyese en lo que decía (aunque él mismo no lo creyese) porque no solo quería beneficiarse de la fama del Zarco defendiéndolo en los tribunales, sino que además quería conseguir un gran éxito mediático sacando al Zarco de la cárcel aun sabiendo que no debía hacerlo, o que era prematuro o peligroso hacerlo.

—Me imagino que entonces usted no tenía ni idea de la verdadera relación que había entre Gamallo y Cañas.

—Claro que no, ya se lo dije: nadie tenía ni idea de eso. Yo sabía que de joven Gamallo había vivido en Gerona y que tenía familia aquí, pero no sabía nada más; lo de que Cañas había formado parte de su banda lo supe mucho después. De todos modos, aquella tarde comprendí que al menos en una cosa Cañas tenía razón: dado que mis jefes lo apoyaban, yo estaba atado de pies y manos y no podía hacer nada o solo podía seguir haciendo lo que ya había empezado a hacer, que era trabajar para rehabilitar a Gamallo sin creer que Gamallo pudiera rehabilitarse, como usted decía. Y también comprendí que había metido la pata con Cañas y que de momento no llegaría a ningún acuerdo con él y que lo mejor era dejar las cosas como estaban. Así que aquella tarde despaché a toda prisa la entrevista diciéndole que quizá era yo el que estaba equivocado, que en cualquier caso no me quedaba más remedio que seguir las directrices de Institucions Penitenciàries, como él había dicho, y que eso significaba que después de todo los dos remábamos en la misma dirección; al final le dije que podía contar conmigo para lo que necesitase, él me lo agradeció con su aire intacto de ganador (un ganador caballeroso, que no necesita hacer sangre ni aprovecharse de su victoria) y con eso terminamos.

—Dígame solo una cosa más: ¿tan convencido estaba usted entonces de que Cañas se equivocaba?

—Sí.

5

—El juicio por las acusaciones de los funcionarios de la cárcel de Brians fue en marzo o abril de 2000, cuando el Zarco llevaba ya varios meses encerrado en la cárcel de Gerona. La vista oral se celebró en un juzgado de Barcelona. Allí comprobé algo importante: al menos en Cataluña, al menos en Barcelona, el mito del Zarco no se había desintegrado, y el Zarco seguía siendo el Zarco. Es verdad que su comparecencia pública no despertó una expectación comparable a la que habría despertado diez años atrás, cuando era una celebridad, pero atrajo suficientes periodistas y curiosos como para que, con el propósito de evitar interrupciones o alborotos, la juez ordenase desalojar la sala del juzgado y prohibir la entrada en ella de cualquier persona ajena a la causa. El hecho de que el Zarco gozara aún de un considerable poder de convocatoria entre los medios fue, para mí, un primer éxito; el segundo fue el desenlace del juicio: el Zarco resultó condenado a tres meses de reclusión, mucho menos de lo que esperábamos, de manera que todos quedamos conformes y ni siquiera hubo necesidad de recurrir la sentencia. Tere y yo brindamos por el triunfo con champán francés, una noche en mi casa, y el Zarco y María me dieron las gracias y me felicitaron sin efusiones; ninguno de los tres me preguntó cuánto se me debía, pero aquella victoria me decidió a exponerles el plan que venía madurando en secreto —en secreto para todos, incluida Tere– desde que me había hecho cargo de la defensa del Zarco y en la primera entrevista él me había pedido que me ocupara no solo de aquel juicio inicial, sino de todos los que tenía pendientes.

El objetivo de mi plan era sacar de la cárcel al Zarco en dos años. Para conseguirlo había que empezar presentando, en el juzgado de Barcelona que había fallado sobre el asunto de Brians, un recurso de conmutación o acumulación de penas, de tal manera que las muchas sentencias y los ciento cincuenta años de prisión que pendían sobre él quedasen reducidos a una sola sentencia de treinta años, la máxima cantidad de tiempo que puede pasar un recluso en una cárcel española. Hasta aquí llegaba la fase judicial de la operación. Hasta aquí el éxito estaba garantizado; o casi: era muy improbable que la Audiencia no concediese lo que pedíamos, pero, si no lo concedía, siempre era posible presentar un recurso de casación ante el Tribunal Supremo. Sea como sea, una vez conseguida la acumulación de penas el Zarco podría solicitar y obtener permisos de salida y, eventualmente, el tercer grado penitenciario, lo que le autorizaría a pasar la jornada fuera de la cárcel y a volver a ella solo para dormir.

En este punto se abría la fase política de la operación, la más incierta y compleja. Empezaba con la petición de indulto parcial y terminaba idealmente con la concesión del indulto y la libertad condicional, una libertad ya plena y sujeta solo a la condición de que el Zarco no volviera a cometer un delito. El problema, claro, era que conseguir un indulto no resultaba fácil, y mucho menos en el caso del Zarco. La solicitud de indulto podía ser remitida al Ministerio de Justicia en cuanto el Zarco regresara con normalidad a la cárcel después de su primer permiso; luego, el ministro de Justicia debía elevarla al Consejo de Ministros, que era quien debía aprobarla. La cuestión entonces consistía en cómo hacer que el ministro de Justicia aprobase nuestra solicitud. De acuerdo con mi plan, esto solo era posible si se cumplían tres requisitos. En primer lugar —y sobre todo—, había que revivir al Zarco en los medios; y para revivirlo había que montar una campaña de prensa que le devolviese parte de su prestigio perdido y que convenciese a la opinión pública de que merecía el perdón y la libertad. Aunque el propio Zarco, Tere y yo tendríamos que participar en la campaña, el peso fundamental, siempre según mi plan, debía llevarlo María: era ella quien tenía la llave de la libertad del Zarco porque era ella quien podía conmover a los periodistas y a la opinión pública con su visión idealizada del Zarco y de su relación con el Zarco. En segundo lugar, una vez lanzada la campaña de prensa había que conseguir que personalidades de la vida pública respaldaran la petición de indulto y había que asegurarse de que el gobierno autónomo avalara esa petición ante el gobierno central. Y, en tercer lugar, había que dotar al Zarco de un entorno laboral y familiar que volviera verosímil su encaje en la sociedad.

—¿Y eso qué quería decir?

—Quería decir que el Zarco tenía que encontrar un trabajo y tenía que casarse con María. Ninguna de las dos cosas era difícil, pero el Zarco torció el gesto cuando se las mencioné, una tarde en el locutorio de la cárcel. Mira, Gafitas, resopló. Soy capaz de verme trabajando, pero haz el favor de no tocarme los huevos con María. Como es natural, yo ya había previsto esta reacción: a esas alturas ya era consciente de que el Zarco solo consideraba a María como la última y patética admiradora de su época dorada, y que lo único que le unía a ella era un seco interés práctico; y, porque su reacción no me pilló por sorpresa, en seguida insistí, le recordé lo que él ya sabía: argumenté que, para un juez, el matrimonio era una garantía de estabilidad y que, para nuestros fines, María era la esposa ideal y la propagandista perfecta, le recordé que si quería salir de la cárcel debía hacer sacrificios, aseguré que el matrimonio no tenía por qué ser más que un mero trámite ni tenía por qué durar más tiempo del indispensable. Sin respuesta a mis argumentos, el Zarco pareció ensombrecerse, se encogió de hombros, dijo: Ya. Pero en seguida se reanimó para añadir: ¿Y si María no quiere? ¿Por qué no va a querer?, pregunté. Bueno, contestó. Lo nuestro es un circo: en la cárcel tiene gracia, pero fuera no va a tener ninguna. No te preocupes, dije, bloqueándole también esa salida. Querrá. Acuérdate de que para ella no es ningún circo.

Estábamos sentados como siempre en el locutorio, el Zarco en su silla y de cara a la reja y el cristal, yo en mi pupitre y de cara a la pared, inclinado sobre mi libreta de notas. Recuerdo que era viernes y que, como casi siempre por entonces, estaba exultante: Tere me había llamado al bufete al mediodía y habíamos quedado en casa por la noche; antes, por la tarde, al terminar el trabajo, tomaría unas cervezas con Cortés y Gubau en el Royal; mi hija llegaba de Barcelona al mediodía siguiente. Aquella tarde mi única preocupación consistía en convencer al Zarco de que aprobara mi plan; una vez aprobado por él, se lo explicaría a Tere y a María y lo pondría en marcha.

Levanté la vista de mi libreta, y el Zarco y yo nos miramos. No sé, dijo, antes de que yo pudiera volver a insistir. A lo mejor tienes razón. Me incliné de nuevo sobre mi libreta y dije: Yo por lo menos no veo otra alternativa. También dije: Hay que ser realista. O algún tópico semejante. Luego, con la confianza temeraria del que se cree ganador antes de tiempo, añadí: A menos que te cases con otra persona, claro. ¿Otra persona?, preguntó el Zarco. ¿Qué otra persona? Me volví hacia él y bromeé: Cualquiera excepto Tere. ¿Por qué iba a querer casarme con Tere?, replicó el Zarco, extrañado. Me arrepentí de mi temeridad. Era una broma, le tranquilicé. Además, yo no he dicho que quieras casarte con Tere. Claro que lo has dicho, insistió. Has venido a decirlo. No lo he dicho, insistí. Solo he dicho, y en broma, que puedes casarte con cualquiera excepto con Tere. ¿Y por qué no con Tere?, preguntó. A punto estuve de decir: Porque estoy saliendo con ella; o peor aún: Porque con ella pienso casarme yo. No lo dije, y me pregunté si, a pesar de las exigencias de confidencialidad de Tere, ella le había contado al Zarco que estábamos saliendo juntos. Di una respuesta profesional a su pregunta: No te conviene. Es tu compinche de toda la vida, ha estado en la cárcel, ha estado en las drogas, nadie creería que te has reformado. Repetí: No te conviene.

El Zarco se calló. De repente, una sonrisa desnudó sus dientes negruzcos. ¿Qué pasa?, pregunté. Nada, contestó; a continuación se contradijo: Tú siempre has creído que Tere y yo estábamos liados, ¿verdad? No esperaba la pregunta; pregunté: ¿Y no lo estabais? Sin dejar de sonreír, el Zarco pareció reflexionar. Por un momento pensé en recordarle la primera parte de *Muchachos salvajes*, donde el Zarco sale con una chica que podría ser Tere y de la que se enamora el Gafitas; pero el Zarco y yo nunca habíamos hablado aún de las películas de Bermúdez, y sentí que no tenía sentido argumentar la realidad con la ficción. El Zarco preguntó: ¿Sabes desde cuándo conozco a Tere? Dije que no. Desde los cuatro o cinco años, contestó el Zarco. Su madre y mi madre son primas. En realidad por eso se vinieron a vivir mi madre y mi padrastro a Gerona. Y por eso me vine yo luego. Esperé a que continuara con la historia, sin saber adónde quería ir a parar. No continuó. Tiene huevos, dijo. ¿Qué cosa?, pregunté. Contestó: Que tú creyeras que Tere y yo estábamos liados y mientras tanto te liases con ella. El Zarco se refería a la noche en que Tere y yo dormimos juntos en la playa de Montgó, al salir de Marocco. Le hablé de eso, no sé si se acuerda.

—Claro que me acuerdo.

—El Zarco también se acordaba. Volví a sentir la tentación de contarle lo que había entre Tere y yo; por segunda vez la rechacé. Me defendí, no sé de qué: Fue solo una noche, dije. Ya, dijo el Zarco. Pero el caso es que te la tiraste. ¿No te dio miedo que yo me cabrease, si creías que salía con ella? En seguida olvidó la pregunta y matizó: Aunque, bueno, bien pensado debió de ser ella la que se te tiró a ti. Puede ser, dije, recordando los celos que sentía en el verano del 78 porque Tere se acostaba con otros. Al fin y al cabo ella hacía lo que le daba la gana y con quien le daba la gana. Sí, sí, dijo el Zarco con retintín. Pero contigo era distinto, ¿eh? Levanté la vista de la libreta y esta vez le miré sin entender; el Zarco me miró de la misma manera; pasados unos segundos dijo: No jodas que no te enteraste. Le pregunté de qué estaba hablando. El Zarco se rió: abiertamente. Manda huevos, dijo. Yo ya sabía que eras un pardillo, Gafitas, pero no creí que la cosa fuera tan grave. No sé de qué me estás hablando, repetí. ¿En serio?, insistió el Zarco. En serio, insistí. El Zarco preguntó: ¿De verdad no te enteraste de que Tere iba de culo por ti? Me quedé sin habla. Ya le he dicho que, durante nuestros encuentros furtivos en mi casa, Tere me había reprochado más de una vez que en el verano del 78 yo la hubiera rehuido, pero siempre lo había tomado como una broma inverosímil, o como una coquetería casi cruel. ¿Cómo tomarlo de otra forma si mi recuerdo de aquella temporada era clarísimo y en él, como ya le dije, Tere no me había hecho ni caso o solo me lo había hecho a ratos, igual que se lo había hecho a tantos? Evité contestar la pregunta del Zarco, pero él adivinó en mi cara la respuesta. Joder, Gafitas, repitió. ¡Menuda empanada llevabas! No sé cómo me las arreglé para cambiar de conversación –quizá fingí que aquel asunto me traía sin cuidado, quizá simplemente que me importaba mucho menos que el asunto que me había llevado al locutorio–, pero el caso es que conseguí volver a nuestra conversación anterior y al final, no sin tener que discutir todavía otro rato con él, conseguí que, aunque fuera a regañadientes, el Zarco aceptara mi plan; mi plan completo: también su matrimonio con María.

Lo primero que hice al salir de la cárcel fue llamar a María desde mi despacho y proponerle que nos viésemos a la mañana siguiente en el Royal; por teléfono le conté de qué quería hablar y le dije que Tere también acudiría a la cita. María se extrañó un poco, pero no puso ningún reparo. (Se extrañó porque yo siempre la veía entre semana, y ya le he dicho que el día siguiente era sábado, uno de los días en que ella iba a ver al Zarco a la cárcel: a diferencia de los abogados, que podían visitar a los reclusos entre semana, los familiares y amigos solo podían visitarlos los fines de semana.) Aquella noche, en mi casa, le expuse a Tere el plan y le dije que el Zarco lo había aceptado. Perfecto, se alegró. Ahora ya solo falta que mañana lo acepte María. Pregunté: Lo aceptará, ¿verdad? Y luego, antes de que ella pudiese preguntarme por qué lo preguntaba, formulé una inquietud que me había asaltado en los últimos días, mientras hablaba con María en su casa. Dije: No sé. A veces me da la impresión de que no es tan ingenua como parece, o de que solo se hace la ingenua para hacerse la interesante. ¿Qué quieres decir?, preguntó Tere. No lo sé, contesté. A veces, sobre todo últimamente, me da la impresión de que sabe que todo es una farsa y que la estamos usando, y de que en cualquier momento se hartará y nos mandará a la mierda a todos. Tere desacreditó mis sospechas. No te preocupes, dijo, intentando tranquilizarme. Aceptará tu plan.

Más tarde, mientras bailábamos en la penumbra de mi comedor «Bella sin alma», la canción de Riccardo Cocciante, le conté a Tere lo que el Zarco me había contado de ella en la cárcel. Tere se rió sin soltarme; bailaba cogida de mi nuca, su cuerpo apretado contra mi cuerpo, su cara muy cerca de la mía. Es mentira, ¿verdad?, pregunté. Es verdad, contestó. Te lo he dicho mil veces. ¿Entonces por qué te escapabas siempre?, pregunté. ¿Por qué no me hacías ni caso? ¿Por qué te ibas con otros? Yo no me escapaba, contestó Tere. Y el que no me hacía ni caso eras tú. Tere no me echó en cara otra vez mis dos plantones, pero sí me recordó la tarde en los lavabos de los recreativos Vilaró y la noche en la playa de Montgó, y a continuación hizo la pregunta: ¿Quién buscaba a quién? Tú a mí, acepté. Pero solo esas dos veces. Luego era yo el que te buscaba a ti, y tú te escapabas, te ibas con otros. Porque no me hacías caso, repitió Tere. Pareció que iba a añadir algo pero se calló; luego, en tono resignado, casi de disculpa, añadió: Y porque yo hago siempre lo que quiero, Gafitas. Inevitablemente recordé: Nada de líos, nada de compromisos, nada de exigencias, cada uno a su bola. Innecesariamente pregunté: ¿Ahora también? Tere me guiñó un ojo cómplice. Ahora también, contestó. ¿Y el Zarco?, seguí preguntando. ¿Qué pasa con el Zarco?, siguió contestando. Siempre creí que eras la chica del Zarco, exageré. Ya lo sé, dijo. ¿Y no lo eras?, pregunté. ¿Alguien te dijo que lo era?, contestó. ¿Te lo dijo él? ¿Te lo dije yo? ¿Quién te lo dijo? Nadie, contesté. ¿Entonces?, preguntó. Igual que por la tarde en el locutorio de la cárcel, mientras hablaba con el Zarco, me acordé del triángulo amoroso de la primera parte de *Muchachos salvajes*, pero tampoco me atreví a mencionarlo (o simplemente me pareció que estaba fuera de lugar) y no contesté; además, sentí que Tere estaba diciendo la verdad. Sonreí. Nos besamos. Seguimos bailando. Y, que yo recuerde, en toda la noche no volvimos a mencionar el asunto.

A la mañana siguiente Tere y yo fuimos paseando hasta el Royal. María apareció cuando ya nos habíamos tomado el primer café; pedimos nuestro segundo, María pidió su primero y me puse a explicarles a Tere y a ella el plan para conseguir la libertad del Zarco. Lo hice fingiendo que no se lo había explicado ya a Tere, por supuesto: no queríamos que María intuyese lo que había entre nosotros, y tampoco que, dado que iba a ser la mujer del Zarco y a tener además un papel fundamental en mi plan, se sintiese relegada o desplazada o se pusiese celosa si sabía que yo había hablado antes con Tere que con ella. Las dos mujeres me escucharon mientras repetíamos de café, Tere fingiendo que era la primera vez que oía la explicación, y, en el momento en que dije que el Zarco y María debían casarse y añadí que el Zarco estaba entusiasmado con la idea, una sonrisa alumbró la cara de María. ¿De verdad?, preguntó. De verdad, respondí.

Terminé de hablar y les pedí su opinión sobre el plan. Tere se apresuró a dármela. Si a Antonio y a ti os parece bien, a mí me parece bien, dijo. A mí también, dijo María. Bueno, se corrigió en seguida, con timidez. Todo menos una cosa. ¿Qué cosa?, pregunté. María pareció reflexionar un momento. Había venido sola, sin su hija y, según nos dijo en cuanto se sentó, luego iba a ver al Zarco a la cárcel. Aunque el día era soleado, vestía su abrigo negro, y debajo llevaba una falda azul y un jersey jaspeado; se había recogido el pelo en una cola de caballo. Contestó: No quiero hablar con los periodistas. ¿Por qué no?, pregunté. Me da vergüenza, contestó. ¿Vergüenza?, volví a preguntar. Sí, volvió a contestar. Me da miedo. No sé hablar. No lo voy a hacer bien. Que hable Tere. O habla tú. Mientras María hablaba recordé un comentario del Zarco que en aquel momento pensé que había entendido mal o que me había tomado en serio cuando en realidad, pensé, debía de ser irónico («A María lo único que le interesa es salir en las revistas»). Me armé de paciencia, expliqué: Yo no puedo hablar, María. Y Tere tampoco. Con los periodistas tienes que hablar tú, que eres la compañera de Antonio y vas a ser su esposa, y que por eso eres la única que puedes convencerlos. Y no te preocupes; no vas a pasar ningún miedo: Tere y yo te acompañaremos a las entrevistas, ¿verdad, Tere? Tere dijo que sí. María insistió. Pero ¿de qué quieres que les convenza yo?, preguntó con un susurro impaciente. ¿Qué quieres que les diga? La verdad, contesté. Lo que me has dicho a mí tantas veces. Háblales de Antonio, háblales de tu amor por Antonio, diles que Antonio ya no es el Zarco, háblales de ti y de tu hija y de tu futuro y el de tu hija junto a Antonio. María me escuchaba negando con la cabeza, la vista fija en su taza de café sin café, la cola de caballo moviéndose a su espalda. No voy a saber, repetía. Claro que vas a saber, terció Tere. Ya te lo ha dicho el Gafitas: él y yo te acompañamos a donde haga falta y, si hay algún problema, allí estamos nosotros para echarte una mano. Exacto, dije, y luego improvisé: Además, si quieres yo te digo lo que estaría bien que dijeras. O lo consulto con Antonio y te lo decimos entre los dos. Eso es: si quieres, te damos una especie de guión y tú te lo aprendes y lo recitas a tu manera y luego, conforme te sientas segura, vas añadiendo cosas de tu propia cosecha hasta que al final hables solo por tu cuenta. ¿Qué te parece? María levantó la vista de la taza y me escrutó con una mezcla de curiosidad y suspicacia, como si preguntase: ¿Estás seguro? Antes de que pudiera añadir otra objeción porfié: Sí, eso es lo que vamos a hacer: Antonio y yo te escribimos lo que tienes que decir, que vendrá a ser lo que tú has dicho siempre; y luego tú te lo aprendes y lo dices a tu manera. Ya lo verás, será facilísimo. María continuaba negando débilmente con la cabeza. Lo hizo durante unos segundos más, en silencio, hasta que suspiró y se quedó quieta.

Costó todavía algún trabajo, pero al final, con la ayuda de Tere, María acabó diciendo que sí, y aquel mismo sábado empecé a trabajar. Al mediodía comí con mi hija, que desde hacía semanas no paraba de preguntarme por mi ligue (que es como ella llamaba a Tere, aunque no sabía que se llamaba así), de reprocharme que no se la presentase y de burlarse de los signos de su paso por nuestra casa (No me extraña que no quieras presentármela, me dijo en cuanto notó que las estanterías del comedor empezaban a llenarse de cedés con música de los setenta y ochenta. Menuda carroza debe de ser), y por la tarde fui a mi despacho a redactar la demanda de acumulación de penas y a preparar un bosquejo de guión para discutirlo con el Zarco y entregárselo luego a María. El lunes por la mañana di a leer a Cortés y a Gubau la demanda de acumulación de penas, la terminé de pulir y la hice enviar a la Audiencia de Barcelona, y hacia las cuatro, cargado con mi bosquejo de guión, fui a visitar al Zarco. Pasé casi toda la tarde con él. Le conté que María y Tere habían aceptado mi plan y él me dijo que ya lo sabía: María se lo había contado aquel fin de semana. Le expliqué que, tal y como yo la imaginaba, la campaña por su libertad vendría a ser una representación teatral en la que María debía interpretar el papel de protagonista y nosotros dos el de directores de escena. ¿Y Tere?, preguntó el Zarco. Tere será la ayudante de dirección, contesté. No sé si el Zarco sabía lo que era un ayudante de dirección, pero pareció satisfecho con mi respuesta. Luego se sacó un par de folios doblados del bolsillo trasero del pantalón y me dijo que llamase al funcionario de turno para que pudiese entregármelos. El funcionario apareció en seguida, abrió el cajetín pasapapeles y yo cogí los folios y les eché un vistazo: contenían una larga lista de nombres y números de teléfono de periodistas y personalidades con quienes el Zarco había tenido alguna relación o que se habían interesado en algún momento por su caso y a quienes, según él, yo podía pedir apoyo. Gracias, le dije, guardándome los folios. Esto nos va a ser muy útil; pero no ahora. El Zarco arrugó el entrecejo. Esta vez hay que hacer las cosas de otra forma, expliqué. No empezaremos por arriba sino por abajo. Razoné que, para los medios de comunicación nacionales, él ya prácticamente no existía; para los medios locales, en cambio (según habíamos comprobado en la vista oral del último juicio), todavía era alguien, así que primero había que reactivar del todo su figura en los medios locales y convertirlo otra vez en un caso, para luego poder reclamar sobre él la atención de los medios nacionales.

El Zarco me observaba con curiosidad, un poco sorprendido, pero no protestó, así que deduje que la sorpresa era grata y que aprobaba mi estrategia, y el resto de mi visita lo dedicamos a discutir el guión que debía gobernar las intervenciones públicas de María. Al final, más que un guión lo que preparamos fue un argumentario, un arsenal de lamentaciones, buenos propósitos y razonamientos saturado de clichés filantrópicos y sentimentales, acompañado de algo así como unas instrucciones de uso. Según el argumentario, el Zarco era una persona noble y generosa, condenada por el azar de su nacimiento a una vida de delincuencia, que llevaba más de la mitad de sus años presa sin haber cometido delitos de sangre y que había pagado con creces sus tropelías, madurado y aprendido de sus errores; en definitiva: el Zarco ya no era el Zarco sino Antonio Gamallo, un hombre de quien María, una mujer buena, sencilla y desdichada, se había enamorado con un amor que había vencido todos los obstáculos y que debía darles a ella y a su hija el marido y el padre que merecían, y al Zarco la familia que nunca había tenido y un futuro digno y en libertad. Hasta aquí el argumentario; por su parte las instrucciones decían más o menos lo siguiente: a fin de que María y el Zarco pudieran casarse en cuanto las autoridades penitenciarias le concedieran a él un permiso, María debía solicitar al gobierno un indulto parcial y, para conseguirlo, debía reunir el máximo número de firmas en apoyo de su solicitud; por ese motivo, en todas sus comparecencias públicas María pediría la adhesión a su causa de lectores, oyentes o telespectadores, que deberían enviarla a las señas que la propia María les proporcionaría durante la entrevista, unas señas que serían las de mi despacho, convertido así en una especie de cuartel general de la campaña por la libertad del Zarco.

Eso fue en síntesis lo que pactamos el Zarco y yo durante aquel encuentro en la cárcel. Al día siguiente convoqué a María en mi despacho, se lo expliqué y le entregué unas notas y un esquema. Me gusta, dijo, una vez que me hubo escuchado y hubo leído las notas y el esquema. Es la pura verdad. Me alegro, dije, sabiendo que por lo menos el cincuenta por ciento de aquello era pura mentira. Pero lo que importa no es que sea verdad, sino que convenza. Y ahí es donde entras tú. Esta semana te voy a conseguir un par de entrevistas. ¿Quieres que ensayemos lo que vas a decir? No hace falta, dijo María, blandiendo los papeles que acababa de entregarle. Si Tere y tú me acompañáis, con lo que dice aquí tengo suficiente. ¿Estás segura?, pregunté, sorprendido por su flamante aplomo. Creo que sí, contestó.

No le faltaban razones para estarlo. Durante esa semana quedé por separado con dos periodistas de los dos periódicos locales: *El Punt* y el *Diari de Girona*. Los dos me debían favores, a los dos les expliqué que me había hecho cargo de la defensa del Zarco y les pedí que entrevistasen a María para que les describiese la situación actual del Zarco y les diese un punto de vista inédito sobre el personaje; la reacción de los dos fue previsible, idéntica: una mezcla de escepticismo, de piedad y de fastidio, como si estuviera intentando venderles una mercancía de cuarta mano. No tuve más remedio que emplearme a fondo. Les recordé mis favores, prometí compensarles, apelé a la dimensión humana del asunto ponderando a María y sus esfuerzos por sacar al Zarco de la cárcel, a la dimensión popular del asunto exagerando la afluencia de periodistas y público en el último juicio del Zarco y finalmente a la dimensión política del asunto: el gobierno autónomo se había hecho cargo años atrás de las prisiones catalanas, y vaticiné que lo que en el caso del Zarco no había conseguido el centralismo izquierdista madrileño iba a conseguirlo el nacionalismo conservador catalán.

Con eso bastó. Las dos entrevistas se celebraron el viernes en mi despacho; tal y como le habíamos prometido a María, Tere y yo asistimos a ellas, Tere en calidad de amiga de María, yo en calidad de abogado del Zarco. Y entonces saltó la sorpresa. La sorpresa fue María, y consistió en que no solo les contó su historia a los periodistas, sino en que se la contó desplegando con una naturalidad y una elocuencia asombrosas los argumentos que el Zarco y yo le habíamos preparado, y encima interpretando con absoluta convicción el papel de mujer enamorada y justiciera dispuesta a todo para liberar a su hombre, cumplir su amor y proteger a su familia. Mientras presenciaba aquel espectáculo recordé otra vez la frase del Zarco, y solo entonces empecé a sospechar que encerraba, además de un juicio serio y no irónico, un juicio acertado. No sabe cuánto me alegré.

Las dos entrevistas se publicaron aquel mismo domingo y fueron un éxito: las dos ocupaban una página entera; las dos lucían en los titulares frases entrecomilladas de María que clamaban contra la injusticia que se estaba cometiendo con el Zarco; pese a que era evidente que los periodistas no se habían puesto de acuerdo en llamarla así, los dos llamaban a María −uno en el subtítulo, el otro en la entradilla de la entrevista−− «una mujer del pueblo», y ninguno de los dos ocultaba la simpatía que les inspiraba. Estas dos entrevistas simultáneas consiguieron llamar la atención sobre María, que a la semana siguiente habló para un par de radios locales y para una revista comarcal que aquel mismo mes le dio la portada. Era solo el principio. Luego llegaron los periódicos, las radios y las televisiones catalanas, y luego los periódicos, las radios y las televisiones del resto de España, de tal manera que en apenas unos meses el Zarco recuperó una notoriedad de la que no había disfrutado en muchos años, como si en vez de estar olvidado hubiera estado dormido y el país esperando que despertase. Quien obró este prodigio no fue el Zarco; fue María. Esta mujer es una caja de sorpresas, le decía a Tere cada vez que nos veíamos en mi casa. Ya te dije que a María lo único que le interesa es salir en las revistas, me repetía el Zarco cada vez que nos veíamos en la cárcel. Durante algún tiempo la gente se devanó los sesos tratando de averiguar qué es lo que convirtió a María en lo que la convirtió. Yo no lo sé; yo solo le repito que nada de lo que ocurrió después estaba planeado de antemano, y que fui el primer sorprendido de que aquella mujer que al principio parecía aterrada ante la idea de enfrentarse a un periodista se sintiera de un día para otro ufana y como en casa delante de un micrófono. En las entrevistas de prensa su capacidad de seducir era extraordinaria, pero en las entrevistas de radio y televisión, donde se expresaba sin intermediarios, el efecto que producía era demoledor: por momentos María hablaba con la tristeza de una niña herida, con la furia de una madre a quien desean arrebatarle sus hijos, con la sabiduría de una anciana que conoce el amor, la pobreza y la guerra. Pero no era solo lo que decía y cómo lo decía; en la radio y la televisión María hablaba también con su voz, con sus gestos, con sus miradas, con su forma de vestir, y todo esto terminó por componer un personaje irrefutable que empezó a llamar la atención de muchos y con el que muchos se empezaron a identificar: una mujer del montón capaz de transfigurarse hasta quedar investida de la grandeza de una heroína antigua o de una Piedad moderna, y en consecuencia capaz de convencer a cualquiera de que esa grandeza estaba también a su alcance. Por lo demás, el hecho de que aquella clase de mujer —una madre dolorida, honesta, valerosa y enamorada— fuera la prometida de Antonio Gamallo permitía imaginar que el Zarco ya no existía y que Gamallo era solo un hombre corriente con un pasado excepcional que merecía un futuro corriente.

—De modo que así empezó todo. Quiero decir que así empezó la historia de María.

—Tal y como se lo he contado. Nadie quería crear un personaje mediático nuevo. Con el personaje del Zarco teníamos suficiente: lo que queríamos era ponerlo otra vez en circulación, que volviese a existir, que la gente se acordase de él. Nada más. El resto, se lo repito, fue pura casualidad.

—Le creo: si alguien se hubiese propuesto crear un personaje mediático como María Vela, hubiese fracasado.

—Exacto. Todas esas teorías que me pintan como el genio que inventó a María y al que luego María le salió por la culata no tienen ni pies ni cabeza. La realidad es que a lo sumo, como usted decía, le di cuerda; pero ella en seguida prescindió de mí y siguió su camino. Lo que de verdad me reprocho es no haber visto antes que María se estaba adueñando de nuestra historia, que era ella y no el Zarco la que empezaba a ser el centro de las entrevistas, y que se había convertido en un personaje tan popular como el Zarco.

–¿Cuándo se dio cuenta de eso?

–No lo sé. Tarde. Y debí haberlo notado casi al principio, por ejemplo cuando la televisión catalana emitió en horario de máxima audiencia, después de años de silencio, un reportaje sobre el Zarco. Se titulaba «El Zarco, el preso olvidado de la democracia». No sé si lo ha visto, es una de las cosas que faltan en mi archivo.

–No, no lo he visto.

–Pues consígalo: le interesará. Yo tuve bastante que ver con él, entre otras razones porque al principio el director de la cárcel se negó a que se filmase en ella y los productores del programa recurrieron a mí y yo recurrí al director general de Institucions Penitenciàries, que fue el que arregló el problema. El caso es que en teoría el Zarco era el protagonista del reportaje; y sí, el reportaje contenía imágenes y declaraciones recientes del Zarco, pero quien lo dominaba era María, y uno terminaba de verlo con la sensación de que era a María y no al Zarco a quien la sociedad castigaba manteniendo al Zarco en la cárcel: en las imágenes se la veía hablar de su amor por el Zarco, de la bondad y la ternura del Zarco, de la promesa de felicidad que representaba para ella la promesa de un futuro junto al Zarco; se la veía servir en el bar del colegio y faenar en su casa de separada con su hija al lado; se la veía mirar directamente a la cámara en actitud casi desafiante y rogarles a los espectadores que se sumaran a la campaña por la libertad del Zarco y enviaran por escrito su adhesión a las señas de mi bufete, unas señas que a partir de aquel momento aparecían en la parte inferior de la pantalla; vestida con el mismo abrigo negro y el mismo chándal rosa con que yo la había conocido en mi despacho, y agarrada de la mano de su hija, se la veía entrar y salir por la puerta de la cárcel en la desolación vespertina de un domingo de invierno… En fin. El programa tuvo un éxito descomunal, y en los días que siguieron a su emisión cayó sobre mi despacho una lluvia de peticiones de indulto y de mensajes de solidaridad con el Zarco.

Aquel triunfo debió ponerme sobre aviso, pero no hizo más que contribuir a mi felicidad. Claro que en aquella época no había nada o casi nada que a su modo no contribuyera a mi felicidad. Mi idilio con Tere funcionaba a toda máquina, mi trabajo era absorbente, mi vida había tomado una dirección y un sentido y había puesto en marcha una estrategia para liberar al Zarco que funcionaba mejor de lo que yo mismo había previsto. Por supuesto, me hubiera gustado ver a Tere más a menudo, pasar con ella algún fin de semana, presentársela a mi hija y a mis socios, pero, cada vez que se lo insinuaba, ella aseguraba que yo estaba intentando romper las reglas del juego y que no había ninguna razón para cambiarlas porque hasta entonces habían funcionado bien, y a mí no me quedaba más remedio que aguantarme y aceptar que tenía razón o parte de razón: a fin de cuentas yo estaba feliz, y ella también; qué importaba que solo nos viéramos fuera de mi casa por asuntos de negocios o que yo apenas supiese de su vida fuera de allí o que jamás hubiese entrado en su casa, en Vilarroja, a pesar de haberla llevado en coche hasta la puerta un par de veces. Incluso María estaba feliz, o lo parecía. No solo parecía sentirse muy a gusto interpretando su nuevo papel sino que parecía aceptar encantada su fama repentina, como si estuviera acostumbrada desde siempre a que los periodistas la entrevistaran y a que la gente la reconociera y la saludara por la calle; su duplicidad me fascinaba: delante de los micrófonos y las cámaras era una desgarrada heroína popular, pero al marcharse las cámaras y los micrófonos se convertía de nuevo en una mujer irrelevante y gris, completamente anodina. Tere y yo continuamos acompañándola mucho tiempo a sus entrevistas, no porque lo necesitase, sino porque nos lo pedía o porque, como era la única forma de que Tere y yo pudiéramos vernos fuera de mi casa, me las arreglaba para que nos lo pidiese. En resumen: yo estaba contento, pero Tere y María también; el único que no estaba contento era el Zarco.

—¿El Zarco?

—No me extraña que le extrañe; a mí también me extrañaba. No entendía por qué, precisamente cuando empezábamos a vislumbrar una salida a su situación, se evaporaba su buen ánimo de los primeros días y se mostraba cada vez más pesimista y más quejoso. Tiempo después entendí que había dos razones para esto. La primera es que a aquellas alturas el Zarco era ya un mediópata: se había pasado la mitad de su vida saliendo a diario en los periódicos, la radio y la televisión y le costaba trabajo vivir sin ser el protagonista de la película ni aparecer en los medios; ese es, estoy seguro, uno de los motivos por los que aprobó la campaña que propuse para reactivar la popularidad de su personaje. El problema fue que, como estaba acostumbrado a ocupar el centro de atención, no le gustó nada que ese lugar pasase a ocuparlo María.

—¡Pero si María había pasado a ocupar el centro de atención para sacarlo a él de la cárcel!

—¿Y eso qué tiene que ver? Un mediópata es un mediópata, ¿no lo entiende? El enfado del Zarco no era racional; la prueba es que, si alguien le hubiese dicho que estaba enfadado, hubiese respondido que era falso. Lo que pasaba simplemente es que hería su autoestima de estrella mediática que la prensa hubiese puesto el foco sobre María en vez de ponerlo sobre él. Nada más. Aunque eso explicaba solo una parte de su malestar; lo otro, que quizá era lo fundamental, tardé todavía más tiempo en entenderlo.

En realidad, no lo entendí hasta un día de finales de primavera. Aquella mañana, más o menos seis meses después de haberme hecho cargo de la defensa del Zarco, mucho antes de lo que imaginábamos, la Audiencia de Barcelona refundió todas sus condenas reuniéndolas en una sola de treinta años. Era la noticia que esperábamos, una noticia buenísima, y, en cuanto la supe, se la di por teléfono a Tere y a María, y por la tarde corrí a la cárcel para dársela al Zarco. Su reacción fue mala, pero mentiría si dijera que me sorprendió. Me decepcionó, pero no me sorprendió. Para entonces, como le decía, yo ya llevaba varias semanas notándole tenso y nervioso, irritable, oyéndole quejarse de todo y despotricar de la cárcel, de la persecución a la que según él lo sometían un par de funcionarios y de la pasividad del director, que (también según él) permitía la persecución. Al darme cuenta de su inquietud me había apresurado a hablar con María y con Tere, pero María me había dicho que no había notado nada y Tere me había acusado de exagerar y, como de costumbre, había quitado importancia al asunto. No le hagas caso, me dijo, refiriéndose al Zarco. De vez en cuando se pone así. Es natural, ¿no? Yo me habría vuelto loca si llevara más de veinte años casi sin salir de la cárcel. Luego me aconsejó: Paciencia. Ya se le pasará.

Seguí el consejo de Tere, pero el desasosiego del Zarco no se pasó, no al menos en las semanas siguientes. Por eso decía que no me extrañó su reacción, aquella tarde en el locutorio: al escuchar la gran noticia que yo había ido a darle, no se felicitó, no me felicitó, ni siquiera se alegró; se limitó a preguntarme en tono exigente si la refundición de condenas significaba que podría salir en seguida de la cárcel. A pesar de que era una pregunta que en las últimas semanas me había hecho muchas veces, volví a contestársela: le dije que, aunque no sabíamos cuándo iba a conseguir la libertad definitiva, en un par de semanas podría empezar a salir de permiso y en unos meses podría disfrutar del régimen abierto. Reaccionó como si no conociera de antemano la respuesta y, con un mohín de desprecio, dio un bufido. Eso es mucho tiempo, dijo. No sé si voy a aguantar. Haciendo chasquear la lengua sonreí. ¿Cómo no vas a aguantar, hombre?, pregunté, con aire despreocupado. Son solo unas semanas, unos meses, nada. No lo sé, repitió. Estoy harto de esta cárcel. Natural, dije. Lo que no entiendo es que todavía no te hayas escapado. Pero ya no merece la pena: dentro de nada, ya digo, empezarás a salir de permiso. Sí, contestó. Para volver a entrar al día siguiente. No quiero volver a entrar. No quiero volver a esta mierda. Estoy hasta los huevos. Lo he decidido. ¿Qué es lo que has decidido?, pregunté, alarmado. Me piro, contestó. Voy a pedir que me trasladen. Hablaré con mi amigo Pere Prada, le diré que estoy harto y que quiero el traslado. Aquí no aguanto más. Y a continuación volvió a maldecir la cárcel, al director y a los dos funcionarios que al parecer lo acosaban. Yo traté de que no nos enterrara la avalancha de quejas, pero la forma en que lo hice fue equivocada: interrumpiéndole cada dos frases, continué bromeando, procuré quitar hierro a aquel memorial de agravios, le aseguré que al empezar a salir de permiso todo cambiaría; por fin, cuando volvió a mencionar a su «amigo» Pere Prada y yo le recordé en tono sarcástico, como acusándole de petulante, que Prada no era su amigo sino el director general de Institucions Penitenciàries, él me atajó en seco: ¡Que te calles, coño! Entre las cuatro paredes del locutorio, la orden del Zarco estalló igual que una injuria. Al oírla, pensé en levantarme y marcharme; pero, cuando me disponía a seguir ese impulso, miré al Zarco y de repente vi en sus ojos una cosa que no recordaba haber visto y que, la verdad, ya no esperaba ver, y menos aún en aquel momento, una cosa que me pareció la explicación completa de su inquietud. ¿Sabe lo que era?

–No.

–Miedo. Puro y simple miedo. No daba crédito, y el asombro hizo que me tragara el orgullo, me calló y me clavó en mi pupitre. Aguardé una disculpa del Zarco, que no llegó; lo único que llegaba hasta mí, en el silencio del locutorio, filtrado por el cristal que separaba la doble reja, era su respiración ronca y entrecortada. Me puse de pie, estiré las piernas por el locutorio, respiré hondo, volví a sentarme en el pupitre y, después de una pausa, intenté que el Zarco entrara en razón. Dije que le entendía pero que no era momento de pensar en traslados, aseguré que en cuanto pudiese hablaría con el director de la cárcel y le exigiría que terminase con la persecución de los funcionarios, le pedí que aguantase un poco más, le recordé que tenía al alcance de la mano aquello por lo que había estado luchando tanto tiempo, le rogué que se calmase, que no lo estropease todo. El Zarco me escuchó cabizbajo, todavía furioso, todavía resollando un poco, aunque cuando terminé de hablar pareció apaciguado; dejó pasar unos segundos, insinuó una sonrisa que casi parecía una disculpa o que interpreté como una disculpa, aceptó que yo podía tener razón y al final me pidió que hablase cuanto antes con el director de la cárcel para que acabase con el hostigamiento de los funcionarios y acelerase lo posible la concesión de los permisos y el régimen abierto. Le dije que sí a todo, le prometí que en cuanto saliera del locutorio iría a ver al director de la cárcel y, sin más explicaciones, nos despedimos.

Hice lo prometido. Y aproximadamente tres semanas después el Zarco disfrutó de su primer permiso de fin de semana en mucho tiempo.

—¿Entonces cree usted que era una mezcla de celos y de miedo lo que hizo que el Zarco perdiese el optimismo del principio, lo que le inquietaba y le sacaba de sus casillas?

—Sí. Aunque lo fundamental era el miedo.

—Pero ¿miedo a qué?

—Eso tardé todavía más en entenderlo. ¿Sabe usted lo que es querer y temer una cosa a la vez?

—Creo que sí.

—Pues eso era lo que le pasaba al Zarco: no había nada que quisiese tanto como ser libre, y al mismo tiempo no había nada que temiese tanto como ser libre.

—¿Está usted diciéndome que el Zarco tenía miedo a salir de la cárcel?

—Exactamente.

6

—¿Que si Gamallo tenía miedo a salir de la cárcel? ¡Pues claro! ¿Cómo no iba a tenerlo? ¿Se lo ha dicho Cañas? ¿Y cuándo lo ha averiguado? Porque, si lo hubiera averiguado a su debido tiempo, se hubiese ahorrado muchos disgustos, y de paso nos los hubiese ahorrado a los demás. Y el caso es que si lo piensa bien no era tan difícil, ¿eh? Gamallo llevaba décadas viviendo en la cárcel; la vida en la cárcel es mala, pero con los años acabas dominando sus reglas y acostumbrándote a ella, y puede acabar pareciéndote una vida cómoda. Es lo que le pasaba a Gamallo, que en realidad casi no conocía otra clase de vida. Para él, la cárcel era su casa, mientras que la libertad era la intemperie: se le había olvidado qué era aquello, qué había allí, cómo comportarse allí, quizá incluso quién era él allí.

—Cañas viene a decir que, en teoría, no había nada que el Zarco deseara tanto como salir de la cárcel, pero que en el fondo no había nada que temiera tanto.

—Tiene razón: cuando estaba lejos de la libertad, el Zarco hacía lo que podía por acercarse a ella, mientras que, cuando se acercaba demasiado a ella, hacía lo que podía por alejarse. Yo creo que esto explica en parte lo que pasó. Al ingresar en la cárcel de Gerona a finales de año, Gamallo era un preso bastante centrado y sin ganas de bulla, más bien con ganas de pasar inadvertido, de integrarse con los demás presos y de colaborar con nosotros; cuatro o cinco meses después, cuando ya podía empezar a plantearse la posibilidad de solicitar permisos de fin de semana, se había convertido en un preso hosco, rebelde y descompuesto, que se enfrentaba a todo el mundo y veía enemigos por todas partes. La perspectiva de la libertad lo desquiciaba. Insisto en que, si Cañas hubiese entendido a tiempo todo esto, quizá no hubiese actuado de la peor forma posible, que es como actuó: tratando de sacar de la cárcel a Gamallo cuanto antes y de cualquier forma, en vez de ser prudente y dar tiempo al tiempo y dejarle madurar y dejarnos prepararlo para la libertad (suponiendo que hubiésemos podido hacerlo, claro); y, sobre todo, montando aquella funesta campaña de prensa que devolvió a Gamallo a las primeras páginas de los periódicos.

—¿Le dijo todo esto a Cañas?

—Por supuesto. En cuanto pude. En cuanto lo tuve claro.

—¿Cuándo fue eso?

—La segunda vez que nos vimos en mi despacho. En esta ocasión fue él quien pidió el encuentro. O más bien quien lo improvisó. Aquella tarde yo estaba negociando con un contratista que iba a encargarse de unas obras pendientes desde hacía tiempo en la cárcel cuando mi secretaria me interrumpió para decirme que Cañas quería verme con urgencia. Le dije que iba a tardar en terminar y que concertase una cita con el abogado para cualquier día de aquella semana, pero la secretaria me contestó que Cañas insistía en reunirse de inmediato conmigo y acepté recibirle. Abrevié el diálogo con el contratista, pero en cuanto vi entrar a Cañas en mi despacho comprendí que me había equivocado y que debía haberle hecho esperar todavía otro rato, para que se tranquilizase. Le estreché la mano y le ofrecí el sofá, pero no se sentó, y nos quedamos los dos de pie junto al tresillo. Lo primero que me dijo Cañas fue que acababa de hablar con Gamallo y que venía a presentar una protesta, y lo primero que pensé al oírle fue que no me extrañaba que viniera a presentar una protesta en nombre de Gamallo y que, aunque probablemente era un hombre crecido por el triunfo de la ofensiva mediática que había lanzado en favor de su cliente y por los apoyos políticos y populares que había ganado para ella, Gamallo había conseguido contagiarle su nerviosismo de los últimos tiempos. Pensé en decirle: ¿Para eso ha armado este escándalo con mi secretaria? Aunque al final solo le dije: Usted dirá.

Sin más preámbulos Cañas me echó en cara el maltrato al que, según él, sometían a su cliente dos funcionarios. Remató su queja con la amenaza de presentar una demanda judicial contra mis dos subordinados, la de hablar con el director general de prisiones y la de llevar el caso a los periódicos. Luego concluyó, rotundo: O para usted esto o lo paro yo. Cañas me señalaba con el dedo índice, los ojos abiertos de par en par detrás de los cristales de las gafas; el ganador caballeroso y un poco engreído de la primera visita había desaparecido, y lo sustituía un señorito iracundo, con pánico a perder. Me quedé observándole en silencio. Bajó el dedo. Entonces le pregunté los nombres de los dos funcionarios y Cañas me los dijo: eran dos de mis hombres de máxima confianza (uno, el jefe de servicio; otro, un funcionario que llevaba veinte años trabajando a mis órdenes). Suspiré y volví a ofrecerle asiento, esta vez frente a mi mesa de trabajo; el abogado volvió a rechazarlo, pero yo hice como si lo hubiese aceptado y me senté. No se preocupe, dije. Abriré una investigación. Hablaré con los dos funcionarios. Me enteraré de lo que ha pasado. De todos modos, añadí en seguida, recostándome en mi butaca y haciéndola girar. Déjeme que le sea sincero: yo esto ya me lo esperaba. Cañas me preguntó, impaciente, qué era lo que me esperaba. Reflexioné un momento, intenté explicarme: aseguré que de un tiempo a esta parte todos mis especialistas venían notando un retroceso físico y psicológico en Gamallo, que desde hacía un par de semanas Gamallo rechazaba el tratamiento sustitutorio a base de metadona con que combatía su adicción a la heroína (lo que solo podía significar que había encontrado una forma de conseguir esa droga y la estaba usando), que su relación con los funcionarios y con los demás presos se deterioraba a diario y que todo el equipo de dirección de la cárcel echaba parte importante de la culpa del desaguisado al alboroto de la campaña propagandística en favor del indulto y sobre todo a la nueva vida inesperada que ese alboroto le había dado al personaje del Zarco.

Hasta ese momento, Cañas me había escuchado refrenando a ojos vista las ganas de intervenir, pero aquí ya no pudo más. No sé de qué me habla, dijo. El Zarco está muerto. El Zarco está vivo, le contradije con suavidad. Estaba muerto, pero usted lo ha resucitado. Si esa pobre mujer no se pasase los días contándoles cuentos de hadas a los periodistas, con usted a su lado, quizá esto no estaría pasando. Me refería a María Vela, claro, a la que Cañas usaba como ariete en su campaña por la libertad del Zarco; excuso decirle que lo que yo había dicho lo sabía todo el mundo, pero a Cañas no le gustó escucharlo. Dio un par de pasos al frente, apoyó sus manos en la mesa de mi despacho, se inclinó hacia mí. Dígame una cosa, director, me espetó. ¿Por qué no se mete en sus asuntos y nos deja en paz a los demás? Cañas respiraba con fuerza, las aletas de su nariz temblaban y, más que hablar, había balbuceado, igual que si la furia le trabase la lengua; como usted sabe, yo había intentado evitar desde el principio el enfrentamiento con él, pero ahora comprendí que ya no podía echarme atrás. Contesté: Porque este asunto también es mío. Tan mío como suyo, abogado. Créame: me gustaría que no lo fuera, pero lo es. Y, como también es mío, tengo la obligación de decirle lo que pienso, y es que es usted quien debería dejar en paz a Gamallo. Le quede lo que le quede de vida, está usted ayudando a jodérsela. Comprendí que esta verdad terminara de irritar a Cañas;

comprendí que replicara: Los que siempre han intentado joderle la vida a Gamallo son gente como usted. Y añadió, incorporándose de nuevo: Solo que esta vez no van a conseguirlo. Dicho esto, Cañas pareció dar por terminada la entrevista, caminó hasta la puerta de mi despacho y la abrió, pero antes de cruzarla se detuvo, giró en redondo y volvió a señalarme con su índice de señorito iracundo. Ocúpese de que esos funcionarios no vuelvan a molestar a mi cliente, me exigió. Y otra cosa: vamos a empezar a pedir permisos de fin de semana; espero que nos los conceda. Le pregunté si aquello era una amenaza. No, respondió. Solo es un consejo. Pero es un buen consejo. Acéptelo. Claro, dije, recostándome en mi butaca y levantando las manos en un gesto entre burlón y conciliador. ¿Tengo otro remedio?

El abogado se marchó con un portazo y me dejó perplejo. Seguía sin saber si Cañas era un ingenuo redomado que creía todo lo que le contaba Gamallo o un cínico redomado que fingía creerlo y en realidad solo iba en busca de fama a costa de la fama de Gamallo. Sea como sea, me resigné a recibir una nueva llamada del director general, a quien Cañas ya había recurrido unas semanas atrás para que me obligara a autorizar que unas cámaras de televisión grabasen a Gamallo en la cárcel. Pero no me llamó el director general, nadie me dio ninguna indicación sobre cómo manejar a Gamallo, nadie presentó ninguna demanda contra nadie y el asunto no saltó a los periódicos. No solo eso: aunque dos días después recibí una solicitud de permiso de fin de semana a nombre de Gamallo y con la firma de Cañas, por la tarde el abogado volvió a mi despacho para pedirme disculpas por el comportamiento que había tenido durante su visita anterior. Fue entonces cuando mi concepto de Cañas cambió y él empezó a caerme bien, porque es necesario más coraje para reconocer un error que para empecinarse en él, y mucho más para hacer las paces que para declarar la guerra. Aquella tarde le agradecí el gesto a

Cañas, le dije que no tenía de qué disculparse, di por zanjado el incidente y le expliqué que, como solo hacía unas horas que había recibido su solicitud, ya no habría tiempo para que Gamallo saliera de la cárcel aquel mismo fin de semana, pero sí para que lo hiciera el otro.

En los días posteriores hablé con los dos funcionarios a los que Gamallo acusaba de perseguirlo y les pedí que se apartaran de él, hablé con los miembros del equipo de la cárcel y les pedí que extremaran las precauciones con nuestro hombre, y el fin de semana siguiente Gamallo salió de permiso por vez primera en mucho tiempo.

7

—El sábado en que el Zarco salió por primera vez de permiso de fin de semana quedé al mediodía con Tere frente a la estafeta de Correos, y desde allí fuimos a la calle Marfà en busca de María y de su hija. Cuando llegamos a la cárcel ya había en la puerta una nube de periodistas, que cayó sobre María y sobre su hija apenas bajaron del coche. María los atendió y, después de contestar unas pocas preguntas, entró en la cárcel acompañada de su hija. Tere y yo nos quedamos fuera, charlando a unos pasos de los periodistas, a los que ahuyenté entre bromas con el razonamiento de que aquel era el día del Zarco y no el mío.

Al cabo de diez minutos salió el Zarco. La salida pareció diseñada por un escenógrafo: María y su hija lo cogían cada una de una mano; los tres sonreían a las cámaras. Durante los segundos en que posaron en el patio exterior de la cárcel, el Zarco contestó preguntas de los informadores y luego, todavía perseguidos por los flashes de los fotógrafos y las cámaras de televisión, salieron a la calle y entraron en el coche. Tere y yo los esperábamos dentro; María y su hija se sentaron detrás, junto a Tere; sin saludarnos ni a Tere ni a mí, el Zarco se sentó delante, a mi lado. Los periodistas rodeaban el coche y por un momento todos los que estábamos dentro nos quedamos inmóviles y en silencio, como si hubieran parado el tiempo o estuviéramos congelados o atrapados en una bola de vidrio, pero en seguida el Zarco se volvió hacia mí con una alegría total en los ojos y dijo con una voz tan profunda que pareció salirle del estómago: Arranca de una puta vez, Gafitas.

Para celebrar el permiso del Zarco los invité a comer en un restaurante de Cartellà, un pueblo cercano. En mi recuerdo fue una comida muy rara, quizá porque era la primera vez de casi todo: la primera vez que el Zarco salía de la cárcel en mucho tiempo, la primera vez que el Zarco y María estaban juntos fuera de la cárcel, la primera vez que el Zarco, Tere y María estaban juntos, la primera vez también que los cinco estábamos juntos. Lo cierto es que nadie sabía exactamente cómo comportarse, ni sabía qué papel le tocaba interpretar, o si lo sabía no sabía interpretarlo, empezando por el Zarco, que interpretaba mal el papel de preso de permiso y futuro marido de María, y acabando por mí, que interpretaba mal el papel de abogado y antiguo compinche de preso de permiso (además de amante secreto de Tere). Pero lo peor de todo fue que, en cuanto vi al Zarco y a María, uno al lado del otro, sentí sin lugar a dudas que una pareja así no podía funcionar, ni siquiera dar el pego durante mucho tiempo: no era solo que aquella combinación de quinqui auténtico y aparente samaritana resultara del todo improbable; es que el Zarco no le hizo ni el más mínimo caso a María —ni a María ni a su hija—, y se pasó la comida tragando a dos carrillos, bromeando y contándonos historias a Tere y a mí mientras yo intentaba dar conversación a María y a su hija, que apenas comió y se dedicó a observar a unos y a otros con ojos de espanto. La consecuencia de aquel error general de casting y de la pésima educación del Zarco, o de su incapacidad para fingir, fue que, además de muy extraña, la comida resultó muy incómoda: muy incómoda para todos excepto para él, que pareció disfrutar de lo lindo; también resultó mucho más corta de lo previsible, gracias a Tere y a mí (que nos hicimos cargo de la situación en seguida y, sin necesidad de ponernos de acuerdo, tratamos de abreviarle el mal rato a María), y eso a pesar de que al final no había manera de sacar del comedor al Zarco, a quien el propietario del restaurante cometió la equivocación de pedirle que firmara en su libro de visitas.

Antes de las cuatro de la tarde paré el coche en la calle Marfà. ¿Es aquí?, preguntó el Zarco, atisbando por el parabrisas. María dijo que sí, se despidió y se marchó con su hija hacia el portal de su casa. Bueno, suspiró el Zarco. Me parece que yo también me quedo. Lo dijo sin el menor entusiasmo, sabiendo que era lo que se esperaba que dijera. Salió del coche y se quedó junto a él, con un brazo apoyado en el techo, mirándonos a Tere y a mí por la ventanilla. Había bebido bastante, y parecía más contento que resignado. Al loro con el fin de semana, cabrones, bromeó. No os vayáis a desmadrar. Luego dio una palmada en el capó del coche y se fue detrás de María y de su hija.

—¿Se quedó usted preocupado?

—No. No lo creo. ¿Por qué?

—Bueno, usted lo ha dicho: el Zarco y María no parecían una pareja muy verosímil. Además, con la expectación que había levantado la salida del Zarco, con todas las autoridades penitenciarias pendientes del éxito de la operación y con el director de la cárcel en contra de ella, cualquier error podía dar al traste con su último medio año de trabajo.

—Eso es verdad. Pero también es verdad que yo confiaba en el Zarco y estaba convencido de que quería salir en libertad y no iba a cometer ninguna estupidez. Aunque quizá tenga usted razón: quizá estaba más preocupado de lo que recuerdo, o de lo que podía o quería reconocer. No lo sé. En todo caso tampoco recuerdo que aquel fuera un fin de semana especial. Lo que sí recuerdo es que después de dejar al Zarco le propuse a Tere tomar un café y que ella rechazó la invitación alegando que el martes le esperaban dos exámenes y que tenía que estudiar, y que luego la llevé a su casa; también recuerdo que me pasé el resto del sábado y el domingo sin pisar la calle y sin ver a nadie salvo a mi hija, y que el lunes por la mañana, después de que la noche anterior el Zarco hubiera vuelto a la cárcel, redacté personalmente la solicitud de indulto parcial. Al mediodía fui a ver al Zarco para que la firmase, y por la tarde remití toda la documentación del caso al Ministerio de Justicia.

De ese modo el Zarco empezó a disfrutar de permisos regulares de salida, primero cada tres semanas, luego cada dos semanas, luego cada semana. Como es natural, yo tenía la esperanza de que estos pedazos crecientes de libertad mejorasen su estado de ánimo y su situación en la cárcel; lo que pasó fue exactamente lo contrario: en vez de disminuir o de aplacarse, la inquietud del Zarco no hizo más que aumentar, cada vez más incontrolable y más absurda. Un ejemplo: conseguí que el director de la cárcel le separase de los dos funcionarios que según él le hacían la vida imposible, pero de inmediato empezó a quejarse de dos funcionarios distintos. Otro ejemplo: en cada una de las visitas que le hacía le rogaba que evitase cualquier conflicto, pero él me contestaba como si no me hubiese oído o como si le hubiese dicho lo contrario de lo que le había dicho, hablándome de las quejas que sus indisciplinas y protestas provocaban entre el personal de la cárcel, y haciéndolo como si se sintiese cada vez más orgulloso de ellas. Yo aún no entendía del todo la forma de funcionar del Zarco, o no quería entenderla: desde nuestro primer encuentro en la cárcel yo era consciente de la duplicidad o la contradicción interior que lo desgarraba —la contradicción entre la leyenda, o el mito, y la realidad, entre el personaje y la persona—; pero, a pesar de esa intuición exacta, yo no aceptaba que, como me había dicho muy pronto el director de la cárcel, la campaña de prensa que había puesto en marcha para conseguir la libertad del Zarco acentuaba en vez de atenuar esa contradicción, porque resucitaba, para desgracia de la persona, la leyenda y el mito de un personaje que a aquellas alturas ya estaba casi amortizado.

Supongo que hay que atribuir en parte a esta resurrección el exhibicionismo petulante con que en esa época, justo cuando empezó a salir en libertad, el Zarco me mantenía informado de sus desafueros y de la degradación de su vida en la cárcel. Pero que estuviera informado de ella no significa que fuera capaz de frenarla. Durante los permisos del Zarco no nos veíamos, y, por mucho que yo le preguntaba luego, él no me hablaba de esos fines de semana libres (solo las cosas de la cárcel parecían excitar su locuacidad). Tampoco entre semana podía hacer mucho por arreglar las cosas: durante nuestras conversaciones en el locutorio yo tenía que limitarme a escucharle, a aguantar sus destemplanzas, chulerías y salidas de tono y a tratar de calmarle y darle ánimo y noticias alentadoras, y fuera de la cárcel no pasaba de intentar mantener viva la campaña en favor de su indulto y de seguir acompañando a María (con Tere o sin Tere) en sus entrevistas promocionales. Por entonces, además, tuve que volver a ocuparme en serio de las cosas del bufete. Llevaba medio año sin hacerlo, trabajando casi únicamente en el caso del Zarco, y en ese tiempo se había producido un cierto desbarajuste que ni Cortés ni Gubau acertaron a corregir y que nos había hecho perder algunos clientes («Ya sabía yo que esto del Zarco nos iba a meter en un lío que te cagas», solía decir Cortés durante nuestras cervezas de los viernes en el Royal. «Pero no creía que iba a ser para tanto»). Así que volví a llevar los casos importantes, volví a viajar con frecuencia, volví a quedarme a trabajar hasta tarde en mi despacho. Estos cambios afectaron a mi relación con Tere. No es que dejáramos de vernos, pero nos veíamos menos, y por eso empecé a insistir en que trasladásemos nuestras citas de entre semana a los fines de semana, que era cuando yo podía disponer de más tiempo libre; pero Tere siempre se negó en redondo: decía que los fines de semana eran el único momento en que podía estudiar y que además, si trasladábamos a ellos nuestras citas, dejarían de ser secretas. Tonterías, replicaba yo. ¿Y tu hija?, argumentaba Tere. No viene cada fin de semana, contestaba yo. Además, a ver si te crees que se chupa el dedo y no sabe ya que estoy saliendo con alguien... Sin contar con que podemos ir a tu casa, o a cualquier otro sitio. Tere no cedía: no aceptaba ir a su casa, ni que nos viésemos el fin de semana, ni conocer a mi hija o a mis amigos. Cualquiera diría que te avergüenzas de mí, le dije una vez, exasperado por su intransigencia. Tere me miró sorprendida y después sonrió con una sonrisa enigmática (o que a mí me lo pareció), pero no dijo nada.

Todo esto –la degradación personal del Zarco, mi vuelta en toda regla al trabajo del bufete y un ligero enfriamiento de mi relación con Tere– explica lo que pasó una noche de finales de mayo o principios de junio, cuando el Zarco encadenaba ya varios permisos de fin de semana consecutivos. Fue una noche importante para el Zarco y para mí. Me había acostado temprano y llevaba un rato durmiendo cuando sonó el teléfono. Descolgué. ¿Cañas?, oí. Soy yo, contesté. Soy Eduardo Requena, dijo el director de la cárcel. Disculpe que le llame a estas horas. Todavía tumbado en la cama y a oscuras, recobré de golpe la realidad: era domingo y de madrugada; al instante pensé que había ocurrido algo con el Zarco. No se preocupe, dije. ¿Qué ha pasado? Le llamo por Gamallo, contestó efectivamente el director. Son las doce y no ha llegado. Debería estar en su celda desde las nueve. Si no aparece antes del desayuno tendremos problemas.

Requena y yo apenas intercambiamos otro par de frases; no hizo falta más: el Zarco no había vuelto de su permiso de fin de semana y, a menos que yo averiguase dónde se había metido y consiguiese devolverlo a la cárcel, la campaña por su libertad se iría al garete. Colgué el teléfono, encendí la luz, me senté en la cama, reflexioné un momento, descolgué el teléfono y llamé a María, que al descolgar me dijo que no estaba durmiendo sino viendo la tele. Le conté lo que me había contado Requena y, con una voz que no delataba sorpresa ni alarma, ella me explicó que no lo entendía y que aún no eran las nueve cuando había dejado al Zarco a doscientos metros de la puerta de la cárcel. Me dijo que quería dar un paseo antes de entrar, aseguró María. Le pregunté si aquel fin de semana había pasado algo anormal y María me contestó que dependía de lo que yo considerase anormal y que para ella la pregunta no era si había pasado algo anormal sino si había pasado algo normal. Le pregunté qué quería decir con eso y María me contestó, irritada, que lo que había dicho. Sin entender su irritación, le pregunté si tenía alguna idea de dónde podía estar el Zarco y María me contestó, más irritada aún, que se lo preguntase a Tere. ¿Ha pasado el fin de semana con Tere?, pregunté, incrédulo. Eso pregúntaselo a ella también, contestó.

No quise discutir más ni hacer preguntas, tampoco había tiempo, de modo que le pedí a María que no se moviera de su casa, por si el Zarco la llamaba o aparecía por allí. Después colgué, descolgué y empecé a marcar el número de teléfono de Tere, pero aún no había terminado de hacerlo cuando cambié de idea y volví a colgar. Me levanté de la cama, me adecenté un poco, cogí el coche y me dirigí hacia Vilarroja. Para llegar a casa de Tere había que cruzar frente a la iglesia del barrio y agotar tres calles que aquella noche, solitarias, en pendiente y mal iluminadas, me parecieron como recién salidas de un pueblo andaluz de los años sesenta. Al llegar al sitio que buscaba —un edificio de dos plantas, con aire de almacén o de garaje— paré el coche, me bajé y llamé por el interfono al segundo piso. Nadie contestó. Llamé al primer piso. Contestó Tere. Le dije quién era y sin abrirme preguntó qué quería y le dije lo que el director de la cárcel me había dicho. Preguntó si había hablado con María y le dije lo que María me había dicho y le hice la pregunta que María me había dicho que le hiciese. Tere no respondió; me pidió que esperase. Al cabo de unos minutos apareció y, sin siquiera saludarme, señaló mi coche. Vámonos, dijo. ¿Adónde?, pregunté, siguiéndola: vestía vaqueros, camisa blanca, zapatillas de deporte y bolso en bandolera, como cuando veinte años atrás quedábamos en La Font para salir a robar coches, dar tirones a las viejas y robar bancos en la costa. A buscar a Antonio, contestó. ¿Sabes dónde está?, pregunté. No, contestó. Pero vamos a averiguarlo.

Obedeciendo las indicaciones de Tere salí de Vilarroja y conduje hacia la Font de la Pòlvora. Durante el trayecto volví a preguntarle si había estado con el Zarco aquel fin de semana y esta vez me respondió: me dijo que no. Luego le pregunté si sabía con quién había estado el Zarco y me dijo que tenía alguna idea. Luego me acordé de la última vez que había hablado con el director de la cárcel, en su despacho, y le pregunté si sabía que el Zarco estaba otra vez enganchado a la heroína. Claro, dijo. ¿Y por qué no me lo contaste?, pregunté. Porque no hubiese servido de nada, contestó. Además, ¿cuándo querías que te lo contase? Hace semanas que no nos vemos. No será por mi culpa, le reproché. Ella me devolvió el reproche: No me vengas con culpas, Gafitas. Pensé que Tere me estaba responsabilizando de la espantada del Zarco, pero me pareció una acusación tan injusta que ni siquiera quise defenderme. Después de un silencio insistí: ¿Sabes de dónde saca la heroína? No, dijo Tere y, no sé por qué, sentí que mentía; entonces me pregunté si también mentía cuando dijo que no había estado el fin de semana con el Zarco; a continuación me pregunté si no estaba conmigo los fines de semana para estar con el Zarco. Tere prosiguió: De todos modos, en la cárcel es fácil conseguirla. Y fuera de la cárcel también. Por lo menos para él.

Habíamos llegado a la Font de la Pòlvora. Mientras nos adentrábamos en el barrio pregunté otra vez: ¿Lo sabe María? ¿Lo del caballo?, preguntó, y ella misma se dio la respuesta: Finge que no lo sabe, pero lo sabe. Lo que no puede fingir que no sabe es que ya casi no ve al Zarco los fines de semana y que, cuando él va a su casa, le roba. Para aquí. Noté que había dicho el Zarco y no Antonio y paré en una calle de tierra sin farolas, entre dos bloques idénticos de pisos o entre dos bloques que la noche volvía casi idénticos. Tere bajó y me pidió que la esperase. La vi entrar en un bloque como una masa de sombra punteada por ventanas con luz, la vi salir al poco rato señalando el bloque de enfrente, la vi entrar en él, la vi salir casi en seguida. Aquí no saben nada, dijo, volviendo a montarse en el coche. Vamos a probar en Sant Gregori.

Probamos en un chalé de una urbanización de Sant Gregori y en una casa del casco antiguo de Salt. Por fin, en una masía cercana a Aiguaviva le aseguraron a Tere que habían visto al Zarco aquella tarde y le indicaron un lugar de La Creueta, una zona de las afueras, al sureste de Gerona. Volvimos a cruzar la ciudad y, ya hacia las cuatro o las cinco de la mañana, paré en un descampado, junto a la rotonda de una carretera de circunvalación, frente a un bloque de pisos que en la oscuridad de aquel paraje desolado parecía una nave espacial varada en la madrugada. Tere bajó del coche, entró en el bloque, volvió a salir al cabo de un rato, abrió mi puerta, apoyándose en ella anunció: Está arriba. Pregunté: ¿Has hablado con él? Sí, contestó. Le he dicho que antes de que amanezca tiene que estar en la cárcel. Me parece que ni siquiera me ha oído. Volví a preguntar: ¿Cómo está? Tere se encogió de hombros y entornó los párpados en un gesto que significaba: Imagínatelo. ¿Con quién está? Con dos tipos; no los conozco. ¿Le has dicho que estoy aquí? No. Nos miramos un segundo en silencio. Sube, por favor, dijo Tere. A ti te hará caso.

Me extrañó la seguridad de Tere (también aquel «por favor»: no solía pedir las cosas «por favor»), pero comprendí que al menos tenía que probarlo. De modo que bajé del coche y, caminando detrás de ella, entré en el bloque de pisos y subí por una escalera angosta y oscura, aunque su oscuridad se diluía poco a poco a medida que nos acercábamos a la puerta entornada del último rellano, de la que brotaba una franja de luz. Abrimos del todo la puerta, entramos en el piso, recorrimos un corto pasillo y allí estaba el Zarco, sentado en un sofá despanzurrado, terminando de liar un porro bajo la luz enfermiza de un fluorescente. Junto a él había un pelirrojo dormido, en chándal, y a su izquierda, abierto de piernas en un sillón, un negro descalzo y en calzoncillos miraba la tele con el mando a distancia sobre uno de sus muslos; detrás de él, un gran ventanal daba a la noche. La habitación era un estercolero: el suelo estaba sembrado de restos de ceniza y de comida, de latas de cerveza vacías, de paquetes de tabaco vacíos, de sustancias inidentificables; también en el suelo, frente al sofá, había una mesa fabricada con dos cajas de cerveza invertidas: de un vistazo distinguí, encima de ella, una botella de whisky sin apenas whisky, tres vasos sucios, un paquete arrugado de Fortuna, un par de jeringuillas hipodérmicas, un resto de cocaína en un trozo de papel de plata y una piedra de hachís.

El Zarco se alegró exageradamente de verme: pronunció varias veces la palabra coño mientras terminaba de liar el porro con un giro experto de los dedos y luego se levantó y abrió los brazos en un ademán de bienvenida y le preguntó a Tere por qué no le había avisado de que yo estaba con ella. Tere no contestó a la pregunta; yo no contesté a la bienvenida: armándome de paciencia reconocí al matón arrogante en que podía convertirlo la mezcla del alcohol y las drogas, pero sobre todo la mezcla del alcohol y las drogas con la resurrección de su propio mito, con el triunfo de su personaje sobre su persona. El Zarco se me acercó sonriendo con un aire entre chulesco y sonámbulo, me rodeó con un brazo los hombros y se volvió hacia sus compañeros de farra como un actor hacia la platea. ¡Eh, tíos!, dijo, reclamando su atención; en parte la consiguió: aunque el pelirrojo siguió durmiendo, el negro nos miró, apuntándonos con el mando a distancia. El Zarco hizo como si los dos estuviesen escuchando. Aquí donde lo tenéis, anunció, este es mi abogado. Un hijo de puta de tres pares de cojones, más malo que un dolor de muelas. Soltó una risotada que dejó a la vista su doble hilera de dientes podridos y me dio una palmada en el hombro. El negro no se rió; se volvió hacia la tele, indiferente y dejando otra vez el mando a distancia en su muslo. El Zarco parecía un pordiosero: apestaba a sudor, a tabaco y a alcohol, tenía los ojos muy enrojecidos, llevaba el pelo sucio y la ropa sucia y arrugada; en sus pies solo había unos calcetines agujereados por donde asomaban unos dedos de uñas sucias y enormes. Me animó a encender el porro, pero rechacé el ofrecimiento y lo encendió él; luego abarcó con un gesto ebrio de anfitrión la sala entera. Bueno, nos dijo a los recién llegados. ¿Vais a sentaros o no? Si os apetece cerveza, por ahí debe de quedar alguna. Tere y yo seguimos inmóviles, en silencio, y el Zarco se sentó y casi al mismo tiempo el pelirrojo se despertó y nos miró con cara de susto; el Zarco lo tranquilizó: le dio una palmada en la rodilla y le dijo algo que puso una media sonrisa en su cara. Luego el pelirrojo se incorporó y se desperezó y empezó a preparar un par de rayas de coca mientras el Zarco le observaba hacerlo, fumando.

Me volví hacia Tere y la interrogué sin palabras. No sé si Tere entendió la pregunta (estaba de pie, muy seria, la pierna izquierda moviéndose más rápida que nunca), pero yo entendí que me pedía sin palabras que lo intentase. Lo intenté. Tengo que hablar contigo, le dije al Zarco, que pareció recordar de repente que yo estaba allí, dio una última calada al porro y me lo ofreció. Cojonudo, dijo. Tú dirás. Miré a sus acompañantes. Por estos dos no te preocupes, me tranquilizó el Zarco, señalando al negro y al pelirrojo. No entienden ni papa. El Zarco agitó el porro en el aire, insistiendo en que lo cogiese; seguí sin cogerlo y al final fue Tere quien lo cogió, con un gesto impaciente. El Zarco se quedó mirándome. No hay mucho que decir, dije. Solo que tienes que volver. Sonrió. Fingiendo una terrible decepción chasqueó la lengua, movió la cabeza a izquierda y derecha, preguntó: ¿Al trullo? No contesté. El Zarco añadió sin abandonar la sonrisa: No voy a volver. ¿Por qué no?, pregunté. Porque no me da la gana, contestó. Estoy bien aquí. ¿Tú no? Dirigiéndose a Tere, dio un par de palmadas en el sofá y dijo: Anda, Tere, siéntate y dile a este que le dé una calada al peta y que pase de todo. Para una vez que salimos de farra juntos… Tere no dijo nada, pero ni se sentó al lado del Zarco ni me pasó el porro. Tienes que volver, repetí. Me ha llamado el director de la cárcel y me ha dicho que te está esperando: si vuelves hará como si no hubiera pasado nada. Mencionar al director no ayudó. Bruscamente tenso, el Zarco replicó: Pues dile que por mí ya puede seguir esperando. Se incorporó en el sofá, se sirvió en un vaso lo que quedaba de whisky, se lo bebió de un trago y, después de un silencio, empezó a lamentarse, cada vez más agitado: se quejó de las condiciones de vida de la cárcel, aseguró que, desde que había empezado a beneficiarse de los permisos de fin de semana, las cosas no habían dejado de empeorar para él y que varios funcionarios y varios reclusos se habían propuesto hacerle la vida imposible con el consentimiento o el estímulo del director, terminó anunciando que al día siguiente llamaría a su amigo Pere Prada y que después convocaría una rueda de prensa para denunciar su situación en la cárcel.

Escuché las quejas del Zarco con la fatigosa sensación de haberlas escuchado ya muchas veces, pero no me animé a interrumpirlo. Cuando terminó de hablar pareció agotado y entristecido, un poco confuso. Sentí que debía aprovechar aquel bajón para volver al ataque y tratar de convencerlo, pero justo entonces el pelirrojo inhaló la primera raya de coca y, señalando la última con un billete enrollado de mil pesetas, invitó al Zarco a tomársela; comprendí que si el Zarco se metía la raya no habría forma humana de que volviese aquella noche a la cárcel, así que, sin pensarlo dos veces, le arranqué de las manos el billete al pelirrojo, me lo introduje por un extremo en la nariz y aspiré por el otro la raya. El pelirrojo y el Zarco se quedaron estupefactos. Luego, mientras mi cerebro encajaba el puñetazo de la coca, el Zarco miró al pelirrojo, todavía perplejo volvió a mirarme a mí, los ojos estrechos como ranuras, y al final se rió sin alegría. Eres la hostia, Gafitas, dijo.

Terminé de aspirar la coca y devolví el billete al pelirrojo. El Zarco dejó de reírse en seco, pero en seguida pareció relajarse de nuevo, pareció recuperar el buen humor; encendió un cigarrillo y se recostó en el sofá; dijo: Así que has venido a rescatarme, ¿eh? Esta vez tampoco respondí. Me escrutó durante un par de segundos y continuó en un tono distendido: Tengo una curiosidad, Gafitas. Hace tiempo que quiero preguntártelo y siempre se me olvida. ¿Qué curiosidad?, pregunté. ¿Por qué aceptaste defenderme?, preguntó. ¿Por qué has montado todo ese pollo con los periodistas y con la descerebrada de María? ¿Y por qué te has empeñado en sacarme del trullo? Ya sabes por qué, dije. No, dijo el Zarco. Sé lo que me dijiste, pero no sé la verdad. ¿Cuál es la verdad, Gafitas? ¿Por qué lo haces? ¿Es por hacerte el santurrón, porque quieres ir al cielo? ¿O es porque quieres que vaya al cielo yo y para eso me quitas la coca de las narices? No será solo porque quieres tirarte a Tere, ¿verdad? Porque si es por eso… Miró a Tere y se calló. Yo no la había oído moverse, pero se había movido, silenciosa como un gato: ahora estaba sentada sobre una caja de cerveza, con la espalda contra la pared, con las piernas cruzadas y el porro casi apagado entre los dedos, presenciando la escena a distancia, sin aparentar mucho interés. El Zarco dejó de mirar a Tere y me miró a mí, intrigado. Durante aquellos meses yo me había preguntado más de una vez si él sabía que Tere y yo nos acostábamos juntos; ahora creí adivinar que ni siquiera lo sospechaba. Contesté: Ya te lo dije: hoy por ti y mañana por mí. En los ojos del Zarco la curiosidad se trocó en sorna, así que, antes de que él pudiese decir nada, me adelanté. Y no olvides que es mi trabajo, dije también. Me gano la vida así. Vete a cagar, respondió el Zarco. La gente cobra por hacer su trabajo. Y tú todavía no has cobrado un puto duro. Tampoco me has preguntado cuánto me debes, repliqué. Además, contigo no cobro en metálico, pero eso no significa que no cobre; a lo mejor debería pagar por defenderte: me estás haciendo famoso. El Zarco pareció a punto de soltar otra vez la risotada, pero se limitó a estirar sardónicamente los labios, a hacer con una mano el gesto de apartarme y a repetir mientras desviaba la vista hacia la tele: ¡Vete a cagar, Gafitas!

La tele emitía una carrera de coches a través del desierto y, por un momento, el Zarco quedó absorto en ella, igual que lo estaban el pelirrojo y el negro; en el ventanal, a su espalda, la noche viraba ya hacia el amanecer. Noté que mi cerebro empezaba a acelerarse por la coca. Entonces, cabeceando y sin apartar la vista de la pantalla, el Zarco masculló varias veces una frase ininteligible. Hasta que de pronto se volvió hacia mí y preguntó: Lo haces por lo del día del palo al banco de Bordils, ¿verdad?

—¿Eso fue lo que dijo?

—Más o menos: no recuerdo exactamente sus palabras, pero eso es lo que vino a decir, sí.

—¿Cuál fue su respuesta?

—Ninguna. No supe qué responder. Era el momento más inoportuno para hablar del asunto, o el más inesperado, y solo se me ocurrió esperar a ver qué hacía él.

—¿Y qué hizo?

—Lo mismo que yo pero al revés: esperar mi reacción. Luego, como yo no decía nada, miró a Tere, volvió a mirarme a mí y, señalándome, volvió a mirar a Tere: ¿Te ha contado alguna vez lo que pasó el día que nos pillaron? Bueno, se corrigió. El día que nos pillaron a nosotros y él se escapó. ¿Te lo ha contado? ¿A que no? Fue entonces cuando intervine. Yo no os delaté, dije sin pensarlo. Si lo que crees es que yo os delaté, no es verdad. ¿Cómo quieres que os delatase? Iba con vosotros, estuvieron a punto de pillarme… Ya sé que no fuiste tú, me interrumpió el Zarco. Si hubieras sido tú ya te habría ajustado las cuentas. Tampoco me fui de la lengua, insistí. De eso ya no estoy tan seguro, dijo el Zarco. Y no sé cómo puedes estar tan seguro tú. Porque lo estoy, mentí. Absolutamente. Ten cuidado, Gafitas, me advirtió. Cuanto más dices que no fuiste tú, más parece que fuiste tú y que estás intentando esconderlo.

Se calló. Me callé. Tere también siguió en silencio. Luego el Zarco añadió, en otro tono, que de todos modos no se refería a eso, o no solo a eso. Iba a preguntarle a qué se refería cuando de golpe lo supe; también supe que él sabía que yo lo sabía. Entonces se volvió hacia Tere y siguió hablando como si yo no estuviese allí, como si estuviese a solas con ella. ¿No te lo dije?, preguntó. Le da vergüenza. Se siente culpable. Este capullo lleva más de veinte años sintiéndose culpable. Hay que joderse, ¿no? Cree que me dejó tirado y que yo paré a los polis para que él se salvase. Eso dijo el Zarco. Se refería a lo que pasó en La Devesa después del atraco a la sucursal del Banco Popular en Bordils, claro.

—¿Y tenía razón? ¿Se sentía usted culpable?

—No. Y por eso me sorprendió que el Zarco creyese que sí. Claro, yo sentía que lo que había pasado aquella mañana en La Devesa había sido importante, que allí me había jugado el resto y que había salido bien librado de milagro. Y por supuesto sabía que, queriéndolo o sin querer, el Zarco me había salvado, y le estaba agradecido por eso. Pero nada más. No me sentía culpable: si el Zarco me había ayudado entonces era porque había podido ayudarme, y si yo no le había ayudado era porque no había podido ayudarle. Eso era todo, ya se lo dije. Por mi parte no había culpas.

—Pero el Zarco no lo creía; quiero decir: no creía que usted no lo creyese.

—Por lo visto no. Siguió a lo suyo. Siguió hablando y gesticulando, altanero y despectivo, cada vez más acalorado, solo que ahora aparentemente sobrio. Dijo: Anda, di la verdad, Gafitas. ¿A que piensas que yo te salvé? Y yo le dije: Yo lo único que pienso es que esta noche estás mandándolo todo al carajo, y que te vas a arrepentir. El Zarco volvió a reírse. Claro que lo piensas, dijo. ¿Me tomas por tonto o qué? ¿Te creías que no lo sabía? Lo piensas y te sientes en deuda y por eso eres un gilipollas y siempre serás un gilipollas. No tienes remedio: mucho picapleitos y mucha mierda y nunca has entendido nada de nada. Mírate bien, capullo, mírate viniendo aquí a salvar a tu amiguito. ¿No te da vergüenza ser tan gilipollas? Pero ¿es que no te das cuenta de que tú y yo no somos amigos? Cállate ya, le interrumpió Tere. No me da la gana, replicó el Zarco, sin apartar la vista de mí. Tú y yo no somos amigos, continuó. Ni somos amigos ahora ni lo hemos sido nunca. Deja ya de hacerte el santurrón, coño; deja de hacer el ridículo. ¿No te das cuenta de que te hemos estado usando porque yo sabía que tenías que limpiar tus culpas y que nadie iba a hacer por mí más que tú? Te he dicho que te calles, volvió a intervenir Tere. Y yo te he dicho que no me da la gana de callarme, replicó el Zarco. A ver si este tío se entera de que se cree muy listo pero es un gilipollas y está haciendo el ridículo. A ver si te enteras de una puta vez de la verdad, hombre... ¿Y sabes cuál es la verdad? Se quedó mirándome, resoplando; luego miró a Tere, volvió a mirarme a mí y pareció empezar a calmarse. La verdad es que no sabemos quién se fue de la lengua aquel día, dijo, más tranquilo. A lo mejor fuiste tú, a lo mejor fue otro; no sabemos, y eso te salva. Pero lo que sí sabemos es que yo no paré a nadie ni defendí a nadie; lo único que hice fue defenderme: si para defenderme hubiera tenido que joderte, te hubiera jodido. De eso puedes estar seguro. ¿Ha quedado claro? No dije nada, y el interrogante flotó unos segundos en el aire viciado de la sala. Durante el silencio que lo siguió, el Zarco intentó beber a morro de una lata de cerveza, y al comprobar que estaba vacía la tiró al suelo con furia. Dios, masculló, recostándose en el sofá. Eso pasó hace la hostia. ¿No puedes dejarme en paz, por lo menos esta noche? Pasa de mí, tío. No me debes nada. Y, si me debías algo, ya me lo has pagado. Se acabó. Fin de la historia. Deuda saldada. Ya puedes irte.

Pero no me fui. Qué curioso, pensé. Cuanto más digo yo que no fui el chivato, más le parece al Zarco que lo fui y, cuanto más dice el Zarco que no hizo nada por parar a los policías, más fácil me resulta aceptar que lo hizo. Qué curioso, pensé también. El Zarco piensa que he hecho lo que he hecho por él para devolverle un favor; no sabe que lo he hecho para tener a Tere. Mientras yo pensaba esas cosas, el Zarco había encontrado un cigarrillo torcido en el paquete de Fortuna, lo había enderezado, lo había encendido y se había puesto a fumarlo mirando con encarnizamiento la tele, donde en aquel momento dos motoristas y una mujer conversaban sentados en tres taburetes, frente a la barra de un bar de carretera. La coca me había acelerado el corazón además del cerebro; estaba harto del Zarco y de la situación en que me había metido. Miré a Tere y, aunque me sentí sin fe y sin fuerzas para convencer a nadie, decidí hacer un último intento. Vas a estropearlo todo, le dije al perfil del Zarco: sus ojos seguían pendientes de lo que ocurría en la tele. Esta es tu última oportunidad, y vas a joderla. Allá tú; no habrá otra: si no vuelves, olvídate de los permisos, olvídate del tercer grado, olvídate del indulto, olvídate de todo. Y prepárate para que todos se olviden de ti y para pasar el resto de tu vida en el trullo. Me detuve, fulminado por la certeza de que, en un golpe de lucidez, acababa de entender por completo al Zarco. Claro que, ahora que lo pienso, seguí, con una audacia irreflexiva, a lo mejor es eso lo que quieres. Dejé la frase en suspenso y esperé a que el Zarco me mirara, o a que preguntara. No hizo ni una cosa ni la otra. Entonces, como si estuviera vengándome de sus bravatas y sus insultos, lo dije: Yo puedo ser un capullo, pero tú eres un cobarde: no te da miedo pasar el resto de tu vida en la cárcel; lo que te da miedo es pasarlo fuera. Aún no había terminado de pronunciar la frase cuando el Zarco saltó del sofá, apartó de un patadón la mesita improvisada, me agarró por el cuello de la camisa y casi me levantó en vilo. La próxima vez que digas eso te parto el alma, me amenazó mientras yo respiraba su aliento homicida, con su cara a un centímetro de la mía. ¿Está claro, Gafitas? Estaba tan asustado que ni siquiera asentí; al cabo de unos segundos el Zarco me soltó y se quedó mirándome con una mueca de asco, jadeando. Pareció que iba a decirme algo más o a regresar al sofá, pero se volvió hacia Tere, que nos contemplaba impertérrita, sentada en su caja de cerveza, la espalda contra la pared. ¿Y tú qué miras?, le dijo. Nada, contestó Tere, acariciándose la peca junto a la nariz. Estaba pensando en lo que ha dicho el Gafitas. Luego se incorporó, echó a andar hacia la puerta y añadió: Te esperamos en el coche.

Mientras bajábamos las escaleras en penumbra murmuré: Estoy hasta los huevos de ese hijo de puta. ¿Lo has visto? Ha estado a punto de estrangularme. No digas tonterías, Gafitas, dijo Tere, bajando delante de mí. Que has estado de puta madre. De putísima madre, dije, sarcástico. Y tú también. Por cierto, gracias por echarme una mano: si no llega a ser por ti, no lo cuento. Fuera amanecía. Montamos en el coche y lo arranqué. Poniendo su mano sobre la mía en el pomo del cambio de marchas, Tere dijo: Espera. Va a bajar. Miré su mano y luego la miré a ella. ¿Estás loca o qué?, dije, muy cabreado aún. No va a bajar, ¿no te das cuenta? Entonces perdí los papeles y empecé a gritar y a maldecir al Zarco. No recuerdo lo que dije, o prefiero no recordarlo. Pero lo que recuerdo muy bien es que Tere paró mi chorro de improperios con un bofetón. Y que solo entonces me callé, atónito. Pasados unos segundos, Tere dijo: Perdona. No contesté. Paré el motor y nos quedamos en silencio, sentados uno al lado del otro, mirando pasar por la rotonda de la carretera de circunvalación los primeros coches del día, mirando crecer en el parabrisas la luz cenicienta del amanecer. Al cabo de cinco o diez minutos le oí decir a Tere: Ahí está. Miré el retrovisor y vi al Zarco alejándose del bloque de pisos del extrarradio que media hora atrás parecía una nave espacial y que ahora solo parecía un bloque de pisos del extrarradio, le vi acercándose tambaleante a mi coche, le vi entrar y sentarse en el asiento trasero, le vi buscar mis ojos en el espejo retrovisor, le oí decir: Andando, capullo.

8

—Apareció sobre las siete, poco antes del desayuno. A esa hora yo ya me había hecho a la idea de que Gamallo no iba a volver y estaba esperando el momento de llamar al director general para darle la noticia y luego irme a casa a dormir un poco. Había pasado la noche en vela en mi despacho. Salí al patio para matar el rato, estirar las piernas y airearme un poco cuando un coche apareció frente a la verja de entrada. Aún no había amanecido del todo, pero antes de que el coche se detuviera reconocí en los asientos delanteros a Cañas y a la chica. ¿Cómo dijo que se llamaba?

—Tere.

—Tere, sí: siempre se me olvida su nombre.

—¿Ya la conocía?

—Claro. Solo la había visto un par de veces en la cárcel, pero sabía que iba a ver a Gamallo cada fin de semana. Y sabía que trabajaba con Cañas y con María Vela para sacar a Gamallo de allí.

—¿Conocía la relación que tenía con Gamallo y con Cañas?

—Me habían dicho que era amiga o pariente de Gamallo o de la familia de Gamallo. Que yo recuerde era todo lo que sabía entonces; del resto me enteré después.

—Continúe.

—No hay mucho más que contar. Gamallo bajó del coche, llamó a la puerta, le abrieron y, antes de entrar en la cárcel, pasó junto a mí con la cabeza gacha y las manos en los bolsillos, sin mirarme y sin pronunciar palabra. Yo tampoco le dije nada. Lo que sí hice fue cruzar el patio hasta la verja de entrada y quedarme un momento allí, frente al coche de Cañas, esperando. No sé lo que esperaba. Quizá que Cañas bajara del coche y me diera una explicación; o quizá no. El caso es que ni bajó del coche ni me dio ninguna explicación. Me refiero a Cañas. Solo se quedó observándome unos segundos a través del parabrisas, en la luz sucia del amanecer; luego arrancó el coche, dio media vuelta y se fue.

—Y usted hizo la vista gorda con Gamallo.

—Sí.

—¿Por qué? Al no presentarse en la cárcel el domingo por la noche, Gamallo había violado las condiciones de su permiso. ¿Por qué no dio parte de la violación? ¿Por qué no la denunció al director general? ¿Por qué en vez de dar parte o de denunciarla llamó a Cañas para que intentara arreglarlo encontrando a Gamallo y devolviéndolo a la cárcel?

—Porque era lo más sensato. Las reglas no están solo para respetarse. Además, no era la primera vez que lo hacía; quiero decir que no era la primera vez que llamaba al abogado de un interno que violaba un permiso de fin de semana, para que tratase de deshacer el entuerto antes de que fuese demasiado tarde y no tuviese arreglo. De acuerdo, Cañas tenía razón, Gamallo no era un preso cualquiera, pero al menos en ese aspecto me porté con él como me hubiese comportado con un preso cualquiera. O casi. Mire, creo que hay una cosa que usted no acaba de entender. Yo no tenía nada contra Gamallo, y mucho menos contra Cañas; dejando de lado cuestiones de principio, discrepábamos en los medios, pero no en los fines: el fracaso de la reinserción de Gamallo no hubiera sido solo un fracaso personal para Gamallo, para Cañas y para el director general; también hubiera sido un fracaso para mí, porque Gamallo estaba a mi cargo. No olvide eso: el fracaso de Gamallo era mi fracaso, pero su éxito era mi éxito. Yo también estaba interesado en que todo saliese bien.

—Aunque no creyera que podía salir bien.

—Aunque no lo creyera. A eso me refería cuando hablaba de cuestiones de principios. Claro que casi le diría que, más que de una cuestión de principios, se trata de una cuestión de carácter. Digamos que soy un pesimista preventivo: siempre espero lo peor. Por eso disfruto más de lo mejor. O eso creo.

9

—Después de dejar al Zarco en la cárcel, Tere me pidió que la llevase a su casa. Sin decir nada accedí y cruzamos por última vez aquel lunes la ciudad de punta a punta, en silencio, mientras el sol se levantaba y la gente iba a sus trabajos. Ya había amanecido cuando paré el coche frente al edificio donde Tere vivía, y una luz casi veraniega restallaba en las fachadas blancas de las casas de Vilarroja. Debían de ser las siete y media o las ocho. Casi no había vuelto a pronunciar palabra desde la bofetada que me había dado Tere en La Creueta para hacerme callar y convencerme de que esperase al Zarco, y aún me escocían los insultos y amenazas que él me había dedicado; por otra parte, tampoco me gustaba la idea de que Tere me preguntase por lo que había dicho el Zarco sobre mi intervención en el atraco a la sucursal del Banco Popular en Bordils. Así que no sé si lo que le dije a Tere a continuación fue una forma de tratar de aliviar mi escozor o de evitar preguntas incómodas (o las dos cosas a la vez). Volviéndome hacia ella pregunté: ¿Cómo sabías dónde buscar al Zarco? Tere no contestó; estaba pálida y estragada por la noche en vela. Volví a preguntar: ¿Es verdad que no le has visto este fin de semana? Tere siguió sin contestar y, cada vez más furioso y más embalado (quizá todavía bajo los efectos de la raya de coca que me había metido en La Creueta), aproveché para desahogarme. Y otra cosa, dije, ¿tú también piensas que soy un capullo y un gilipollas? ¿Tú también crees que soy un santurrón y que he estado haciendo el ridículo? ¿Tú también me has estado usando? Tere escuchó sin inmutarse esta retahíla de preguntas y, cuando terminé de formularla, suspiró y abrió la puerta del coche. ¿No vas a contestar?, pregunté. Ya con un pie en la acera, Tere se volvió para mirarme. No sé por qué me hablas así, preguntó. Porque estoy hasta las narices, dije, sinceramente; y añadí: Mira, Tere, no sé si has estado con el Zarco este fin de semana o no, ni sé qué clase de negocios os traéis entre manos; ni lo sé ni me importa: es cosa vuestra. Ahora, si quieres que sigamos con lo nuestro, tendrá que ser como lo hace todo el mundo; si no, prefiero que no volvamos a vernos. Tere reflexionó un momento, asintió y murmuró algo, que no entendí. ¿Qué has dicho?, dije. Nada, contestó bajando del coche. Que yo ya sabía que esto iba a pasar.

Durante aquella semana no nos vimos ni nos llamamos por teléfono, pero estuve recapacitando, el sábado fui a Barcelona y me pasé la tarde en Revólver y en Discos Castelló comprando cedés —hacía tiempo que no los compraba— y a la semana siguiente la llamé y le propuse que viniera a mi casa. Tengo música nueva, dije, y a continuación quise tentarla enumerando lo que había comprado. Cuando acabé, Tere me contestó que no podía aceptar la invitación. ¿Aún estás enfadada?, pregunté. Yo no me he enfadado, contestó. Te enfadaste tú. Pues ya no estoy enfadado, dije; luego añadí: ¿Has pensado en lo que hablamos? No preguntó a qué me refería. No hace falta pensar nada, dijo. Mira, Gafitas, esto es un lío, y yo no quiero líos. Ni líos ni compromisos. Ya te lo dije. Tú tenías razón: no podemos salir como todo el mundo, así que es mejor que no salgamos. ¿Por qué no podemos salir como todo el mundo?, pregunté. Porque no podemos, contestó. Porque tú eres el que eres y yo soy la que soy. Pues entonces salgamos como estábamos saliendo hasta ahora, concedí. Ven a mi casa. Cenaremos y bailaremos. Igual que hacíamos antes. Lo pasábamos bien, ¿no? Sí, dijo Tere. Pero eso se acabó; yo no quería que se acabara, pero se acabó. Y lo que se acaba se acaba. Aunque seguimos discutiendo un buen rato, Tere había tomado una decisión y no conseguí que la revocara; la decisión no significaba una ruptura, o yo no entendí que significase una ruptura: Tere solo me pidió un tiempo para pensar, para aclarar sus ideas, para averiguar, dijo, qué quería hacer con su vida. Todo esto me sonó un poco hueco, más bien retórico, como a cosa escuchada en las películas, pero no me quedó más remedio que aceptarlo.

Tere y yo dejamos de vernos en seco aquel verano. Yo la llamaba por teléfono al menos una vez a la semana, pero nuestras conversaciones eran breves, distantes y funcionales (sobre todo hablábamos del Zarco y de María), y, cuando yo trataba de llevarlas a un terreno personal, Tere las cortaba o me escuchaba en silencio y se las arreglaba para colgar en seguida. Hacia principios de agosto dejó de contestar el teléfono y yo imaginé que se había marchado de vacaciones, pero no subí a Vilarroja para comprobarlo. En realidad no volví a verla hasta el día de la boda del Zarco.

–¿La boda del Zarco?

–La boda del Zarco y María. Fue en septiembre, tres meses después de la fuga frustrada de La Creueta, y fue la consecuencia buena de ese episodio, o la culminación de sus buenas consecuencias; tan buenas que durante meses yo pude pensar que, para el Zarco, aquella noche había sido como la última recaída de un alcohólico o como la última actuación de un personaje moribundo. Lo cierto es que el episodio tuvo un efecto terapéutico inmediato, y que a su modo revolucionó la vida del Zarco. Yo mismo noté en seguida una mejora en su actitud, su estado de ánimo y hasta su aspecto físico, pero no fui el único en notarlo; los informes de la cárcel cambiaron de una semana para otra: los funcionarios dejaron de quejarse de él, volvió a combatir con metadona su adicción a la heroína, volvió a hacer ejercicio. A este reajuste personal contribuyó quizá el hecho de que volví a dedicarle mucha más atención, a él y a su caso, y contribuyó con seguridad el hecho de que, a pesar del sobresalto de la noche de La Creueta, el director de la cárcel no suprimió sus permisos de fin de semana. Es verdad que yo pasaba los domingos por la noche en vilo, siempre pendiente del teléfono, aunque también es verdad que el Zarco no volvió a retrasar su vuelta a la cárcel y que no volví a recibir ninguna llamada agónica del director.

Pero el síntoma inequívoco de que el Zarco era otra persona —una persona más razonable y menos engreída y desquiciada, más independiente de su propio mito, más persona y menos personaje, más apta para vivir en libertad— fue su boda con María. Así al menos lo interpreté yo. Esa boda significaba además que seguía adelante la campaña por la libertad del Zarco que llevaba nueve meses en marcha. Claro que para entonces, cuando estaba a punto de casarse, el Zarco ya ni siquiera se molestaba en ocultar que aquel matrimonio era una farsa; esto, por curioso que le parezca, no era para mí una muestra del cinismo del Zarco, sino de su honestidad (y, por extensión, de la mía): de acuerdo con mi amañada interpretación, el Zarco usaba a María para ser libre, pero no al precio de engañarla, o no al precio de engañarla del todo. En cuanto a María, es casi tan seguro que aún estaba enamorada del Zarco como que en el fondo sabía que su matrimonio con él era un fraude; aunque saber esto podía incomodarla a veces, nunca consiguió calmar su impaciencia por casarse: quizá pensaba que a la larga podría conseguir que el Zarco la quisiese, sin duda se había enganchado al vicio de la notoriedad y sabía que no podía prescindir del Zarco porque prescindir del Zarco era prescindir de la notoriedad. Pese a todo, por lo menos un par de veces durante aquel verano María me contó sus dudas sobre su inminente matrimonio; mi reacción fue siempre la misma: cortarla quitando importancia o despejando de un plumazo sus incertidumbres. Una reacción lógica, al fin y al cabo, porque yo sabía que el matrimonio con María no era solo un requisito indispensable para que el Zarco consiguiera el tercer grado penitenciario, sino también para que pudiéramos culminar con éxito la campaña en favor de su indulto definitivo, y confiaba en que la libertad del Zarco representaría el final de los problemas del Zarco.

—El final de los problemas del Zarco y el final de sus propios problemas con el Zarco.

—Claro: al menos habría cumplido con el encargo de devolverle la libertad. En cualquier caso, además de una farsa el matrimonio entre el Zarco y María resultó ser todo un acontecimiento mediático. Se celebró en un juzgado de Gerona. Tere ofició de madrina y yo de padrino. Durante la ceremonia apenas pudimos cruzar más que frases protocolarias o de compromiso, y al terminar ni eso: nos esperaba en la calle una muchedumbre de fotógrafos que acribilló con sus flashes al Zarco mientras bajaba las escalinatas del edificio llevando a María en los brazos. No hubo banquete nupcial, ni celebración de ningún tipo y, cuando quise darme cuenta, Tere se había marchado. En los días siguientes la imagen de la novia saliendo del juzgado en brazos del novio monopolizó portadas de periódicos y revistas, y la televisión la prodigó en informativos, magazines y programas de cotilleo que persiguieron a los recién casados hasta su luna de miel en un hotel de la Costa del Sol, unas vacaciones pagadas por un constructor andaluz que había proclamado muchas veces en la prensa su admiración juvenil por el Zarco y que había hecho colgar en su oficina principal un retrato del Zarco junto a otro de Marlon Brando interpretando *El padrino*.

Pasado el revuelo de la boda y la luna de miel, todo regresó para el Zarco a la normalidad. Pocas semanas más tarde, hacia mediados de octubre, Institucions Penitenciàries le concedió el tercer grado. Esto supuso dos cambios importantes para el Zarco: por un lado dejó de dormir en la cárcel y pasó a dormir en un edificio adyacente situado en el patio exterior, un lugar donde dormían otros reclusos en su misma situación penitenciaria y donde él disponía de un pequeño apartamento individual con cocina y baño; por otro lado, a partir de ese momento el Zarco hizo vida fuera de la cárcel, de donde salía a diario hacia las ocho de la mañana y adonde regresaba hacia las nueve de la noche. Para entonces yo ya le había conseguido un contrato de trabajo en una fábrica de cartonaje situada en Vidreres, no lejos de la ciudad, gracias a un empresario al que años atrás había librado de una condena por estafa, de manera que, teóricamente, el Zarco pasaba la mayor parte del día en la fábrica de cartonaje, de la que iba y venía en autobús para completar jornadas de ocho horas de trabajo: de nueve de la mañana a seis de la tarde, con un descanso de una hora para comer; a partir de las seis y hasta su reingreso por la noche en la cárcel, el Zarco quedaba en libertad.

Ese fue desde entonces su plan de vida. Cuando empezó a disfrutar de él tuvimos que suspender nuestras conversaciones de locutorio, dejamos de vernos y procuré desentenderme de lo que hacía o dejaba de hacer. Durante un tiempo pensé que aquella historia se había acabado, o que estaba acabándose, y que solo volvería a saber del Zarco por la prensa y cuando venciesen los plazos de su libertad y me tocase intervenir para solventar las rutinas finales del asunto. O si acaso por Tere. Porque, aunque ella y yo seguíamos sin vernos y, para ahorrarme desaires inútiles, yo había dejado incluso de llamarla por teléfono, ahora Tere me llamaba a mí. Me llamaba al despacho, una o dos veces por semana, para charlar un rato. No eran conversaciones tan frías y utilitarias como las que siguieron a nuestra pacífica ruptura, cuando aún era yo el que la llamaba a su casa, pero sí eran muy breves, más bien triviales: que yo recuerde, en ellas nunca hablamos de la noche de La Creueta ni de las cosas incómodas de las que el Zarco habló allí, ni siquiera del estado de espera en que Tere había dejado congelada nuestra relación; pero, quizá por eso, yo siempre colgaba el teléfono convencido de que la espera estaba a punto de terminar felizmente. ¿Por qué si no seguía llamándome Tere? Sea como sea, era en esas conversaciones donde ella me hablaba de vez en cuando del Zarco, siempre de manera superficial y como de pasada, siempre para hacer algún comentario o darme alguna noticia que yo no sabía nunca de dónde sacaba, ni me interesaba averiguarlo.

Todo esto duró poco tiempo. Pronto comprendí que la historia no se había acabado, ni estaba a punto de hacerlo, y pronto fui yo quien le dio noticias del Zarco a Tere, y no al revés. Una tarde, al cabo de dos o tres meses de empezar su vida de hombre libre a tiempo parcial, el Zarco se presentó sin avisar en mi despacho. Eran las siete o siete y media y llegaba de Vidreres; tenía buen aspecto, había adelgazado, vestía como una persona y no como un presidiario perpetuo: pantalones de pana, jersey rojo y chaquetón de cuero. Su presencia alborotó el bufete: era la primera vez que estaba allí y todo el mundo interrumpió el trabajo para verlo, saludarlo, felicitarlo y agasajarlo. Él se mostró sonriente y feliz y no paró de bromear con mis socios, secretarias y demás empleados hasta que, al cabo de unos minutos, me propuso salir a tomar una copa. Acepté encantado. Le llevé al Royal y, aunque los clientes del bar lo reconocieron y estuvieron mirándonos y cuchicheando entre sí, pudimos conversar y beber tranquilos un rato en la barra. Me contó su nueva vida; hablamos de su trabajo, de sus compañeros y sobre todo de su jefe, de quien se deshizo en elogios y de quien yo le conté alguna anécdota. Mi impresión fue que se encontraba a gusto con el nuevo estado de cosas, mucho más por lo menos que con el viejo. Antes de las nueve lo acompañé de vuelta a la cárcel.

La aparición del Zarco en mi despacho se convirtió en una costumbre durante los meses siguientes. Como mínimo un par de veces por semana se presentaba por allí sobre las siete o siete y media y nos íbamos a rematar la jornada de trabajo tomando una copa. Al principio aquellas visitas me alegraban, disfrutaba de la compañía y la conversación del Zarco, me sentía orgulloso de que la gente me viera con él en la barra del Royal o caminando por Jaume I o bajo los soportales de Sant Agustí: era el Zarco —y de ahí el orgullo—, pero también —y de ahí más orgullo todavía— era un hombre libre y reformado, y su reforma y su libertad eran un triunfo que en parte había que cargar en mi cuenta. Fue entonces cuando, quizá gracias al optimismo que parecía irradiar el Zarco, los dos empezamos a compartir algo parecido a una intimidad; y fue entonces cuando ocurrió un hecho que voy a contarle con la condición de que no lo cuente en su libro.

—Le repito que podrá leer el manuscrito antes de que se lo dé a la editorial y que, si algo no le gusta, lo suprimiré.

—Ya lo sé: solo quería volver a escuchárselo a usted. Escuche usted ahora mi historia. Trata de Batista. ¿Se acuerda de él?

—Claro: el matón de su colegio.

—Exacto. A la mayoría de mis amigos de Caterina Albert les había perdido la pista durante aquel tiempo, aunque de vez en cuando me cruzaba con alguno por la calle y sabía que todos seguían viviendo en la ciudad o como mucho en la provincia, salvo Canales, que era técnico forestal y vivía en un pueblo de Ávila, y Matías, que trabajaba desde hacía muchos años en Bruselas, de funcionario en el Parlamento Europeo. Batista era un caso aparte. A él había sido fácil seguirle la pista porque se había convertido en un tipo relativamente popular, al menos en la ciudad, y su historia en una de esas historias de éxito individual que encantan a los periódicos y que parecen proliferar en épocas de prosperidad aparentemente ilimitada como aquella. Creo que ya le conté que Batista pertenecía a una familia rica y muy arraigada en la ciudad; también debí de contarle que su padre, que durante años fue el jefe del mío, había sido presidente de la Diputación provincial: de hecho, fue el último presidente de la Diputación franquista. Pero, con la llegada de la democracia, las cosas se le empezaron a torcer a la familia, y pocos años más tarde el padre de Batista murió dejándola en la ruina o en lo que para una familia como esa suele considerarse la ruina. El caso es que Batista, que por entonces tenía veintitantos años, se hizo cargo de una pequeña granja de cerdos de sus abuelos, en Monells, transformó la pequeña granja en una granja más grande, la granja más grande en una pequeña fábrica de embutido, la pequeña fábrica en una gran fábrica y al final acabó transformándose él mismo en uno de los principales fabricantes de embutido de Cataluña, además de en un joven empresario modelo para el nacionalismo catalán en el poder, cosa que a su vez transformó al feroz españolista de mi adolescencia en un catalanista feroz (y al Narciso de entonces, en Narcís). Eso es lo que había sido de Batista en aquellos veinte años, o veintitantos. Y una tarde, mientras esperaba al Zarco en la barra del Royal —a veces quedábamos directamente en el Royal—, vi una foto suya en un periódico y, cuando el Zarco apareció a mi lado, lo primero que se me ocurrió fue decirle, a quemarropa: ¿A que no sabes para qué me metí en tu basca, para qué iba cada tarde a La Font?

El Zarco se rió de buena gana y pidió una cerveza. ¿Para qué iba a ser?, contestó. Para oler el chocho de Tere. Yo también me reí. Además de eso, dije. Para echarnos una mano, añadió. Porque te engañé. ¿Me engañaste?, pregunté, curioso. Claro, contestó, feliz. Te creíste que le íbamos a dar un palo al viejo de can Vilaró. Y te creíste que si no se lo dimos fue por hacerte un favor y que yo tuve que parar al Guille y que si patatín y que si patatán. Le sirvieron la cerveza, se la bebió de un trago y eructó. Eras un pardillo, Gafitas, dijo. Pedí otras dos cervezas y repliqué: Y tú eres un hijo de puta. ¿Ahora te enteras?, volvió a reírse el Zarco. De todos modos fue idea de Tere. Decía que era mejor que vinieses con nosotros por las buenas que por las malas. Por cierto, añadió, ¿la has visto? Últimamente no, dije. ¿Y tú? Yo tampoco, dijo, y sonó a verdad. ¿Y a María?, pregunté. Claro, dijo, y sonó a mentira.

Nos trajeron las cervezas. El Zarco dio un sorbo y me recordó la doble pregunta que yo le había hecho al encontrarnos: para qué me había metido en su basca, para qué había ido cada tarde a La Font. Entonces cogí el periódico y se lo entregué, doblado por la página donde estaba la foto de Batista. Para escaparme de este tipo, dije, señalando la foto. Mientras el Zarco observaba la cara de Batista y daba sorbos de cerveza, intenté resumirle la historia. Joder, tío, me interrumpió a la mitad. Este tipo sí que es un hijo de puta. Seguí contando la historia. Al final le dije que a veces pensaba que en el fondo nunca había perdonado a Batista, que a veces, en épocas de debilidad, cuando veía a Batista tan ufano en los periódicos o en la televisión, el recuerdo de lo que había pasado me humillaba, y por momentos me arrepentía de no haberme vengado de él, y que en esos momentos sentía que, si hubiera podido eliminarlo apretando un botón, lo hubiera hecho sin dudarlo.

Aquella tarde no hablamos de otra cosa y yo acabé bastante bebido, pero en los días siguientes no volví a mencionar el asunto; por su parte, el Zarco pareció olvidarse de Batista. Entonces, dos semanas después, ocurrió. Aquel día Gubau entró en el despacho muy agitado, contando que había oído en la radio que Batista acababa de ser apuñalado a la puerta de su casa, en Montjuïc, un barrio de las afueras de la ciudad. Durante el resto de la mañana llegaron más noticias del incidente —Batista estaba ingresado en el hospital Trueta, debatiéndose entre la vida y la muerte, había recibido siete puñaladas, nadie había visto al agresor–, y hacia el mediodía se supo que mi compañero de los Maristas había muerto.

Horas después el Zarco apareció en mi despacho, listo para tomar unas cervezas en el Royal. ¿Te acuerdas del tipo del que te hablé el otro día?, dije en cuanto le vi. El matón de mi colegio, precisé. Claro, dijo. Lo han matado esta mañana, conté. El Zarco se quedó mirándome y, al ver que yo no añadía nada, se encogió de hombros; preguntó: ¿Y qué? ¿Cómo que y qué?, dije. Le han pegado siete puñaladas. ¿Te parece poco? Iba a continuar pero no lo hice, porque tuve la sensación de que una sonrisa casi imperceptible merodeaba por los labios del Zarco. En ese momento recordé que él salía cada mañana de la cárcel justo antes de la hora en que habían asesinado a Batista, y, consternado por una repentina sospecha, me llegué hasta la puerta de mi despacho, la cerré y me volví hacia él. Oye, pregunté, bajando la voz. Tú no habrás tenido nada que ver con eso, ¿verdad? No pareció sorprendido por la pregunta, pero ensanchó la sonrisa y balanceó la cabeza a izquierda y derecha. Eres la hostia, Gafitas, me reprochó. ¿Has tenido que ver o no has tenido que ver?, repetí. El Zarco me sostuvo la mirada; parecía estar meditando la respuesta. ¿Y qué pasa si he tenido que ver?, preguntó, desafiante. ¿Vas a echarte ahora a llorar por ese hijo de puta? Un hijo de puta es un hijo de puta, Gafitas. ¿No me dijiste que te arrepentías de no haberte vengado de él? Solo era una forma de hablar, contesté. Y una cosa es decirlo y otra… No acabé la frase; dije: Batista no era nadie, no había hecho nada. ¿Ah, no?, contestó. Te jodió bien jodido, y encima cuando eras un chaval que ni siquiera sabía defenderse. ¿Eso es no hacer nada? A mí me metieron en el trullo por mucho menos. A él, en cambio, ni tocarlo. Bueno, pues ahora se ha hecho justicia. Después de una pausa continuó: Y si me lo he cargado yo, mejor que mejor. ¿Quién va a sospechar de mí, que ni siquiera le conocía? ¿Y quién va a sospechar de ti? Un trabajo limpio, tío, concluyó, abriendo los brazos. Igual que apretar un botón. ¿Es verdad o no es verdad? Yo estaba anonadado, tratando de procesar lo que había oído. El Zarco me señaló con el índice y, como urgiéndome a decir algo, añadió: Hoy por ti y mañana por mí, ¿eh, Gafitas? La frase me sacó de la parálisis, y de dos zancadas me planté a un palmo de él; en la quietud de mi despacho oí rechinar las suelas de mis zapatos sobre el piso de madera. Dime la verdad, Antonio, dije. ¿Has tenido que ver, sí o no? El Zarco tardó otra vez en contestar; sus ojos azules me miraban con fijeza. Hasta que de pronto parpadeó, sonrió abiertamente y me dio una palmada en la mejilla. Claro que no, capullo, dijo por fin.

Esa fue la última vez que el Zarco y yo hablamos de Batista, o de su asesinato. Un asesinato que, como pasa con tantos, nunca se aclaró: la policía llegó muy pronto a la conclusión de que había sido obra de un profesional, quizá un sicario llegado de algún país latinoamericano, pero no encontró ni rastro del asesino; con el mismo éxito indagó la policía en busca del inductor entre los familiares, los amigos y los competidores de Batista. Hasta que se archivó el caso.

—Ahora entiendo que no quiera que cuente esta historia en el libro. Los lectores podrían pensar que el Zarco mató a Batista.

—Es que a lo mejor lo mató. O lo mandó matar. A veces pienso que lo hizo, y que matándolo pensó que me hacía un favor, que era su forma de devolverme lo que yo estaba haciendo por él. Pero otras veces pienso que no pudo matarlo: que no tenía dinero para contratar a un sicario (aunque la verdad es que alguien como él quizá no necesitaba dinero para eso) y que no había podido cometer el asesinato con tanta limpieza ni había tenido tiempo suficiente, aquella mañana, para ir desde la cárcel hasta Montjuïc y así sorprender a Batista saliendo de su casa (aunque la verdad es que quizá sí había tenido tiempo y que probablemente el Zarco sabía matar con la misma profesionalidad de cualquier sicario). No lo sé. Y, ahora que lo pienso, quizá también debería usted contar esta historia en su libro, tal y como se la he contado: al fin y al cabo de lo que se trata es de que los lectores conozcan la verdad del Zarco. Y eso, incluidas mis dudas, también forma parte de la verdad.

—¿No le da miedo que algún lector piense que miente, o que rebaja o maquilla la verdad, y que fue usted el que indujo al Zarco a matar a Batista, para vengarse de él sin mancharse las manos?

—¿Cree que si lo hubiera hecho se lo habría contado a usted? Además, yo no quería vengarme de Batista, para mí era una historia olvidada o casi olvidada, no digo que lo que le dije al Zarco fuera del todo falso, solo digo que es una de esas cosas que se dicen a veces yendo de copas y que nadie se toma en serio, o un desahogo momentáneo y sin importancia, del que además me arrepentí en seguida… En fin, haga lo que más le convenga, o lo que más convenga a su libro: si le conviene, cuéntelo; si no le conviene, no lo cuente. Luego ya veremos.

Pero vuelvo a nuestra historia, porque las tardes de alegre intimidad y cervezas con el Zarco en la barra del Royal se acabaron en seguida. Prácticamente de un día para otro la intimidad y la alegría se evaporaron y la cabeza volvió a traicionar al Zarco; o esa es la impresión que yo tuve: que el personaje volvía a ganarle la partida a la persona. Antes, durante mis visitas al locutorio de la cárcel, era frecuente que el Zarco se quejase de la falta de libertad, de la torpeza del reglamento o de los malos tratos de los funcionarios; ahora, cuando solo llevaba unos meses pasando el día lejos de la cárcel, el Zarco recayó otra vez en la costumbre imparable de lamentarse, y su vieja mezcla mortal de victimismo y arrogancia empezó a intoxicar otra vez nuestras conversaciones: el Zarco decía que su trabajo de doblar y desdoblar cartones en la fábrica de Vidreres era un trabajo de esclavo, que su horario era un horario de esclavo, que su sueldo era un sueldo de esclavo y que en resumen había salido de la cárcel para llevar una vida de esclavo idéntica o peor a la que llevaba en la cárcel. Oyéndole empecé a pensar que había sido demasiado optimista al juzgar su estado, volví a temer su miedo a la libertad (una libertad que además ya no iba a ser parcial sino completa), empecé a combatir como pude su desánimo. No es verdad que lleves la misma vida que llevabas en la cárcel, razonaba. Llevas una vida mucho mejor. Y, por supuesto, no es una vida de esclavo: es la vida que lleva la mayoría de la gente. Mira a tus compañeros, mira a los tipos que trabajan contigo. Y a mí qué me importan, Gafitas, contestaba el Zarco. A mí lo que haga la gente me la sopla: si quieren joderse, que se jodan; es cosa suya. Lo que me importa es no joderme yo. Lo pillas, ¿verdad? Y ahora mismo estoy tan jodido fuera de la cárcel como dentro. Varias veces le dije que entendía que el trabajo que estaba haciendo no era muy satisfactorio, y que podía conseguirle otro. ¿Ah, sí?, preguntaba el Zarco. ¿De qué? De lo que quieras, contestaba yo. Todo el mundo está deseando contratarte. No digas gilipolleces, Gafitas, replicaba él. Lo que todo el mundo está deseando es poder decir que ha contratado al Zarco y poder enseñarme como a un mono de feria para hacerle propaganda a su empresa, igual que hace mi jefe. No es lo mismo, ¿no? Además, remataba, yo no sé hacer nada de nada, y a estas alturas no voy a aprenderlo, así que lo único que puedo hacer son trabajos de esclavo.

Con leves variantes, conversaciones como esa se repitieron durante semanas en el Royal, entre cerveza y cerveza, y yo participaba en ellas cada vez más ansioso a medida que el nerviosismo del Zarco aumentaba y su estado físico degeneraba a ojos vista (luego supe que, en parte, porque para entonces había vuelto otra vez a la heroína); también a medida que veía desplegarse ante mis ojos, en las cosas que decía, el espectáculo repetido de la irreconciliable contradicción entre su persona y su personaje: otra vez quería él que el mundo olvidase de una vez por todas al Zarco, que le dejase ser Antonio Gamallo, un hombre normal con la vida normal de la mayoría de la gente; pero, al mismo tiempo, otra vez no quería ser un hombre normal, no quería que nadie olvidase que era el Zarco ni quería prescindir del orgullo y los privilegios de ser el Zarco, entre ellos el de no vivir la vida de esclavo de la mayoría de la gente. No quería y, en parte, quizá no podía: por mucho que aspirara a ser una persona normal, una persona nueva, tenía pánico de dejar de ser el Zarco, porque eso suponía dejar de ser lo que siempre o casi siempre había sido; igualmente, por mucho que aspirara a vivir fuera de la cárcel, tenía pánico de hacerlo, porque eso suponía dejar de vivir donde siempre o casi siempre había vivido.

Pero todo esto son especulaciones, o poco menos. Lo que es seguro es que en determinado momento, quizá cansado de que yo le llevase la contraria y le dijese lo que tenía que hacer, o sencillamente cansado de quejarse, el Zarco dejó de acudir a mi despacho después del trabajo y yo casi dejé de tener noticias suyas. Dos o tres meses más tarde —ocho meses después de obtener el tercer grado penitenciario, para ser exacto—, el gobierno le concedió el indulto parcial y la libertad condicional. Era la culminación prematura del proyecto que habíamos puesto en marcha casi dos años antes, y, a pesar de que yo tenía el presentimiento melancólico de que el Zarco se encaminaba hacia el desastre, la recibí como un éxito: no solo porque había hecho a conciencia mi trabajo librando al Zarco de la cárcel en un tiempo récord, ni porque así acababa de sacar el máximo rendimiento propagandístico de su caso; sobre todo porque en aquellos meses había llegado a la conclusión de que solo podría recuperar a Tere cuando el Zarco recuperase la libertad y nos librásemos de él: nuestra relación había estado siempre mediatizada por el Zarco, por la necesidad que habíamos tenido de él cuando éramos adolescentes y por la necesidad que él había tenido de nosotros cuando éramos adultos, por las sospechas y equívocos y dudas que esas necesidades habían provocado, y yo imaginaba que, una que vez el Zarco no dependiese de nosotros ni nosotros de él, Tere y yo podríamos volver a empezar, retomando nuestra relación donde ella la había dejado en suspenso unos meses atrás, después de la noche del rescate del Zarco en La Creueta. Así es que yo esperaba con impaciencia la noticia del indulto y, en cuanto la recibí, me apresuré a llamar al Zarco para dársela.

Fue hacia el final de la mañana de un día de principios o mediados de junio. Telefoneé a su puesto de trabajo en Vidreres y pregunté por él, pero me dijeron que llevaba dos días enfermo y sin salir de la cárcel. Llamé a la cárcel y también pregunté por él, pero me dijeron que estaba en Vidreres. El equívoco no me extrañó. Desde hacía algún tiempo el empresario que le había contratado venía informando de las ausencias laborales del Zarco; esto, unido a sus continuas faltas de puntualidad y a su rechazo a someterse a exámenes toxicológicos, había provocado que el director de la cárcel redactase un informe desaconsejando el indulto del Zarco y aconsejando retirarle el tercer grado penitenciario con el argumento de que no estaba maduro para la libertad. Por suerte, nadie había hecho caso del informe, y aquella mañana dudé en llamar al director de la cárcel. Luego dudé en llamar a María. No hablaba con ella desde meses atrás, pero sabía por Tere que se había hartado de la pantomima de su matrimonio y apenas veía al Zarco, cosa que no le estaba impidiendo convertirse en un personaje cada vez más popular, aunque en sus intervenciones en radio, prensa y televisión hablase cada vez menos del Zarco y cada vez más de sí misma.

Al final me limité a hablar con Tere. Después de llamar a la fábrica de Cassà y de que me dijeran que ya no estaba empleada allí, la localicé en su casa. Como ya le he dicho, Tere y yo hablábamos de vez en cuando por teléfono, pero solía ser ella la que me telefoneaba a mí y no yo a ella, así que, sin darle tiempo a que se extrañase por mi llamada, le conté lo que me habían contado de ella en la fábrica de Cassà. ¿Por qué no me lo habías dicho?, pregunté. Porque no me lo preguntaste, contestó. ¿Has encontrado ya otro trabajo?, volví a preguntar. No, volvió a contestar. Le pregunté qué pensaba hacer; me contestó que nada. Me tocan unos meses de paro, explicó. A lo mejor me voy de vacaciones; o a lo mejor me quedo a estudiar: el mes que viene tengo exámenes. Tere hizo un silencio; ahora fue ella la que preguntó: ¿Ha pasado algo? Le conté lo que había pasado. Enhorabuena, Gafitas, dijo. Misión cumplida. No noté ningún entusiasmo en su voz, y me pregunté si de verdad se alegraba de que todo hubiese terminado. Gracias, dije, sin atreverme a preguntárselo a ella; en vez de eso pregunté: ¿Sabes dónde está? ¿El Zarco?, dijo: desde hacía tiempo volvía a llamarle así, no Antonio. ¿No está trabajando? No, contesté. Y en la cárcel tampoco. Entonces no tengo ni idea de dónde está, dijo Tere.

La creí. Por la noche fui en busca del Zarco a la cárcel. Poco antes de las nueve pregunté por el interfono de la entrada si había llegado; me dijeron que no y me puse a esperarlo en el coche. Estuve allí un rato, y ya había decidido que el Zarco no iba a volver y que lo mejor era marcharme cuando lo vi bajar de un Renault destartalado que aparcó frente al patio exterior. ¡Eh, Antonio!, le llamé, saliendo de mi coche. Se volvió hacia mí y me esperó en la acera, justo a la puerta de la cárcel. De entrada mi presencia pareció contrariarlo —¿Qué haces aquí, abogado?, preguntó al reconocerme—, pero en cuanto le di la noticia su expresión se relajó, respiró hondo, abrió de par en par los brazos y dijo:

Ven para acá, Gafitas. Me abrazó. Olía intensamente a alcohol y a tabaco. Bueno, dijo al deshacer el abrazo; le busqué los ojos: los tenía enrojecidos. ¿Cuándo salgo? No lo sé, respondí. Mañana darán la noticia, de modo que en seguida, supongo. Luego me apresuré a advertirle: Pero el problema no es cuándo vas a salir sino qué vas a hacer cuando salgas. Durante la espera me había cargado de razones, y ahora le reproché que llevase dos días sin ir a trabajar y le pregunté de qué iba a vivir si perdía aquel empleo y le dije que sabía que llevaba mucho tiempo sin ver a María y le pregunté dónde iba a vivir si no iba a vivir con María. El Zarco no me dejó continuar. Tranqui, tío, dijo, poniéndome una mano en el hombro. Acabo de enterarme de que soy un hombre libre. Las monsergas otro día; ahora déjame disfrutarlo, ¿eh? Y no te preocupes por mí, coño, que ya soy mayorcito. Por un momento aquella cachaza de borracho me irritó. No me preocupo, repliqué. Solo quiero que entiendas que esto no se ha acabado y que todo se irá a la mierda si de ahora en adelante no llevas una vida normal. Con el trabajo que nos ha costado… Lo entiendo, volvió a interrumpirme el Zarco. ¿Joder, cómo no voy a entenderlo? Por la cuenta que me trae. Me quitó la mano del hombro y me dio una palmada en la mejilla; luego señaló el edificio donde dormía, más allá de la verja de la cárcel, al otro extremo del patio pobremente iluminado por farolas, y añadió: Bueno, Gafitas, es tarde de la hostia: como no entre ahora mismo me quedo sin indulto. Ya había hablado el Zarco por el interfono y se había abierto la verja del patio cuando propuse: Mañana podríamos celebrarlo con una copa en el Royal. Aclaré: Cuando vuelvas del trabajo. Añadí: Seguro que si se lo propones a Tere también se apunta. Se ha quedado sin trabajo. La noticia no pareció impresionar mucho al Zarco, y pensé que quizá la conocía; o que estaba tan absorto en lo suyo que no la había oído. ¿Mañana?, preguntó, casi sin volverse hacia mí. Mañana habrá que convocar una rueda de prensa y todo eso, ¿no? Bueno, si acaso te llamo y lo hablamos.

No me llamó, no lo hablamos, no celebramos el indulto. La rueda de prensa, en cambio, sí se celebró. Fue al cabo de dos días, en la propia cárcel, y fue el director general de Institucions Penitenciàries quien la convocó. Yo no asistí al evento porque no me lo pidió nadie; tampoco asistieron María ni Tere, ni siquiera el director de la cárcel, al menos según las crónicas que al día siguiente publicaron los periódicos. En todas ellas aparecía la foto del Zarco y el director general, los dos sonrientes y los dos con los dedos índice y corazón levantados en signo de victoria; todas reproducían unas declaraciones del director general, según las cuales la libertad del Zarco representaba «un triunfo de Antonio Gamallo, un triunfo de nuestro sistema penitenciario y un triunfo de nuestra democracia», y unas palabras con las que el Zarco dio las gracias «a aquellas personas que han puesto su granito de arena para hacer posible este momento»; todas resaltaban también la ausencia de María en el acto, y todas relacionaban este hecho con los rumores de separación de la pareja que últimamente circulaban.

Aquel mismo día el Zarco desapareció de los medios y no volvió a aparecer en ellos hasta al cabo de cuatro o cinco meses. Tal y como yo había sospechado (o deseado), durante aquel tiempo dejé de verlo. No por eso dejé de recibir noticias suyas. Gracias a mi antiguo cliente de Vidreres me enteré de que, una vez recobrada del todo la libertad, el Zarco no había vuelto a pisar la fábrica de cartonaje. Poco después María le hizo a un reportero de un programa de televisión unas declaraciones casuales o aparentemente casuales en las que confirmaba que el Zarco y ella vivían separados y no se veían desde meses antes del indulto, y en las que además insinuaba que, casi desde el principio, su relación había sido solo un montaje. Estas palabras desencadenaron entre los periodistas del corazón una tormenta de chismes, conjeturas y exigencias de explicaciones que María alimentó con silencios y desplantes, que durante varias semanas llenó muchos minutos de televisión y páginas enteras de revistas y que yo interpreté como el canto del cisne del culebrón mediático protagonizado por María y el Zarco.

Con Tere acabó ocurriendo casi exactamente lo contrario de lo que mi incurable optimismo había previsto. Durante las primeras semanas todo siguió más o menos igual que hasta entonces: ella me telefoneaba de vez en cuando y yo esperaba el momento de dar un paso adelante, como si tuviera miedo de precipitarme o temiera que, si no acertaba a la primera, ya no tendría una segunda oportunidad. Pero al cabo de mes y medio Tere dejó de llamarme, y entonces me decidí; empecé a llamarla yo, empecé a presionarla: le proponía que nos viésemos, que saliésemos a comer o a cenar, que viniese a comer o a cenar a mi casa, que volviésemos a intentarlo; le aseguraba que estaba dispuesto a aceptar sus condiciones y que esta vez no habría ni líos ni compromisos ni exigencias. Tere respondía a mis propuestas con evasivas y a mis quejas dándome la razón, sobre todo cuando le repetía que llevaba meses esperando y que ya estaba cansado. Deberías probar otra cosa, Gafitas, me sugirió más de una vez. No tengo nada que probar, le contestaba casi con rabia. Yo ya sé lo que quiero. La que parece que no sabe lo que quiere eres tú. La última conversación que tuvimos no fue violenta sino triste, o yo la recuerdo así. Resignado a la realidad, ni le rogué ni discutimos, pero, quizá porque intuía que aquello era una despedida, le pregunté por el Zarco, cosa que hacía tiempo que no hacía. Tere contestó vagamente, me dijo que no había vuelto a verle y que lo único que sabía de él era que estaba viviendo en Barcelona y que se ganaba la vida trabajando en un taller de reparación de coches de un antiguo compañero de cárcel. Eso dijo, y por algún motivo pensé que era mentira y que se me había vuelto a quitar de encima; también pensé que estaba diciéndome sin decirlo que eso ya no era asunto mío porque mi trabajo con el Zarco había terminado. Cuando colgué el teléfono me acordé de las palabras del Zarco en La Creueta: fin de la historia, deuda saldada, ya puedes irte.

Dejé de llamar a Tere y traté de olvidarla. No lo conseguí. Lo único que conseguí fue levantarme cada mañana con una aplastante sensación de fracaso. Esa sensación aumentó unas semanas más tarde, cuando el Zarco fue detenido en la Rambla de Catalunya de Barcelona después de haber atracado una farmacia y haber intentado robar un coche en un aparcamiento subterráneo. No hacía ni cinco meses que había recibido el indulto y la libertad condicional. La noticia ocupó portadas de diarios y revistas y noticiarios de radio y televisión, desató un debate periodístico sobre la blandura de la legislación penal española, las insuficiencias del sistema penitenciario y los límites de la reinserción, y provocó un pequeño terremoto político que incluyó una bronca en el Congreso, un cruce de acusaciones entre el gobierno de Madrid y el autónomo y la destitución del director de Institucions Penitenciàries, el señor Pere Prada. Para el Zarco el episodio también representó un final. La violación de la libertad condicionada significaba que desde el punto de vista penitenciario regresaba a la casilla de salida: volvía a tener tres décadas de reclusión pendientes, a las que había que añadir ahora, además, los años que iban a caerle por sus dos últimos delitos. Todo esto significaba que, dada su edad y dado que nadie iba a arriesgarse ya a concederle beneficios penitenciarios, en la práctica el Zarco estaba condenado a cadena perpetua. Ahí se acabaron sus esperanzas de libertad. Y ahí se acabó el mito del Zarco.

—Querrá decir que ahí se acabó el mito del Zarco en vida, el que usted reactivó con la campaña en favor de su indulto; pero el mito del Zarco no se acabó: la prueba es que aquí estamos usted y yo, hablando de él.

—Tiene razón. En realidad, bien pensado, más que acabarse en aquel momento el mito del Zarco pareció transformarse, o envilecerse, o terminar de perfilarse. Quiero decir que casi de un día para otro el Zarco dejó de ser el legendario delincuente bueno que había encontrado por fin el buen camino y empezó a ser visto como un yonqui irredento, sórdido y sucio, como un delincuente a perpetuidad, ingrato y marrullero, como un quinqui desahuciado y sin sombra de glamour. En definitiva, empezó a ser visto como un verdugo y no como una víctima. A esta transformación contribuyó muchísimo María desde el principio, desde la primera vez que apareció en televisión despotricando del Zarco; bueno, despotricando del Zarco, de Tere y de mí. Que fue también la primera vez que la vi convertida en una mujer furiosa y hambrienta de venganza. Supongo que no habrá visto la entrevista, porque no la grabé; de todos modos estas cosas deben de andar por Internet, en YouTube o sitios así, ¿no?

—Probablemente. Lo averiguaré.

—Averígüelo: merece la pena. La entrevista se emitió un sábado por la noche, muy tarde ya, en un magazine de máxima audiencia. María fue interrogada durante más de una hora por el presentador y por varios periodistas con la idea de que se explayase sobre su relación con el Zarco y aclarase sus insinuaciones de que la boda entre los dos había sido un montaje. Para entonces su aspecto apenas guardaba ya relación con el de la mujer tímida, triste y anodina que Tere me había presentado años atrás en mi despacho: se había dejado el pelo largo, se lo había teñido de rubio y se lo había rizado, llevaba la cara pintada como un cromo, vestía un rutilante traje violeta de satén, estrecho y con un gran escote. Aquella noche María cumplió de sobra: aclaró, se explayó, despotricó; su interpretación fue digna de una diva: acompañaba sus palabras con silencios dramáticos, con arranques de ira, con gestos afectados, con miradas retadoras a la cámara. Empezó diciendo que hacía meses que no veía al Zarco y que no tenía más noticias de él que las que daba la prensa, y a continuación denunció que durante mucho tiempo el Zarco la había pegado, que le había robado dinero, que había abusado sexualmente de ella y había intentado abusar de su hija, que la engañaba con Tere, que el Zarco, Tere y yo la habíamos engañado para que se casase con el Zarco y conseguir así su libertad, que ella me había pagado sumas importantes de dinero para que lo defendiera, que yo conocía todas las vejaciones a las que él y Tere la habían sometido y no solo no había hecho nada por impedirlas sino que las había fomentado porque había pertenecido de joven a su banda y el Zarco y Tere me chantajeaban con la amenaza de airear mi pasado de delincuente. Escuché todo esto en directo, solo en mi ático de la calle de La Barca, más fascinado que furioso o escandalizado, como si no estuviesen hablando de mí sino de un doble y, en cuanto María empezó a largar, empecé a decirme que una buena mentira no es una mentira pura, exenta, que una mentira pura es una mentira inverosímil, que, para que sea verosímil, una mentira tiene que construirse en parte con verdades, y me pasé todo el programa preguntándome qué parte de verdad contenían las mentiras de María: yo sabía por ejemplo que era verdad que el Zarco le robaba dinero (aunque no que ella me hubiese pagado un solo euro por defender al Zarco), y me pregunté si también era verdad que el Zarco la pegaba y que había intentado abusar sexualmente de su hija; yo sabía que era verdad, claro, que de joven había pertenecido a la basca del Zarco y que en cierto sentido el Zarco, Tere y yo habíamos engañado a María para que se casase con el Zarco y de ese modo conseguir su libertad, y me pregunté si también era verdad que el Zarco engañaba a María con Tere y si a partir del momento en que el Zarco había empezado a salir de permiso los fines de semana, hacía ya más de un año, los dos se habían estado viendo a mis espaldas y eso explicaba que desde entonces Tere no hubiera querido volver a verme y me hubiera mantenido a distancia, alimentando mis esperanzas a base de conversaciones telefónicas. Me hice muchas preguntas parecidas a esas, pero no me di ninguna respuesta. No quise.

O no pude. Apenas empezó el programa me llamó Gubau, y casi inmediatamente me llamaron mi hija y Cortés; antes de meterme en la cama hablé por teléfono con no menos de diez personas. Todos estaban viendo el programa o lo habían visto y todos querían comentarlo y averiguar cómo estaba yo, pero a partir de ahí las reacciones divergían: la mayoría intentaba tranquilizarme, daban por hecho que aquella mujer estaba loca, que solo quería salir en la tele y que era falso lo que decía. Pero hubo también reacciones distintas. En el tono de voz de mi hermana, por ejemplo, me pareció detectar, bien tapado debajo de la indignación obligada, un pequeño matiz de rencor, como si le doliese el protagonismo público que acababa de adquirir su hermanito pequeño, pero también un gran matiz de respeto, como si acabase de descubrir, orgullosa, que yo había llegado por fin a ser alguien. ¿Es verdad lo de que fuiste de su banda?, me preguntó por su parte mi ex mujer, con una mezcla de admiración y de asombro. Ostras, podías habérmelo dicho: ahora entiendo tanta obsesión por el Zarco... Lo cierto es que, a veces con un oído en la televisión y otro en el auricular del teléfono fijo mientras sonaba el móvil, intentaba atenderlos a todos, contestar sus preguntas y quitar importancia al programa y a las acusaciones de María, pero cuando por fin desconecté los teléfonos ya había comprendido que aquello era solo el principio y que, suponiendo que no terminara afectándome personalmente, desde luego iba a afectar a la opinión que los demás tenían de mí, lo que era una forma de afectarme personalmente.

En los días que siguieron las revistas del corazón y las tertulias de radio y televisión reprodujeron las acusaciones de María, y el mismo lunes por la mañana leí en los ojos de todo el mundo, en el despacho y en el juzgado, que sí, que aquello era solo el principio. Por la tarde mi secretaria me pasó una llamada que no esperaba. Era del productor del magazine donde María había intervenido dos días atrás. Se presentó, dijo su nombre –López de Sol, recuerdo que se llamaba– y, sin más explicaciones, me ofreció la posibilidad de defenderme el sábado siguiente de las acusaciones de María: se trataba solo de que me dejase entrevistar a la misma hora y en el mismo plató por el mismo grupo de periodistas que la había entrevistado a ella. Agradecí la oferta y la rechacé. El productor me dijo que no me precipitara, que lo pensase, que volvería a llamarme por la noche. Le contesté que ya lo había pensado y que se ahorrara la llamada. Aquí el productor cambió de tono, con una inflexión a la vez amistosa y paternalista mencionó una suma de dinero, no demasiado alta, y luego explicó que la comparecencia de María en su programa el sábado anterior había sido un éxito, que el sábado siguiente pensaban continuar con la historia y que, si no aceptaba que me entrevistasen, lo más probable es que volvieran a entrevistar a María. Entonces perdí los papeles: descompuesto, a gritos, le dije que hiciera lo que le pareciese, pero que, si María continuaba hablando de mí en televisión de la misma forma en que lo había hecho la vez anterior, presentaría en el juzgado dos querellas, una por injurias y otra por difamación, una contra María y la otra contra el programa. Mi amenaza no alteró al productor; le oí chasquear la lengua, le oí suspirar, antes de colgar el teléfono le oí decir: No ha entendido usted nada, abogado.

El sábado por la noche María volvió al magazine. Yo me propuse no verla, y no la vi, pero el domingo supe que su segunda comparecencia había sido aún más brutal que la primera, así que durante varios días estuve considerando la posibilidad de cumplir la amenaza que le había hecho al regidor y querellarme contra María y contra el programa. Cortés y Gubau me hicieron desistir; su argumentación fue irrebatible: yo sabía que no era fácil que las querellas prosperasen, pero mis socios me hicieron ver que, aun suponiendo que prosperasen y que María fuese condenada a rectificar sus insultos y acusaciones y el programa obligado a emitir un desmentido, el principal perjudicado sería yo, porque el proceso quemaría mi reputación, y los principales beneficiarios serían ellos, porque el proceso no haría más que aumentar la notoriedad de María y la audiencia del programa. Así que opté por callar, por tratar de inhibirme, por hacer como si no pasara nada. Quizá me equivoqué. Quizá debí querellarme. Quién sabe. El caso es que en las semanas siguientes la sensación de fracaso y vergüenza se multiplicó y empezó a devorarme como un cáncer.

—¿No trató de hablar con Tere? ¿No intentó ponerse en contacto con ella?

—Lo intenté, pero no pude. La llamé por teléfono, pero no contestó. La fui a buscar a su casa, pero no la encontré. Me dijeron que ya no vivía en Vilarroja. No creo que encontrarla hubiese servido de nada, de todos modos. Por supuesto, ni se me ocurrió tratar de averiguar en qué cárcel estaba ingresado el Zarco, aunque demasiado a menudo me acordaba de él. ¿Y sabe de qué me acordaba sobre todo? De la noche de La Creueta, del hartón que se dio de decirme que estaba haciendo el ridículo y de llamarme capullo y gilipollas. Porque esa era la pura verdad, así es como yo me sentía entonces: como un capullo y un gilipollas que había hecho el más espantoso de los ridículos.

Durante los meses que siguieron volví a esforzarme por olvidar a Tere. También por olvidar al Zarco. A María, en cambio, fue mucho más difícil intentar siquiera olvidarla, porque a raíz de sus dos apariciones en el magazine nocturno despegó hacia el estrellato y empezó a aparecer en las revistas, la radio y la televisión mucho más a menudo de lo que lo había hecho hasta entonces, sustituyendo en cierto modo al Zarco. No es que el Zarco quedase de golpe abolido de la memoria de la gente, sino que, gracias a María, pareció por momentos convertirse en un personaje distinto, borroso y subalterno, en el malvado secundario de una tragedia o un melodrama que ya no eran los suyos: hasta entonces María había sido solo la mujer del Zarco, que era el protagonista verdadero de la historia; a partir de entonces María se convirtió en la protagonista y el Zarco pasó a ser solo la bestia que la había convertido en la víctima por antonomasia. Por lo demás, aquella fue una mala época para mí. Tenía cuarenta años recién cumplidos, pero me sentía acabado, y ese sentimiento me hundió en el pozo pestilente de la autocompasión: me veía chapoteando en el fracaso absoluto, en la aridez y la sequedad absolutas, en la absoluta inutilidad; con más fuerza que nunca volvió mi viejo sentimiento de vida prestada y anodina, mi impresión de haber tomado un desvío equivocado y de estar atrapado en un malentendido. Perdí el interés por mi trabajo, perdí la alegría, físicamente me agotaba en seguida. Algunas mañanas me despertaba llorando; algunas noches me dormía llorando; algunos días me quedaba en la cama, incapaz de levantarme y acudir a mi despacho. Justo entonces me pareció hacer un gran descubrimiento, me pareció descubrir una verdad que siempre había tenido a la vista y no había querido ver, una verdad que lo cambiaba todo salvo la sensación de haber hecho el capullo y el gilipollas y el más espantoso de los ridículos, que se volvió todavía más aguda.

El descubrimiento se produjo de una forma trivial, una mañana en que yo estaba conversando con un grupo de colegas en los pasillos del juzgado y alguien mencionó a Higinio Redondo, el amigo de mi padre, no sé si se acuerda…

—El amigo que les dejó la casa de Colera después del atraco a la sucursal de Bordils.

—Eso es: mi mentor, el abogado con el que empecé a trabajar. En determinado momento alguien lo sacó a colación mientras hablábamos. No sé quién fue ni lo que dijo, quizá recordó una anécdota o una broma de Redondo, algo así, lo cual tampoco era raro, ya le conté que Redondo era todo un personaje, en el juzgado la gente todavía se acuerda de él. El caso es que el nombre de Redondo actuó como un detonante: de golpe dejé de escuchar y me fui mentalmente del corrillo y del juzgado; de golpe, ya le digo, creí ver la verdad, igual que si siempre hubiera estado delante de mis narices, apenas oculta por un velo semitransparente, y la mención inesperada de Redondo la hubiera desnudado. No recuerdo lo que pasó después, ni cómo se disolvió el corrillo. Lo único que recuerdo es que durante varios días viví anonadado por la certidumbre humillante de que mi historia era en realidad una copia mediocre de la historia de Redondo, una versión de una historia vieja y ridícula como el mundo: ya le conté que Redondo se enamoró como un colegial de la mujer de un cliente sin dinero que lo usó para sacar a su marido de la cárcel y que, en cuanto consiguió lo que buscaba, lo abandonó.

—¿Y usted creyó que su historia con Tere era parecida?

—No es que lo creyera: es que me pareció evidente. Y no es que fuera parecida: es que todavía era peor. Más ridícula. Más humillante. De golpe sentí que todo cuadraba: Tere era la chica del Zarco cuando yo la había conocido, en los recreativos Vilaró, había seguido siéndolo mientras crecía el mito del Zarco en las cárceles y probablemente seguía siéndolo ahora, cuando él mismo había destruido o envilecido su mito y ya sabía seguro que no volvería a vivir en libertad. Eso no significaba que Tere no me hubiera querido, o que no hubiera estado enamorada de mí cuando nos veíamos en mi casa para hacer el amor y escuchar viejos cedés, o incluso que no lo hubiera estado durante el verano del 78, como el Zarco y ella misma aseguraban. ¿Por qué no habría de estarlo? ¿Quién le dice a usted que a su modo la amante de Redondo no estuvo enamorada de él? Las mujeres son así: convierten sus intereses en sentimientos; siempre lo han hecho y siempre lo harán, al menos mientras sigan siendo más débiles que nosotros. Así que no, eso no significaba que Tere no me hubiese querido: significaba solo que me había querido de una forma ocasional y condicionada, mientras que al Zarco le quería de una forma permanente y sin condiciones. Significaba que probablemente todo o casi todo lo que había hecho Tere conmigo lo había hecho por el Zarco: en los lavabos de los recreativos Vilaró me había seducido porque el Zarco necesitaba reclutarme, y el mismo verano, como usted sospechaba, me había seducido otra vez en la playa de Montgó para vengarse del Zarco, que aquella noche se había acostado con otra; y en mi casa de La Barca me había vuelto a seducir, veinte años después, porque quería asegurarse de que yo trabajaría a conciencia para sacar al Zarco de la cárcel y, cuando el Zarco empezó a salir de permiso, me apartó para que no los molestase, pero a base de triquiñuelas me mantuvo sujeto a distancia, para que no los abandonase antes de que el Zarco saliera en libertad y ella pudiera desaparecer con él... Todo cuadraba. Y lo peor de todo era que yo sentía que siempre había sabido la verdad y al mismo tiempo nunca había querido saberla, que era una verdad tan evidente que ni Tere ni el Zarco se habían molestado demasiado en ocultármela, y que, precisamente por eso, yo había podido ignorarla o fingir que no la conocía. Comprendí la actitud de Tere la noche de La Creueta, al intentar que el Zarco se callase cuando, borracho y drogado, se desahogaba conmigo y casi se le escapaba la verdad en bruto y me llamaba capullo y gilipollas y decía que los dos me estaban usando y que yo no entendía nada. Comprendí la ironía de que dos trileros profesionales como Redondo y como yo hubiéramos caído en una trampa tan antigua y consabida. Comprendí la espantada de Redondo cuando descubrió la emboscada en que había caído y planeé imitarlo dejando el despacho a cargo de Cortés y Gubau y abandonando la ciudad durante una buena temporada. Y comprendí que el gran malentendido de mi vida era que no había ningún malentendido.

–¿Así que hizo como Redondo? ¿Lo dejó todo y se marchó?

–No, no me marché. Me quedé, pero no porque quise sino porque ni siquiera me quedaba ánimo para marcharme. Lo que pasó fue que un médico me diagnosticó una depresión, y durante más de un año me sometí a tratamiento psiquiátrico y a una dieta masiva de antidepresivos y ansiolíticos. Pasado ese tiempo, empecé poco a poco a recuperarme: seguí con el tratamiento y, aunque no abandoné la dieta de psicotrópicos, la rebajé y conseguí volver a mi trabajo y reanudar más o menos mi vida de siempre. Es verdad que en aquella época yo me sentía como una especie de superviviente, pero también es verdad que empecé a pensar cada vez con más frecuencia que lo peor había pasado y que, como ya había cometido todos o casi todos los errores que se podían cometer, lo que hiciera en adelante ya casi solo podía ser un acierto. Era una ingenuidad: simplemente se me había olvidado que, por muy mal que vayan las cosas, siempre pueden ir mucho peor.

–¿Eso significa que volvió a tener noticias del Zarco?

–Bingo. Un día de mayo o junio de 2004, casi tres años después de haberle visto por última vez a las puertas de la cárcel de Gerona, recibí una carta suya. Era la primera señal de vida que recibía de él desde que la prensa anunció su última detención. La carta venía de la cárcel de Quatre Camins y estaba escrita a mano, con una letra redonda y cuidadosa y en el tono formal de una instancia; la leí dos veces: la primera vez pensé que el Zarco usaba esa letra y ese tono para imponer una distancia profesional entre nosotros (o quizá para decirme sin decírmelo que estaba molesto conmigo porque en todo ese tiempo me había desentendido de él); la segunda vez adiviné que los usaba porque eran los únicos que sabía usar. El Zarco empezaba con un saludo demasiado formal, y acto seguido me pedía sin más que volviera a ser su abogado; luego razonaba su petición: contaba que días atrás, en el patio de la cárcel, un cabeza rapada le había pegado una paliza que lo había dejado casi inconsciente y que, mientras lo trasladaban de urgencia al Hospital General de Terrassa, dos miembros de la policía autonómica habían parado el coche donde viajaban, le habían hecho bajar y se habían ensañado con él. Ahora estaba de vuelta en la cárcel, aislado de los demás presos en un módulo hospitalario, y quería que yo denunciase las dos palizas; también quería que, además de hacerme cargo de ese caso, le defendiese en un juicio por insubordinación, y sobre todo quería que tramitase su solicitud de reingreso en la cárcel de Gerona y que hiciese lo posible para que la aceptasen. Al final de la carta, el Zarco conseguía arrancar una nota lastimera a su escritura ortopédica y me anunciaba que estaba enfermo, me rogaba que le ayudase en aquel mal paso y me pedía que hablase con Tere para que ella me pusiese al corriente de la situación y me aclarase los pormenores.

No sé si terminé de releer la carta del Zarco más furioso que incrédulo o más incrédulo que furioso. Era como el mensaje de un extraterrestre. Me pareció increíble y me puso furioso que, después de haberme hecho perder dos años de trabajo y de haber traicionado mi confianza y la de todos los que habían apoyado la campaña por su libertad, no presentase la más mínima excusa ni hiciese el más mínimo signo de arrepentimiento. Me pareció increíble y me puso furioso que no diera muestras de sentirse culpable, ni siquiera de acordarse de sus propias tropelías, y que en vez de eso intentara seguir presentándose como una víctima.

Sobre todo me pareció increíble y me puso furioso que, después de haberme engañado y haber hecho que Tere me engañase como a un capullo y a un gilipollas y de haberme obligado a hacer el ridículo, todavía viniese a mí esgrimiendo el mismo cebo y creyendo que iba a picar por tercera vez (aunque me llamó la atención que la carta no contuviera ni las señas ni el número de teléfono de Tere, para que yo pudiera ponerme en contacto con ella). Todo esto hizo que no sintiera la más mínima piedad ni el más mínimo impulso cordial por él o por su situación; al contrario: yo sabía que el noventa y cinco por ciento de la sensación de inutilidad y sequedad y aridez y fracaso absolutos que me habían arrastrado a la depresión debía achacárselos al engaño y el abandono de Tere, pero en aquel momento comprendí que el cinco por ciento restante debía achacárselo a mi absurdo intento de hacerme responsable de los actos de alguien que no se hacía responsable de sus propios actos y de salvar a alguien que en el fondo no quería salvarse; y también comprendí que lo mejor que podía hacer era mantenerme alejado de él. De él y de Tere. El resultado de esta reflexión fue que ni siquiera contesté la carta del Zarco. Y el resultado de este resultado fue que de golpe me sentí ligerísimo y soberano, como si acabaran de quitarme del cuello un collar de plomo con el que no sabía que cargaba.

Eso ocurrió un lunes. Los días siguientes fueron eufóricos. Acudí al trabajo con la alegría de los primeros años, coqueteé en el juzgado con una procuradora joven y fui un par de veces con Cortés y con Gubau a tomarme unas cervezas en el Royal al terminar el trabajo. Ese estado de levedad feliz se disipó de golpe el jueves por la mañana, cuando Tere se presentó por sorpresa en el bufete. Apenas había cambiado en aquellos tres años: vestía con su aire eterno de adolescente –pantalones vaqueros, blusa blanca y bolso cruzado en bandolera–, y llevaba el pelo húmedo y despeinado; parecía muy contenta de verme. En cambio, yo no pude ni quise esconder mi contrariedad; sin siquiera saludarla pregunté: ¿A qué has venido? En vez de responder, Tere me dio un beso fugaz en la mejilla y, antes de que yo la invitara a pasar (o no), se coló en mi despacho. Se sentó en el sofá. La seguí, cerré la puerta y me quedé de pie frente a ella. Te ha escrito el Zarco, ¿verdad?, dijo sin prolegómenos. Contesté a su pregunta con otra pregunta: ¿Te lo ha dicho él? No, contestó. Él me dio la carta y yo te la dejé en el buzón. En aquel momento entendí por qué la carta del Zarco no llevaba las señas ni el teléfono de Tere: había sido escrita para que ella me la entregase en mano. ¿Y por qué no subiste a dármela?, pregunté. No quería agobiarte, contestó. Prefería que tuvieras unos días para pensarlo. Asentí y dije: No hacía falta. No hay nada que pensar. Me alegro, dijo. No te alegres, dije. No pienso volver a caer en la trampa. ¿Qué trampa?, preguntó. Ya sabes qué trampa, contesté; luego añadí una verdad a medias: La de ser su abogado. No es ninguna trampa, dijo. Y no entiendo por qué no quieres ayudarlo. La pregunta no es por qué no quiero ayudarlo, argumenté. La pregunta es por qué debería ayudarlo. Porque si no lo hacemos tú y yo no lo va a hacer nadie, contestó. Está más solo que la una. Se lo ha ganado a pulso, repliqué. Cuando intentamos ayudarlo no sirvió para nada; mejor dicho: solo sirvió para jodernos a todos y para hacernos perder el tiempo y el dinero. Que yo sepa, aquí el único que se jodió fue él, replicó Tere. ¿Ah, sí?, dije. A punto estuve de reprocharle que me hubiera dejado, a punto estuve de hablarle de mi depresión; hablé de María. ¿Qué pasa?, pregunté. ¿Es que no ves la tele, no ves las revistas, no sales a la calle? ¿Es que no te has enterado de los montones de mierda que María nos ha echado encima? Eso ya es agua pasada, replicó Tere. No era verdad, pero casi; aunque en el último año María no había desaparecido de los medios, su estrella se estaba apagando: todavía intervenía en alguna tertulia televisiva y de vez en cuando aparecía en las revistas del corazón, pero ya no era una figura relevante del circo mediático, su historia y su personaje se agotaban y, a pesar de sus esfuerzos, ella parecía incapaz de reactivarlos. Tere continuó: Además, todo era mentira. Todo no, la corregí. Casi todo, concedió. Y ya nadie le hace caso. Ni antes tampoco se lo hacían. ¿No te das cuenta de que todo eso es una comedia y de que todo el mundo sabe que es una comedia?

Se calló. Yo hice lo mismo. Estaba alterado y no quería discutir con Tere: solo quería despachar el asunto rápidamente, sin darle tiempo a usar ninguna artimaña que pudiese volverme vulnerable y hacerme aceptar su propuesta. Me senté en una butaca, junto a ella, que seguía en el sofá, observándome expectante y casi quieta, la pierna izquierda moviéndose con su ritmo imparable de pistón. Mira, Tere, empecé. Te voy a decir la verdad. Estoy harto de esta historia. Estoy harto del Zarco y de ti. De los dos. Me engañasteis cuando era un chaval y me habéis engañado ahora. ¿Te crees que no lo sé? ¿Te crees que soy idiota? El Zarco tenía razón: he sido un capullo y un gilipollas y he hecho el ridículo y me he dejado usar. Y he sufrido mucho. Yo te quería, ¿sabes? Y sufrí como un animal cuando me dejaste. No quiero sufrir más. Se acabó. ¿Lo entiendes? Se acabó. No quiero volver a tener nada que ver contigo. Ni contigo ni con él. No me pidas que vuelva a defenderlo porque no voy a hacerlo. Ni loco. No quiero saber nada más del Zarco. Y, si tuvieras dos dedos de frente, tú harías lo mismo. A ti también te ha hecho hacer el ridículo y el gilipollas. A ti también te usa como le da la gana. Pero ¿es que todavía no te has enterado de que es un grandísimo hijo de puta y además un tarado y un mediópata? Tere se había acariciado la peca junto a la nariz, había dejado caer su cabeza entre los hombros y tenía los ojos fijos en el parqué y la mirada vuelta hacia dentro. Mientras tanto yo seguía maldiciéndola, cada vez más exaltado, a ella y al Zarco; los maldije hasta que me di cuenta de que hacía rato que Tere decía o murmuraba algo. Entonces me callé. Tere repitió: Es mi hermano. Se hizo un silencio absoluto. Había oído perfectamente, pero pregunté: ¿Qué has dicho? Tere levantó la vista hacia mí: sus ojos verdes estaban vacíos, inexpresivos; tres líneas finísimas acababan de brotar en su frente. Que es mi hermano, repitió. Su padre es mi padre. Su madre no es mi madre, pero su padre es mi padre. Se quedó mirándome, volvió a acariciarse la peca junto a la nariz y se encogió de hombros en un gesto que parecía de disculpa, pero no añadió nada.

Yo tampoco sabía qué decir, así que me levanté de la butaca y di unos pasos hacia la mesa del despacho; al llegar a ella me volví hacia Tere. ¿Es verdad?, pregunté. Tere asintió. No puede ser, dije. Tere seguía asintiendo. No lo sabe nadie, explicó. Mi madre y su madre. Y yo. Nadie más. ¿Y el Zarco?, pregunté de nuevo. El Zarco tampoco, contestó. Mi madre me dijo que éramos hermanos después de que él llegara a Gerona, poco antes de que tú aparecieras. Me lo dijo porque el Zarco y yo estábamos siempre juntos, sabía que nos queríamos mucho y no quería que pasase nada. Se calló, pensativa, o quizá como si no supiese qué más contar, o no quisiese contarlo. Hice otra pregunta: ¿Por qué no se lo dijiste al Zarco? ¿Para qué?, contestó. Con que uno de los dos lo supiese era suficiente. Y yo podía vivir con eso, pero a lo mejor él no: es más débil de lo que crees. ¿Eso?, pregunté. Me di cuenta de que Tere estaba llorando: unas lágrimas muy gruesas empezaron a rodarle por las mejillas, a caer sobre su camisa y a llenársela de manchas de humedad. Nunca la había visto llorar. Me senté en la butaca, junto a ella, y le cogí una mano: estaba húmeda y tibia. Éramos unos niños, dijo. No sabíamos lo que estábamos haciendo, nadie nos había dicho nada, lo entiendes, ¿verdad? Siguió llorando, sin enjugarse las lágrimas, como si no se hubiese dado cuenta de que estaba llorando, y comprendí que ya no diría nada más.

Durante un rato estuvimos en silencio; yo acariciaba sus nudillos con la mente en blanco: ni siquiera pensaba que aquello era un verdadero malentendido, solo un malentendido resuelto, y que ahora sí, probablemente, todo encajaba. Cuando Tere dejó de llorar y empezó a secarse con las manos me levanté, salí del despacho, volví con un paquete de Kleenex y le di unos cuantos. Perdona, dijo mientras se limpiaba. No sé por qué te he contado eso. Acabó de limpiarse, me miró. Luego apartó la vista y estuvimos otro rato callados. Ella se sonaba la nariz y se secaba las lágrimas; yo me había quedado sin palabras. En determinado momento dijo: Bueno, sí sé por qué te lo he contado. Lo que te he dicho es verdad: el Zarco no tiene a nadie; solo quedamos tú y yo. Y está enfermo. Se volvió otra vez hacia mí con los ojos todavía húmedos y añadió: Vas a ayudarle, ¿verdad?

10

–Cuando Gamallo consiguió el indulto y la libertad condicional y se marchó de la cárcel de Gerona con los parabienes de todo el mundo, yo confié en que no volvería a verle. Al poco tiempo delinquió otra vez y lo ingresaron en la cárcel de Quatre Camins, pero yo seguí confiando. Me equivoqué. La culpa de todo la tuvo el abogado.

Después de que Gamallo saliera en libertad, Cañas y yo continuamos viéndonos, casi siempre los días en que él iba a la cárcel a visitar a sus clientes. Como ya le he contado, habíamos tenido un encontronazo a cuenta de Gamallo, pero gracias a eso mi opinión sobre él había mejorado y ahora nuestra relación era excelente, así que, si tropezábamos entrando o saliendo de la cárcel (alguna vez también en la ciudad), nos saludábamos y hablábamos un rato, aunque siempre evitábamos hablar de Gamallo. Por otro lado, a Cañas las cosas debieron de complicársele bastante cuando, poco después de que ingresaran a Gamallo en Quatre Camins, aquella chiflada empezó a acusarle en televisión de ser cómplice de las barbaridades que Gamallo había hecho con ella… Me refiero a su mujer. Pero, en fin, me imagino que Cañas ya le habrá contado todo eso; yo solo sé lo que sabe todo el mundo. El caso es que durante algún tiempo dejé de verle. Pregunté por él y me dijeron que tenía problemas de salud, aunque nadie acertó a aclararme de qué clase de problemas se trataba; entonces también se habló bastante de su historia con la chica que visitaba a Gamallo, al parecer se convirtió en la comidilla del juzgado, y a mí me acabó llegando. Luego, al cabo de unos meses (de muchos meses, quizá más de un año), Cañas reapareció: volvió a visitar en la cárcel a sus clientes, volvimos a cruzarnos de vez en cuando aquí y allá y volvimos a conversar de todo salvo de Gamallo, hasta que llegó un momento en que casi me olvidé de Gamallo o en que dejé de asociar el nombre de Cañas con el de Gamallo.

Fue por aquella época cuando Cañas volvió a presentarse una tarde en mi despacho. Había pasado años sin hacerlo y creí que venía a hablarme de algún recluso. Charlamos un rato y, cuando ya pensaba que iba a marcharse y que aquello había sido solo una visita de cumplido o algo así, el abogado me desengañó: me dijo que había ido a verme porque había aceptado defender otra vez a Gamallo y porque iba a solicitar su traslado desde la cárcel de Quatre Camins a la de Gerona. Yo no podía creer lo que oía. Es usted incorregible, fue lo único que acerté a decir. Cañas sonrió. Se equivoca, contestó. Solo soy abogado. Y Gamallo es un cliente. Me limito a hacer mi trabajo. Claro, dije. Aunque yo creo que quien se equivoca es usted. De todos modos, añadí, le agradezco que me informe de lo que piensa hacer. Bueno, dijo entonces Cañas, y su sonrisa se volvió traviesa, un poco infantil. En realidad no he venido solo a informarle. Sacó de su cartera un fajo de fotocopias y lo puso sobre mi mesa mientras decía: Me gustaría que apoyase mi solicitud. Miré el fajo de folios, sin tocarlo. La decisión de trasladar de cárcel a un preso dependía de Institucions Penitenciàries, pero Cañas sabía que el criterio de los directores de las cárceles (la cárcel de salida y la cárcel de acogida) era importante; también sabía que no iba a ser fácil convencerme de que apoyara su jugada, así que había ido preparado a la cita. Me explicó lo que contenía el fajo: lo esencial era un informe del director de la cárcel de Quatre Camins en el que apoyaba el traslado del Zarco, y una serie de informes de los técnicos; según Cañas, de esos informes solo podía deducirse una cosa, y era que el Zarco actual guardaba muy poca relación con el que había ingresado por primera vez en la cárcel de Gerona, porque la enfermedad, los años y sus propios errores le habían arrebatado la fuerza y la aureola de la juventud y lo habían convertido en un preso inofensivo. Cañas acabó tocando la tecla sentimental. Dijo, más o menos: Cuando llegó aquí la otra vez, Gamallo venía a recuperar su libertad; ahora solo quiere que le dejen vivir sus últimos años en paz. No creo que nadie tenga derecho a negárselo.

En cuanto Cañas terminó de hablar me incorporé un poco en mi sillón, cogí el fajo de folios, lo hojeé un momento sin leerlo y luego suspiré y volví a dejarlo donde estaba. Mire, abogado, dije. A lo mejor tiene usted razón: a lo mejor Gamallo ya no es lo que era. No digo que no. Lo que digo es que, incluso medio muerto, ese hombre es un quebradero de cabeza. Hice una pausa y continué: ¿Sabe una cosa? Dentro de poco más de dos años me jubilo. ¿No le parece que yo también tengo derecho a vivir ese tiempo en paz? Usted sabe mejor que nadie que mientras Gamallo estuvo en esta cárcel mi vida fue un sinvivir, y encima no sirvió para nada; no quiero que eso se repita. Además, ¿de qué serviría el traslado? Es natural que el director de Quatre Camins quiera quitarse a Gamallo de encima, pero la verdad es que su cárcel es mucho más moderna y está mucho mejor equipada que la mía, sobre todo para atender a Gamallo. En fin, no se lo tome como algo personal, pero, si puedo ahorrarme la presencia de ese hombre aquí, me la ahorraré. Me gustaría que lo entendiese. Cañas no lo entendió, o no quiso entenderlo. Discutimos unos minutos más. Al final nos separamos amistosamente, y, aunque el abogado consiguió que me quedase con los informes sobre Gamallo, no consiguió arrancarme siquiera la promesa de que, ya que no iba a apoyar el cambio, por lo menos no me opondría a él.

—Pero al final lo apoyó.

—¿Cómo lo sabe?

—No lo sabía, lo intuía. ¿Por qué lo hizo?

—¿Apoyarle? Para serle sincero, no lo sé. Simplemente, un día me llamaron de Institucions Penitenciàries para preguntarme si me parecía bien que Gamallo volviese a Gerona y no supe decir que no. Supongo que entre Cañas y los informes de Quatre Camins me convencieron de que Gamallo ya no representaba un problema, de que era un hombre desahuciado.

—¿Y tenían razón?

—Esta vez sí. Cuando trajeron a Gamallo a la cárcel me asombró que hubiera podido estropearse tanto en tan poco tiempo. Estaba en los huesos, caminaba con dificultad, se le había caído gran parte del pelo y su cara parecía un anticipo de su calavera, con los dientes negros, los ojos hundidos y las mejillas sin carne. Mi primera impresión fue que aquello no era un hombre sino un esqueleto ambulante; los informes de los médicos la confirmaron: había cambiado otra vez la heroína por la metadona, pero el sida lo devoraba por dentro y estaba muy débil, a expensas de que, en cualquier momento, cualquier enfermedad sin importancia terminara de tumbar sus defensas y se lo llevara por delante.

Su mito también se había derrumbado. No es solo que, cuando llegó a la ciudad, la prensa no dijera una palabra de él; es que ni siquiera en la cárcel provocó su llegada la menor agitación. A pesar de todo decidí curarme en salud y le asigné una celda individual con la idea de mantenerle aislado del resto de los reclusos. Para Gamallo, esa era una medida humillante, que lo igualaba a la morralla de la cárcel —los chivatos o los violadores—, pero no protestó, yo creo que porque ya sabía que la combinación de su antigua celebridad y su debilidad física era un reclamo irresistible para chavales deseosos de hacerse respetar, chavales a los que ya no le quedaban fuerzas para enfrentarse; tampoco protestó cuando traté de imponerle un programa de actividades que lo mantuviera ocupado desde por la mañana hasta por la noche. ¡Qué ingenuidad! Lo del programa de actividades, digo: en su estado físico, Gamallo no podía cumplir con ningún programa y, cuando me di cuenta de esto, comprendí que Cañas tenía razón y que ya lo único que podíamos hacer por él era dejarle acabar sus días con tranquilidad. Y eso fue lo que intenté hacer.

11

—A finales de la primavera o principios del verano de 2005 el Zarco volvió a la cárcel de Gerona y yo volví a verle una vez por semana, a menudo más de una. No fue hasta entonces, casi treinta años después de haberle conocido, cuando empecé a sentir que lo que nos unía empezaba a parecerse a una amistad. Por supuesto, yo seguía siendo su abogado, pero el problema (o la ventaja) era que, una vez conseguido su traslado a Gerona, él ya casi no necesitaba abogado, o lo necesitaba mucho menos de lo que lo había necesitado: al fin y al cabo ya estaba descartada cualquier fantasía de reinserción y cualquier esperanza de conseguir permisos, y habían quedado reducidos al mínimo los asuntos legales que podíamos despachar. Para entonces, el Zarco era un hombre físicamente acabado; moralmente también: como me había dicho Tere, estaba solo, nadie quería saber nada de él, su desprestigio fuera y dentro de la cárcel era total y ya ni siquiera parecía capaz de seguir representando el papel del Zarco. Esto es importante: en cuanto volví a verle de nuevo, todavía en Quatre Camins, antes de que consiguiese su traslado a Gerona, tuve la impresión de que habían dejado de luchar en él la persona y el personaje, de que se estaban acabando el victimismo y la arrogancia y estaba a punto de derrumbarse la fachada esplendorosa del mito, dejando a la vista al cuarentón envejecido, derrotado y enfermo que había detrás de ella. Al principio, como le digo, fue solo una impresión, pero ya me hizo verle de otra forma, igual que cambió mi forma de verle el hecho de saber que en realidad era hermano de Tere; la cambió, aunque no sé de qué manera la cambió: yo no sabía cómo había sido exactamente su relación con Tere —ni creo que quisiera saberlo—, pero lo cierto es que él no volvió a interferir en mi relación con ella, ni ella en mi relación con él.

Todo esto explica que casi en seguida yo empezara a ir a ver al Zarco a la cárcel más por charlar un rato que por trabajo, y que nuestras conversaciones se volvieran mucho más íntimas de lo que lo habían sido hasta entonces. Sobra decir que nunca se me ocurrió contarle lo que me había revelado Tere en mi despacho; en realidad, de Tere, que yo recuerde, apenas hablamos más que de pasada. Hablamos bastante, en cambio, de su madre (que vivía en Gerona, como una parte de su familia, y con la que hacía años que no se hablaba), y sobre todo de sus tres hermanos mayores, tres quinquis que él había conocido cuando ya tenía once o doce años, con los que había vivido muy poco tiempo y que habían sido sus ídolos de infancia; los tres habían muerto hacía más de una década en circunstancias violentas: Joaquín, el más chico, estrellándose contra un camión de mudanzas en un cruce del barrio de El Clot, en Barcelona, mientras escapaba de la policía en un coche robado; Juan José, el mayor, al intentar descolgarse con una cuerda desde una ventana del Hospital Penitenciario de Madrid, adonde lo habían trasladado desde una cárcel en la que cumplía condena de treinta años por homicidio; Andrés, el mediano y para muchos el modelo del Zarco, en un control policial a la entrada de Gerona, después de atracar un banco en Llagostera, cuando un policía le disparó al verle echar mano de su pistola. Pero estas cosas ya las sabe usted: están en los recortes de prensa de mi archivo y además, si no recuerdo mal, el Zarco las contó en sus memorias.

—No recuerda mal.

—Claro: en realidad, la mayor parte de las cosas que me contó en aquella época las había contado ya en sus memorias, a veces incluso de la misma forma y casi con las mismas palabras, de tal manera que yo tenía a veces la impresión de que el Zarco no me contaba lo que recordaba sino lo que recordaba haber contado en sus memorias. De todos modos, a mí me divertía mucho escucharlo, oírle hablar de los motines y las fugas que había protagonizado, de los libros que había firmado o le habían escrito y de las películas en las que había intervenido, de los periodistas y los directores de cine y las actrices y los músicos y los futbolistas que había conocido. De esa forma descubrí algo que me sorprendió, y es que, en sus memorias y en sus entrevistas, el Zarco había mentido o adornado la verdad mucho menos de lo que yo pensaba (y menos en el segundo volumen de las memorias que en el primero, según él por culpa de Jorge Ugal, el escritor que lo redactó y que luego, en parte gracias a aquel libro, hizo una corta carrera política); o dicho de otro modo: lo que descubrí fue que no había sido el Zarco quien había levantado su propio mito, sino, sobre todo, los periódicos y las películas de Bermúdez, y que él se limitó a darlo por bueno, a hacerlo suyo y a difundirlo.

—Así que usted piensa que sus memorias son fiables.

—Yo creo que sí. Salvo en puntos concretos, claro.

—¿Por ejemplo?

—Por ejemplo la muerte de Bermúdez. Desde el primer momento todo el mundo pensó que fue el Zarco quien lo mató, quien le chutó la sobredosis de heroína que acabó con él y quien montó aquella escenografía como de sacrificio ritual o de crimen sexual…

—Pero en sus memorias lo niega.

—¿Qué iba a hacer? Yo en cambio estoy seguro de que es verdad.

—¿Se lo confesó él?

–No: él me lo negó. Pero en aquella época yo sabía cuándo me mentía y cuándo me decía la verdad, y sobre aquel asunto me mentía. Estoy seguro. O casi seguro. Tendría que haberle oído hablar de Bermúdez; pestes, decía de él, pero no porque Bermúdez fuese homosexual, como ha dicho alguno: eso le daba lo mismo, de hecho yo creo que siempre supo que Bermúdez estaba enamorado de él y jugó con eso, o intentó hacerlo. No, yo creo que odiaba a Bermúdez por otras cosas: pensaba que, con la saga del Zarco y con las demás películas de jóvenes quinquis protagonizadas por quinquis reales que la siguieron, Bermúdez había conquistado una fortuna y un prestigio de hombre de cine a su costa, y que encima lo había hecho presentándose como una especie de filántropo que solo pretendía redimirlo a él y a otros chavales como él; aseguraba que el altruismo católico de Bermúdez era hipócrita, un recurso estomagante para hacer propaganda de sus películas; decía que le había estafado desde el principio, que le había robado su vida para hacer sus películas, que le había prometido que las protagonizaría y que no es verdad que no las había protagonizado porque el juez de vigilancia penitenciaria no le dejara salir de la cárcel (como suele pensarse), sino porque al final Bermúdez prefirió que las protagonizase otro; también decía que le pagó mucho menos dinero del que había acordado pagarle, que era mentira que le hubiese adoptado legalmente mientras rodaba su última película y todavía más que le desheredara como castigo por haber aprovechado el cóctel de presentación a la prensa de la cinta, en el penal de Ocaña, para fugarse… En fin, yo creo que al final su relación con Bermúdez estaba podrida, que, como decía Bermúdez, el Zarco en parte montó aquella fuga para joderle y joder su película y que luego, mientras la policía lo buscaba, recurrió de nuevo a Bermúdez y se le fue la mano con él o lo liquidó adrede, o lo hizo liquidar. El Zarco era así: si llegaba a la conclusión de que alguien era un auténtico hijo de puta, o se había portado como si lo fuera, a poco que podía se lo hacía pagar.

—Como pudo ocurrir con Batista.

—Por ejemplo.

—Es raro entonces que no le hiciera pagar a María Vela por lo que hizo.

—Raro no: lo que pasa es que a María no la consideraba una auténtica hija de puta. Y probablemente tenía razón. María solo era una mediópata, como él o, mejor dicho, como el personaje del Zarco; a lo sumo era una aprovechada. Pero no una hija de puta. Y quizá por eso el Zarco, en la época de la que hablamos, nunca hablaba mal de ella, siempre quitaba importancia a lo que había dicho contra él en la prensa (o a lo que aún decía, que era cada vez menos porque ya había cada vez menos gente que le prestaba atención) y no parecía para nada irritado con la relevancia mediática que en determinado momento había conseguido metiéndose con nosotros; es más: mi impresión era que el Zarco hablaba ahora de María con más cordialidad de lo que lo hacía cuando aún estaban juntos y ella se desvivía por sacarlo de la cárcel.

Pero de lo que más discutíamos el Zarco y yo —de lo que yo creo que terminó surgiendo la complicidad de la que le hablaba— no era de nada de eso, sino del verano del 78. De hecho, podíamos pasarnos mis tardes de visita en el locutorio recordando a la gente de la banda, reviviendo tirones, atracos y farras, evocando los regateos con el General y con su mujer —que el Zarco aseguraba que no se hacía la ciega sino que de verdad estaba ciega—, contándonos detalles de una visita a La Vedette o tratando de rescatar del olvido los nombres y las caras de los habituales de La Font o de Rufus. Aquellas conversaciones llegaron a convertirse por momentos en torneos encarnizados en los que el Zarco y yo competíamos en afán de precisión sobre el pasado; gracias a ellas —y a las que había mantenido con Tere años atrás, en nuestras noches de amor en mi ático de La Barca— pude reconstruir el verano del 78, y por eso lo recuerdo tan bien. Por supuesto, el Zarco hablaba a menudo de los albergues provisionales, y un día le conté la única vez que yo había estado allí, poco después del atraco a la sucursal del Banco Popular en Bordils, aunque no le dije que en realidad aquella tarde había ido a los albergues para ver a Tere y sobre todo para averiguar si la basca creía que había sido yo quien había dado el chivatazo (y, si era así, para desmentirlo). Esto no significa que no hablásemos del asunto en aquella época, en realidad lo discutimos varias veces, aunque siempre de la forma en que discutíamos los pormenores del verano del 78, una forma un poco rara, muy cerebral, casi con la frialdad con que puede discutirse un problema de ajedrez; sea como sea, siempre llegué a la conclusión de que el Zarco pensaba que aquel día el chivato o el infidente podía haber sido cualquiera, pero que ese cualquiera no me excluía a mí.

—¿Quiere decir que no convenció al Zarco de que no había sido usted?

—Eso es: lo intenté, pero no lo conseguí. O no lo creo. Siempre le quedaba la duda. Aunque no lo decía, yo sabía que le quedaba.

—Quizá le quedaba la duda porque a usted también le quedaba, porque usted tampoco acababa de estar seguro de que, antes del atraco de Bordils, no se hubiese ido de la lengua.

—Puede ser.

—Otra cosa. Dice usted que, al volver a Gerona, el Zarco estaba mal físicamente. ¿No mejoró después?

—No. Aunque en la cárcel lo trataron bien, estaba enfermo y agotado, y ya no daba más de sí. Mientras hablaba con él en el locutorio yo tenía a menudo la impresión de estar hablando con un zombi, o por lo menos con un hombre muy viejo. Y a pesar de eso (o quizá gracias a eso) en aquella época descubrí todavía tres cosas importantes sobre él y sobre mi relación con él: las dos primeras demuestran que en el fondo

yo mismo tuve durante años una visión del Zarco candoro-
sa y mitificada, ridículamente romántica; la tercera demuestra que el propio Zarco nunca compartió esa visión. Quizá a
estas alturas ya ha deducido usted las tres cosas de lo que le
vengo contando, pero yo no las descubrí hasta ese momento.

—¿A qué se refiere?

—Mire, siempre he oído decir que, en las relaciones entre
las personas, la primera impresión es la que cuenta. A mí
me parece que no es verdad: a mí me parece que la primera impresión es la única que cuenta; todo lo demás son aña-
didos que no alteran en nada lo esencial. Al menos eso es
lo que yo creo que me pasó con el Zarco. Me refiero a que
allí, en la cárcel de Gerona, el Zarco podía parecer un des-
pojo humano, y seguramente lo era, pero no por eso dejaba
yo de verle como lo había visto con mis ojos de adolescente la primera vez que lo vi, entrando en los recreativos Vilaró acompañado de Tere, y como lo vi durante aquel verano.
Eso es lo primero que comprendí: que durante tres meses de
mi adolescencia yo había admirado al Zarco —había admirado su serenidad, su valentía, su audacia—, y que desde entonces no había sabido dejar de admirarlo. La segunda cosa que
comprendí es que, además de admirarlo, lo envidiaba: ahora,
en la cárcel de Gerona, vista con la perspectiva del tiempo,
la vida del Zarco podía parecer una vida malograda, la vida
de un perdedor pero lo cierto es que, si la comparaba con la
mía —que tantas veces me había parecido postiza y prestada,
un malentendido o, peor aún, un insípido y convincente si-
mulacro de malentendido—, se me antojaba una vida plena,
que merecía la pena vivirse y que le hubiera cambiado por
la mía sin dudarlo. La tercera cosa que comprendí es que el
Zarco siempre había sido consciente de estar representando
el papel del Zarco, o como mínimo que ahora era consciente de haber representado ese papel durante años.

—¿Eso es lo que quería decir cuando decía que en este
momento desapareció el personaje y solo quedó la persona?

–Exacto. Déjeme que le cuente una de las últimas conversaciones que mantuvimos el Zarco y yo, en el locutorio de la cárcel. Aquella tarde llevábamos un rato hablando como de costumbre del verano del 78 cuando, después de referirme de pasada a los albergues provisionales, el Zarco me interrumpió y me preguntó qué había dicho. En ese momento comprendí que, sin darme cuenta, acababa de llamar a los albergues por el sobrenombre que les daba siempre, así que dije que no había dicho nada y traté de desviar la conversación; el Zarco no me dejó, repitió la pregunta. El Liang Shan Po, confesé por fin, sintiéndome tan ridículo como el amante que pronuncia en público el nombre confidencial de su amada. ¿Así es como llamabas tú a los albergues?, preguntó el Zarco. Asentí. Para no tener que dar explicaciones quise continuar hablando, pero no pude; la cara del Zarco se frunció, sus ojos se entrecerraron hasta parecer dos ranuras y él preguntó otra vez: ¿Como el río de *La frontera azul*? El Zarco acogió mi sorpresa con una sonrisa negra y desdentada. ¿Conocías la serie?, pregunté. Joder, Gafitas, protestó el Zarco. A ver si te crees que eras tú el único que veía la tele. Acto seguido se puso a hablar de *La frontera azul*, del dragón y la serpiente, de Lin Chung y Kao Chiu y Hu San-Niang, hasta que en mitad de una frase se paró en seco, arrugó otra vez el ceño y me miró como si acabase de descifrar un jeroglífico en mi cara. Oye, dijo. No te habrás creído tú también esa milonga, ¿verdad? ¿Qué milonga?, pregunté. Tardó un par de segundos en contestar. Lo del Liang Shan Po, aclaró. Lo de los bandoleros honrados. Toda esa mierda. No estaba seguro de lo que quería decir. Se lo dije. Explicó: No te creerías tú también todo ese rollo de *La frontera azul*, ¿no? Todo ese cuento de que los que estáis del lado de allá sois más hijos de puta que los que estamos del lado de acá, y al revés; eso de que la única diferencia entre tú y yo es que yo nací en el barrio equivocado de la ciudad y en la orilla equivocada del río, de que la sociedad tiene la culpa

de todo y de que yo soy inocente de todo y de que si patatín y de que si patatán. No te lo habrás creído, ¿verdad?

En ese momento lo supe. No solo estaba en sus palabras;
estaba en el sarcasmo que empapaba su voz, en el desengaño
y la ironía y la tristeza de sus ojos de anciano. Lo que supe es
que el Zarco se había terminado definitivamente, que el
personaje había desaparecido y apenas quedaba la persona,
aquel quinqui solo, enfermo y acabado que tenía frente a
mí, al otro lado del locutorio. Y también supe o imaginé que,
en el fondo, el Zarco nunca se había creído su propio personaje, nunca había pensado en serio que él fuese de verdad
el Robin Hood de su época, o el gran delincuente arrepentido; esa había sido solo una identidad fingida, estratégica,
que había usado cuando le había convenido pero que nunca se había creído de verdad o solo se había creído fugaz-
mente y casi sin querer, una identidad que en todo caso
hacía mucho tiempo que ya no se creía y que, en aquellos
días de lucidez terminal en los que ni siquiera le quedaban
fuerzas para echarse a reír o a llorar, solo le daba lástima.

Eso es lo que supe entonces (o lo que imaginé), gracias
a aquella conversación.

—Yo hubiese imaginado también otra cosa.

—¿Qué cosa?

—El reverso de la anterior: que quizá el Zarco ya no creía
en su propio personaje, pero creía que usted sí creía en él.
Que creía que usted, de algún modo, aún creía en que era
una víctima inocente, que usted era el último que pensaba
en él como en el Robin Hood de su época, o como en el
gran delincuente arrepentido. Que usted no era en realidad
ni su abogado ni su amigo, sino el último admirador que le
quedaba. O el último lugarteniente: el último hombre hon-
rado que le quedaba a Lin Chung más allá de la frontera
azul. Al fin y al cabo las preguntas que el Zarco le había
hecho eran retóricas, ¿no?

—Puede que tenga razón.

—¿Y no le dijo usted nada? ¿No intentó desengañarle?

—Más o menos. Le dije que no me había creído su milonga, como él la había llamado, que por supuesto nunca había pensado que la sociedad fuera culpable de todo y él fuera solo una víctima de la sociedad. El Zarco me replicó que entonces por qué los llamaba los del Liang Shan Po, y yo le contesté que porque al principio sí me lo creí, que después de todo en el verano del 78 yo tenía dieciséis años y a los dieciséis años uno se cree esas cosas, pero que luego dejé de creerlo, solo que a aquellas alturas ya era tarde para cambiarles el nombre y se quedaron con él. Eso le dije, más o menos, aunque comprendí que no me creía y no quise insistir.

—Así que dejó que el Zarco se quedase con una idea falsa de lo que usted pensaba de él.

—Sí. Supongo que sí.

—Creí que le importaba mucho la verdad.

—Y me importa, pero una virtud llevada al extremo es un vicio. Si uno no entiende que hay cosas más importantes que la verdad no entiende lo importante que es la verdad.

—¿No volvieron a hablar del asunto?

—No.

—¿Tampoco volvieron a mencionar el Liang Shan Po?

—No que yo recuerde.

—¿Y Tere? Hoy todavía no me ha hablado de ella.

—No ha habido ocasión. ¿Qué quiere que le cuente? Aquel verano nos vimos bastante a menudo. Tere había vivido una temporada en Barcelona pero desde hacía dos o tres años volvía a vivir en Gerona, mejor dicho en Salt, donde trabajaba haciendo la limpieza en varios locales del Ayuntamiento. Había abandonado los estudios de enfermera y salía con el encargado de la biblioteca pública, un tipo con coleta y barbita de chivo que iba a todas partes en bici, hablaba un castellano macarrónico y tenía alquilado un huerto junto al Ter donde cultivaba tomates y lechugas. Se llamaba Jordi y tenía diez años menos que Tere. Inmediatamente nos caímos bien (para él yo era solo el abogado del Zarco, y el Zarco solo el pariente díscolo y famoso de Tere), así que algunos sábados me presentaba en el huerto y me pasaba las tardes viendo cómo él y Tere trabajaban la tierra, hablando de política (era independentista) o de Salt (había nacido allí y quería morir allí, aunque había viajado por todo el mundo) y dando caladas a sus porros de marihuana; cuando oscurecía volvíamos a la ciudad, ellos en su bicicleta y yo en mi coche, y acabábamos comiendo algo en casa de Jordi o en algún bar del casco antiguo.

A veces, no muchas veces, Tere y yo quedábamos a solas. Para eso tenía que inventarme algún asunto importante relacionado con el Zarco, lo que no era nada fácil. Recuerdo que un sábado al mediodía la cité en un bar de la plaza de Sant Agustí y que, cuando terminamos de tomar café y de despachar mis patrañas, la acompañé al mercado ambulante que instalan cada semana en el paseo posterior de La Devesa, a la orilla del Ter; y recuerdo que mientras Tere hacía la compra se me ocurrió tenderle una trampa, proponerle cruzar el río y llegarnos hasta la explanada donde años atrás se levantaban los albergues provisionales. ¿Has vuelto alguna vez?, pregunté. No, dijo ella. No se parece en nada a como era entonces, le advertí, y a continuación empecé a describirle el parque impoluto de césped recién cortado, con bancos de madera y columpios y toboganes flamantes que había reemplazado a las hileras de barracones miserables recorridas por arroyos de aguas pestilentes y sobrevoladas por enjambres de moscas donde había vivido ella, hasta que noté que me miraba con extrañeza. ¿Y si no se parece en nada para qué quiero verlo?, preguntó con sequedad. Así era entonces Tere: invulnerable a las añagazas de la nostalgia, reacia a hablar más de lo indispensable del pasado que compartíamos. Con todo, uno de aquellos sábados en que quedábamos para hablar del Zarco me citó en una cafetería de Santa Eugènia, y al llegar la encontré acompañada por una mujerona que me saludó con un gran beso. ¿No sabes quién soy?, me preguntó. Me costó reconocerla: era Lina. Seguía siendo tan rubia como en los días de La Font, pero se había puesto veinticinco o treinta kilos, estaba muy estropeada y hablaba a gritos. No dijo una palabra del Gordo, pero me contó que se había casado con un gambiano, que también vivía en Salt, que trabajaba en una peluquería y que tenía tres hijos. Fue un encuentro curioso. Tere y Lina nunca habían perdido del todo el contacto, aunque ahora hacía tiempo que no se veían, y en determinado momento Lina se puso a hablar del Tío, que aparte de nosotros era el único miembro de la basca del Zarco que seguía con vida: al parecer había vuelto a verle por casualidad hacía poco tiempo, en el hospital Trueta, y contó que iba en su silla de parapléjico y que se había alegrado mucho de volver a verlo (y él de volver a verla a ella); al final propuso que fuéramos los tres a visitarlo a Germans Sàbat, donde seguía viviendo con su madre. Tere y yo aceptamos la propuesta, y los tres acordamos vernos el sábado siguiente a la misma hora y en el mismo sitio para ir después juntos a casa del Tío. Pero el sábado siguiente no me presenté a la cita; días después supe que Tere tampoco se había presentado.

Más o menos hacia mediados de octubre dejé de ver a Tere y a Jordi; no por nada: simplemente Tere dejó de llamarme y yo empecé a tener la impresión de que, pasada la novedad de los primeros meses, mi compañía empezaba a resultarles molesta y preferían estar solos. El caso es que no volví a encontrarme con Tere hasta al cabo de casi tres meses. Esta vez fue por casualidad. Aquella tarde yo había ido a La Bisbal a visitar a un cliente, de anochecida volvía a Gerona y al entrar en la ciudad por Pont Major reconocí a Tere entre un grupo de mujeres y niños que aguardaba el autobús en la parada más cercana a la cárcel, refugiándose del frío de diciembre bajo una marquesina. Era domingo, el último domingo del año. Paré el coche, saludé a Tere, me ofrecí a llevarla a casa. Tere aceptó, se sentó a mi lado y, en cuanto empezamos a alejarnos de la parada, me contó que el Zarco estaba mal, que el viernes y el sábado había tenido fiebre y que aquella misma mañana le habían diagnosticado una neumonía. Un poco sorprendido, comenté que había visto al Zarco el miércoles y que ni él me había dicho nada ni yo había notado nada; pregunté: ¿Has estado con él? Tere me dijo que no, pero que había podido hablar con el jefe de servicio de la cárcel. Están pensando en llevárselo al hospital, dijo. ¿A qué hospital?, pregunté. No lo sé, contestó. Aparté un momento la vista de la avenida de Pedret y la miré a ella. No te preocupes, dije. Mañana hablaré con el director. Y añadí: Seguro que no será nada. La conjetura llenó como una mentira forzosa el interior del coche mientras nos acercábamos a la ciudad, que a aquella hora destellaba a lo lejos, llena de adornos navideños. Para espantar el silencio pregunté por Jordi. Tere me contestó distraídamente que hacía algún tiempo que ya no salía con él; yo esperé alguna explicación, algún comentario, pero no llegó ni una cosa ni la otra, y no quise seguir preguntando.

La casa de Tere estaba en los arrabales de Salt, cerca ya del puente de la autopista y la carretera de Bescanó, en un bloque de pisos plantado en un solar sucio de cascotes y hierbajos. Paré frente al edificio y le prometí otra vez a Tere que al día siguiente hablaría con el director de la cárcel; Tere asintió, me pidió que lo hiciese y se despidió, pero al sacar un pie del coche pareció dudar. Fuera la oscuridad era casi perfecta; el silencio también, salvo por el rumor de tráfico que llegaba desde la autopista. Sin volverse hacia mí, Tere preguntó: ¿Quieres subir?

Era la primera vez que me invitaba a su casa. Subimos por una escalera de paredes leprosas iluminada por fluorescentes, y a media subida nos cruzamos con dos mujeres árabes que llevaban el pelo recogido con pañuelos. Al entrar en su apartamento Tere me hizo pasar a un comedor minúsculo, encendió una estufa de butano y me ofreció té o infusión de manzanilla. Acepté la infusión. Mientras Tere la preparaba, noté el orden menesteroso que reinaba en la sala: allí no había más que una mesa con dos sillas, una butaca de escai, un aparador, un pequeño equipo de música, una televisión portátil y la estufa; también había tres puertas entreabiertas que daban al comedor: detrás de una de ellas estaba la cocina donde trajinaba Tere, detrás de las otras dos entreví o imaginé un baño y una habitación todavía más pequeña y más gélida que la sala. Distraído con aquel inventario de miserias, sin darme cuenta se me fue la alegría que había sentido al saber que Tere se había separado de Jordi, y me caló la pena de la vida de Tere en aquel piso solitario y suburbial, la pena de las malas noticias sobre la salud del Zarco, de la noche del domingo y de la Navidad.

Aquella noche Tere y yo volvimos a dormir juntos. A primera hora del día siguiente, en vez de ir al bufete, fui a la cárcel. En la entrada me dijeron que no podía ver al Zarco porque estaba ingresado en la enfermería. Quise entonces ver al director y, después de que me hicieran esperar unos minutos, entré en su despacho. Le pregunté sin rodeos cómo estaba el Zarco. A modo de respuesta el director desenterró un papel del desorden de papeles que llenaba su mesa y me lo alargó. ¿Y esto qué significa?, pregunté, blandiendo el papel después de leerlo. Significa que, según el médico, es probable que Gamallo no salga de ésta, respondió el director. ¿No se puede hacer nada más?, pregunté. ¿No van a llevarlo a un hospital? El director hizo un gesto de indiferencia o de desaliento. Si quiere le llevamos, contestó. Pero el médico no lo aconseja. Gamallo no está para traslados, y aquí lo cuidaremos bien. ¿Puedo entrar a verlo?, pregunté otra vez, devolviéndole el papel. Lo siento, dijo el director. En la enfermería no se permiten visitas. Pero le repito que no se preocupe. Gamallo está bien atendido. Además, ya sabe usted cómo son los médicos: siempre se ponen en lo peor. Quién sabe si este se equivoca.

Al salir de la cárcel llamé a Tere y le conté lo que me había dicho el director, pero ella no hizo ningún comentario.

Los tres días que siguieron fueron muy extraños; de hecho, yo los recuerdo como los tres días más felices de mi vida, y a la vez como los más melancólicos. Tere y yo apenas nos separamos. Ella tenía una semana de vacaciones, y yo me la tomé. Primero le propuse marcharnos unos días de viaje, pero no aceptó; después le propuse que se instalara en mi casa, pero tampoco aceptó; al final fui yo quien se instaló en la suya, cargado con una bolsa llena de ropa y otra llena de parte de mi colección de cedés con música de los setenta y ochenta. Fue como una luna de miel. No salíamos de casa más que para comer en L'Espelma, un restaurante de Salt, y nos pasábamos mañana, tarde y noche metidos en la cama, escuchando mis cedés, viendo películas en la tele y haciendo el amor sin el entusiasmo de las primeras veces, pero con un cuidado y una dulzura que yo no conocía. Como una luna de miel, ya digo, solo que una luna de miel inquietada por malos presagios: en aquellos días felices yo tuve más de una vez la intuición de cómo iba a acabar todo, y por eso aquellos fueron también unos días melancólicos.

El caso es que a primera hora de la mañana de año nuevo me despertó el jefe de servicio de la cárcel para decirme que el Zarco había muerto de madrugada. A partir de ese momento la confusión sustituye en mi recuerdo a la extrañeza, de tal manera que las horas y los días siguientes tienen para mí la textura de un sueño, o más bien de una pesadilla. No recuerdo, por ejemplo, cómo le di la noticia a Tere. Tampoco recuerdo cómo la recibió, ni nos recuerdo a los dos en la cárcel, haciéndonos cargo del cadáver y de las cosas del Zarco, aunque sé que fuimos a la cárcel y que nos hicimos cargo del cadáver y de las cosas del Zarco, de todos los trámites de la muerte. El entierro se celebró el segundo día del año.

Como era inevitable, los periódicos repitieron que fue a la vez un acontecimiento mediático y una manifestación de duelo popular, pero mi impresión es que, por una vez, ese cliché no traiciona del todo la realidad. Durante los últimos años el país parecía haber olvidado al Zarco, o solo parecía recordarlo de vez en cuando como el marido culpable y cada vez más remoto de un personaje secundario y declinante de la prensa del corazón; ahora, su entierro multitudinario demostró que no era así, que la gente no lo había olvidado.

En seguida aparecieron por el velatorio familiares, amigos y conocidos del Zarco. Aparecieron a montones. Yo no había visto nunca a ninguno de ellos, no sabía que ninguno hubiera visitado al Zarco en la cárcel o hubiera tenido en los últimos tiempos ninguna relación con él; en cambio, Tere parecía conocerlos a todos, al menos los trataba como si los conociese. El velatorio fue en Salt, en el tanatorio de Salt. Ya le he dicho que al principio Tere y yo habíamos compartido los trámites de la muerte, pero ella en seguida se convirtió en una especie de maestra de ceremonias, yo creo que sin quererlo. Poco después de que llegásemos al tanatorio me presentó a una mujer relativamente joven, todavía guapa, de grandes ojos azules y gran cabellera rubia, y me dijo que era su tía, la madre del Zarco; luego me presentó a otros parientes del Zarco, incluido uno de sus hermanos menores (un albino que no guardaba el menor parecido físico con el Zarco). Con ninguno de ellos conseguí intercambiar más que fórmulas de condolencia, no sé si porque Tere me presentaba siempre como simple abogado del Zarco. Algunos eran gitanos o tenían aspecto de gitanos, pero ninguno exteriorizaba dolor por la muerte del Zarco, salvo la madre, que de vez en cuando suspiraba o clamaba por su hijo muerto.

A media tarde el tanatorio estaba lleno de curiosos y de periodistas a la caza de declaraciones. Los evité como pude. Para entonces yo ya había perdido mi sitio, no hacía más que deambular sin propósito entre una concurrencia numerosa y desconocida y tenía la impresión de que, más que ayudar, estaba molestando a Tere. Hablé con ella y estuvimos de acuerdo en que lo mejor era que yo me marchara y ella se quedara con la familia. Por la noche la llamé, le propuse que cenásemos solos. Me dijo que no podía, que aún estaba acompañada, que acabaría tarde y que la llamase al día siguiente. La llamé a la mañana siguiente, muy pronto; tenía el móvil desconectado y, aunque volví a intentarlo varias veces, fue inútil. Cuando por fin logré hablar con ella era ya casi la una. Me pareció que estaba nerviosa, me dijo que había discutido con alguien, quizá con la madre del Zarco, me habló de los preparativos del funeral; le pregunté dónde estaba, pero lo único que me contestó fue que no me preocupase y que nos veríamos por la tarde. Luego colgó. Inquieto, al cabo de un minuto volví a llamarla. Comunicaba.

El funeral se celebró en Vilarroja. Allí, a las cuatro de la tarde, una multitud abarrotaba la iglesia y los alrededores. Tuve que abrirme paso entre los asistentes, escoltado por Cortés y por Gubau, que habían querido acompañarme. Después de buscar un rato por la iglesia localicé a Tere en medio de un corro de gente enlutada. La abracé. Hablamos. Me pareció que había recuperado la serenidad, pero también que estaba cansada, quizá incómoda con el papel que le tocaba desempeñar o le habían asignado, impaciente por que todo aquello terminase cuanto antes. Cuando apareció el sacerdote en el atrio nos separamos: Tere se sentó en primera fila, junto a la madre del Zarco; yo me quedé casi en la entrada, de pie. La ceremonia fue breve. Mientras el sacerdote hablaba recorrí con la mirada la iglesia y vi a mis espaldas a Jordi, el antiguo novio de Tere; también vi a Lina a un lado de la nave, sujetando una silla de ruedas donde se desparramaba, inconfundible, muy pálido y llorando, el Tío, más gordo que treinta años atrás pero con el mismo aire vagamente aniñado de entonces. Una vez terminada la ceremonia, la

multitud no quiso disolverse y acompañó a la familia y al coche que transportaba el féretro hasta el cementerio, a pocos
kilómetros de la iglesia. La comitiva era de lo más abigarra-
do: había abrigos de visón mezclados con harapos, bicicletas
mezcladas con Mercedes, viejos mezclados con niños, familiares mezclados con periodistas, delincuentes mezclados con
policías, gitanos mezclados con payos, gente del barrio, gente de la ciudad, gente de otras ciudades. Yo iba con mis dos
socios y con Jordi —que caminaba junto a su bicicleta y me
dijo que no había podido saludar a Tere—, todos a bastante
distancia del coche fúnebre, allí donde empezaba a ralear el
cortejo; un cortejo que, como por el camino se nos había ido
sumando gente, llenó en seguida el cementerio, cosa que
hizo que Cortés, Gubau, Jordi y yo decidiésemos no entrar
y quedarnos a la puerta, esperando. Fue por eso por lo que
no alcanzamos a presenciar ni el entierro ni un incidente
que al otro día recogió algún periódico y que guardaba relación con María Vela, que al parecer había asistido al entierro
(aunque yo no la vi ni en el funeral ni en el cementerio). Del
incidente circularon varias versiones. La más repetida aseguraba que, después de la ceremonia, María se había acercado a
saludar a Tere, que le había devuelto el saludo; todo hubiera
acabado ahí y no hubiera habido ningún incidente si un
fotógrafo no hubiera captado la escena y Tere no le hubiera
visto hacerlo; pero el caso es que le vio y le pidió la tarjeta de
la cámara y que, al negársela el fotógrafo, ella le arrancó la
máquina y se la destrozó a patadas contra el piso de tierra.

Esa anécdota es lo último que sé de Tere; después del funeral del Zarco se esfumó: literalmente. Al terminar el entierro estuve esperándola con Jordi, Cortés y Gubau a la
entrada del cementerio, hasta que nos enteramos de que había salido por otra puerta con la familia del Zarco. La llamé
a su móvil, pero lo tenía desconectado. Solo entonces intuí
lo que pasaba. Y lo que pasaba es que Tere había estado es-
quivándome casi desde que le di la noticia de la muerte del

Zarco. Cortés y Gubau, que posiblemente intuyeron mi intuición, me invitaron a tomar una copa; acepté y Jordi se apuntó, aunque al final no fue una copa sino varias y aunque, mientras nos las tomábamos, no dejé de marcar el número del móvil de Tere, siempre sin éxito.

Acabé la tarde bastante bebido, y a la mañana siguiente empezaron varias semanas de amargura. Por mucho que me esforzaba no entendía la desaparición de Tere; además de no entenderla no la aceptaba: a todas horas la llamaba por teléfono y a todas horas estaba pendiente de que me llamase; varias veces fui a buscarla a su casa, y pasé muchas horas sentado en la escalera, esperándola; pensé incluso en ponerme en contacto con ella a través de los familiares del Zarco que me había presentado durante el velatorio, pero no sabía cómo hacerlo y, después de algún intento de localizarlos, acabé desistiendo. Una tarde, cuando ya debía de hacer por lo menos una semana de su desaparición, decidí llamar puerta por puerta a todos los vecinos de su bloque y preguntarles por ella; no hablé con todos –algunos no estaban, la mayoría eran árabes y más de uno no entendía el castellano–, pero de esa pesquisa saqué en claro que Tere no había vuelto a casa desde el día del entierro, aunque también que no se había mudado y que en cualquier momento podía volver. Otro día fui a ver a Jordi a su biblioteca y confirmé esa conclusión: me dijo que no sabía dónde estaba Tere y que lo único que sabía era que había dejado sin explicaciones su trabajo en el Ayuntamiento. Aquella tarde me tomé unas cervezas con Jordi en un bar junto a la biblioteca; estuvimos allí hasta que lo cerraron, hablando de Tere: como en seguida me di cuenta de que Jordi todavía estaba enamorado de ella, no tuve arrestos para decirle la verdad, para hablarle de nuestra luna de miel encerrados en el piso de Tere, y me pasé todo el rato tratando de consolarle. Cuando nos despedimos, Jordi no pudo más y se me echó a llorar.

Durante las semanas que siguieron me sumergí a fondo en los asuntos del bufete. Tenía miedo a caer de nuevo en la depresión, en una depresión más negra y más honda que la anterior o incluso en una depresión sin vuelta atrás, y lo combatí trabajando. Mis socios me ayudaron mucho. Cortés y Gubau tuvieron la inteligencia de tratarme como a un enfermo o un convaleciente y el tacto de que yo no notara que me trataban como a un enfermo o un convaleciente. Aceptaron sin protestas mi hiperactividad patológica, mis ausencias inexplicadas, mis errores de bulto y mis caprichos aparentes, entre ellos el de suprimir las visitas a la cárcel, de las que invariablemente volvía sumido en un desaliento letal. Los fines de semana Cortés y Gubau se alternaban intentando distraerme: me sacaban de excursión o de bares, me llevaban al cine o al teatro o al fútbol, me invitaban a cenar o me presentaban amigas solteras o separadas. Más todavía me ayudó mantener a mi hija al margen de mi infortunio, ajena a lo que me pasaba, cosa que no había sabido o podido hacer durante el hundimiento que siguió a la penúltima desaparición de Tere y que solo había contribuido a hacer más fuerte el infortunio. También me ayudó aceptar la ayuda de un psicoanalista, al que casi me arrastró Gubau. El psicoanálisis me hizo bien por tres razones. La primera es que me permitió formular con detalle, masticándolo y digiriéndolo, qué había pasado a mis dieciséis años con Batista (solo entonces me di cuenta por ejemplo de que él había representado para mí, durante algunos meses, el mal absoluto). La segunda es que, aunque quizá no me permitió digerir del todo lo que había pasado con Tere, o con Tere y con el Zarco, me permitió aceptarlo, convivir con su recuerdo manteniendo a raya legiones de fantasmas hostiles en forma de conjeturas venenosas, de ficciones culpables, de remordimientos sin compasión y de recuerdos reales o inventados que alimentaban el suplicio con que me mortificaba a diario.

—¿Y cuál es la tercera razón? ¿Para qué otra cosa le sirvió el psicoanálisis?

—Para ponerme a escribir. En cuanto me tumbé en el diván del psicoanalista empecé a pensar que, si de verdad resultaba útil contarme de viva voz mi historia para poder entenderla, más útil resultaría contármela por escrito, porque pensé que escribir es más difícil que hablar, obliga a un esfuerzo mayor y permite profundizar más. De modo que cogí la costumbre de anotar esbozos de episodios, diálogos, descripciones, reflexiones sobre el Zarco y sobre Tere, sobre el verano del 78, sobre mi reencuentro con el Zarco y con Tere veinte años después; en resumen: sobre muchas de las cosas que le he estado contando estos días. Esas anotaciones eran azarosas y fragmentarias, no tenían un hilo narrativo único ni la menor voluntad sistemática, no digamos literaria; y, aunque el estímulo para empezar a escribirlas hubiera sido el psicoanálisis, tampoco tenían un propósito curativo, pero la verdad es que obraron sobre mí como una terapia, o por lo menos me sentaron bien. Lo cierto es que, un año después de perder de vista a Tere y de que el Zarco muriese, yo tenía la certeza de haber esquivado la amenaza de otro derrumbe y la impresión de que me había recuperado a mí mismo y había recuperado mi trabajo y mis hábitos de siempre, incluido el de visitar a mis clientes en la cárcel como mínimo una vez por semana. Un síntoma de mi recuperación (o quizá una consecuencia) fue que en Navidad me tomé semana y media de vacaciones. La pasé en Cartagena de Indias, Colombia, alojado en el Hotel de las Américas, bañándome por las mañanas en la playa del hotel o en las playas de las Islas del Rosario, por las tardes leyendo y bebiendo café y ron blanco y por las noches bailando en el Habana Club, un local del barrio de Getsemaní donde una madrugada conocí a una holandesa divorciada con la que me acosté varias veces y con la que de vuelta en Gerona intercambié una cantidad malsana de correos electrónicos durante quince días, al cabo de los cuales la historia terminó con la misma facilidad con que había empezado. Poco después empecé a acostarme con una profesora de lingüística recién llegada a la universidad y amiga de Pilar, la mujer de Cortés, una andaluza guapa, alegre y simpática de la que huí en cuanto noté que me llamaba demasiado por teléfono.

Durante ese tiempo no supe nada de Tere; en cambio, del Zarco (o de lo que quedaba del Zarco) tuve muchas noticias. Su muerte provocó su última resurrección pública y la cristalización definitiva de su mito. Era lo previsible: en cuanto el Zarco murió, todo el mundo debió de sentir con razón que los mitos de los vivos son frágiles, porque los vivos todavía pueden desmentirlos, mientras que, como los muertos ya no pueden hacerlo, los mitos de los muertos resisten más; así que todo el mundo se apresuró a construir con el Zarco muerto un mito invulnerable, un mito que él ya no podía contradecir ni desfigurar.

–Un mito invulnerable pero modesto.

–Un mito modesto pero real. La prueba es que aquí está usted, preparando un libro sobre él. La mejor prueba es que, ahora mismo, hasta los chavales saben quién fue el Zarco. Si lo piensa bien, es extraordinario: al fin y al cabo estamos hablando de un tipo que era solo un delincuente menor, conocido sobre todo por tres o cuatro películas mediocres y por un motín y un par de fugas televisados. Es verdad que la imagen que la gente tiene del Zarco es falsa, pero es que a la posteridad, aunque sea modesta, no se llega sin simplificaciones o sin idealizaciones, así que es natural que el Zarco se haya convertido en el forajido heroico que, para los periodistas y hasta para algunos historiadores, encarna las ansias de libertad y las esperanzas frustradas de los años heroicos del cambio de la dictadura a la democracia en España.

–El Robin Hood de la época.

–Sí: el Lin Chung de la Transición. Esa es la imagen a la que ha quedado reducido el Zarco.

—No es una mala imagen.

—Claro que es mala. Es falsa, y si es falsa es mala. Y usted debería terminar con ella. Usted debería contar la verdadera historia de Lin Chung, la verdadera historia del Liang Shan Po. Para eso me he pasado estos días hablando con usted.

—No se preocupe: no se me olvida. Aunque en el libro quizá no solo hable del Zarco: hablaré también de usted y de Tere y…

—Hable de lo que le parezca, siempre que diga la verdad. Bueno, ¿qué más quiere saber? Tengo la impresión de que ya se lo he contado todo.

—Todo no. ¿Ha vuelto a ver a Tere?

—No.

—¿No ha vuelto a saber nada de ella?

—No.

—¿Y de María?

—No más de lo que sabe todo el mundo. Que ahí sigue, agarrándose con uñas y dientes a su fama o a lo que queda de su fama, que yo creo que a estas alturas ya es bien poco. La muerte del Zarco y su reaparición en los medios permitieron que volviera a sus orígenes de mujer de hombre célebre y volviera a explotar la versión rosa de su vida con el Zarco. Así, a base de trolas, recuperó María el lugar que había perdido, aunque por muy poco tiempo. Luego lo perdió otra vez, y desde entonces ya no sé qué es de ella, ni siquiera si ha vuelto a vivir en Gerona… En fin, por mi parte solo puedo decir que al menos a sabiendas no contribuí a aquella fantochada, porque, por mucho que insistieron (y le aseguro que insistieron mucho), nunca dejé que me entrevistaran en el reality show en el que ella participaba. No me interprete mal. No lo hice por una cuestión ética, no me considero superior a María, ni siquiera tengo ya nada contra ella, y mucho menos contra los reality shows. Cada uno se gana la vida como quiere, o como puede. Lo mío son los juicios penales, no morales. Pero no me apetecía salir en la tele hablando de mi vida. Simplemente. Lo entiende, ¿verdad?

—Claro. Lo que no acabo de entender es que, desde la muerte del Zarco hasta ahora, se haya negado usted a hablar de él con periodistas serios, tipos que preparaban crónicas, reportajes, documentales, biografías, cosas así.

—Hay dos motivos. Uno es que al principio no tenía ganas de hablar del Zarco: igual que a Tere, lo único que quería era olvidarlo. Y el otro es que no me fío de los periodistas, sobre todo de los periodistas serios o supuestamente serios. Son los peores. Ellos sí que engañan, no los frívolos. Los periodistas frívolos mienten pero todo el mundo sabe que mienten y nadie les hace caso, o casi nadie; en cambio, los periodistas serios mienten escudándose en la verdad, y por eso todo el mundo los cree. Y por eso sus mentiras hacen tanto daño.

—Así que se convenció de que solo usted podía contar la verdad.

—No me tome por idiota. De lo que me convencí es de que solo yo podía contar una determinada parte de la verdad.

—¿Y por qué no la ha contado? ¿Por qué ha aceptado contármela a mí, que no soy periodista pero como si lo fuera, al fin y al cabo voy a escribir un libro sobre el Zarco?

—¿No lo sabe? ¿No se lo han dicho sus editoras? Si quiere se lo explico, pero es un poco largo. ¿Qué le parece si lo dejamos para el próximo día?

—De acuerdo. El próximo día es el último, ¿verdad?

—Sí. El próximo día le cuento el final de la historia.

12

—Gamallo murió la noche de fin de año de 2005. ¿O fue la de 2006? Debió de ser la del 2006, porque fue poco antes de que yo me jubilara. El caso es que a su muerte la prensa volvió a lanzarse sobre él, esta vez en busca de carroña. Algunos periodistas intentaron por entonces ponerse en contacto conmigo, pero no quise hablar con ellos. El espectáculo era repugnante: no tenían suficiente con las mentiras que le habían inventado a Gamallo cuando estaba vivo; ahora que estaba muerto y ya ni siquiera podía defenderse querían seguir mintiendo. Realmente repugnante.

Al abogado volví a perderlo de vista durante un año, quizá año y medio. En ese tiempo no apareció por la cárcel. Pregunté, y me dijeron que no había dejado de trabajar: simplemente dejó de visitar a sus clientes; luego supe que no era solo eso y que Cañas no estaba bien: ya no asistía a juicios, al parecer delegaba casi todo en sus socios, empezó a ganarse fama de arisco y excéntrico. Yo había llegado a apreciarle, y sentía que hubiera pasado lo que había pasado, que las cosas no le hubiesen salido bien y que eso le hubiese afectado tanto; sobre todo sentía que le hubiera pasado por no haberme hecho caso, por haberse hecho ilusiones y tratar de defender a Gamallo.

—¿Cree usted que esa fue la causa de los problemas que tuvo Cañas?

—En parte sí. No digo que su mala historia con la chica no influyese, aunque había pasado hacía tiempo y lo lógico es que, para cuando Gamallo murió, ya estuviese olvidada; pero, en fin, de eso no puedo opinar. Lo que sí sé es que el fracaso es un mal asunto, que lo envenena todo, y que Cañas sentía que con Gamallo había fracasado totalmente, después de haber invertido mucho en él. Para mí el problema de Cañas era que se había creído la leyenda del Zarco, ya se lo dije, y que se había propuesto redimirlo, redimir al gran delincuente, al símbolo de su generación. Ese fue su propósito, y no conseguirlo le hizo daño: los tipos acostumbrados al éxito no aceptan con facilidad el fracaso. Así que se sentía fracasado, y quizá culpable. ¿No opina usted lo mismo?

—No, pero me gustaría saber por qué piensa eso.

—Déjeme terminar de contarle la historia y lo entenderá. Cañas tardó todavía bastante tiempo en recuperar la costumbre de visitar a sus clientes, pero una tarde, poco después de oír que empezaba a hacerlo de nuevo, volví a cruzarme con él en la cárcel. Coincidimos en el hall, justo cuando yo salía de mi despacho después de terminar el trabajo. Cuánto tiempo sin verle, abogado, le saludé. Empezábamos a echarle de menos. Cañas me observó con un punto de desconfianza, como si sospechara que estaba burlándome de él, pero en seguida sonrió; físicamente no era el mismo: seguía vistiendo un traje impecable, pero había adelgazado mucho y el pelo se le había llenado de canas. Me he tomado unas vacaciones, dijo. Entonces se me ha adelantado, repliqué. Es lo que pienso hacer yo dentro de un par de meses, solo que mis vacaciones van a ser más largas. ¿Se jubila?, preguntó. Me jubilo, contesté. Era verdad; pero no era verdad que jubilarme me hiciera tan feliz como me empeñaba en aparentar aquellos días: por un lado me hacía feliz; por otro me desasosegaba: aparte de a descansar y a asistir en primera fila a mi derrumbe físico y mental, no sabía a qué iba a dedicar mi vida cuando me jubilara, ni qué iba a hacer con ella. Pensé que, como Cañas, yo también era un poco digno de lástima; y en seguida pensé que no hay nada tan sucio como sentir que uno mismo es digno de lástima. Cañas y yo seguimos hablando. En determinado momento el abogado preguntó: ¿Puedo invitarle a un café? Lo siento, respondí. Esta mañana he llevado el coche al taller y tengo que ir a buscarlo antes de que cierren. Si quiere puedo acompañarle en mi coche, se ofreció Cañas. No se moleste, le rogué. Pensaba llamar a un taxi. Cañas dijo que no era ninguna molestia y zanjó la discusión.

El taller estaba al otro extremo de la ciudad, en la salida hacia el aeropuerto por la carretera de Barcelona. No recuerdo de qué hablamos durante el trayecto, pero sí que, mientras doblábamos la curva del Fornells Park, ya en las afueras, Cañas sacó a colación a un cliente suyo recién llegado a la cárcel, un trabajador de una gasolinera a quien desde su ingreso manteníamos en régimen de protección. Luego Cañas pasó a hablar de Gamallo, que era el último de sus clientes sujeto a ese tratamiento excepcional, y pensé que había hablado del trabajador de la gasolinera para poder hablar de Gamallo. El abogado me confesó su decepción, lamentó que Gamallo no hubiese podido vivir en libertad sus últimos años. Después dijo: De todos modos, por lo menos usted y yo podemos tener la conciencia tranquila. Al fin y al cabo hicimos todo lo que pudimos por él, ¿no cree? No contesté. Circulábamos entre una doble hilera de talleres y concesionarios de automóviles, y doblamos a la derecha por un callejón que llevaba hasta la entrada del taller de Renault, en las traseras del concesionario. Cañas paró el coche frente a la puerta abierta del taller, pero no apagó el motor. Sin perder el hilo continuó: A mí al menos me lo parece. Es más, me parece que en este asunto casi todo el mundo puede tener la conciencia tranquila. Nadie tuvo tantas oportunidades como él. Entre todos se las dimos todas, pero no las aprovechó. Volviéndose hacia mí dijo: Qué le vamos a hacer: la culpa no fue nuestra sino suya. Sentí un contraste embarazoso entre sus palabras tranquilizadoras y su mirada inquieta, y aparté la vista: me pregunté si el encuentro en el hall de la cárcel había sido casual o provocado; me pregunté si tiene la conciencia tranquila un hombre que dice dos veces seguidas que tiene la conciencia tranquila; me pregunté si no se estará acusando un hombre que se excusa sin que nadie le haya acusado. Confusamente intuí el sufrimiento de Cañas, pensé que estaba todavía perdido en su laberinto, me dije que su desahogo no era casual y que buscaba mi aprobación, mejor dicho que la necesitaba.

Volví a sentir lástima, por él y por mí, y volví a sentir rabia por sentir lástima. Solo entonces intervine. ¿Recuerda lo que le dije de Gamallo la primera vez que hablamos de él?, pregunté; sin aguardar respuesta seguí: Créame: lamento haber tenido razón. De todos modos, también la tiene usted cuando dice que la culpa del fracaso no fue nuestra; por ese lado puede estar tranquilo. Dicho esto, no se engañe: Gamallo no tuvo ninguna oportunidad. Ninguna. Nosotros se las ofrecimos todas, pero él no tuvo ninguna. Usted era su amigo y puede entenderlo mejor que nadie. Lo entiende, ¿verdad? Leí en sus ojos que no lo entendía; también que necesitaba entenderlo.

Miré al interior del taller; apenas faltaban unos minutos para que cerrase y solo se veía a un mecánico revolviendo papeles en el interior de una oficina acristalada. Suspiré y me desabroché el cinturón de seguridad. Déjeme que le cuente una cosa, abogado, dije, y esperé a que parara el motor del coche, antes de seguir. ¿Le he dicho alguna vez que soy de Toledo? Mi padre y mi madre también lo eran. Mi madre murió cuando yo acababa de cumplir cinco años. Mi padre no tenía familia y no volvió a casarse, así que tuvo que hacerse cargo él solo de mí. Ya no era un hombre joven, había hecho la guerra y la había perdido; después de la guerra pasó varios años en la cárcel. Trabajaba de empleado en una ferretería, muy cerca de la plaza de Zocodover, y, hasta que tuve quince años, al salir del colegio yo siempre iba a buscarle a su trabajo. Llegaba allí, me ponía a hacer los deberes sentado en un taburete, en una mesita junto al mostrador, y esperaba a que él terminase de trabajar para irnos a casa. Eso lo hice cada día de mi vida durante diez años. Cada día. Luego, justo al cumplir los dieciséis, me concedieron una beca y me fui a terminar el bachillerato a Madrid. Al principio echaba mucho de menos a mi padre y a mis amigos, pero luego, sobre todo cuando empecé a estudiar en la universidad, se me fueron quitando las ganas de volver a Toledo. Por supuesto, quería a mi padre, pero creo que me avergonzaba un poco de él; también creo que llegó un momento en que prefería verlo lo menos posible. A mí me gustaba la vida de Madrid y él vivía en Toledo. Yo me sentía un ganador y él era un perdedor. Le estaba agradecido por haberme criado, claro, y, si no hubiera muerto demasiado pronto, me hubiera ocupado de que en su vejez no le faltase de nada; pero, aparte de eso, no me sentía en deuda con él, no creía que como persona tuviese la menor importancia, ni que hubiese influido sobre mí de ninguna manera… En fin, nada extraordinario, como ve, las cosas normales que ocurren entre padres e hijos. ¿Por qué le cuento esto? Hice una pausa y volví a mirar el taller: el portón seguía abierto y el mecánico aún no se había marchado de la oficina acristalada. Se lo cuento porque mi padre nunca me dijo dónde estaba el bien y dónde estaba el mal, continué. No hacía falta: antes de tener uso de razón yo sabía que el bien era ir cada tarde a la ferretería, hacer los deberes del colegio sentado en mi taburete junto a él, esperarle hasta que la tienda cerraba. El mal podía ser muchas cosas, pero seguro que aquello era el bien. Hice otra pausa; esta vez no miré el taller sino que me quedé mirando a Cañas. Concluí: A Gamallo nadie le enseñó nada de eso, abogado. Le enseñaron lo contrario. ¿Y quién puede asegurar que no hicieron lo correcto? ¿Quién puede tener la certeza de que, en el caso de Gamallo, lo que nosotros llamamos bien no era el mal y lo que nosotros llamamos mal no era el bien? ¿Está usted seguro de que el bien y el mal son lo mismo para todo el mundo? Y, en todo caso, ¿por qué no iba a ser Gamallo como fue? ¿Qué oportunidades de cambiar tenía un chaval que nació en una barraca, que a los siete años estaba en un reformatorio y a los quince en una cárcel? Yo se lo diré: ninguna. Absolutamente ninguna. A menos, claro está, que se produzca un milagro. Y con Gamallo no hubo milagro. Usted lo intentó, pero no lo hubo. Así que tiene toda la razón: como mínimo no fue culpa suya.

Eso es más o menos lo que le dije. El abogado no contestó; solo movió vagamente la cabeza arriba y abajo, como si aprobase mis palabras o como si no quisiese discutirlas, y en seguida nos despedimos: yo me metí en el taller y él arrancó su coche y se fue. Y ahí quedó todo.

—¿Quiere decir que esa fue la última vez que vio a Cañas?

—No. Desde entonces nos hemos cruzado dos o tres veces —la última hace poco, en el Hipercor: él iba solo y yo con mi mujer—, pero ya no hemos vuelto a hablar de Gamallo. Bueno, hemos terminado, ¿no?

—Sí, pero ¿me permite hacerle una última pregunta?

—Claro.

—¿Fue usted sincero con Cañas aquel día? ¿Le dijo lo que le dijo porque lo piensa o por compasión? Para que no se sintiera fracasado y culpable, quiero decir, para ayudarle a salir del laberinto.

—¿Se refiere a lo de que Gamallo no tuvo ninguna oportunidad?

—Sí. ¿Lo cree usted?

—No lo sé.

EPÍLOGO

LA VERDADERA HISTORIA DEL LIANG SHAN PO

–La última vez que nos vimos me dijo que hoy acabaría de contarme la historia. Me prometió que me contaría por qué, en vez de contarla usted, ha aceptado que sea yo quien lo haga.

–Se lo cuento rápidamente.

–Por mí no tenga prisa: es nuestro último día.

–Ya lo sé, pero ha pasado mucho tiempo desde que nos vimos y mientras tanto he descubierto que lo que yo creía que era el fin de la historia no lo es. Al grano. ¿Le he hablado ya de las cenas galantes que de vez en cuando me organizaban Cortés y su mujer en su casa? En teoría la idea era encontrarme pareja; en la práctica también, supongo, aunque la mayoría de las veces aquello era simplemente una excusa para vernos los sábados por la noche. El sábado en cuestión las invitadas eran, según me anunció Cortés durante la semana, dos treintañeras que acababan de fundar una pequeña editorial para la que su mujer estaba traduciendo un libro de divulgación filosófica.

–Mis editoras.

–Silvia y Nerea, sí. Me cayeron bien, y a los postres, como ya era habitual en aquellas cenas, Cortés y su mujer desviaron la conversación hacia los asuntos del despacho, para que yo me sintiera a gusto, en mi terreno. Esta forma venial de paternalismo me resultaba casi siempre irritante, pero aquella noche la aproveché para lucirme, y al llegar el café y los licores me puse a hablar sobre el Zarco y sobre mi relación con él. Nunca había hablado con Cortés ni con su mujer del asunto, aunque ellos sabían como todo el mundo que, de adolescente, yo había sido miembro de la banda del Zarco —al fin y al cabo María lo había pregonado a los cuatro vientos—, y por supuesto conocían todos o casi todos los entresijos de mi peripecia como abogado del Zarco. Sea como sea, aquel fue prácticamente el único tema de conversación de una sobremesa que se prolongó hasta las dos o las tres de la madrugada.

Al día siguiente, domingo, me pasé la mañana durmiendo y la tarde arrepintiéndome de haberles contado aquella historia a dos desconocidas. Por lo menos un par de veces telefoneé a Cortés, que intentó tranquilizarme asegurando que la noche anterior yo había estado brillante, que no había dicho nada indebido y que estaba seguro de que había impresionado a las editoras. El lunes a primera hora recibí una llamada de Silvia, y al pronto pensé que Cortés o su mujer habían hablado con ella y que llamaba para calmarme. No llamaba para eso. Silvia me preguntó si aquella semana podíamos comer juntos algún día; añadió que quería hacerme una propuesta. ¿Qué propuesta?, quise saber. Te la cuento cuando nos veamos, contestó. Adelántame algo, le rogué. No me dejes en ascuas. Queremos que escribas un libro sobre el Zarco, concedió. Apenas escuché la propuesta supe que iba a aceptarla; también supe por qué había hablado a tumba abierta con Silvia y con Nerea de mi relación con el Zarco: precisamente porque en secreto esperaba convencerlas de que me hicieran la propuesta que acababan de hacerme. Casi avergonzado de mi astucia, para que ni Silvia ni Nerea sospecharan que habían caído en mi trampa rechacé de entrada la propuesta. Le dije a Silvia que no sabía cómo se les había ocurrido una idea semejante y que se lo agradecía pero que era imposible. Con la boca pequeña argumenté: Para empezar, yo sé hablar, pero no escribir. Y, para terminar, sobre el Zarco ya se ha dicho todo. Esa es la mejor razón para que escribas el libro, replicó fácilmente Silvia. Sobre el Zarco ya se ha dicho todo, pero todo es mentira; o casi todo. Lo dijiste el sábado. Por lo menos tú tienes algo verdadero que contar. Y, en cuanto a lo de que no sabes escribir, no te preocupes: escribir es más fácil que hablar, porque hablando no puedes corregir, pero escribiendo sí. Además, Cortés nos ha contado que tienes empezadas unas memorias o algo parecido. Eso dijo Silvia, y solo entonces caí en la cuenta, con alivio, de que para ella y Nerea la supuesta cena galante había sido en realidad una cena de negocios, por no decir una encerrona, y de que en aquel asunto se habían juntado mi hambre de escritor escondido con las ganas de comer de aquellas editoras primerizas. No son unas memorias, la corregí, a punto de dejar de fingir que no quería lo que en realidad sí quería. Son apuntes, retales, pedazos de recuerdos, cosas por el estilo; además, no solo tratan del Zarco. Da lo mismo, se entusiasmó Silvia. Ese es tu libro: el que empezaste a escribir antes de que nosotras te lo pidiéramos. Ahora no te falta más que terminar los retales y coserlos.

Francamente, yo también me entusiasmé. Tanto que, después de comer con Silvia al otro día, puse manos a la obra de inmediato, y durante un mes dediqué las tardes y las noches completas a escribir el libro. Hasta que comprendí que no era capaz de hacerlo, sobre todo porque, aunque todo lo que escribía era verdad, nada sonaba a verdad. Así que me di por vencido. Fue en ese momento cuando Silvia me sugirió que le contase a otra persona la historia, para que ella se encargase de escribirla; me pareció una buena idea: se me ocurrió que, mientras la historia fuese verdadera, no importaba quién la escribiese, y con el tiempo he llegado a pensar que es preferible que no la cuente yo sino otra persona, alguien ajeno a la historia, alguien a quien la historia no le afecte y pueda contarla con distancia.

—Alguien como yo.

—Por ejemplo.

—¿Entonces fue usted quien propuso mi nombre?

—No. Fue Silvia. O quizá Nerea. Ya no me acuerdo. Pero fui yo quien dio el visto bueno; y también quien puso las condiciones. Unos días después de que yo aceptara su sugerencia, Silvia me llamó por teléfono y me dijo que tenía la persona perfecta para hacer el trabajo. A la mañana siguiente recibí su libro sobre los crímenes de Aiguablava. Yo no había oído hablar de usted, pero había seguido el caso por los periódicos, y el libro me gustó porque, al contrario del que yo había intentado escribir, todo lo que se contaba en él sonaba a verdad; más me gustó aún que, además de sonar a verdad, lo fuera, o al menos que su versión de los hechos coincidiera con la del juez.

—No era tan difícil.

—No, pero sobre aquella historia se contaron muchas fantasías, y me alegró que usted no se dejara embaucar por ellas y no cediera a la tentación de reproducirlas. Pensé que, además de saber escribir, era usted de fiar.

—Gracias. De todos modos debo advertirle que, en mi caso, eso no tiene mucho mérito, porque yo soy de los que piensan que la ficción siempre supera a la realidad pero la realidad siempre es más rica que la ficción.

—Lo cierto es que fue usted el elegido, que en seguida empecé a contarle la historia y que ahora ya estamos casi al final.

—¿Casi?

—Ya le dije que ese no era exactamente el final. El final —o lo que ahora mismo me parece el final— ocurrió hace un par de semanas, después de que usted y yo nos viésemos por última vez. Una tarde, mientras estaba con Gubau en casa de una clienta a la que íbamos a defender de una acusación de desfalco, recibí un sms. «Hola, Gafitas», decía. «Soy Tere. Ven a verme cuanto antes.» Luego añadía un número y un piso de la calle Mimosa, en la Font de la Pòlvora, y terminaba: «Está encima del Snack-Bar José y Juan. Te espero». Me guardé el móvil, traté de concentrarme otra vez en la declaración de mi clienta; al rato comprendí que ni siquiera me estaba enterando de lo que decía y la interrumpí. Disculpe, le dije, levantándome. Ha surgido un imprevisto y tengo que marcharme. ¿Qué pasa?, me preguntó Gubau, inquieto. Nada, contesté. Termina tú y vuelve en taxi. Mañana hablamos en el despacho.

Eran sobre las siete de la tarde y estaba en Amer, así que debí de llegar a la Font de la Pòlvora sobre las siete y media. El barrio me produjo la misma sensación de siempre, una sensación de pobreza y suciedad enquistadas; pero la gente, que abarrotaba las calles, parecía contenta: vi un grupo de niños saltando sobre un colchón polvoriento, varias mujeres probándose los vestidos que rebosaban de una camioneta, un grupo de hombres fumando y palmeando una rumba. En seguida di con el Snack-Bar Juan y José, en los bajos de un edificio de fachada amarillenta. Aparqué el coche, crucé por delante de la puerta del Snack-Bar y entré en el edificio.

En el portal intenté encender la luz de la escalera, pero no funcionaba y tuve que subirla a oscuras, palpando las paredes descascaradas. Olía mal. Al llegar a la puerta del piso que me había indicado Tere apreté el timbre, pero tampoco funcionaba, y cuando iba a llamar a la puerta con la mano me di cuenta de que no estaba cerrada. La abrí del todo, recorrí un pasillo mínimo y desemboqué en una salita; allí estaba Tere, sentada en un viejo sillón de orejas, con una manta sobre las piernas y mirando por la ventana. Debí de hacer algún ruido, porque Tere se volvió hacia mí; al reconocerme sonrió con una sonrisa donde había por igual alegría, sorpresa y cansancio. Hola, Gafitas, dijo. Qué pronto llegas. Se pasó una mano por el pelo desgreñado, tratando de arreglárselo un poco, y añadió: ¿Por qué no me has avisado de que ibas a venir? De inmediato me di cuenta de que algo esencial había cambiado en ella, aunque no supe qué. Tenía mal aspecto: estaba muy demacrada, con grandes bolsas oscuras bajo los ojos y los huesos muy visibles en la cara; sus labios, que habían sido colorados y carnosos, estaban secos y pálidos, y respiraba por la boca. En vez de justificarme diciendo que llegaba tan pronto porque ella me había pedido que fuera cuanto antes, pregunté: ¿Qué haces aquí? ¿Qué quieres que haga?, contestó, casi divertida. Esta es mi casa. Pero aquello, la verdad, no parecía una casa; más bien parecía un garaje abandonado: las paredes del cuarto eran grises y estaban llenas de manchas de humedad; no había más muebles que una mesa de formica, un par de sillas y, en el suelo, frente a Tere, un televisor viejo y apagado; también en el suelo vi papeles de periódico, colillas tiradas, una botella de Coca-Cola de litro vacía. Ajena a aquel caos, Tere estaba en bata, con las manos cruzadas en el regazo; debajo de la bata llevaba un camisón rosado. ¿Eres capaz de andar?, pregunté. Tere me interrogó con la mirada; sus ojos eran de un verde mate, sin vida. Aquí no puedes seguir, dije. Dime dónde hay un abrigo y nos vamos a casa. Mis palabras borraron de golpe la alegría de la cara de Tere. No voy a ir a ninguna parte, Gafitas, replicó. Ya te he dicho que esta es mi casa. Me quedé mirándola; ahora estaba muy seria. Anda, dijo, gesticulando vagamente. Coge esa silla y siéntate ahí.

Me senté delante de ella. Le cogí las manos: eran todo hueso, y estaban frías; sin decir nada, Tere se puso a mirar por la ventana. A través de los cristales sucios se veían las traseras de un par de bloques de pisos donde se acumulaban montones de basura y trastos inservibles, unos niños jugando al fútbol en un descampado, y más allá, sujeto por una cuerda a un poste, un caballo percherón pastando en un prado; unas nubes rocosas y oscuras cerraban el cielo. Le pregunté a Tere si estaba enferma; me dijo que no, que solo había tenido una gripe sin importancia, que ya se estaba curando, que se alimentaba bien y que estaba bien atendida. Eso dijo, pero, como muchas explicaciones convencen menos que una sola, y como su apariencia no era precisamente saludable, no la creí. Julián llegará dentro de un rato, añadió. No pregunté quién era Julián. Hubo un silencio demasiado largo, y de improviso me oí romperlo preguntándole por qué me había abandonado después de la muerte del Zarco, por qué se había ido sin decir nada; en seguida me arrepentí de la pregunta, pero Tere pareció pensar a conciencia la respuesta. Antes de darla se soltó de mis manos y volvió a recostarse en el sillón. No lo sé, contestó; pero se contradijo de inmediato: Además, tampoco lo entenderías. Como si tuviera prisa por cambiar de asunto empezó a hablar de la Font de la Pòlvora; Tere sabía que yo iba allí de vez en cuando —muy de vez en cuando— por trabajo, y en determinado momento me preguntó cómo había visto el barrio. Como siempre, contesté. La ciudad cambia, pero esto siempre sigue igual. Tere asintió, pensativa; al rato se pasó la lengua por los labios y sonrió levemente. Más o menos como yo, dijo. Le pregunté qué quería decir. Se encogió de hombros, miró un momento por la ventana y volvió a mirarme. Bueno, dijo. Yo también intenté cambiar, ¿no? Y acto seguido, sin duda porque notó un punto de confusión o perplejidad en mi cara, explicó: Cambiar, dejar de ser lo que era, ser de otra forma. Lo intenté. Tú lo sabes. Viví fuera, quise estudiar, salí contigo, con Jordi, qué sé yo… Total para qué. Fui una idiota, creí que funcionaría. Y aquí me tienes otra vez. Hizo una pausa, añadió: En el Liang Shan Po. Volvió a sonreír, ahora con una sonrisa ancha y casi alegre otra vez y, antes de que yo pudiera salir de mi sorpresa, preguntó: Así es como llamabas tú a los albergues, ¿verdad? No contesté, no le pregunté si sabía aquello por el Zarco: al fin y al cabo no podía saberlo por nadie más. Tere descruzó un momento las manos y con una de ellas pareció querer abarcar lo que había más allá de la ventana, la miseria sin redención de aquel gueto donde habían sido confinados, justo después del verano del 78, los últimos habitantes de los albergues. Dijo: Pues aquí tienes lo que queda del Liang Shan Po. Esperé a que continuara, pero no lo hizo; solo se me ocurrió decir: Eso del Liang Shan Po es una bobada. Tere replicó: Ya te dije que no lo entenderías.

De nuevo iba a preguntarle qué quería decir cuando se apartó la manta de las piernas y se puso de pie. Tengo que ir al baño, dijo. Me levanté y, mientras la ayudaba a caminar, me di cuenta de que estaba aún más delgada de lo que parecía a simple vista: noté en mis manos los huesos de sus hombros, de sus omóplatos y de sus caderas. En el lavabo no había luz y la cisterna estaba estropeada. Temiendo que pudiera caerse, le pregunté si quería que me quedase con ella allí dentro, pero me dijo que no, me alcanzó un barreño y me pidió que lo llenase de agua en la cocina. Hice lo que me decía y, mientras la escuchaba orinar detrás de la puerta, con el barreño en las manos, esperando a que terminase, sentí que tenía que sacar a Tere de aquella casa, pero no por ella, sino por mí. Como tardaba demasiado le pregunté si se encontraba bien; su respuesta consistió en abrir la puerta, en quitarme el barreño y en volverse a encerrar.

Cuando salió se había lavado la cara y se había peinado. Me devolvió el barreño y me pidió que lo dejase otra vez en la cocina. A punto estuve de decirle: Vámonos ya, Tere. Estás enferma, tiene que verte un médico. Ponte algo y voy a buscar el coche. Pero esperé, no dije nada. Cogí el barreño, Tere echó a andar sola hasta que se sentó en su sillón y se tapó de nuevo con la manta. Parecía muy cansada del esfuerzo y se puso a mirar por la ventana; el cielo estaba todavía más oscuro que antes, pero aún no era de noche. Dejé el barreño en la cocina y regresé a la sala. Al verme, Tere dijo:

¿No vas a preguntarme para qué te he pedido que vengas? Volví a sentarme frente a ella y fui a cogerle otra vez las manos, pero las apartó y se cruzó de brazos, como si de repente le hubiera entrado frío. ¿Para qué me lo has pedido?, pregunté. Tere dejó pasar unos segundos; luego dijo, sin más: Yo os delaté. Escuché las palabras, pero no entendí su significado; Tere las repitió. Sabiendo de qué estaba hablando, le pregunté de qué estaba hablando.

—Hablaba del último atraco, ¿no? El atraco a la sucursal del Banco Popular en Bordils.

—Claro.

—Quería decir que fue ella la que dio el chivatazo.

—Claro. Me quedé quieto, mudo, como si me hubiera contado que acababa de ver un ovni o que la acababan de condenar a la silla eléctrica. Tere descruzó los brazos y, en cuanto empezó a hablar (lentamente, con muchas pausas), aparté la mirada de ella y la fijé más allá de la ventana y de los chavales que seguían jugando al fútbol, en el percherón que deambulaba alrededor del poste. Tere aseguró que lo que había dicho era verdad, repitió que había sido ella la que nos había delatado a la policía y que por eso había puesto una excusa para no intervenir aquella mañana en el atraco. Me metieron miedo, explicó. Me amenazaron. Aunque si solo me hubiesen amenazado a mí no les hubiese dicho nada. Amenazaron a mi madre y a mis hermanas, amenazaron con llevarse a los niños. Estaban hartos de nosotros, sobre todo estaban hartos del Zarco. Querían pillarlo como fuese; por él y porque sabían que, si le pillaban a él, se acababa la basca. Me pusieron entre la espada y la pared. Yo sabía que más temprano que tarde nos pillarían; y también sabía que el Zarco nunca iba a sospechar de mí y que, si por un milagro averiguaba que os había delatado, no me haría nada. A mí no. De modo que acabé cediendo. ¿Qué remedio me quedaba? El interrogante quedó en el aire unos segundos. Yo estaba atónito: no sabía qué pensar, salvo que lo que Tere decía era cierto. ¿Cómo no iba a serlo? ¿Qué interés podía tener Tere en mentir sobre aquel asunto, y además tantos años después? ¿Qué podía ganar acusándose de aquello? Solo puse una condición, continuó. Y me la aceptaron. Esta vez aguardó a que yo hiciese la pregunta, pero no la hice. La condición era que te dejasen escapar, dijo. Aparté la mirada de la ventana y la fijé en ella. ¿A mí?, pregunté. Tere se rozó con un dedo el lunar junto a la nariz. Tenía que elegir a alguien y no podía elegir al Zarco, explicó. Ya te lo he dicho: al Zarco no iban a dejarlo escapar; a ti sí. Hizo una pausa. Lo entiendes, ¿verdad?, dijo. Aquella mañana los polis no iban a por ti. Aunque el Zarco no los hubiese parado en La Devesa no te hubiesen cogido; y si te hubiesen cogido te hubiesen soltado en seguida. Ese era el trato que hice con ellos. Y esa clase de tratos se cumple. Lo sabes tú mejor que yo.

Así era: lo sabía; pero seguía sin saber qué pensar, ni qué decir. Dije: ¿Por qué me cuentas esto ahora? ¿Por qué no me lo contaste antes? Tere respondió: Porque antes el Zarco estaba vivo y no quería que le fueses con el cuento. Añadió: Y porque no quiero que sigas pensando lo que no es. Quiero que sepas la verdad; y la verdad es que no le debías nada al Zarco. Tere se quedó mirándome unos segundos, expectante. Como yo no decía nada preguntó: ¿Estás enfadado conmigo? ¿Por qué voy a estarlo?, contesté. ¿No has dicho que me salvaste? Sí, dijo. Pero antes te delaté. A ti y a todos. Y encima dejé creer a todo el mundo que el que los había delatado eras tú. ¿Qué ibas a hacer?, repliqué, encogiéndome de hombros. Primero no te quedó más remedio que delatarnos; y luego no te quedó más remedio que callarte que nos habías delatado. Además, continué, después de una pausa, ¿sabes cuántos años hace que pasó eso? Treinta. Ya no le importa a nadie. A los que les podía importar ya están muertos. El Zarco está muerto. Todo el mundo está muerto. Todo el mundo excepto tú y yo. Tere me escuchó con atención, no sé si aliviada o escéptica, y en cuanto acabé de hablar se volvió otra vez hacia la ventana. Observé su perfil afilado, sus sienes y sus mejillas muy pálidas, que dejaban ver el entramado azul de las venas. Antes de que yo pudiera seguir, Tere dijo: Mira. Está lloviendo.

Miré: del cielo caía un agua gruesa y lenta, que estaba ahuyentando a los niños del descampado; el percherón, en cambio, se había quedado inmóvil bajo la lluvia. Acerqué mi asiento al de Tere hasta que nuestras rodillas se rozaron, y justo cuando me disponía a hablar reparé en que su pierna izquierda estaba quieta, apaciguada, sin su perpetuo movimiento de pistón. De repente tuve la seguridad de que ese era el cambio que había notado al verla, y de que ese cambio lo cambiaba todo. Tere, dije, cogiéndola otra vez de las manos. Parecía absorta en la lluvia, agotada por la confesión que acababa de hacer. Repetí su nombre; se volvió y me miró. ¿Te acuerdas de los recreativos Vilaró?, le pregunté. ¿Te acuerdas de la primera vez que nos vimos? Tere aguardó a que yo continuara. ¿Sabes lo primero que pensé cuando te vi? Hice un silencio. Pensé que eras la chica más guapa del mundo. ¿Y sabes lo que pienso ahora? Hice otro silencio. Que eres la chica más guapa del mundo. Tere sonrió con los ojos, pero no con los labios. Déjame que te lleve al hospital, dije. Luego nos iremos a casa. No te pasará nada. Te cuidaré. No volveremos a separarnos. Te lo prometo. Tere me escuchó sin inmutarse, sin perder la sonrisa. Cuando terminé de hablar dejó pasar unos segundos, aspiró hondo, se incorporó un poco, me cogió las mejillas con las manos y me besó; sus labios no sabían a nada. Luego dijo: Tienes que marcharte, Gafitas. Julián está a punto de llegar.

No dijo más. No insistí más. Sabía que era inútil. Nos quedamos el uno frente al otro, mirando en silencio por la ventana mientras la penumbra se apoderaba de la salita; fuera, abandonado bajo la lluvia, el percherón parecía devolvernos una mirada casi humana. Al cabo de un rato Tere dijo otra vez que era mejor que me marchase. Me levanté y le pregunté si podía hacer alguna cosa por ella. Tere movió de forma casi imperceptible la cabeza, a un lado y a otro, antes de decir que no. Pasado mañana nos vamos, añadió. Miré el desorden de desbandada que reinaba en el piso y anoté el plural. ¿Adónde?, pregunté. Tere se encogió de hombros. Por ahí, dijo. Entonces pensé que no iba a volver a verla y di un paso hacia ella. Por favor, Gafitas, dijo Tere, levantando una mano. Me frené, me quedé allí quieto unos segundos, observándola fijamente, como si me hubiera asaltado de golpe la sospecha de que aquella imagen enferma de Tere, sentada en aquel sillón de orejas, en aquel piso desolado de aquel barrio miserable, vestida con una bata azul y un camisón raído, pálida, demacrada y exhausta, iba a suplantar de por vida a todas las que conservaba de ella, y mi memoria hubiera empezado a luchar ya contra esa injusticia flagrante. Hasta que, sin pronunciar una palabra más, di media vuelta y me marché.

Una tromba de agua caía sobre la Font de la Pòlvora cuando salí de casa de Tere.

Aquella noche y los dos días siguientes fueron angustiosos. No quería llamar por teléfono a Tere ni volver a la Font de la Pòlvora, pero le envié a Tere varios sms. Al principio me contestó. Yo le preguntaba cómo estaba y si necesitaba algo y ella me contestaba que no necesitaba nada y que estaba bien. El último sms que me envió decía: «Estoy curada, Gafitas. El médico me ha dado el alta. Voy de camino. Adiós». Le respondí felicitándola, preguntándole dónde estaba y adónde iba, pero ya no me contestó. Pasado el primer momento de frustración, me tranquilicé, y entonces la angustia se convirtió en un sentimiento agridulce: por un lado pensaba que no volvería a ver a Tere, que aquello era el fin de la historia y que ya me había pasado todo lo que me tenía que pasar; pero por otro lado pensaba que por fin conocía la verdad y que, ahora sí, todo encajaba. La tranquilidad —o por lo menos la sensación tranquilizadora de que todo encajaba— no duró mucho tiempo. Una de aquellas noches, mientras me tomaba una copa en casa antes de acostarme, me asaltó una duda. Pasé la madrugada entera debatiendo con ella, y lo primero que hice al llegar a mi despacho a la mañana siguiente fue pedirle a mi secretaria que me consiguiera el teléfono del inspector Cuenca. Supongo que ya le habré contado que después del verano del 78 el inspector y yo habíamos continuado viéndonos.

—Algo me contó; también me lo contó el inspector: me dijo que después de aquel verano se perdieron de vista unos años y que, cuando pasaron, volvieron a verse como si no se conociesen de nada.

—Es verdad. Fingíamos que no nos conocíamos, y fingíamos muy bien. Sobre todo nos vimos en la época en que él trabajaba en el Gobierno Civil, casi enfrente de mi bufete, como asesor del gobernador en temas de seguridad. En esos años hicimos una cierta amistad, pero ni siquiera entonces ninguno de los dos mencionó nada, y mucho menos que él había estado a punto de mandarme a la cárcel por pertenecer a la basca del Zarco. Luego dejamos otra vez de vernos y luego, no hace mucho, supe que de un tiempo a esta parte era jefe de la comisaría del aeropuerto. Y allí, en el aeropuerto, lo localizó aquella mañana mi secretaria. Cuando le dije al inspector que necesitaba hablar con él, se limitó a preguntar: ¿Es urgente? Para mí, sí, contesté. Me dijo que tenía una mañana complicada pero que podíamos quedar a media tarde, me propuso que fuera a verle a su despacho en el aeropuerto. Es un asunto privado, dije. Preferiría hablarlo en otro sitio. Oí un silencio al otro lado de la línea; luego oí: Bueno, como quiera. Me preguntó cuándo y dónde quedábamos; le dije lo primero que se me ocurrió: a las seis, en un banco de la plaza de Sant Agustí.

A las seis menos cuarto yo ya estaba sentado al sol en un banco de la plaza de Sant Agustí, frente a la estatua del general Álvarez de Castro y los defensores de la ciudad. Algo después de las seis apareció el inspector Cuenca, resoplando y con la americana doblada bajo el brazo. Me levanté, le estreché la mano, le agradecí que hubiera venido, le propuse tomar un café en el Royal. El inspector se dejó caer en el banco, se aflojó el nudo de la corbata y dijo: Antes cuénteme de qué quiere hablar. Me senté a su lado y, sin darle un respiro, pregunté: ¿No se lo imagina? Todavía jadeante, me miró entre irónico y suspicaz; preguntó: ¿Quiere hablar del Zarco? Dije que sí.

El inspector asintió. Me pareció que estaba envejeciendo bien, pero por algún motivo su cara me recordó la de una tortuga; una tortuga triste. Tenía la vista fija al frente, en la estatua del general Álvarez de Castro o en los arces que rodeaban el centro de la plaza o en los grandes parasoles blancos que sombreaban las terrazas de los bares o en los soportales o en las fachadas color crema recorridas por hileras de balcones de hierro forjado; una gota de sudor bajaba por su mejilla. Bueno, dijo con resignación, una vez que recobró el resuello. Supongo que tarde o temprano esto tenía que pasar, ¿no? Acomodándose la americana en el regazo preguntó: ¿Qué quiere saber? Solo una cosa, contesté. ¿Quién fue el chivato? El inspector Cuenca se volvió hacia mí secándose con una mano la gota de sudor de la mejilla; pregunté: Sabe a lo que me refiero, ¿verdad? Antes de que pudiese responder razoné: Usted estaba esperándonos afuera con su gente. Sabía que íbamos a atracar el banco. Alguien tuvo que decírselo. ¿Quién fue? El inspector Cuenca no apartó la mirada; parecía más fastidiado que intrigado. ¿Para qué quiere saber eso?, preguntó. Necesito saberlo, respondí. ¿Para qué?, repitió el inspector Cuenca. Ahora no respondí. El inspector Cuenca parpadeó varias veces. No se lo voy a decir, dijo por fin, negando con la cabeza. Secreto profesional. No me joda, inspector, dije. Han pasado treinta años. Es verdad, dijo el inspector. Precisamente por eso ya debería haberse olvidado usted de esta historia. Yo en cambio sigo teniendo mis obligaciones, sobre todo con la gente que confió en mí. ¿Revelaría usted el secreto de un cliente, aunque hiciera treinta años que se lo confió? No haga trampas, inspector, protesté. Este no es un caso normal. No haga trampas, abogado, protestó. No hay ningún caso normal.

Nos callamos. Dejé pasar unos segundos. De acuerdo, concedí. No le voy a pedir que me diga quién fue. Solo le pediré que me diga sí o no. Hice una pausa y pregunté: ¿Fue Tere el chivato? Ahora el inspector Cuenca me miró con una curiosidad auténtica, sin mezcla. ¿Tere?, preguntó. ¿Qué Tere? ¿La chica del Zarco? A punto estuve de decirle que en realidad no era la chica sino la hermana del Zarco, pero solo le dije que sí. La cara del inspector Cuenca se fue iluminando poco a poco, hasta que la risa la iluminó del todo; creo que era la primera vez en mi vida que le veía reír: me pareció una risa rara, la risa alegre de un joven en la cara sin ilusiones de un viejo. ¿Qué pasa?, pregunté. Nada, contestó. El inspector apenas sonreía pero ya no sudaba, aunque todavía hacía calor; sus manos gruesas y venosas seguían sosteniendo la chaqueta en su regazo. Es que no puedo creer que hable en serio, dijo; inmediatamente preguntó: A usted esa chica le gustaba, ¿no? Me ruboricé. ¿Y eso qué tiene que ver?, pregunté. Nada, dijo el inspector y, refiriéndose a usted, añadió: Me lo contó el periodista que va a escribir sobre el Zarco. Lo que me contó es que se unió usted a la banda del Zarco por la chica. ¿Es verdad? No vi ninguna necesidad de mentir, así que dije que era verdad. Le pregunté al inspector por qué lo preguntaba; contestó que por nada; continuó: ¿Y se puede saber de dónde ha sacado usted que esa chica era mi confidente? Yo no he dicho que fuese su confidente, le corregí. Solo le he preguntado si aquella vez fue su chivato. Da lo mismo, dijo. A saber lo que le habrá contado usted a ese periodista… Pero ¿es que ya se le ha olvidado cómo funcionaban las cosas con el Zarco? ¿Cree usted de verdad que alguno de los de la banda se hubiese atrevido a hablar? ¿Se hubiese atrevido a hablar usted? ¿No se acuerda del miedo que le tenían todos al Zarco? Yo no le tenía miedo, me apresuré a replicar. Le respetaba, pero no le tenía miedo. Claro que le tenía miedo, dijo el inspector Cuenca. Y si no se lo tenía es que era más inconsciente de lo que yo pensaba, más inconsciente desde luego que cualquiera de sus colegas. El Zarco era un mal bicho, abogado. Muy mal bicho. Que yo sepa lo fue siempre. ¿Cómo iba a atreverse ninguno de los suyos a ser un chivato? Y, menos que nadie, esa quinqui; usted debería saberlo: era fiel como un perro, ni arrancándole las uñas hubiese conseguido yo que delatase al Zarco.

Pensé que el inspector Cuenca tenía razón. Pensé que, en realidad, antes de hablar con el inspector Cuenca yo ya sabía que Tere no podía haber sido el chivato, y que solo había querido hablar con el inspector Cuenca para confirmarlo. Tengo otra pregunta, le dije al inspector Cuenca. Él seguía mirando al frente, con los ojos entrecerrados por el peso del sol; la americana colocada sobre el regazo disimulaba su barriga. Dije: Siempre me he preguntado por qué me dejó escapar aquella noche, por qué no me detuvo. El inspector Cuenca comprendió en seguida que me refería a la noche en que fue a buscarme a Colera, y la prueba es que no pasaron más de un par de segundos antes de que murmurara: Esa sí que es una buena pregunta. Lo dijo sin mirarme, curvando su boca grande y sus cejas espesas; como no continuaba pregunté: ¿Y cuál es la respuesta? Dejó pasar otro par de segundos y dijo que la respuesta era que no había respuesta. Que no sabía cuál era la respuesta. Que no tenía ni idea. Que nunca había vuelto a dejar escapar adrede a un culpable y que al principio incluso se arrepintió de haberlo hecho, hasta que llegó a la conclusión de que quizá lo había hecho por las razones equivocadas. Aquí pareció reflexionar un momento y añadió: Como lo mejor que he hecho en mi vida.

Creí que bromeaba; le busqué los ojos: no bromeaba. Le pregunté qué quería decir. Entonces empezó a hablar de su vida: me contó que no había nacido en Gerona pero que llevaba casi cuarenta años viviendo en Gerona y que a menudo pensaba que, si no hubiese venido a parar a esta ciudad, su vida probablemente hubiese sido un desastre, en todo caso hubiese sido mucho peor de lo que había sido. ¿Y sabe por qué vine a parar aquí?, preguntó. Sin esperar respuesta levantó una de sus manos y señaló el centro de la plaza. Por eso, dijo. Seguí con la vista la dirección de su mano y pregunté: ¿Por la estatua? Por el general Álvarez de Castro, contestó. Por el sitio de Gerona. ¿Sabe usted que hay una novela de Galdós que habla de eso? Claro, dije. Me preguntó si la había leído y contesté que no. Yo sí, dijo. Dos veces. La primera fue hace mucho tiempo, cuando tenía dieciocho años y hacía mis prácticas de inspector en Madrid. El libro me impresionó, me pareció una gran novela de guerra, y Álvarez de Castro un héroe fabuloso. Así que, al llegar el momento de escoger destino, decidí venir aquí: quería conocer la ciudad, quería conocer el lugar donde había peleado Álvarez de Castro, los hombres de Álvarez de Castro, qué sé yo. El inspector Cuenca me contó entonces que unas semanas antes, precisamente cuando le hablaba a usted de su relación con el Zarco, había mencionado la novela de Galdós y lo que había significado para él, y que al hacerlo le picó la curiosidad y volvió a leerla. ¿Y sabe una cosa?, dijo el inspector Cuenca, volviéndose otra vez hacia mí. Me pareció una mierda; más que una novela sobre la guerra me pareció una parodia de una novela sobre la guerra, una cosa cursi, truculenta y pretenciosa ambientada en una ciudad de cartón piedra donde solo vive gente de cartón piedra. Y en cuanto a Álvarez de Castro, dijo también el inspector Cuenca, francamente: es un personaje asqueroso, un psicópata capaz de sacrificar la vida de miles de personas para satisfacer su vanidad patriótica y no entregar a los franceses una ciudad vencida de antemano. En fin, concluyó el inspector Cuenca, cuando terminé de leer el libro me acordé de que una vez le oí a un profesor en televisión que un libro es como un espejo y que no es uno el que lee los libros sino los libros los que lo leen a uno, y pensé que era verdad. También me dije: Joder, lo mejor que me ha pasado en mi vida me ha pasado por un malentendido, porque me gustó un libro horrible y porque pensé que un villano era un héroe. El inspector Cuenca se calló; luego, sin dejar de mirarme, mirándome con una malicia infinitamente irónica, con una ironía absolutamente seria, preguntó: ¿Qué le parece?

Pensé la respuesta, o más bien fingí pensarla. En realidad pensaba que quizá no era Tere la que me había mentido, sino el inspector Cuenca, y que el inspector me contaba todo aquello para distraerme de lo fundamental, para continuar protegiendo a su confidente más de treinta años después de su confidencia. Por un momento quise porfiar, seguir con el interrogatorio, pero me acordé de mi última conversación con Tere y me dije que no tenía sentido: La Font y el Rufus y el chino habían desaparecido hacía décadas, y el inspector Cuenca y yo no éramos más que dos reliquias, dos charnegos de cuando aún existían los charnegos, un viejo policía y un viejo pandillero reconvertido en picapleitos sentados en un banco a media tarde igual que dos pensionistas hablando de un mundo abolido, arruinado, de cosas que ya nadie en la ciudad recordaba, y que no le importaban a nadie. Así que opté por dejarlo correr, por callar, por no seguir preguntando: no sabía si era Tere quien decía la verdad y el inspector Cuenca quien mentía, o si era Tere quien mentía y el inspector Cuenca quien decía la verdad. Y, como no lo sabía, tampoco podía saber si Tere me había querido o no me había querido, o si solo me había querido de una forma ocasional y condicionada, mientras que al Zarco le había querido de una forma permanente y sin condiciones. En realidad, me dije entonces –y me asombró no habérmelo dicho antes–, ni siquiera sabía cómo había querido Tere al Zarco, porque no tenía ninguna prueba de que Tere y el Zarco fueran hermanos y de que Tere no me hubiera mentido años atrás, en mi despacho, diciéndome que lo eran, para convencerme de que siguiera ayudando al Zarco hasta el final; en realidad, me dije también entonces, ni siquiera sabía tampoco si, suponiendo que fuese verdad que Tere y el Zarco eran hermanos, después de conocer el parentesco auténtico que los unía Tere había querido al Zarco de una forma distinta a como le había querido antes de conocerlo. No sabía nada. Nada salvo que no era verdad que todo encajase en aquella historia y que había en ella una ironía infinitamente seria o una malicia absolutamente irónica o un enorme malentendido, igual que en lo que acababa de contarme el inspector Cuenca. Y también pensé que después de todo aquello quizá no era el final de la historia, que quizá no me había pasado ya todo lo que me tenía que pasar y que, si Tere volvía alguna vez, yo la estaría esperando.

Miré de reojo al inspector Cuenca, y me dije que a pesar de su aire de tortuga triste y de viejo sin ilusiones era un hombre afortunado. Me lo dije pero no se lo dije, la pregunta que había hecho se quedó sin contestar y estuvimos un rato callados, soportando el sol en la cara, siguiendo con los ojos entrecerrados el ajetreo urbano de Sant Agustí frente a la estatua del general Álvarez de Castro. Hasta que en determinado momento me levanté y dije: Bueno, ¿me acepta ahora el café? El inspector Cuenca abrió mucho los ojos, como si mi pregunta le hubiese despertado; luego volvió a suspirar, se levantó también y, mientras empezábamos a cruzar la plaza hacia el Royal, dijo: Si no le importa, que sea una cerveza.

NOTA DEL AUTOR

La presente novela no hubiera sido posible sin la colaboración de Francisco Pamplona y, sobre todo, de Carles Monguilod, cuyo ensayo *Vint-i-cinc anys i un dia* fue uno de los estímulos iniciales de esta historia. Además de ellos, Carmen Balcells y David Trueba leyeron un borrador y me hicieron observaciones utilísimas. He tomado prestada de Antony Beevor una expresión que le oí una noche del invierno de 2011, mientras cenaba con él en Londres. Lo que los libros que he escrito en los últimos veinte años y yo le debemos a Jordi Gracia no cabe en una nota de agradecimiento. También estoy en deuda con los siguientes libros: *Hasta la libertad*, de Juan José Moreno Cuenca; *Historia del Julián*, de Juan F. Gamella; *Els castellans*, de Jordi Puntí; *Quinquis dels 80. Cinema, prensa i carrer*, de varios autores; y *Memòries del barri xino*, texto inédito de Gerard Bagué. Por lo demás, me gustaría dar las gracias a Joan Boada, Josep Anton Bofill, Antoni Candela, Emili Caula, Jordi Caula y Narcís Caula, Jordi Corominas, Mery Cuesta, Daniel de Antonio, Tomás Frauca (no Franca), Pepe Guerrero, Ramón Llorente, Llorenç Martí, Puri Mena, Mariana Montoya, Isabel Salamanya, Carlos Sobrino, Robert Soteras, Guillem Terribas y Fernando Velasco.